鍼灸治療家 長編小説

鍼仙雲龍《しんせんうんりゅう》

松本光保

明窓出版

鍼仙雲龍

目次

馬の子を助ける

あの日の前夜、松山は確かに夢を見ていた。

暗いようで明るい雷雨の中、雲の切れ間から銀色の龍が、自分の目の前に雷鳴と共にもの凄い勢いで現れた。瞬きをする間もなく龍の姿は消え失せ、代わりに人影が立っていた。人影はあくまで影であり、顔かたちの細かいことは何も分からなかった。松山は全身を鍼で射抜かれたような衝撃を受け、荒い息の中、目を覚ました。時刻は午前4時。夏の終わりでカーテンの向こうは少しだけ明るくなっていた。

いつも通りの時間に目覚ましが鳴り、いつものように着替え、いつものように出勤した。ただ一つ違ったのは、朝方見た夢がどうにも頭から離れず、それを考えながら歩く松山のしかめっ面であった。

松山は整形外科に勤める鍼灸師だ。年は三四。未だ独身であり、毎日が病院と自宅の往復だ。鍼灸師を目指したのは、サラリーマン時代に腰を痛め、どこの病院に行っても治らなかったのが、子供の頃に祖母が鍼灸を受けていたことを思い出し、ある鍼灸師に鍼を打ってもらったところ、たった一回で治ったことによる。この素晴らしい職業に就きたいと脱サラをして始めたのだ。しかし現実は甘くない。鍼灸の専門学校を出たところですぐに人を治せるでもなく、また自分の好きなように治療できる治療院を開業できるわけでもなく、やむをえず、鍼灸師を置いている整形外科を見つけ就職したものの、医者の支配下で決められた場所に鍼を打つだけであった。また保険治療という制約の中では治療を長い時間することもできず、自分の理想とはほど遠い鍼灸師生活を過ごしていた。鍼灸学校を出て今年で5年になるが、いったい自分は卒業時と何が変わったのだろうかと、現実を見つめてはため息の日々であった。

病院に着くとタイムカードを押しロッカーで着替える。格好のいい白衣ではなく、医者と区別された水色の制服だ。結局のところ、病院勤めの鍼灸師なんてものは物理療法の電源を入れるリハビリスタッフと何ら変わらない地位にある。挙げ句の果てに看護師からはからかわれるは、自分より長く勤める受付のおばちゃんにジュースを買ってこいと言われるは、情けない自分に最近は腹さえ立たなくなっていた。ただ、このままでいいのだろうかという疑問はいつもつきまとっていた。

ベッドが5台ほどある鍼灸室に入ると、そこにはすでに出勤していた鍼灸師達が各々のベッドに座っていた。ある者は携帯をいじり、ある者はベッドに横になり寝ていて、ある者はサンドウィッチを食べていた。

「おはようございます」

松山はこの中で2番目に長い勤務年数であったが、治療の腕は下から2番目であった。治療の世界は完全に職人の世界であるから、治療年数などは関係ない。治せる腕があるかないか、ただそれだけで鍼灸師の格は決まる。そういう意味で、松山の評価は鍼灸師の同僚の中では低い方であった。

その日は診療開始時間と共に、患者が数人トントントンと鍼灸室に運ばれてきた。むち打ちと捻挫、そして五十肩の患者であった。腕の良い人間の発言力が強く、この中では二八歳の坂上が患者を振り分けていた。松山よりも後輩だが、腕がものを言う世界では誰も坂上に文句はなかった。始めに入ってきた三人の患者は、もちろん松山には振り分けられなかった。松山はいつも通り、手持ち無沙汰に他の鍼灸師の治療を見ているだけで、たまに仕事があるとしたら「松山さん、寸3の三番（鍼の種類）補充してください」というような、遣い走りのようなものであった。今日も、まあそんなものだろうと他の鍼灸師の助手のようなことをしながら午前中を終えようとしていた。

しかし、今日に限ってバタバタバタッとまた患者が運ばれてきた。しかもギックリ腰患者ばかり三人もだ。こういうことは珍しい。自分の患者を終えた坂上は、再び患者を仕分けた。案の上、また松山には患者が来なかった。

整形外科では一人の患者に使える時間などそれほど長くはない。中には素晴らしい鍼灸科もあると思うが、多くが電気治療のリハビリで治らないと医者に文句を言う面倒くさい患者に対する予備的な治療ぐらいの立ち位置だ。ぎっくり腰で患者が来ようとも、鍼を刺したところで終わった後はスキップして帰るというような患者などは、まずいない。みんなたいして変わらなかった自分の患部をさすりながら、首を傾げて帰るというぐらいなものだ。

この日続けて三人のぎっくり腰患者が来て、ギャーギャー騒いでいるのを横目で見ながら、松山は早く午前中が終わらないかと思っていた。あと30分で午前の診療が終わるという頃、またそこに一人のぎっくり腰患者が運ばれてきた。坂上は「痛い痛い」と騒いでいる患者を治療しながら誰に振り分けようかと考えたが、どう考えても手があいているのは松山と新人だけだ。新人に任せることはできない。本当は自分自身でやりたいのだけれども、今坂上が治療している患者が終わってからだと、自分の昼休み時間が減ってしまう。病院勤めの医療者というのは、自分の都合で平気で患者を転がす。何よりも休憩と昼寝が大切なのが彼らだ。仕方ないと思った坂上は、一度松山の顔を見た。松山は、ちょっとまずいなというような顔をしていた。自分も治療をしたいけれども、ぎっくり腰のうるさい患者など治せるとは思えない。しかも昼休みまで30分であるから、もし治療が長引いたら、また坂上達に嫌みを言われる。できることなら新人に押しつけたいところだと考えていた。そこへ坂上が、

「松山さん、お願いします」と無情にも、いや、当たり前のことだが声をかけた。

「は、はい」声をかけられた瞬間、松山は自分の顔から血の気が引いたのがわかった。手にじわっと汗をかいた。看護師に抱えられギャーギャー騒いでいる患者を、何とか看護師と二人がかりで自分のベッドに寝かせた。松山は綿花を取り出し、とりあえず腰を消毒した。

「参ったな」松山は心の中で呟いた。なぜなら、ぎっくり腰で、腰の筋肉がパンパンに腫れて硬くなっているのだ。こういう時はたいてい鍼を刺した瞬間に痛みが走るのだ。切皮痛《せっぴつう》と言われるこの痛みはかなり強く、鍼の響きとは関係ない不快なだけの痛みである。切皮痛が起きるとだいたい多くの患者は体をビクッと大きく動かすか、大声を出したりする。鍼を刺す方もなるべく切皮痛が無いようにと前揉法という鍼を打つ前に打つ部位を揉むのだが、切皮痛は起きる時には起きてしまうものなのだ。体をビクッと大きく動かされたり、大声を出されたりすると、今度は鍼を打つ鍼灸師の方がビクッと驚くのである。

松山は切皮痛が起きないようにと、なるべく長く、打つ部位を揉もうとした。しかし、相手はぎっくり腰患者だ。少し強く手を触れただけで、

「痛いっ！」と体を動かす。松山は前揉法もうまくできずに、とりあえず鍼を刺した。

「ウアー！！」案の定切皮痛が起こり、患者は大きな声を出した。

「すみません」松山はすぐさま鍼を抜いた。

「しっかりしてくれよ」患者が「おまえ大丈夫かよ」という意味の声を出した。うつ伏せだが顔の表情が分かる程の怒り声であった。３つ隣のベッドで治療をしている坂上も、心配そうに松山の方を見ていた。松山の青くなった唇が少し震え、そして手も足も少し震え、一番細い鍼を取り出し、何とか数本打った。それが精一杯で、それ以外は何もできなかった。


鍼を置いて20分経ったが、もちろん患者は何も良くなっていない。良くなっていないどころか悪くなったと言い始めた。

「ちょっと、全然良くなっていないんだけど！」男はイライラしながら松山に言った。

「すみません」松山はどうしたらよいかという顔で、おどおどしているだけである。そこへ見ていられなくなった坂上が間に入り込み、もう一度鍼を打つと言いだした。

「ちょっとどいてください」坂上は肩で松山をどかした。よろめいた松山は治療トレーに手を引っかけ、ガシャーンと鍼を置いたシャーレをひっくり返してしまった。

「もう、何やってんだよ！　いいから、向こう行ってください」苛立った坂上と、治療を終えたもう一人の鍼灸師が呆れた顔で松山を見て、松山は蚊帳の外となった。もちろん、坂上ともう一人の鍼灸師が治療をしたところでたいして良くなったわけではない。だが、少し長く治療をしてもらった患者は治った訳ではないが松葉杖を貸してもらい、坂上に頭を下げてトボトボと出口に向かった。その患者と治療室の端っこにいた松山がすれ違った。伏し目がちにしていた松山に対してその患者は一言、「あんた何年目なの？」と吐くように言った。松山が「ええ……」と答える間もなく患者は「はぁ」と大きくため息をついて帰っていった。

松山はとても悔しかった。もちろん、自分に腕がないことがすべてなのだが、あまりのふがいなさに本当に情けなくなっていた。

「メシ行こう、メシ」そう坂上が他の鍼灸師連中と部屋を出ていった。松山は一人ロッカー室に入り着替えた。カビ臭いその部屋で、ロッカーの内側の鏡に映った自分の顔を見ると、なんだか涙が滲んできた。そんな女みたいな自分にも、とても腹が立った。

「別に誰も悪くない。自分の腕が無いのが原因なだけだ」

松山は自分がこの鍼灸師という職業に向いていないのではないかと、もう辞めようかと重い気持ちのまま一人軽食屋へと向かった。

空は怪しい雲行きであった。蒸し暑いような風が少し吹いていて、今にも雨が降り出しそうな感じもするが、強い日差しも目に入ってきた。雲の切れ間からは青空も見えるが、空全体が薄暗い雲と明るい雲とで覆われていた。

松山の行く店はだいたい決まっていた。それほど新しい店を開拓しようという気もなく、入り慣れている店の方が気楽でリラックスできるため、いつもそこで昼休みを過ごしていた。足取りは重く、腹が空いているわけでもなく、ただ足が向かう方へと進んでいた。

震災で倒れて首がもげたお地蔵さんの前を通り、うつろな顔で店へと入ろうとした時である。前から「大丈夫か？」という年輩の声が聞こえてきた。松山は自分に言われたのかと思い顔を上げると、その男は入口近くに立ちガタガタと震えている一人の男の肩を抱いて、その顔を心配そうにのぞき込んでいた。

「どうしたのだろうか」震えている男は年は二〇代後半のようで、痩せ身の色白であった。先ほどよりも震えが酷くなり、膝が折れて年輩の男がその男を抱えあげるような形になった。

「大丈夫ですか？」松山がそう声をかけようとした瞬間、男は「ウー」と苦しそうなうめき声をだし、反り身になって倒れてしまった。松山はただ手を添えようとしつつ、

「きゅ、救急車を呼びましょうか」そう年輩の男に言った。すると男は、

「癲癇なんで……」と電話をしてくれでもなく、しないでくれでもなく、どちらかわからないような返答をした。その間も倒れた男はさらに筋肉を硬直させ反り身で苦しんでいた。周りには何人かの人が

足を止めて、何が起こったのかという様子で見ていた。

松山がもうこのまま見てはいられないと、自分なりの判断で救急車を呼ぶために携帯電話をかけようとした瞬間である。


ピカッと光る雷と共に、一人の男が風のように割って入ってきた。男は硬直した男の後頭部に指を当て、片方の手で額を押さえ、ぐっと力を入れた。次に右手で左の肩甲骨の間に親指を力強く入れると、硬直していた男の手の力が少し抜け、曲がっていた肘が少し伸びた。男は息を調えると、今度は逆の手で相手の右の肩甲骨の間に親指を食い込ませた。

風のようにやってきた男は真剣な顔、かつ極く小さな体捌きで力強く相手を動かしていた。右の肩甲骨に親指を入れてから10秒ほど経つと、体を反らして硬直していた男は、両手をだらんと下ろし、体からも力が抜け、表情はまだ緊張していたが、ほっとした目で自分の体を押してくれている男を確認しようとしていた。その男は、相手の様子を確認するともう一度後頭部に指を当て、3秒ほど力を入れた。倒れていた男は押されている間目をつむり、先ほどまでの苦しさから解放された安堵感が皮膚から出ていた。その表情を確認すると、男の足側に静かにまわり、靴を脱がせて足の裏をゆっくり押した。

「もう、大丈夫だよ」足の裏を押しながら、静かにそう言った。隣にいた年輩の男にも、

「もう大丈夫ですから、そこの店にでも入って水を飲ませ、横にさせてもらってください」

と言うと、男は何も無かったかのように立ち上がり、その場を離れていった。年輩の男は後ろから、

「ありがとうございました。本当にありがとうございました」と、深々と頭を下げていた。倒れた男は、まだ目はうつろであったが、それでも息が調う合間、自分を助けてくれた男の後ろ姿を眺めていた。

「神技だ」松山はそう思った。自分はとうてい何もできずにただ見ているしかなかったのに、瞬時に病状を把握し、適切な処置をした風の男が、神様のように見えた。

路地を曲がったその男を、松山は何かに取り憑かれたように追いかけていった。気持ちが体の100万倍先行し、足が追いつかずに前のめりになりながら、自分もその路地に転び込むように入った。

空はゴロゴロ音が鳴り始め、雨がポツリポツリと落ち始めていた。

「すみません!」

松山は、喉を絞められたような、変な声を出してその男を呼び止めた。

「すみません! あの」

まだ何も頭の整理ができていないのにも関わらず、本能に任せて声をかけたのだ。距離は3メートル、男は静かに足を止めて、後ろを振り返った。そこには、血相を変えた松山が、言葉にならない言葉を発しようと必死な顔で男を見ていた。

「先生……」松山が小さく声を発した瞬間、空がピカッと光り、雷鳴と共に雨がドーッと降り始めた。熱せられたアスファルトを濡らす雨の湿った臭いが辺りに立ちこめた。

松山は男の顔を見ながら、勢いよく両膝を地面につくと、両手をつき、叫んだ。

「先生、ど、どうか、私を弟子にしてください！」

男は少し驚いた顔になったが、しかし取り立てて動揺している様子もなく、そのまま静かに松山を見ていた。

「お願いします！」松山はおでこを地面に付け、叫んだ。

バケツをひっくり返したような雨が二人を濡らす。松山も男も、その雷雨の中、時を止めていた。半身になっていた男は、一度頭を垂れてから、空を静かに見上げた。雷が男の顔を照らし、強い雨が激しく当たりつけた。

「これが、私の最後のつとめでしょうか」男は心で呟くと、ゆっくりと近寄っていった。松山はもう必死で、ぬるい雨が髪の毛の中を流れ顔面につたうのと、堅いコンクリートの感触を膝で感じながら、砂利をはじいて濡れる自分の両腕と眉間に力を入れて、回答を待っていた。

近寄ってきた男の足が松山の視界に入った。松山はさらに体を強ばらせた。男はしゃがみ込むとバッグから折りたたみ傘を取り出し、松山の頭の上に広げた。バババババババと傘に当たる雨音が響いた。松山が恐る恐る顔を上げると男は優しい顔で松山を見ていたが、その目はすべてを見通すかのようだった。

「先生、私は鍼灸師をしている松山修司と申します。先ほど先生の神技を間近で拝見いたしました。どうか、私を弟子にしてください」

松山はもう一度、額を地面に付けた。すると男は、

「顔を上げなさい。私は神技を持っているような人間ではないですよ。私も鍼灸師です。普通の鍼灸師ですよ」

男は静かな笑みを浮かべた。

「もう二人ともずぶ濡れだ。とりあえず今日は帰りなさい。もし、本当に私の弟子になりたいのなら……君は何曜日が休みだい?」松山はすかさず、「土曜と日曜が休みです」と顔を上げて答えた。

「そうか、よし、わかった。それでは、弟子の話はまた今度にしよう。一度頭を冷やしなさい。それでも弟子になりたいのなら、再来週の日曜日に茨城県の大洗にある、大洗磯前神社に午前9時に来なさい。そこで話をしよう」

「茨城県の大洗磯前神社ですか。再来週の日曜午前9時。わかりました。必ず伺います。ありがとうございます!」松山はまた頭を下げた。

「ほら、もう立ちなさい。息を調えて」

空はだんだんと明るくなり、雨が止み始めた。男は傘をたたむと、

「では、また縁がありましたら」と、松山に背を向け再び歩き始めた。周りにはまだ膝をついている松山を不思議そうに見る人が数人いた。松山はびしょびしょのまま立ち上がり、男の背中に深々と頭を下げた。姿勢を戻すと、男の歩いた道筋に雲の隙間から降り注ぐ銀色の光が輝いていた。

「雷雨の中、雲の隙間から銀色の龍。きっと昨日の夢はあの先生のことだ。あの姿。きっと凄い先生に違いない」

松山は男の光る後ろ姿をいつまでも見送っていた。

「雨の中、馬の子を助ける。馬の子か。四つん這いの男が馬だろうか」風の男は独り言を呟きながら、消えていった。


松山はずぶ濡れの姿で病院へと戻った。事務の女が気持ち悪いものを見るような目で松山を見た。鍼灸室に入ると、同僚も目を丸くして松山を見ていたが、松山は見向きもせずにロッカー室へと向かった。

「ついに頭が狂ったか」坂上が同僚にそう言うと、失笑が治療室に滲み広がった。

松山は下着も何もかも脱ぎ、その上に水色の制服を着て午後の治療に当たった。再び治療室に入った松山を同僚が横目で見ていたが、松山は気にならなかった。そんなことよりも、先ほどの男の光景、自分のしたこと、これからの未来を考えると、足が震える思いであったのだ。


あっと言う間に一週間と数日が経ち、約束の日となった。松山は数日前から落ち着かなかったが、この日は朝から陰部が縮みあがりっぱなしなほど緊張していた。これは就職面接どころではなく、人生を賭けた面接だと思い、散髪に行き、菓子折りを買い、普段は着ないスーツを着て午前5時に車で出かけた。

松山はさいたま市に住んでいる。高速を使えば茨城県の大洗まではけっこう近い。カーステレオからはワナダイズの音楽が流れた。少しでも心を落ち着けようと何本かタバコを吸った。事故渋滞でもあってはいけないと早めに出たせいで、午前7時過ぎには大洗へ着いた。

大洗の町は海が綺麗だ。朝早いせいもあり、空気も澄んでいる。夏を終えた海岸に人は少なく、町営の駐車場に車を止めて浜辺へと降りた。波は高く、ザブーンザブーンと岩場にしぶきを散らしていた。松山は海辺を歩き、心を落ち着かせようと努めていた。何度も深呼吸をしては海を見た。

「本当に、あの先生はいらっしゃるのだろうか。からかわれたのではないだろうか」いろいろな憶測が交錯したが、きっとあの先生の下で修行をすることができれば自分の人生は変わると、そう言い聞かせていた。

約束の時間が近づいた午前8時半。会う前にお参りをしておこうと、神様の下へと向かった。大洗磯前神社の境内からは海が見える。高い階段を上ったところに社があるのだ。松山はお賽銭を投げ入れると、柏手を打ち、とにもかくにも神様にお願いをした。

「大洗の神様。どうか、先生がいらっしゃいますように。そして、先生の弟子になれますように」

先ほどの10円では足りないのではないかと思い始めた松山は、もう一度財布を開き、500円玉を再び賽銭箱に投げ入れた。

「510円だからな。きっと御利益があるに違いない。たのんますよ神様。本当にお願いいたします」

松山は何度も手を擦りあわせ拝殿に頭を下げた。

「松山さん」その松山の背中から声が聞こえた。松山はビクンと背中を震わせ、同時に振り向いて礼をしようとしたら、ヨロッと足下がふらつき少し不格好になりながらお辞儀をした。

「先日はとんだ失礼をいたしました」松山はよろめいた体勢を根性で立て直し、ツカツカッと男の前へ進んで深く頭を下げた。

「本当にいらっしゃいましたか」男は不格好に挨拶した松山に少し笑いながら答えた。

「はい、先日の無礼をお許しください」

男はわかったわかったと言うように、手を小さく揺らした。

「先に私もお参りをさせてもらおう」

男は拝殿の前に行き、正中よりも少し左に立ち、小銭を手のひらに置くと、静かに滑らすように賽銭箱に落とした。小銭の落ちるカランカランという音がして、次に男の深い息の音が聞こえた。呼吸を調えるとゆっくりと二回お辞儀をし、二回柏手を打った。その音は乾いていて高く深く、境内全体へと響きわたっていた。

男のそんな姿に、松山は見とれていた。その姿だけでも何か人とは全く違う雰囲気を感じた。

男は最後に一礼をすると、「ふう」とひとつ息をつき、拝殿に尻を向けることなく後ずさりをしてから静かに体を捌いて向きをかえた。

「さて松山さん、この間の話の続きだけれど」見とれていた松山は急に緊張し、顔を強ばらせた。

「その前に自己紹介が遅れました。私の名前は佐藤東吾郎。年は四三です。あなたと同じ鍼灸師です」佐藤の声は低すぎず高すぎず、深くそして力強く、とても通る良い声であった。声を張るわけでもなくぼそぼそと話すわけでもなく、なんとも心地良い声であったが、少し怖さを感じる透明さも持っていた。

「はい、松山修司と申します。先日は失礼いたしました」緊張したまま、松山は答えた。

「もう謝らなくていいですよ。大丈夫。ちゃんとあなたの気持ちは伝わっていますよ」佐藤は松山の目をまっすぐに見て答えた。二人の距離は約1ｍ。松山に逃げ場は無かった。次に何を佐藤が話し出すのか、心臓は張り裂けそうであった。


「松山さんは、なぜ私の弟子になりたいのですか？」

佐藤は単刀直入に聞いた。松山は何度も自宅で練習した言い回しで落ち着いて話そうと努力した。

「はい。私は鍼灸をして5年になりますが、ほとんど人を治すことができないでいます」

佐藤は表情を変えることなく聞いていた。松山は顔面を紅潮させ話を続けた。

「このままではいけない、なんとか鍼の腕を上げたいと、修行したいと思っていました。自分のふがいなさに腹が立つ毎日で、変わりたいと思っていました」佐藤の表情は変わらない。

「先日の先生の瞬時の治療を拝見いたしまして、先生に医術を教えていただきたいと思ったのです」

松山は佐藤の目を直視できずに、顎のあたりを見ながらそう話した。最後の言葉から15秒ほどして松山の次の言葉がなかったので、佐藤からまた質問が発せられた。

「私に医術を習って、その後、君はどうしたいと思っているのですか？」

前日のリハーサルにはなかった佐藤の質問に、松山の目は泳いだ。しかし、詰まりながらも必死に答えようとした。

「はい。少しでも自分の医術で人々を救っていきたいと思います」

「自分の医術で人々を救うか……」佐藤は、松山の目の奥までを観察していた。

「なぜ人々を救いたいのですか？」

「なぜ……。はい。えっと。世の中は自分だけで生きているわけではなく、みんなで生きていると思いますので、そこで苦しんでいる人々を救えたらいいなと思います」自分でも何を言っているのかよくわからなかったが、そんな答えが松山の口から出てきた。

「苦しんでいる人々……ですか。みんなで生きている……」そう佐藤は繰り返した。別に松山を困らせるためにそのような質問をしているわけではないが、佐藤自身も真剣にそのやりとりに取り組んでいるために、適当な言葉や嘘は見逃さないというような口振りであった。

「そうですか。君はいったい、何のために生きていますか？」

あまりにも哲学的な質問に、松山は面食らった。まさか自分が何のために生きているかという質問が来るとは夢にも思わなかったからだ。爆発しそうな心臓を精神で押さえながら、必死に脳味噌を動かした。

「はい。私は……少しでも人の役に立つことができたらと」

その瞬間、佐藤は見逃さなかった。優等生の解答をしようとした狡い心が松山の目に現れた。

「人の役？　人の役に立たない人間がこの世にいるのですか？」

佐藤の言葉は実に透明である。それは松山を突き刺し身動きを取れなくしていた。

「いや、え、はい。いや」困った松山は手を握りしめた。そして下を向き、追いつめられた小動物のようになっていた。

「しまった」佐藤は我に返った。松山の必死に握りしめた手を見て、追いつめてしまっていることに気がついた。

「すまんすまん。いや、そんなに困らせるつもりはなかったんだ」佐藤はそれまでの相手を動けなくさせる目と声ではなく、ほどけた目と声で松山にそう言った。

「はい」松山は、握りしめた手を少し緩ませたが、汗でビチョビチョの固まった手をそれ以上開くことができなかった。

佐藤は、目線を一度空に向け、階段の下に広がる大きな海を見渡した。そして「ふう」と小さく息を吐いた。

「松山さん、海は広いね」松山は佐藤にそう言われると、「あ、はい」と硬い体のまま海の方へと目を向けた。少し目線を砂利に移した佐藤は、もう一度松山を見た。目が合ったが、松山は思わず下を向いてしまった。

「よし、わかった。必死な君の気持ちはよくわかった。私は君に、君が期待するような医術を教えることはできないだろう。それは、それほど私に腕があるわけではないからだ。世の中には君が言う神技を持つ先生は確かにいる。しかし、私はとてもではないがそんな域ではないと思っている。謙遜ではなく、自分はそんなに優れた鍼灸師ではない。しかし、治療家としての心構えは多少なりともあると思っている」そう言うと佐藤はもう一度海を見てから口を開いた。

「給料はないよ」少し佐藤が笑った。

松山は目を見開き、

「給料なんて、とんでもないことです！　はい！　ありがとうございます！」体全身から喜び溢れる声でそう答えた。

「飯ぐらいは、食わせられるけどね」そう言うと、佐藤はもう一度笑った。その顔は、味のある男の笑顔であった。男でも惚れてしまうような笑顔。松山はその笑顔にこの日初めて、緊張から少し解放された。

佐藤は少し照れくさそうに、大洗神社の社を見渡した。

「ここは私の思い出の場所なんですよ。若い頃によく来たんだ」佐藤は懐かしさに溢れた目で晴れた神社を見つめていた。

「そうなんですか」松山はまだ放心状態だったが、一応相づちを打っておいた。

一通り神社を見渡した佐藤は、再び鋭い静かな目に戻った。

「言い訳はしない。私についてきますか？」透き通った鋭いナイフのような声に松山の肛門がギュッと締め付けられた。

「はい！　がんばります！」上擦った声は、佐藤の胸に届いていた。

「厳しいぞ」

「はい、覚悟はできています」松山がそう答えると、

「覚悟はできている……か」少し佐藤が笑ったが、松山の目には入らなかった。

「私も覚悟はできているからな。一緒に頑張ろう」

そう言うと佐藤は右手を差し出した。

松山の目からは涙が溢れ出て、

「ありがとうございます。一生懸命頑張ります」と声を振り絞りながら、両手で佐藤の右手を握りしめた。その姿を見た佐藤も、少し胸を熱くさせ、松山の両手の上に自分の左手を重ねて握手を交わした。

「どうやら、本当にこれから始まりそうですよ」

佐藤は心の中で、そう呟いていた。

大洗の空は、とても良く晴れた、青空であった。

手をほどくと、さっそくだがというような感じで佐藤が切り出した。

「今日これから往診がある」

「今日、これからですか？」松山が驚いた顔で聞いた。

「そう。これから。というより30分後からです。まずは、私の往診治療を見学してください」

今日、この遠い茨城で突然佐藤の治療を見ることができるとは思わなかった松山は、飛び上がりたいような気持ちだった。

「はい。ありがとうございます！　とても嬉しいです」

その様子を見て佐藤は、

「嬉しい……か。ふふ」と小声で言い、少し笑った。

それを見た松山も照れくさそうに下を向いて笑った。


「往診中は私語は禁止です。私に質問があれば治療が終わって家を出てからするように。私からは話しかけるかもしれない。それでも質問だけに答えるように。無駄なことは話さないように」

「はい」顔を緊張させた松山が返事をした。

「それと、患者さんの質問には言葉を選んで答えなさい。これは患者さんに限ったことではないのだが、とにかく治療中は自分の言動には十二分に気をつけること」

「はい」

「あとは、人としての礼儀を忘れずに、相手を敬う心を忘れずにな」

そう言うと佐藤は駐車場に行こうと手で合図した。

「はい。わかりました」松山は佐藤の後ろについて駐車場へと向かった。もうすでに胸がどきどきし、緊張と期待が走っていた。

佐藤の車は軽自動車よりも一回り大きい車で、車の中は治療の道具以外はなく、小綺麗であった。もちろん外側も綺麗に洗車してあった。一方松山は普通のセダンに乗っており、車の中は決して綺麗とは言えず、外見もなんだか事故車のように薄汚れていた。

「それではついてきてください。ここからすぐですから」

佐藤はそう言うと、ゆっくりと車に乗り込みドアを静かに閉めた。

「はい、わかりました」松山は慌てて車に乗り込み、勢いよくドアを閉めた。

佐藤の運転は急発進もなければ急停止もなく、曲がり方も穏やかで安全運転であった。しかし、決して後ろの車をイライラさせるようなものではなかった。

松山はもう何日かぶりに自分の空間に戻ったような気持ちになっていた。自分の車という空間に戻り、緊張が少し解け、タバコを吸いたくなった。しかし、佐藤にバックミラーでタバコを吸っている姿を見られてはいけない気がして、本当に吸いたくて仕方なかったが我慢することにした。ホルダーのペットボトルの水を一気に飲み干して、佐藤の車を見失わないように必死に追った。

晴れた大洗の町は穏やかで、波もザザー、ザザーと、静かであった。

大洗神社から10分足らずで佐藤が車を止めた。松山はもう着いたのかと思いながらハザードを出し、佐藤の車の後ろに慌てて停車した。

佐藤はトランクを開けると簡易折りたたみベッドと治療鞄を取り出した。右手にベッドを持ち、左手に鞄を持ち、インターホンのところまで歩いた。

「しまった」松山は心の中で呟いた。急いで佐藤の傍へ行き、ベッドを持たせてもらった。

「ありがとう。これからも往診の時は頼むよ。けっこう重いんだ」そう言うと佐藤はニコッと笑った。

「はい、かしこまりました。鞄も持たせてください」松山が緊張して言うと、

「いいよいいよ。鞄は自分で持てるから」笑いながらそう言い、空いた手でインターホンを押した。

「はい」

「はりきゅうの佐藤です」

「あ、どうもどうも、お待ちしておりました」

インターホン越しに、年輩の女性の声が聞こえた。その家は見るからに農家で、大きな平屋の立派な表札には、今野と書いてあった。

「ここでちょっと待っていてください」佐藤はそう言うと、一人で家に入っていった。もう一人連れがいるという事情を患者に説明したらしく、玄関から松山の方に顔を出して軽く頷いた。それを見た松山は「はい」と小さく答えて、重いベッドを持ち小走りで玄関に入っていった。

「こちらが弟子の松山です」

「勉強させていただきます」重いベッドでバランスを崩しながらも、松山は懸命に頭を下げた。

「ほう、先生のお弟子さんですか。どうぞお上がりください。そうですかそうですか」

少々小太りで声の穏やかな今野は、いかにも農家のじいさんという感じであったが、どこか上品でその目は温かさを帯びていた。

松山は再び頭を下げ、佐藤の後について玄関を上がった。


「ベッドはそこに置いて、後はそこに座って見てなさい」佐藤はそう言うと、静かにかつ素早くベッドを組み立てると、往診鞄を開けて準備を始めた。その間松山は部屋の隅で正座をして佐藤の立ち居振る舞いを見ていた。座布団に座っていた今野が、松山に話しかけた。

「松山さんと言いましたかな」突然話しかけられた松山は驚いて、背筋を伸ばした。

「はい、松山と申します」

「先生は、本当に素晴らしい先生ですよ。私の命の恩人なんです」今野は佐藤の方を少し見て、松山に語った。その間、佐藤は顔色一つ変えることなく鍼の準備をしていた。

「命の恩人ですか」松山は自分が言われたこともないような言葉を表情を変えずに聞いている佐藤に驚いた。もし自分であったら、「いえいえ、とんでもございません」などと大いに照れながら、不格好に返事をするところだからだ。それに引き替え佐藤は淡々と準備をしていた。

ディスポ（使い捨て）の鍼を袋から出し、束ねてクリップではさむ。それを胸ポケットに入れると、消毒液の準備を始めた。

「先生もディスポを使われるのか」松山は佐藤ほどの先生なら金鍼などを使うものかと思っていたら、自分と同じステンレスのディスポ鍼を使っていたので少々安心した。佐藤の一挙手一投足がとても気になったが、今野の佐藤にまつわる話を聞くのも松山にとってはとても貴重な瞬間に思え、どちらに集中したらよいか困った。

「ねえ、先生。両国国技館で命救ってもらってね」今野が佐藤に向かってそう言うと、初めて佐藤が口元を少しほころばせ、しかし歯は見せずに静かに頷いた。そこへ今野の妻が三人分のお茶を持ってきた。佐藤と松山には茶菓子もついていた。

「そうなんですよ。お相撲を見に行った時にね、主人が突然心臓が苦しくなって」今野の妻が、私の方がうまく話せるとばかりに割り込んできた。ここからは妻の独壇場である。

「突然主人が胸が苦しいと、うずくまってしまったんですよ。その時、後ろから先生が現れてくださって、その場で助けてくれたんですよ」準備ができた佐藤は正座をしてお茶を啜りながら、無表情でその話を聞いていた。

「相撲を見ている時にですか」松山が目を丸くして聞きなおした。

「そうよ。もうびっくりしちゃって。周りの人達も驚いていて。本人は苦しくてわからなかったろうけど」それを聞くと今野は鼻で「フン」と少し笑った。

「あれは栃乃洋、若の里戦の時でしたよね」今野がそう言うと「そうですそうです」と佐藤が相づちを打った。

「しきりの途中まで記憶があるんだが、突然痛くなってね。そこに先生が、西方から来てくれたというんだから、驚きましたよ」

「そうなの。私達は東方に座っていたんだけれど、先生が西方から私達の様子を見て、しきりの途中で反対側からやって来てくれて、一瞬で治してくれたのよ」今野の妻はそれがどれほど凄かったか、大きな手振りで松山に話した。それからもこと細かく松山に状況を伝え続けた。

「今野さん、どうぞうつぶせで」佐藤はその話がまだまだ終わりそうにないと思い、今野をベッドに促した。

「あ、はいはい。もうお前はその辺にして、あっちに行ってなさい」妻にそう言うと、すみませんという顔を佐藤に向けてから治療が始まった。

「何よ、いいじゃない。はいはい、わかりましたよ。とにかく松山さん、先生は本当に凄い神技の持ち主でいらっしゃるから、たくさん勉強させてもらって、たくさんの人を救ってちょうだいね」

「あ、はい、ありがとうございます。頑張ります」そう言うと、今野の妻が席を立ったことに少し安心しながらも、佐藤の神技の話を聞けた興奮を味わいつつ、治療側へと向き直り、スーツの内ポケットからメモ帳を取り出して、ペンを握りしめた。それが視界に入っていた佐藤が、

「今日はメモはせずに、とにかく見ることに集中しなさい」と、今野の背中を消毒しながら静かに言った。

「あ、はい、すみません」松山は慌てて両ポケットへメモ帳とペンを片方ずつしまった。

「最近、お体の調子はいかがですか」佐藤は右手で今野の背中の肌を触りながら聞いた。

「お陰様で、本当に心臓も痛くないし、調子良いですよ」

佐藤は「はい、良かったです」と小さな声で言い、今度は今野の右手の脈を取り始めた。

「脈診をするのか」松山は食いつくように見ていた。

脈診とは患者の脈の状態を診ることにより、体の状態を読みとり治療に活かす診断方法である。

脈を確認した後、佐藤は胸ポケットから先ほど束ねた鍼の一本を取り出し、頭のてっぺんに打った。

「百会《ひゃくえ》」松山は心の中で佐藤の取ったツボを唱えた。

それからは左手の人差し指を背中の肌に軽く滑らせ、ツボを見つけたかと思うと、ババババババととてつもない速さで全身に鍼を打ち分けた。その数20本。あまりにも速い取穴《しゅけつ》（ツボを取ること）のため、松山は初めの百会しか口に残らなかった。

「凄すぎる」今までに見たこともない鍼の打ち方であった。いや、撃ち方という表現が正しいかもしれないと思えた。右手で胸ポケットから一本引き抜いたかと思うと同時に左手は取穴と前揉法を終えており、右手を降ろすと同時に鍼を刺し奥まで入れる。それが往復して同じリズムで繰り返されていく。しかし、鍼の打ち方は決して乱暴ではなく、とても繊細な指使いでそよ風のような流れだった。

そうして鍼を打ち終えられた患者の背中には、まるで芸術のごとく綺麗に鍼が並んでいた。松山はその姿を、立て膝で目を丸くして覗き込んだ。佐藤の顔に目をやると、先ほどと同様静かな顔であったが、真剣さが目に出ていた。松山は何かゾクッとするような感覚に襲われた。

そんな中、「ンゴッ」といういびきの音が聞こえた。今野は鍼を刺されてすぐに眠ってしまったのだ。巧い鍼というのは痛くなく、打たれている最中に眠ってしまうことが多い。佐藤はそのいびきを聞くと、少し自分の首を回して、松山の方を見た。瞳孔を開いて見ている松山に、佐藤は「リラックスリラックス」と肩を上下させて見せた。それを見た松山ははっと気づき、肩の力を抜いて座り直した。それを見て、佐藤の口元が少しほころんだ。

往診箱から棒灸を取り出し、ライターで火をつけた。

「先生は棒灸を使われるのか」

一般的にお灸というと、艾を手で捻り米粒大に整え、皮膚に直接置いて線香で火をつける捻り艾か、直接肌に艾をつけずに筒の中に入っている艾を燃やす等の間接的な間接灸と、このように葉巻のような棒状になっている棒灸とがある。

佐藤は棒灸の温度を自分の手で確認した後に、患者の背骨を首もとから腰まで温め始めた。煙がゆらゆらと立ち上り、煙越しに見える佐藤の姿が松山にはとても幻想的に見えた。

窓からは海が見える。穏やかな波と共に、青い秋口の空が目に入る。海風が優しく佐藤の顔を撫でていた。しかし、松山には外の景色や風などを感じている余裕は全くなかった。

鍼灸が45分ほどで ひと段落すると、佐藤はンゴーンゴーといびきをかいている今野の背中から鍼を抜き、バスタオルをかけた。

「次は何が起こるのだろう」松山は佐藤の動向を固唾《かたず》を飲んで見ていた。

佐藤は用意されたお茶を一口、口に含むと、鼻でフーと軽く息をしてから、今野の頭側から両手を背に置いた。

「これは」ここから松山の記憶は、ほとんどが映画を見ているような感覚として刻まれた。佐藤の手技は、なめらかで、繊細で、そして体全体で今野を包み込んでいた。決して病気と闘っている様子ではなく、病気を持つと信じ込んでいる病人を優しく癒し、一緒に舞いを踊っているようであった。無駄な動きが何一つない様は、神楽《かぐら》のようでもあった。洗練された立ち居振る舞いに、松山は完全に魅了されていた。

15分ほどすると佐藤は手を止め、今野の体全体を見渡すと、

「はい、今野さん、次は上向きになります」と静かに声をかけた。

この間ずっと深い眠りに落ちていた今野は、流したよだれを拭きながら、「ああ、はい。いやあ、今回も完全に眠っていましたよ」と照れた声で上向きになった。

佐藤は腹と足に鍼灸をして、最後に頭と腹を揉んで治療を終えた。

「はい、今野さん終わりました」佐藤が言うと今野は未だ寝ぼけ眼でゆっくりと起き上がり、

「ありがとうございました。また命が延びました」と手を合わせた。

佐藤はすぐさま、手際よくベッドをたたみ鞄を片付けた。まだぼんやりしている今野は座布団に座り、冷めたお茶を一口啜った。

「ああ、極楽だった」そう言うと虚ろな目でもう一口お茶を運んだ。そこへ今野の妻が入ってきて、

「先生準備ができましたので、どうぞこちらへ」と、佐藤を促した。

「ほら、あんたもいつまでもそんな顔してないで、ご飯ですよ」そう今野に言うと、二人とも腰を上げた。

どうしたらいいかというような顔をしている松山に、

「松山さんも、こちらへいらして」と今野の妻が言うので、松山は佐藤の顔を見た。すると佐藤は何
も言わずに、小さく頷いた。

「あ、すみません。ありがとうございます。ご馳走になります」

松山も二人の後についていった。

広い部屋に案内されると、そこには旅館のように食事が並んでいた。
「すごいな」思わず松山がつぶやいた。床の間には立派な掛け軸と生け花があり、いかにも日本家屋
という感じの広間に通された。
「どうぞどうぞ、召し上がってください」今野がそう言うと、佐藤は手を合わせていただいた。大洗
ならではの海の幸が並んでおり、とても豪華な昼食だ。そこでも、いかに佐藤の治療が凄いかというこ

とを今野と妻は松山に話した。佐藤は少し照れくさそうにしながら、箸をすすめていた。

食事がひと段落したころ、

「松山さん」と今野が今までとは違う落ち着いた様子で話しかけた。その声に、松山には少し緊張が走った。

「先生は稀な人です。稀な人ですから、その先生の下で学べるというのは本当に稀なことだと思います」

今野は松山をまっすぐに見ていた。今野の妻は目線を下にして、手を止めて静かに聞いている。佐藤は湯呑みに手をかけたまま、それを聞いていた。

「はい」松山は手を膝の上に乗せ、背筋を伸ばして返事をした。

「一生懸命勉強して、先生に一歩でも近づくように努力してくださいね」今野の話し方は、若い者を応援するかのようであった。

「はい、頑張ります」松山にはそう答えるのが精一杯だった。佐藤は顔色を変えないまま、手にかけていた湯呑みを口まで運んだ。

少し堅くなった空気を変えようと、今野が先ほどとは違う柔らかい感じで松山に質問した。

「ところで、松山さん、あんたは相撲は観るかい?」その質問に佐藤は横目で松山を見た。

「す、相撲ですか?」突然の質問に驚いた。

「そう、相撲。相撲は観ますか?」今野がお茶を飲みながら聞いた。佐藤はニヤリとしながらその様子を見ていた。

「相撲は……あまり観ないですね」少しもじもじしながら答えた。

「何？　相撲観ないの？　観ないんですって、先生」今野が松山を少しからかうような口振りで佐藤に投げかけた。すると佐藤はゆっくり口元から湯呑みを離して、

「契約解消だな」と無表情で答えた。

それを見ていた今野と妻はどっと笑った。その間佐藤は少し口元をほころばせながらも目線はわざと松山と合わせずに前を見ていた。間に挟まれた松山は、

「いや……あ、はい……。すみません」とどうしていいかわからないような困惑した態度をとった。

「先生に弟子入りするんだったら、お相撲はちゃんと観なきゃだめね」今野の妻が笑いながら言った。

「あ、はい。これからは相撲を観るようにします」

そう言うと松山を除く三人が笑った。佐藤がちらっと松山を見ると、いじめられた子供のようにもじもじしていた。佐藤はそんな松山を見て、何度か小さく頷いた。


食事が終わり、佐藤が礼を述べて帰ろうとすると、

「先生、また来てくれますかな」そう今野が尋ねた。

「もちろんです。今度伺う時は来年ですね」

「先生も、十分お体お気をつけてください」今野が深々と頭を下げた。

「先生、今日は遠いところまで有り難うございました」今野の妻が、佐藤に封筒を差し出した。

「いいえ、こちらこそ。いつも美味しいお食事を有り難うございます。今日は松山の分まで突然すみませんでした」佐藤がそう言うと、松山も深く頭を下げた。松山はベッドを持つと、先に玄関の外に出て佐藤を待った。佐藤の車にベッドと往診鞄を積み終わると、二人はもう一度今野達に頭を下げた。

「お気をつけてお帰りください」

「有り難うございます。お大事にしてください」

佐藤の言葉の後に、「ありがとうございました」と松山が大きな声で挨拶をすると、今野と妻はニコッと笑った。

佐藤が先にエンジンをかけ、窓を開けてもう一度頭を下げてから出発した。松山も会釈をして、佐藤の後を追った。夫婦は二人の車が見えなくなるまで、敷地の外で手を振ってくれていた。流れる海の風が心地よかった。

10分ほど走ると、佐藤が海岸沿いの駐車場に車を停めた。松山も慌てて佐藤の車の脇に停車した。これからどうするのかというような顔で佐藤を見ていると、佐藤は車から降りて松山の運転席側に向かった。松山は慌ててシートベルトを外し、外に出た。二人の目の前には海が広がり、脇には古い喫茶店があった。

「ちょっと一服しよう」

「あ、はい。わかりました」松山は慌てて上着を取ると、佐藤の後を追って中に入って行った。

カランカランと音がするドアを開け、二人は海が見える一番奥の席に座った。

「ちょっとトイレへ行ってくる」

「あ、はい。わかりました」佐藤が席を外すと、ようやく少し緊張が取れた。目の前の灰皿が目に入ると、無性にタバコが吸いたくなってきた。

「吸いてえなあ」松山はぐっとこらえ、佐藤の帰りを待った。佐藤が戻ってくると、松山は自分もトイレへと席を立った。

佐藤はテーブルの上の紙ナプキンを一枚取り、何やらそこに文字をさらさらっと書いてそれを伏せ、ペンをしまうと、メニューに目を通し始めた。

一方松山はトイレに入ると、なおさら一服したくなってきた。

「個室ならばれないだろうか」一瞬本気でそう思ったが、あまり長い時間は待たせられないと、用を足し早々に戻った。

「君は何にする?」佐藤がメニューを渡した。

「先生は……?」

「私は、ホットコーヒーを」

「では、私も」

松山は店員を呼び、ホットコーヒーを二つ注文した。コーヒーが届くまでに、妙な間が二人の間にはあった。初めて向かい合い、落ち着いた二人の時間ができたからだ。

佐藤は店内のあちこちに目をやり、松山には佐藤が何を考えているのか分からない様子で、この沈黙をどうしたらよいのか、少し戸惑いながらコーヒーを待っていた。

結局何も会話がないまま、コーヒーが二つ届いた。佐藤は無言でコーヒーに口をつけ、ふうと大きく鼻で息をした。

「何か怒っているのだろうか」松山はそう不安になるほど無表情の佐藤を伺いながら、自分もコーヒーを一口飲んだ。松山がカップを皿に置いた瞬間に佐藤が口を開いた。

「今日、初めて治療を見てみて、どうでしたか？」突然の質問に松山はコーヒーをこぼしそうになった。

「はい、あまりにも凄くて、とても驚きました。見たこともない治療ばかりで、本当に勉強になりました」

松山の一生懸命の声が佐藤に向けられた。

「まあまあ、そんなに緊張せずに」佐藤はテーブルの上に乗せていた右手を少し上下に動かしながら言った。

「あ、はい」松山はいからせていた肩を少し落とし、リラックスするように座り直した。

「まあ、一服したらどうだい？」佐藤はまっすぐに松山の方を向いて言った。

「え？　いえ」松山は大丈夫ですという感じで答えた。

「タバコ吸うんだろ？」右手でタバコを持つ仕草をした。

「あ、はい。でも、大丈夫です」松山は、佐藤の前では吸わないという姿勢を示した。すると佐藤は
ほんの少し力の入った声で、
「いいから、吸いなさい。命令です」そう言われると松山は蛇に睨まれた蛙のように身動きが取れな
くなり、
「はい、わかりました」と声を少し上擦らせながら返事をし、慌ててジャケットのポケットからタバ
コとライターを取り出した。
「すみません、失礼します」松山は横を向いて、くわえたタバコに火をつけた。佐藤はその様子を相
も変わらない表情で、そして無言で見ていた。松山はちっともリラックスできずに、この妙なやりとり
のなかでタバコを吸うことになった。吐き出す煙が佐藤の方へ行かないように、手で口元を隠しながら
顔を背けて煙を吐き出した。
「松山君、それが最後のタバコです」言い終わった後、ニヤリとした佐藤が松山を見た。
「え?」というような顔をした松山が煙を吸い込み、途中で動作を止まらせて佐藤を見た。
「それが、あなたの人生最後のタバコです。だから思う存分味わってください」佐藤は少し表情を緩
ませながらもほとんど無表情でそう言った。
「え……先生。これが最後ですか」まさかと言うような顔で松山は聞き直した。
「そう、それが最後。もし、これからもタバコを吸うのなら、私との契約は解消だが、どうしますか?」
そう真顔で言う佐藤に対して、

「いえ、あ、はい。やめます」無理矢理自分の腹から声を出して、タバコを灰皿で消した。

「本当にもう二度と吸えないのかなあ」内心松山は思っていた。なぜなら松山は今までに何度も禁煙をしていたが、成功したことなど一度もないからである。一度は、禁煙しようと決めた20分後に忘れて吸い出したこともあった。そんな意志の弱い自分を知っているために、本当にもうこれが最後のタバコなのか、にわかには信じ難かった。

「治療をする人間が、タバコを吸うなんてことは、絶対にありえない」佐藤は静かにそう話した。

「まず、顔に鍼を刺すだろう。患者さんの顔を触れれば、必ずタバコを吸っている人間の指からは臭いがする。また、タバコを吸う人間は体全体からヤニの臭いがする。これは吸わない人間からしてみると非常に不快だ。健康というものはまず心を見なくてはいけない。それにも関わらず、自分の体臭で患者さんを不快にしているようでは、健康とはほど遠いこととなる」

「はい、すみません」松山は、目を伏せて答えた。

「それと、タバコは百害あって一利なし。不健康なことを率先してやっているような治療家を、いったい誰が信じるというのか？　治療は患者さんとの信頼関係の上に成り立つ。治療家がそんな様子では、信頼関係は生まれず、治療効果も決して上がらない。我々は、常に試されているのだよ」佐藤の言葉に松山はぐうの音もでなかった。

「わかったかい？　だから治療家は決してタバコを吸ってはいけない。やめられるかい？」佐藤が言うと、

「はい、やめます」松山はまた肩をいからせて返事をした。そんな松山を佐藤はじっと見た。見られている松山は動けずにいたが、さらに佐藤は松山の目の奥を見た。松山はいてもたってもいられない気持ちになった。

「無理だな。君はやめられない」佐藤はそう言い放つと椅子にもたれた。そう言われた松山は多少気分を損ねたが、

「いいえ、大丈夫です。頑張ってやめます」ときっぱりと答えた。

「いや、無理ですよ」そう冷たく言う佐藤に松山は、大丈夫だと本人が言っているのに、なぜ勝手に無理だと答えるのか納得いかなかった。

「頑張らないとやめられないようでは、頑張れなくなった時に吸うんだろ?」佐藤は無表情で尋ねた。

「いいえ、根性でやめます」松山はガンとした調子で言ってみた。そう言い切った松山を佐藤は冷ややかに見ていた。そのまま沈黙が少し続いた。

「なぜ無理だと私が言い切れるかわかるかい?」佐藤は静かに尋ねた。

「いいえ、わかりません」松山は怯えた様子と納得のいかない様子の混ざった表情であった。

「治療家には、いわば勘というものがとても必要になる。その勘は霊感のようだと思ってもいい。勘は経験と共に磨かれていく。しかし霊感のように持って生まれた鋭さなどとも関係する。また稀にある瞬間から霊感が鋭くなる人もいる。この勘や霊感は、治療をする際、病状を把握するのにとても大切になる。その人の病邪が今どこにあるのか、この患者は治療後どのような状態を辿っていくか、これを見

極めることはとても大切なんだ」松山は真剣に佐藤の話を聞いていた。

「その勘や霊感を今から試したいと思う」佐藤はそう言うと、おもむろに壁に掛かっている時計を見た。

「この喫茶店に入って、約15分が経つ。その間、一人も客は入ってこなかった。今この店に客としているのは私と君だけだ。ここで松山君に質問です」松山は緊張で胸がぎゅっとなった。

「あと5分以内に、客は入ってくると思いますか？」佐藤は無表情で尋ねた。松山はそんなことは考えたこともなかったので、まさに勘だけで答えようとしたが、それが間違っていたら自分自身を認めてもらえない気がして、絶対に外すわけにはいかない気持ちで心が爆発しそうであった。

（こんな田舎で、客も自分達以外にいない店に、これから5分以内に新しく客が来るとは思えないな）

松山は必死にいろいろ考えたあげくに、

「来ないと思います」そう自信無く答えた。

すると佐藤は、ふーんというような顔でもう一度時計を見た。

「ここに伏せてある紙ナプキンがある」佐藤は先ほど何かを書いた紙ナプキンを自分の前に持ってきた。

「これには、君が先ほどトイレに行った時に私が勘で書いたものが記してあります」佐藤がそう言い終わった時に、ブルルルンと一台の２５０ｃｃバイクが脇に停まった。松山は、え？　まさか、というような顔で窓の外を見た。バイクの男はヘルメットを外してハンドルにかけ、バイクを降り、喫茶店の入り口へと向かった。

（ちょ、ちょっと待ってよ）来るな、来ないでくれという松山の思いを無惨にも打ち砕き、喫茶店のドアがカランカランと鳴った。松山の顔から血の気が引いた瞬間、佐藤が紙ナプキンを表返した。そこに書かれた文字を見た瞬間に松山の全身に鳥肌が走り、股間が縮み上がった。佐藤の顔がニヤリとした。その紙にはこう書いてある。

「15時58分、男一人来店」

佐藤は壁の時計を指さした。松山がはっと時計を見ると、時刻はまさに、15時58分だった。松山の足が震え、手がビクッと動いた。顔を青くして、口がカラカラになり、佐藤の顔を見つめた。佐藤は、緩んだ口元を戻しながら話を続けた。

「これは勘というよりは、霊感に近いものだ。気功と言ってもいい。私に気功を教えてくださった楊《ヤン》先生は、気功というのは手から何かを出すとか、そういう類のものというよりは、日本語で一番近い言葉では霊能力だと言っていた。私は楊先生に気功の手ほどきを受けて、少し使えるようになった。でもこの能力は元々私が強く持っていたものとも言えると思う」佐藤は淡々と話し、松山はじっと聴いていた。

「先ほど、君にはタバコをやめられないと言ったろう」

「はい」口の中が乾いて上唇と下唇がべとついてうまく離れず、おまけに声が少し裏返り、変な声になってしまった。

「それは、私の勘なんだ。勘は経験を元にどんどん鋭くなる。今まで私が診てきた患者の様子などを総合して、この人は最後までやり遂げられるかどうかを、君の目の奥に確認した結果、私の勘では君は挫折するだろうと思ったのだ」松山は小さく頷いた。

「しかし、君が今この時点で、本気でやめようと思っていることは事実だ。それは私も理解している。私の弟子になりたいという強い思いから、今現在は真剣にやめようと思っていることはよくわかる」

「はい……そうです」今度は声が裏返らなかった。

「でもそれは、今の君であって、未来の君がそう思えるかどうかはわからない。私は君の目の奥に、かすかな迷いと不安を見た。本当にもうこれが最後のタバコになってしまうのだろうかという未練めいたものも見た」

（その通りだ）松山はそう思った。確かに自分自身、このタバコが最後のタバコになるなんてことは、とうてい信じきれないいまま、今に至っていた。実際本気でやめようと思ってはいるが、今までの自分を考えると、どこかで陰で吸ってしまうのではないかという不安もあった。

「はい」か細い声で松山は答えた。

「だから私は、自分の霊感を使って自分の能力を君に見せようと思った。もし、私のこの能力がわかれば、君は私にばれることを恐怖と思い、私といる間は決して吸えなくなると思ったからだ」松山はただじっと佐藤を見ていた。

「私は、人の死ぬ時間もわかる」一呼吸置いて、佐藤が静かに言った。松山はその言葉をとても怖く感じた。

「当然、人の嘘など、大抵はわかる」松山はまた胸がぎゅっとなった。

「私が患者に、こうしなさい、こういう運動をしなさいと言って、次回来た時にその人が運動をしたかしていないかなど、簡単にわかる。同時にその患者がしてもいないのに運動をしたと嘘をついた時などは瞬間でわかる。カルテに偽名を書いた場合もすぐにわかるし、嘘の既病歴を言ったとしてもすぐにわかる。そういう能力をもっているのだ。だから、君がタバコを隠れて吸ったとしたら完全に私にばれてしまう」ここで佐藤が、久しぶりにコーヒーカップに口をつけた。一口啜り、鼻で「ふん」と静かに息をした後、再び話を続けた。

「君がタバコを吸おうが吸うまいが、私にははっきり言って関係のないことだ。君が患者に嫌われようと、ガンになろうとも私の人生には関係ない」少し強い口調に松山の背筋はさらに強ばった。

「でも、私の下で医術を勉強したいと思うのならば」佐藤の目が鋭くなった。

「私の弟子になりたいのであれば、タバコはやめなさい」これで話は終わりという感じで佐藤が閉めた。

「はい」松山は目を伏せて、完敗だと頭を下げた。何も言葉はなかったし、何か言えるような気持ちでもなかった。何よりも、佐藤には全てを見透かされているような気持ちになり、完全に降伏という感じであった。全身から血の気が引いていった。それを感じ取った佐藤が、

「まあまあ、この話はこの辺にしておこう。ほら、コーヒーが冷めるから飲みなさい」佐藤はリラックスしなさいという感じで話し、自分自身も真剣に話したことへの緊張をほぐすような口振りであった。

「ありがとうございます」松山は震えながらコーヒーカップを持ち上げた。

「どうだい、もう一服するかい?」佐藤が冗談ぽい目つきで松山に勧めた。

「いえいえ、はい、もう、タバコはやめます」松山は慌てて答え、負けた人間の声でやめると宣言した。

佐藤は軽く頷きながら、

「もう、大丈夫そうだ」と少し笑って呟いた。松山は震える両手でカップを持ち、口に運んだ。


バイクの客は、足を組んで新聞を開き、アイスコーヒーを飲んでいる。

終わりの気功

「さて、そろそろ夕日が綺麗な時間だ」佐藤が窓の外を見ながら言った。

「出よう」佐藤は伝票を取り会計へと向かった。松山は慌てて財布を取りだして佐藤の所へ行った。

「先生」松山が声をかけると、

「あ、いいですよ。給料は出せないけれど、これからの飲食は全部私が出すから」佐藤が支払いを済ませて、外に出た。松山は「すみません」と答え、佐藤の後を追った。

カランカランという音が、後に響いた。


「先生ご馳走様でした」大きな声で礼を述べた。

「いやいや、ここの喫茶店は景色がいいよね」佐藤は少し照れた様子であった。

「今から、海岸で初めてのレクチャーをするから。ついておいで」そう言うと佐藤は店の脇の浜辺に続く細い階段を降りていった。

（初めてのレクチャー）松山の足には未だに力が入りきらないまま、胸は高鳴り佐藤の後ろをついていった。

浜辺まで降りると海の香りが心地よく、静かな風と、波の音が二人を包んでいた。

「少し歩こう」佐藤は深呼吸をして両腕を上げ、伸びをしながら歩いた。

「はい」松山はスラックスの裾と革靴を砂まみれにしながら、佐藤の1歩右斜め後ろを歩いた。佐藤の歩き方は非常にゆったりとしていた。静かに、穏やかで、ゆっくりであった。その歩調に合わせ松山が歩いていると、

「きちんと挨拶ができますね」佐藤は右に少し視線をやり話した。

「あ、はい」松山は驚いた。誉めてもらったことが嬉しかった。

「先ほどの今野さんのお宅に上がる時も、君はきちんと自分の靴を揃えたね」

「あ……はい」松山は照れて、声が小さかった。

「また食事を戴いた時の挨拶も、きちんと手を合わせていたし、相手が話している時にはきちんと箸を置いていたし、左手もきちんとテーブルの上に上げていた」松山は人に誉められるのが久しぶりで、何だか隠れたい気分になった。

「最後に家から出る時も、今野さんと私の前を通過すれば楽なものを、わざわざ重いベッドを持ち上げ、我々の後ろを通って外に出ただろう、あの玄関で」

「はい」

「私はね」佐藤はそう言うと、歩みを止めた。

「そういう人が好きなんだよ」振り返り松山の顔を見て伝えた。

「あ、はい」松山は恥ずかしくなり、下を向いた。

「いいかい、松山君。治療は必ず礼に始まり礼に終わる。これができない人間は、絶対に人を治療することなんてできないんだ」佐藤は真剣な声で伝えた。夕日が佐藤の後ろにあり、佐藤の輪郭が光っていた。

「相手を敬う気持ち、これが大事なんだよ」言い終わると、佐藤はうんうんと自分に言い聞かせるように頷いていた。

「よし、それでは私が最初に教えることは」佐藤は言葉を少しタメた。松山は何だろうという期待の顔で佐藤を見た。

「終わりの気功です」

「終わりの気功？　……ですか？」松山は初めが終わりとは、いったいなんのこっちゃと、訳が分からないという感じで聞き返した。

「そう、終わりの気功です」佐藤はその通りというような口振りで答えた。

「一日の終わりにやりなさい。できるだけやりなさい。夕日が目に入って、時間があったらやってみなさい」そう言うと、佐藤は海に沈む夕日に対面した。松山に自分の横に来るように促して、お手本を見せた。

「こう、夕日に向かって、膝の力は緩める。肩の力も抜いて、目は半開き、口も半開き、うつろな感じでたたずみ、手は両脇に自然に垂らす」松山は佐藤を見ながら言われるままにやってみた。

「そして手は垂らしたまま手のひらを太陽の方へ向けて、軽くゆらゆらと揺らしてみる」佐藤は松山をちらっと見て、緊張しながら行う松山に話した。

「何も考えない。体の力を抜く。まずは体の力を抜くことを覚えなさい。そして心の力を抜く。気を緩める。そして今日一日、自分の体の中に自分自身が作り上げた、怒り、痛み、嘆き、恨み、全ての負の感情を、この一日の終わりの夕日に溶け込ませなさい。それは体全身から、手のひらから、全部から出る気持ちです」佐藤の隣で松山も見よう見まねで行ってみた。

「呼吸は深く考えず、鼻から吸って、口から出す。腹式呼吸とかそういうことも考えずに、胸と腹全体で呼吸をする感じです」佐藤は手を元に戻し、目の前の流木に腰掛けた。松山も手を元に戻そうとすると、

「はい、手を戻さない。顔は夕日」そう言って続けてやるように指示した。

「はい、すみません」松山は慌てて夕日に向き直った。

佐藤は夕日を見ながら、語り始めた。

「世の中には、本当は終わりなどないのだよ」静かな声だったが、その声は波に消されることなく、

空気に消える訳でもなく、空間に穏やかに響き、松山にもちゃんと聞こえていた。

「終わりなんてものはなく、始まりもない。本当は時間というものは存在しないんだ」遠くの夕日を見ながら淡々と話した。佐藤の顔も松山の顔も、茜色に染まっていた。

「それでも人間として肉体をまとい、この世の中で生きていると、時間というものを信じ始める。本来、我々の存在は、肉体でもない、こころでもない、魂だ。魂こそ、私達の実体だ。我々の存在は魂であるということを忘れてしまって、肉や感情ばかりを考えているから、いろいろな幻想に囚われてしまう」

「はい」松山はよくわからなかったが、相づちを打った。

「あ、いいよ、聴いているだけで。返事はしなくていい。ただ聴いているだけでいい。君は終わりの気功に集中してください」佐藤は少し松山の様子を見て、また夕日に顔を向けて、語りだした。

「我々の実体は魂だから、その魂というものは神様の一部であるから、ああ、神様という言葉にもし引っかかるのであれば、宇宙の力と言い換えてもよい。神様という言葉を私は使うが、それは願いを叶えてくれるような神様のことではなく、力のことだ。この大宇宙を構成する力、大自然の力、全てを作っている力を仮に神と呼ぶことにする。それは人間の及ばない力として、私はそう呼ぶことにする。決して、何かの宗教のことではないし、教祖様のことでもないから、それは覚えておいてほしい」最後の言葉で松山の方を見ると、松山はまた佐藤の方を見て頷いた。

「はい、顔は夕日のほう」

「はい、すみません」松山はまたやってしまったと、慌てて夕日を見た。

「我々の実体は魂であり、大自然の力の一部であるから、もう、愛に満たされ本来は完全体であり、もう十分なんだよ。それなのに人間は肉体をまとい、感情を信じているから、それに翻弄され幻想の中で慌てふためく。何も心配はいらないし、何も怖がることなどない。松山君、病気も本当は存在しないのだよ」また松山の顔を見ると、再び松山は佐藤を見てしまった。

「はい、顔は夕日」佐藤は淡々と言った。

「すみません」松山は苦笑いをした。

「でも、人間だから、どうしても肉体の制限を受けると信じてしまうし、感情に振り回されがちになる。しかし、本来は魂であるということを忘れないでいられたならば、何も怖がることはない。病気にも運命にも。でも、人間だからね。どうしても負の感情を信じてしまうんだ」

佐藤も松山も、大洗の夕日に包まれていた。

「大事なことは、捨てることだ。捨てることから全ては始まる。本来は満たされているのだよ我々は。本来は完全であるにも関わらず、自分は不完全だと信じ込んでいる。だから、あれやこれやを手に入れようとする。もう既に何もかも手に入っているのにも関わらず、まだ足りないまだ足りないと信じているんだ。そして自分が作り出した欲から生まれる負の感情に飲み込まれ始め、怒りや悲しみ、恐怖や恨みの中で生きてしまう。そんなものは存在しないのに」松山は、佐藤がとても哲学的で、何か大切なことを話してくれているのに、耳には入っているが気功と緊張とでいまいち心は上の空であった。でも、ところどころ耳に入る佐藤の言葉で、自分が忘れていたものを思い出したかのような感情になるのが、とても不思議であった。

「その存在しない、間違った心を全て放棄するのだ。自分自身が作り上げた誤った知覚を全て、捨ててしまう。そしてこの一日の終わりと共に生まれ変わることを自分に約束する。自分の実体は魂であり、既に愛に満たされている。だから、何も恐れることはないと。すると、感謝の気持ちしか出てこなくなるのだよ」松山を見ると、今度はきちんと夕日を見たまま、気功の練習をしていた。

「こんな自分をすべて許してくれている大自然の力、宇宙の力、神様に、感謝して感謝して、涙が出てくる」佐藤は松山の方を向きながら話した。

「こんな自分でも、全てを受け入れてくれて、生きることを許してくれている。だから、今日から生まれ変わろう。積極的に生きよう。本来愛に満たされている事実を思い出して、もうこれで間違った知覚を全て終わりにしよう。そう考えると、出てきた涙が乾き始め、力が体と心の奥深く、体の一番下の足の裏からふつふつと湧いてくる。泉のように湧いてくる。そのツボが湧泉《ゆうせん》よ」

「湧泉」そのツボ名が松山の耳にしっかりと入り、そのツボを意識した。

「湧泉から湧き上がった力の泉は、どんどんと肉と心を満たして、下半身が充実してくる。そして体全身隅々にまで力が満たされる。これが終わりの気功だ」佐藤は松山の顔をじっと見た。

「終わりの気功」松山は胸の奥で反芻した。佐藤はその松山の目の奥を見ていた。真剣なその姿が、微笑ましかった。

「あれ、涙がでていないようだね」佐藤はちょいと意地悪そうにふざけて言ってみた。

「はい……、すみません」松山は恥ずかしそうに下を向いた。

「はい、もういいよ。今日はこれで終わり」

「ふう」松山には涙どころか、出していたのは脂汗ばかりであった。

「疲れただろ？　本当は疲れないんだ。気功はやればやるほど、どんどん元気になる。その活力を生きるということに活かす。自分の欲を通すのではなく、人々の気持ちを考え、人々を敬い、そして生きる力に変えていく。これが私の考える気功の目的だ。自分が元気に健康になるためだけのものではない。その後が本来の目的なのだ」

「はい」疲れきった松山は、返事をするのが精一杯だった。

「よし、修行第一日目は終了だ。来週、今度はうちに来なさい」そう言うと、佐藤は自分の電話番号と住所を手帳に書き、一枚破って松山に渡した。

「午前9時に」そう言うと、佐藤は久しぶりにニコッと笑った。

「有り難うございます」松山は頑張って大きな声で頭を下げた。静かな浜辺には、松山の声がとても響いていた。

「ではまた来週会おう」佐藤はそう言うと、車の方を指さした。

佐藤が車に乗り、窓を開けた。

「では、今日はゆっくり休みなさい」そう言うと、車のギアを入れた。

「今日は、本当に有り難うございました。これからも、よろしくお願いいたします」松山は大きな声で言うと、頭を力強く下げた。佐藤は笑顔で頷き、先に車で出ていった。

佐藤の車が見えなくなった所で、松山は自分の車に乗った。シートに座ると、未だ興奮が冷めずに、ももから足裏にかけてまでジンジンとしていた。なんとか気持ちを静めようと、一服しようとしたが、「あ、いかんいかん」そう言葉に出してタバコの箱をギュッとねじり、コンビニの袋の中に入れた。後部座席からお茶を取ろうと後ろを向くと、佐藤に渡そうと思っていた菓子折りが置いてあった。(しまった)やってしまったと、松山は自分のおでこを右手で叩いた。ペットボトルを掴み、一気に飲み干した。「ふう」と大きく息を吐いてから、エンジンをかけ、ナビを設定して車を発進させた。

一方佐藤は既に薄暗くなった中、大洗磯前神社の前に車を停め、階段を上り始めた。行きと帰り、お参りをするのが彼の習慣となっていたため、薄暗い中挨拶に行くのは失礼かとは思ったが、ゆっくりと一段一段上っていた。

「大洗の神様、お見守りくださいまして、ありがとうございました。情けないことに、私の傲慢さが何度も出てしまいました。これからも一生懸命頑張ります」佐藤は神様を起こさぬようにと、柏手を打たず、その場を後にしようとした。

そこへ、ものすごい勢いで車がやってきた。

「このエンジン音は?」佐藤には、すぐさま松山の車だとわかった。別に逃げなくてもいいのだが、ささっと陰に身を隠した。

佐藤は階段の下に車を停めたが、松山は朝同様に境内のすぐ脇にまで車を持って来て、走って社の前に立った。息も調わないまま、手を合わせ大きな柏手を打った。

(神様、本当に有り難うございました。本当に有り難うございました。佐藤先生は弟子にしてくださいました。神様有り難うございました)そう心の中で呟き、また走って車へ戻っていった。

そんな姿を陰から見ていた佐藤は、ふっと鼻で息をもらして、微笑んだ。

佐藤のエンジン音が消える頃には、もう大洗の町はすっかり夜になっていた。

昨日の興奮が松山には未だ夢のようで、いつもと同じ日常が、何だかいつもと同じには思えなかった。同じ人間が朝目を覚ましたというのに、心が未だに興奮し、顔の表情が生き生きしているように、自分自身でも感じた。

病院に着き、今まではとても入るのが嫌だった治療室も、もはやそんな気持ちはなくなり、佐藤のあの往診姿を思い出し、自分もいつかは佐藤のようになりたいという夢が松山の背中を押していた。ただそれでも現実は現実のままで、松山の治療技術が上がったわけではなく、嫌な思いをすることも多かった。それでも松山には、今から自分は佐藤の下できっと治療が上達すると信じて、頑張ろうという勇気が湧いてきていた。

あっと言う間に一週間が経ち、松山は約束の時間に佐藤の自宅を訪れた。

佐藤の家は埼玉の北部にあった。とても自然豊かで周りには緑しかなかった。都会のような高い建物もないし、車の音もそれほど聞こえなかった。よく晴れたこの日は、何だか自分を祝福してくれているようだと、松山は胸を高鳴らせて扉の前に立った。家は決して大きくはないが、門構えは品があり、全体的に明るい印象であった。鳥の声が、どこからともなく心地よく聞こえてくる。とても静かな土地に、佐藤の家のチャイムが鳴った。

「ごめんください」今日はスーツではなくラフだが小綺麗な格好をして、右手には先日渡せなかった菓子折りを持って、松山は頑張って大きな声を出した。すると中から、白衣を着た佐藤が出てきた。

「はい、こんにちは」予想もしていなかった白衣姿の佐藤を見て、松山は一気に緊張が走った。白衣を着た佐藤の姿は、先日の往診の時とは全く雰囲気が異なっており、明らかに腕のある治療家というオーラが出ていた。そんな姿に一歩が遅れた松山は、

「先生、先日は有り難うございました」と裏返ってしまった声で挨拶をし、菓子折りを渡した。

「なんも、気を遣わんくていいのに。さあ、あがりなさい」佐藤は気さくに話し、中に入るよう促した。

「お邪魔いたします」松山は靴を脇に揃え、そろそろと上がっていった。

「先生、今日は治療なのですか?」松山が恐る恐る聞くと、当たり前ではないかというような口振りで、

「そうですよ、10時から。白衣持ってきた?」と佐藤が聞いた。

「いえ、持ってません」松山が慌てた様子で答えたが、すぐに思い出して言った。

「あ、先生持ってます。車にあるので、すぐに持ってきます」

「そう、わかった。では取っておいで」

「すみません」慌てて車へ戻り、後部座席に置いてあった病院で使う予備の白衣を持ってきた。白衣と言うよりは例の水色の服ではあったが。

「先生、これでいいですか？」松山はその、リハビリスタッフが着ていそうな制服を見せた。すると佐藤は、プッと吹き出し、笑いながら言った。

「何だねそれは君」

「いや、これは、あの、病院で使ってるやつで」松山が恥ずかしそうに答えると、佐藤は、

「汚いなぁ、その白衣は。汚れているじゃないか」と言った。確かに汚れていた。ズボンの裾も襟足も汚れていたし、何かをこぼしたようなシミまで付いてた。

「君ね、白衣の意味がわかっとるかい？」呆れたように少し笑って佐藤が話した。

「清潔な白衣でないと意味がないのだよ。よく駅などで白衣を着て歩いている連中を見かけたりするけれど、白衣を着て外にでるなんてもっての外ですよ」松山は恥ずかしかった。確かに松山の勤めている病院でも、病院職員はよく白衣を着たままコンビニに買い物に行っていた。上履きも下履きも関係なく、そのままの服装で外に出ていた。

「汚い白衣を着ている治療家は、それだけで腕がないと思われて当然です。中華料理屋じゃないんだから」もう呆れっぱなしというような口振りで佐藤が話すと、松山はますます恥ずかしくなった。

「しょうがない、これを着なさい」そういうと、佐藤は隣の部屋から白衣の上下を持ってきた。

「だいたい君と私は同じような体型だから、大丈夫だろう」そう言うとケーシー型白衣（動きやすさを重視した、半袖、上下セパレートの白衣）の上下を松山に渡した。

「すみません」松山はそれを受け取った。

「それ、あげるから、これからはそれを持ってきなさい」白衣は真新しいもので、とても綺麗であった。

松山は本当に申し訳ないと思いながら、有難くいただいた。

松山が白衣に着替えている間、佐藤は治療室の準備をしていた。往診の時とは違って、動作はゆっくりで、とても穏やかだった。

「先生、着替えました」松山が、一声かけてから入室した。初めて見る佐藤の治療室は、宝の部屋を見るような気持ちであった。

（これが先生の治療室か）松山は部屋を何度も見渡した。ほとんど何もなく、あるのはベッドと、鍼などが置いてある治療台、そしてタオルが入っている棚、机の上には一冊のノートとペンがあった。ツボが書いてある人形もなければ、壁掛けのツボの図などもない。絵もなければ、インテリアらしいものも何もなかった。ただ、いわさきちひろのカレンダーだけが色としてその部屋に存在していた。

「ほう、似合っているじゃないか。馬子にも衣装か。馬子、馬子ねえ、馬の子かあ」佐藤は松山の白衣姿を見てそう呟いた。馬の子かあと言われた松山はよく意味がわからないまま、

「はあ、すみません」となぜか恥ずかしくなって謝った。

「馬子にも衣装、馬の子」佐藤はもう一度小さく独り言のように呟きながら、机に座ると何やら引き出しから取りだした。

「これが私の予約表です」

「失礼します」松山はどきどきしながら目を通した。

「うちは、木曜が休み。あとは土日祝日関係なくやっています。一日に診る患者は、一二人」

二人という人数を聞いて松山は正直、少ないと思った。佐藤の治療院は大繁盛で、一日に20人以上は診ているものだと勝手に思っていたからだ。

「治療時間は一人90分。場合によってはもう少し長い人もいるし、短い人もいる。治療開始時刻は午前10時と午後1時。そして午後3時からは急患がいれば診るし、いなければ休み。そうは言っても、三人になることが多いけれどもね」

「はい」それにしてもあまりにもゆったりとした時間の使い方に松山は正直面食らった。忙しくて忙しくて鬼のように動き回っているのではないかと思っていたために、予想外のことに驚いていた。そんな様子を佐藤はとっくに気づいていたが、何も気づいていない素振りで、話を続けた。

「そして次のページを見てください。それが私の予約スケジュールです」それを見た松山は度肝を抜かれた。よく有名な治療院などでは三ヶ月待ちなどと聞くが、佐藤の予約スケジュールは、来年の一二月まで埋まっていた。

「え？　先生、これはもう全部、来年の一二月まで埋まっているのですか？」松山が目を丸くして尋ねた。

「そう」佐藤は無表情で答えた。

「来年の、一二月。はあああ」あまりにも驚いたというような松山の表情を見て、佐藤が続けた。

「料金は90分1万円。初診料などは取らない。健康食品も回数券も売らない。あるのは治療だけ」

佐藤のその言い方が、松山にはとても格好良く思えた。

「今日は午前と午後一人ずつ。一人は糖尿病の男性、もう一人は全身倦怠感不定愁訴の女性です」

てっきり、腰痛や肩こりなどという言葉が聞こえてくるのかと思いきや、整形外科では絶対に現れない患者のため、松山は再び面食らった。

「松山さんには見学してもらいますが、午前中の男性はたぶんすぐに眠るから、安心してください。午後の患者は少し厄介だけれど、勉強になると思います。それと、治療中の質問は禁止。後で松山さんが疑問に思ったことは全部聞くので、メモしておいてください。しかし、メモを取る時は静かに。とにかく静かに。音を立てないように。気配も消すように。これが私からの要望です」

気配を消すようにと言われて、松山の脇の下にはジトッと緊張の汗が流れた。

「はい、わかりました」松山の顔は強ばっていた。そこへ家のチャイムが鳴り、ピンポーンという音に、松山の背中がビクンと動いた。それを見た佐藤は思わず吹き出し、

「大丈夫大丈夫、リラックスリラックス」松山の肩をぽんと叩いてから、玄関のドアを開けに行った。

「こんにちは、先生お久しぶりです」品の良さそうな六〇代後半の体のがっちりした男性である。髪

はグレイで、服装には清潔感があり、穏和な顔つきであった。

「お久しぶりです、伊藤さん、どうぞお上がりくださいませ」佐藤の対応は落ち着いて丁寧であった。

「ずいぶん、涼しくなりましたよね」伊藤がそう言いながら上がってくると、見たことのない松山が立っていたので、伊藤の足がいったん止まった。

「今、うちで治療を勉強している松山先生です。少し、伊藤さんの治療を見学させていただいてもよろしいですか?」佐藤が廊下でそう言うと、松山が、

「松山と申します。佐藤先生の下で勉強させていただいております。よろしくお願いいたします」と挨拶をした。それを聞くと伊藤は、驚いた感じからとても柔和な表情になり、

「そうですか、松山先生、よろしくお願いいたします。どうぞどうぞ、見学なさってください、私は全く構いません」とにこやかに話した。

「有り難うございます、伊藤さん。ではどうぞこちらへ」治療室に入れると、伊藤は慣れた様子で服を脱ぎ、靴下を脱いでからベッドにうつ伏せになった。

「御調子はいかがですか、伊藤さん」佐藤はカルテを見ながら尋ねた。

「お陰様で非常に良いですよ。A1cも5.8でしたよ」伊藤は顔の位置を直しながら答えた。

「A1cが6を切りましたか。そうですか。良かった。ずいぶんご養生されましたね」佐藤は5.8の数字をカルテに書きながら話した。

「いえいえ、先生の治療のお陰ですよ。本当に有り難うございます」伊藤はうつ伏せから顔を少し上

げて礼を述べた。佐藤はいえいえと照れて返事をしながら、電話機の場所へ向かい何やら少し操作をして、それから手を消毒した。

「では、始めましょうか」

「よろしくお願いいいたします」

「こちらこそよろしくお願いいいたします」

松山には、この一連の治療に入るまでのやりとりが、とても新鮮に思えた。患者と治療家がゆっくりと話し、お互いに挨拶をしてから始める。一見当たり前のことが、病院では行われていない。この人間らしいやりとりの光景が、とても羨ましく思えたし、これこそ医療に必要なことだとも思った。

松山は佐藤の治療を一つも見落とさないようにと、食い入るように見学した。一方佐藤は非常にマイペースで、松山がいるもいないも関係なく、淡々と治療を始めていた。

「先生見ました？　先日の千秋楽の結び」

「見ましたよ。凄かったですね」

「いやあ、凄かったですね、久しぶりに興奮しましたよ」

二人の会話は実に楽しそうで和やかであった。それから少し世間話をした後、さきほど佐藤が言ったように、伊藤はお灸の温かさと共に眠りに落ちて、大きないびきが響き始めた。すると佐藤は松山の方を見て、少し笑った。松山はその顔を見て、少し緊張が解けた。

佐藤は淡々と治療を続け、丁寧に鍼を打っていた。前回は棒灸を使ったが、今回は間接灸を使用した。

お灸の筒に棒を刺し、艾を頭から少し出すとフッと根本に息を吹きかけゴミを飛ばし、底をペロっと舐め患者の背中に綺麗に並べていった。佐藤の動作は実にしなやかで、無駄がなかった。お灸に一つずつ線香で火をつけると、患者が熱さを感じ、そろそろ限界だなという絶妙のタイミングでお灸を外していった。そのため寝ている患者も目を覚ますことはなく、気持ちよい熱さの中、眠りはどんどんと深くなっていくのであった。

「すごいなあ」たかが間接灸一つをとっても、とても考えられた動きであると、松山は感心した。棒を差し込み頭に火をつけ適当に患者に置く、雑でいい加減な自分の治療とはまったくの別物であった。

伊藤が豪快ないびきをかくなか、佐藤の鍼灸が終わり、白い木綿のシーツを取りだし上半身裸の伊藤の背中にかけた。そしてポキポキと自分の指を鳴らすと首を左右に傾け、伊藤の頭側から背中にかけて手技の推掌《すいな》が始まった。鍼灸は鍼灸でとても神秘的な佐藤の技であり、推掌は推掌で佐藤の真骨頂とも言うべき魔法の手が始まる。松山は見たこともない手技を食い入るように見ていた。魔法の手は実に美しく動き、そして静かにゆったりと流れ、まさしく壮大な大河のようであった。

流れるような動きで背中を終えると、伊藤を仰向けにさせ腹やスネに鍼灸を施し、治療が終了した。伊藤は自分がいつ仰向けになったのかもわからないまま、虚ろな目をしてベッドに座った。

「はい、終わりました。お疲れさまでした」佐藤が伊藤の肩をポンと叩くと、

「ありがとうございました」と丁寧に深く頭を下げた。伊藤はすぐには動けないようで、しばしベッドに座ったままであった。

「ごゆっくりお着替えください」佐藤はそう言うと、タオルとシーツをたたみ、使用した鍼を片づけた。そして電話機のところへ移動し、何やら操作をして待合室へと向かった。松山も佐藤の後を追って待合室へ行った。佐藤はポットから三人分のお茶を入れて、先にテーブルに座りカルテを書いていた。

「先生、お疲れさまでした」松山が声をかけた。

「はい、お疲れさん。疲れてないけどね」そう笑って答えた。

「今、伊藤さんいらっしゃるから、一緒に座ってお茶を飲みましょう」佐藤は治療する前と何も変わらない雰囲気で話した。治療をして疲れたなどという様子はまったく見られず、一人治療したらくたくたになる自分とは大違いだと、やはり佐藤は別格だと感じた。

「有り難うございました、先生」顔にタオルの跡をつけ、半分寝ているような顔の伊藤が戻ってきた。

「お茶をどうぞ」そう言うと、伊藤は席に付きお茶を飲んだ。佐藤は松山にも座るように促すと、

「失礼いたします」と挨拶をして松山も席に付いた。伊藤は、すっかり松山の存在を忘れており、そう言えばいたなあというような顔でぼんやりと松山を見た。

「楽になりました、ありがとうございました」伊藤は再び礼を述べ、佐藤はニコニコしながら、一緒にお茶を飲んだ。そこへ今野の時と同様に、いかに佐藤が凄いかという話を、伊藤が松山にしだした。佐藤は本当に患者から信頼されているのだと松山は改めて実感した。その間、佐藤は少し照れくさそうであったが、ほとんど表情は変えずに話を聞いていた。

「先生、本当にありがとうございました。またよろしくお願いいたします」伊藤は封筒を差しだし、

席を立った。

「次回はまた来月で、治療券に書いておきましたので」

「ありがとうございました。ご馳走様でした」

伊藤は深々と頭を下げると、松山に挨拶をして帰っていった。


佐藤は伊藤の飲んだ湯呑みを片づけて再び治療室に戻り、次の患者の準備をして、休憩室へ入っていった。松山は一連の佐藤の動きを覚えようと、すぐさまメモに書き込んだ。自分が少しでも佐藤の役に立てるように頑張ろうと努力した。

時刻は12時少し前であった。

「松山君、こちらで少し休もう」そう言うと休憩室の座布団に座り、お茶を入れた。

休憩室は和室で、床の間には花が飾ってあった。隅には仏壇があり、日差しの入る明るい部屋であった。

「どうだい、勉強になりましたか?」佐藤はお茶を啜りながら聞いた。

「はい、もうとても感動して、メモを取るのに必死でした」松山は背筋を伸ばして答えた。

「いろいろ、聞きたいことがあると思うけれど……」そう言うと、佐藤は思いだしたかのように松山に尋ねた。

「そうそう、お腹減ってるよね?」

「いえ、私は大丈夫ですが」実際は減っていたのだが、松山はそう答えた。

「いや、若いから減っていると思うのだが、私は仕事中はほとんど食べないのだよ。野菜か果物しか食べないんだ」

「野菜と果物ですか」松山が驚いて答えた。なぜなら、松山の病院ではお昼休みになれば全員外食かお弁当を買いに行くからだ。少なくともお昼休憩は3時間ある。昼寝をしようと思えばできるくらいの時間もある。しかし、佐藤のようにあれだけ集中して90分間治療し、この後も治療があるのに野菜と果物だけで足りるとは、とうてい思えなかったからだ。

「そう、生野菜と果物だね。野菜は味噌や塩だけで食べる時もあるし、ドレッシングをかける時もある。どう？　食べますか？」

「あ、はい。すみません、いただきます」松山はそれでもいらないとは言えずに、いただくことにした。

佐藤は席を立ち、冷蔵庫から野菜を持ってきた。

「はいどうぞ」松山はそれを見て目を丸くした。サラダとか、果物とかが出ると思ったら、大きなキュウリが一本出てきた。そのキュウリは青々していて、艶が良く、がっしりとしていた。その驚いた様子を見ながら、佐藤は少しにやっとした。

「驚きましたか？　これが、だいたい私の昼食です。人参の時もあるし、トマトの時もある。さすがにゴーヤは苦くて無理だけれども」そう言うと佐藤は小皿にのった塩を付けてボリボリと食べ始めた。それを見た松山も佐藤に習って食べ始めた。

「あ、おいしい」松山は驚いた。とっても美味しいのだ。キュウリの甘みがたいへん強く、しかも付けたのが甘くうま味のある塩で、野菜本来の味を引き出した絶品であった。

「美味しいですね、先生。とても美味しいです」松山は再び塩を付けて、かぶりついた。お世辞ではなく、こんなに瑞々しく美味しいキュウリを食べたのは初めてであった。

「この辺は野菜の直売所がいくつもあるんですよ。そして近所の農家さんが、よく私のところへ持ってきてくれるんです。ですからこんなにも新鮮な野菜が食べられるのですよ。美味しいでしょ？」

佐藤ももう一口がぶりとかぶりついた。

「本当に美味しいです」松山も負けじとかぶりついた。

「この塩は岩塩で体に良いですよ。塩分は体に悪いと勘違いしている人達が多いけれども、天然の天日塩や、岩塩は体に良いのですよ。化学塩は体に悪いけれどもね」

二人のたてるボリボリという音が、和室に響いていた。

「だいたいにして、現代人は食べ過ぎです」佐藤がまじめな顔で話し始めた。松山もかぶりつくのをやめて佐藤の話を聞き始めた。

「肉や脂を取りすぎているのですよ。だから病気になる。特に血液の病気になる。肉や脂、甘いものの取りすぎは、血液を汚して、血管を傷つけ、内臓を壊します。そして精神をも乱すんですよ」

一口佐藤がお茶を飲んだ。

「肉は殺された時の恨みが刻まれます。その念を体に入れるのも良くないし、やはりそんなに肉食になる必要はないんですよ。それに比べて、野菜と果物は血液を浄化させる働きがある。血液が綺麗になれば、けっこう多くの病気は治るんですよ。特に糖尿病などの内臓病は良くなります。タンパク質は動物性ではなくて、植物性を摂れば良いのです。大豆とか、納豆とかね。昔の日本人の食事で十分なんですよ。そして現代人は食べ過ぎなんです。食べることに不自由しないから、精神がたるんでくる。精神がたるむから、ノイローゼなどの病気が出てくる。もし、明日食べるものがなくて、必死に生きている日々だとしたら、今の世の中のような登校拒否もなくなるし、ひきこもりもなくなりますよ。食べるのに必死だという人間の本能が生命力を上げるからね。よく鬱病というけれど、本当の鬱病患者はほとんど一人では治療に来ないのだよ」

松山は真剣に聞いていた。

「鍼灸が鬱病に効くことは知っているだろう？」

「はい」

「でもね、実際治療院に自分の足で私は鬱病ですなんて言って来るのは、本当の鬱病ではなくてただのノイローゼが多いんだ。本当の鬱病だったら、自分で電話もできないし、自分で歩いてくることなんてまずできない。それができるんだから、病気を人のせいにしている、ただのノイローゼでしかないんだ。本当の鬱病の人というのは、外にも出られないし、こんな治療院に一人で来ることなんて無理なんだよ。だいたいが付き添いに連れられて来る」口調が少し強かったので、松山は少し緊張しながら聞いていた。

「まあ、またいつか、食事について詳しく話しますよ。そろそろ次の患者さんが来るね。食べちゃおう」

残りのキュウリに二人でまたかぶりついた。ボリボリという音が一段と、部屋に響いた。

「次に来る患者さんは、ちょっと厄介なんだ。さっき言ったノイローゼなんだよ。自分が鬱で重病人だと信じきっている。でもね、実際にはどこも悪くないんだ。心が病気だと信じているから、体にいろんな症状が出てくる。これは我々が治すのではなくて、自分が気づかなくてはいけないのだよ。治すのは自分の心だって。でもね、ノイローゼ患者は一筋縄ではいかないんだ」そう言うと、少したため息をついてから席を立った。松山も佐藤の後を追って、治療室へと向かった。

「精神の病の患者さんの時は、書庫があるからそこで勉強していてください。話し声は聞こえると思いますので、どんな会話をしているとか、勉強になればいいけれど。精神の患者さんは、環境の変化に弱いから、いつもと違う人がいたりすると、それだけで心が乱れてしまうから」

佐藤は松山を書庫に案内した。

「自由に、好きな本を読んでいてください。それも勉強のひとつだね」そう言うと、佐藤は部屋を出ていった。

書庫に入ると松山は膨大な数の本に圧倒された。そこは4畳半の洋室であったが、真ん中に机と椅子があり、周りはすべて本であった。

「すごいなあ」見たこともない中国の医学書などが所狭しと並んでいた。この本を読むことができるだけでもとても有り難いことだと思った。

時間10分前にチャイムが鳴り、佐藤が返事をしてドアを開けた。すると同時に、機関銃のように言葉が飛んできた。

「先生、こんにちは。お久しぶりです。実はね先生、ずっと調子悪かったのよ。もうずっと鬱で。やってもらった日はすごい調子良かったんですけどね。一週間後からもうやっぱり辛くて辛くて。主人に言うと、また怒られるでしょ。だからもう誰にも言えないし、病院に言ってもまたお医者さんは何でもないって言うし。はい、先生おみやげ」女はそう言うと、佐藤に一升瓶を渡した。

「ああ、すみませんいつもいつも。気を遣わんでくださいよ」佐藤は酒を手に取り治療室へ案内した。治療室に入っても女の話は続き、佐藤の相づちがところどころで聞こえた。

松山は、書庫でいったん席に付いた。机の上には佐藤のものと思われるノートが置いてあったが、もちろん開いてはいけないと思い、目を向けないようにした。松山は何だか落ち着かずにすぐに席を立ち、部屋中の本を上から下までどんなものがあるのか見てみることにした。佐藤と女の会話は気になったが、声は聞こえるものの内容まではっきりと聞こえないため、ここは静かにしていようと思った。

「しかし、たくさんの本だなあ」松山は自宅にある治療の本の少なさが恥ずかしくなった。佐藤ほどの先生でもこれほどの数の本で勉強していると思うと、頭が下がった。

本棚はとても綺麗に整頓されていた。大きな本と小さな本など、サイズで大きく分けられており、その中でもタイトルのアイウエオ順に並んでいた。本は埃をかぶっておらず、古本屋のような臭いはしなかった。書庫には小さな天窓があり、明るくやわらかい日差しが入っていた。

松山は一番上から目を通していったが、自分が読んだことのある本は一つもなかった。一冊一冊を辿っていくと、中国語で書かれた一冊の本に目を引かれた。

「ん?・」単純明快に保健推拿と書いてある。その本を手に取るとずいぶん古く、何年前の本だろうと後ろを見ると、もう三五年も前の本であった。松山はなぜかその本がとても気になり、宝物を見つけたような目で、机に座り最初から目を通した。

目次を見ると、整形外科疾患から内科疾患まで載っていた。もちろん中国語で書いてあるが、東洋医学を少し勉強した者であれば、読めないものではなかったし、何よりも絵が細かく載っていたのが良かった。

「あ、これは」松山の目に止まったのは、てんかんの手技の項であった。松山が初めて佐藤に出会ったあの日、彼が目の当たりにした神技の内容が載っていた。

「あの時の内容だ」松山は食い入るように本を読んだ。あの時の佐藤の映像と、本の図がリンクして松山の脳に入ってきた。本を汚さないように気を付けているものの、思わず手に力が入ってしまうほど胸が熱くなる本であった。

松山は他の項にも目を通し、あっと言う間に時間が過ぎていった。気が付くと女のうるさい話し声はもうなくなっていた。

ガタンと佐藤が治療室から出てきて、待合室でお茶を出し始めた。松山は慌てて本をしまい、いつでも出ていけるように体勢を整えた。

「ありがとうございました、先生」虚ろな声の女が出てきて、会計を済ませ、今度は一ヶ月後だという佐藤の話に対してそれでは遅すぎるからもっと早く予約を取らせてくれと何度もうるさい声で言っていたが、佐藤は大丈夫だからと言って帰らせた。女が出ていきドアが閉まる音を聞くと、松山は書庫から出て佐藤に挨拶に行った。

「先生、お疲れさまでした」

「はい、お疲れさん。疲れてないけどね。でも、少し疲れたかな」カルテを書いていた顔を上げて、少し笑った。

「けっこう話す患者さんなんですね」松山はあまりにもうるさかった女のことを聞いてみた。

「そうだね。いつもあんな調子だよ」佐藤は少し笑いながら答えた。

「さあさあ、今日はこれでおしまいだ」そう言うと再び電話機の所へ行って何やら操作をした。

「松山君、これ覚えておいてください。患者さんが来たら音はサイレントにしてください。そして帰られたら再び音が出るように」佐藤は松山を電話機の所へ呼び、実際に操作して見せた。

「あ、はい。わかりました」

「治療中は電話の音がうるさいから鳴らないようにしているんだ。音というのは、治療に一番邪魔だからね」松山はさっと手帳を取りだして電話機のことをメモした。

「さてさて、お茶を飲みながら少し話そう」そう言うと再び和室に入っていった。

「二人目は治療を見せることができなかったけれど、何か質問はありますか？　何でもいいよ」佐藤の真向かいに座った松山の顔を、テーブルの上で指を組み、まじまじと見ながら質問した。

「あ、はい。そうですね」松山は自分の手帳を取りだし、メモをした内容を読み返していた。しかし、あまりバカな質問をしたら嫌われるのではないかと思い、どんな質問をしたらいいのか迷っていた。そんな様子を見て佐藤は組んだ指をほどき、お茶を一口飲んだ。先ほどの書庫で推拿の本に夢中になりすぎて、質問を考えないでこの場に来たために、松山はどんどんパニックになっていった。

「いいよいいよ､何でも。自分が一番聞きたいことから聞いたらいいじゃないか」佐藤は優しくそう言った。

「あ、はい」松山は佐藤の言葉を反芻した。

「一番聞きたいことかぁ」メモを見る目が一度空《くう》を見つめた。

「あの、先生は、なぜ鍼灸師になられたのですか?」一番聞きたいことを考えると、失礼かもしれないと思ったがこれしか浮かばず、またこのことが一番聞きたかったため考えることなく口から出てしまった。

「あ、すみません」自分が何かとても失礼な質問をしてしまったと思い、松山は慌てて謝り再び目を手帳に戻した。

「いやいや、いいんだよ」佐藤は静かに笑いながら目を細めた。

「良かったよ。良かった良かった」佐藤のこの言葉に松山は「え?」というような顔をした。

「どこのツボに鍼を打ったのかと聞かれたら、もう弟子の話はなかったことにしようと思っていたよ」笑っている佐藤を見て、松山は内心ヒヤヒヤしていた。もちろん最初の糖尿病治療の男性にしても、どこのツボを使ったのかが、気になっていたことは事実だからだ。しかし、どこに鍼を打ったかなどを聞くのは何か違うと思っていたので、松山は聞かないで良かったとホッとした。

「以前、患者として来た鍼灸師が、どこのツボを使っているのかとしつこく聞いてきたことがあったが、その時点でこの人には人を治す力はないなと思ったよ」佐藤は冷たい声で話した。

お地蔵様のお告げ

一口お茶を啜ると、

「私はね」そこから佐藤の身の上話が静かに始まった。

「私が生まれた時に、母が亡くなったんだ」松山は背筋を伸ばして佐藤をじっと見た。佐藤は虚空を見つめるような目をしていた。

「父は母が妊娠して間もなく胃癌で死んだらしい。だから私は両親を知らなくてね。母は心臓が弱くて、私の命と引き替えに死んだらしいんだ」佐藤の声は淡々と、そして静かであった。

「私も心臓が弱くてね。今でも季節の変わり目は時々痛くなる。でもこの仕事について自分で内関《ないかん》（ツボ名）に鍼灸をしたりして、少しは楽になったのだが」そう言うと自分の手首の内側を軽くなぜた。松山の目には、佐藤の手首の内側にある鍼灸の跡が入ってきた。

「だから私はおばあちゃん子でね。ずっと祖母の元で育てられたのだよ。今でもよく、ばあちゃんの夢は見るんだ」佐藤の顔が少し緩んで、松山の顔を見た。目が合った松山はどきっとしたが、軽く相づちを打った。

「高校生の時にばあちゃんが死んで、それからはずっと一人だったのだけれど、その頃からある夢を見てね」佐藤はテーブルの上で指を組んだ。

「お地蔵様の夢をたまに見るようになったのだよ」松山の顔をじっと見て話した。声には力があり、松山はぐいと押される気分であった。

「お地蔵さんですか?」

「そう、地蔵様」松山の背中が少し丸くなった。

「そのお地蔵様はね、私がばあちゃんと住んでいた村のお地蔵さんに似ているんだ。あったかい顔をしていてね」佐藤の顔も優しくなった。

「そのお地蔵様がこう言うのだよ。困った時には、はりにいけと」松山はごくりと唾を飲んだ。

「高校生だったから、はりにいけ、という言葉が何を指しているのか全く解らなくてね。何かを張りに行けと言っているのか、はりに池という池があるのか、よく解らなくてね」少し笑いながら話した。つられるように松山も少し笑った。

「でもその、はりにいけ、という言葉はいつも頭をよぎっていて。高校卒業後にすぐ私は就職して、埼玉の小さな企業だったのだけれど、段ボールを作る会社でね。そこの社長さんが本当にいい人で、自分を息子のように可愛がってくれたんだ」二人の間に障子の隙間から静かな秋の風が流れてきた。

「ある時、働いている最中に突然胸が苦しくなってね。もう立っていられないのだよ。それで社長さんが慌てて病院に連れて行ってくれたのだけれど、医者は何もわからないというだけで、少し病院で休んで帰されたんだ。しかしその後もその発作が数回起きてしまって。私も会社に迷惑をかけられないと思っていたら、社長さんの知り合いが鍼に行けと言うんですよ。自分も診てもらっている鍼灸師がいるからそこで診てもらえということで。どこだっけなあ、なんだか群馬の方に連れて行かれたんだ。今でもその鍼灸院の佇まいはよく覚えていて、なんだか古い農家の平屋みたいな感じで。治療してくれた先生は小さなおじいちゃんでね。白い顎髭が長くて、仙人みたいだったんだ」佐藤は懐かしそうに話した。

松山はとてもドキドキしながら話の次を待った。

「その先生は私の脈を診た後に、顔をじっと見て、母のことを聞いたんだ。だから私は母は心臓が悪くて私が生まれた時に死んだと言ったら、少し外を見てから、優しい顔で頷いたんだ」佐藤の言葉の奥に、寂しさと温かさが混在していた。

「先生は私をうつ伏せにすると、松山君、埋没鍼《まいぼつしん》だよ埋没鍼。知ってますか？」佐藤が少し目をきらきらさせて松山に尋ねた。

「埋没鍼ですか？　いえ、詳しくは」確か鍼灸学校で聞いたことがあったような記憶があったが、それぐらいであった。

「金の鍼だよ。金鍼」

「金鍼ですか？」

「そう。金鍼を背骨の脇に胸椎の二番辺りから腰椎の二番辺りまで、両脇にずらっと。そして打ったらポキンッって折って中に埋め込んでいくんだよ」佐藤も少し興奮して話した。

「折るんですか？　そして埋め込む？」松山は目をまん丸くした。

「信じられないでしょ？　そして信じられないくらい痛かった。帰ってもそれから1週間は痛くて痛くて寝返りがうてない。上向きで寝られないのだよ」

「はあ……。凄い……ですね」言葉がなかった。

「でもね」佐藤の声が元の静かさに戻った。

「それからピタッと心臓の痛いのが治ったんだ」

二人は目が合ったまま、少し時間が流れた。

「へえ……いやあ、凄いなあ」

「でも、やはり季節の変わり目には多少痛むけれど、動けないなんてことは完全になくなった。あの仙人みたいな鍼灸師のお陰なんだよ」そこまで話すと、佐藤はゴクリとお茶を大きく一口飲んだ。松山も佐藤同様、大きく一口茶を飲んだ。

「その先生はまだ生きていらっしゃるのでしょうか？」

「いや、もう20数年も前のことだからね、わからないけれどね。仙人だったら生きているかもね」

佐藤の冗談に思わず松山は笑ってしまった。

「話を元に戻すけれども、松山君、その仙人の先生を紹介してくれた社長の知り合いは、私に何て言いましたか？」

「鍼に行ったらいい、ですか？」松山は正解かどうかわからないまま答えた。

「鍼に行け、と言ったのですよ」

「はい、鍼に行きなさいと」松山は繰り返した。

「いやいや、鍼に行けと言ったのです。はりにいけ」佐藤が誇張してゆっくりと繰り返した。

「あっ」松山は背筋を伸ばした。

「お地蔵さんの言葉ですか？」少しうわずった声はやや大きめだった。

「そう。お地蔵様の、はりにいけは、鍼に行けだったのかなあと、その時そう思ったのだよ」

松山は鳥肌が立った。

「それ以来、体の調子は良かったのだけれども、それから1年くらいしてその会社は倒産してしまったんだ」

「倒産ですか」

「朝礼の時に、何かいつもと社長の様子が違うなあと思っていたら、突然社長がみんなの前で頭を下げて、会社がどうにも行かなくなったから、申し訳ないけれども、来月で閉めると言われたんだ」佐藤は淡々と続けた。

「困ったなあと思っていたら、再びお地蔵様のことを思い出したのだよ。困ったら鍼に行けという言葉を。自分のことを救ってくれた鍼灸だし、この際一から学んでみようと思い立って、鍼灸師になったわけだ。自分のような医者に治せない患者を治そうと思ってね。長かったね、話が」佐藤はそう言うと、少し照れくさそうに茶を飲んだ。

「いえいえ、とっても貴重なお話でした。そうですか、お地蔵様が。はあ……」深いため息とともに、松山は言った。やはり自分とは動機もきっかけも全く違うと感じたのだ。

「この話はこれが最後だよ。もう二度としないから」佐藤はそう言うと、また照れくさそうに笑った。

「それでは、今度は松山君の番だ」佐藤はにやりと笑い、なぜ松山が鍼灸師になったのかを聞いた。

松山は緊張しながらも、会社員時代に腰を痛め、それを治してくれた鍼灸師に感動して自分もやってみたいと思ったことを伝えた。

「そうですか」静かに聞いていた佐藤は、最後まで姿勢を崩さなかった。一方松山は前後左右に体が揺れながら、自分のことを一生懸命話し、わきの下に汗をかき、とても疲れてしまった。

「それで、理想の鍼灸師に近づけたかい？」その問いかけに松山は黙り込み、とてもではないが理想とは程遠いことを伝えた。

和室にはさきほどよりも冷たい夕方の風が入ってきた。

「まあ、まだ始まったばかりだから。急がないでやっていこう」佐藤が少し明るい声で伝えた。

「はい、頑張ります。よろしくお願いいたします」松山は深く頭を下げた。

「それでも、時間が永遠にあるわけではないから」佐藤はそう静かに言うと少し間を取って、

「きちんと伝えるべきことは正確に伝えていこうと思うから、お互いに頑張っていきましょうね」少し照れくさそうに言った。松山は有り難い気持ちでいっぱいになり、再び大きく頭を下げた。

「糖尿病などの治療の話はまた今度にしましょう。そして松山君」

「はい」佐藤のまた次回にという言葉で、今日が終了だと思っていた松山は緊張が抜けた声で返事を

した。

「明日、私の治療をしてもらうから」佐藤が無表情で言った。松山は一瞬自分が何を言われたのか理解できずに返事をするまでに時間がかかってしまった。

「あ……明日、治療ですか？」松山がひきつった声で尋ねた。

「そう」

「私が、先生の、ことをですか？」

「そうです」顔が青ざめていく松山を佐藤はじっと見ていた。松山は腰が抜けそうになり、立てそうにもなかった。途端に肛門がぎゅっとなり、頭が真っ白になってきた。

「明日の二人目の治療が終わった後ね。急患がいなければ、お願いします」佐藤は淡々と話した。

「明日……ですか。私が、先生を」未だに信じられないというような表情と言葉に、佐藤が追い打ちをかけた。

「私も通った道だよ。師匠と弟子との間には必ずある避けられない道だから」そう言うと佐藤は先に席を立ち、松山の肩をポンと叩いた。

「まあ、気楽に気楽に。君の力量を知りたいだけだから。それからまた、これからのことを考えよう」

佐藤に叩かれたポンという肩の重みが、松山には岩石が落ちてきたかのような衝撃であった。

「はい……」蚊の鳴くような声で答えた松山の返事は、実に情けないものであった。

佐藤は車の運転に気をつけて帰るようにと松山を送り出すと、松山は玄関で深々と頭を下げて佐藤の家を後にした。その顔は「困った」と書いてあるような表情で、佐藤は思わず笑いそうになったが、ここは一つ様子を見ようと何も言わずにいた。

松山は車のキーを取り出し、エンジンをかけると、いったい自分がどうやって家についたのかもわからない状態で、その日を終えた。どっと疲れが出てきて、食事もとらず風呂にも入らないまま、ベッドで寝てしまった。

一方佐藤は松山を送り出すと、治療室を一通り整え、再び和室に入った。もう薄暗くなりつつある時刻。電気をつけて仏壇の前に座った。

「早苗、少し話しすぎたかな」線香に火をつけると、仏壇の写真を見つめ、少しの間、語りかけた。白檀の香りが和室を包んだ。遠くで寺の鐘が鳴っていた。


松山は、朝の4時頃目が覚めた。

「しまった」今日は佐藤を治療しなくてはいけないから、家についたら勉強をしようと思っていたにも関わらず、寝てしまっていた。慌てて飛び起きると、机から中医学の本を数冊と、今更ながらツボの本を持ってきた。

「困ったなあ」困った困ったと言いながら夜が明け、時間ぎりぎりまで目を通してから出る間際にシャワーを浴びて佐藤の家に向かった。

「ピンポーン」チャイムが鳴ると佐藤が出てきた。

「おはよう」昨日と変わらぬ感じの佐藤であった。

「先生、おはようございます。本日もよろしくお願いいたします」反対に松山には昨日とは違った緊張があった。

「何だか、顔色が悪いな」佐藤の人の表情を見る目はとても鋭い。

「いえ、大丈夫です。よろしくお願いいたします」松山は深々と頭を下げた。するとその頭の上から
「午後の治療、楽しみにしているから」と、にやりとしながら言う佐藤の声が松山に重くのしかかった。

「す、すみません」松山は顔を上げられなかった。

すぐさま白衣に着替え、佐藤の準備を手伝った。昨日メモしたことは、暗記してきた。佐藤の導線を邪魔しないように動きながら、自分のできることをした。

ひと段落したところで、佐藤の様子を見て松山が言った。

「先生、お茶をいれてもいいですか？」

「おお、ありがとう。いれてくれるのか」佐藤は嬉しそうであった。

待合室のテーブルにつくと、佐藤は茶をいれる松山の姿を見ていた。

「お茶が入りました」少し震える手で、湯呑みを差し出した。

「どうもありがとう」佐藤の声に弾みがあった。松山もテーブルにつき、お茶を飲んだ。

佐藤は一口熱いお茶を啜ると、遠い目をした。

「人に茶をいれてもらうのは、一〇年ぶりだよ」そう言うと、湯呑みの口を見て、もう一口運んだ。

「あ、はい」松山はその意味もわからず、頭はすでに午後の自分の施術のことでいっぱいになっていた。

「さて、今日の治療だけれども」佐藤の言葉に松山はどきっとした。

「午前は四十肩の女性で主婦、午後は慢性腰痛の男性で年齢は五五だったかな。どちらも整形外科疾患です」

松山は自分の施術のことを言われるのかと思ったが、今日の患者のことだったので少し安心した。

「四十肩の女性はつい先日いらしたばかりで、キャンセル待ちで今日たまたまキャンセルが出たので再びの治療です。二週間ぶりかな。男性は月1でいらしてます。もう古い患者さんだよ。今日もリラックスして見学してください」佐藤は淡々と話し、茶を啜った。

「はい。ありがとうございます」リラックスなどとうていできるような精神状態ではなかったが、ひとまず二人の患者さんに集中しようと自分に言い聞かせた。

今日も天気が良く、窓からは仄かに金木犀の香りが漂い、遠くでたくさんの鳥の声が聞こえていた。

「キャンセルについてだけれどね」佐藤が静かな声で話した。

「うちは完全予約制だが、予約制の客商売をしていると、必ずどんな商売でもキャンセルというものがつきまとう」松山はどんな話が聞けるのかと、すぐさま手帳を取り出した。

「人によってはキャンセルというものにものすごく怒ったりするが、それは間違いなのだよ」

松山はじっと佐藤の話に耳を傾けた。

「確かに約束を破ることは良くないことだ。しかし人にはやはり事情というものがあるし、急用というものがある。例えば家に精神の病を持った子がいるとしよう。その子の発作が起きた時に、その子を置いて予約があるからと言って治療に行くのは無理だろう？」佐藤が少し力のある声で投げかけた。

「はい」松山はしっかりと返事をした。

「他人には言えない事情というものを抱えている人もたくさんいるんだ。ある歯医者が、患者の遅刻やキャンセルに憤慨していて、その歯科医院の入り口のドアに『キャンセル・遅刻の患者は次回から診ません』と貼り紙があってね。私はそれを見た時に、この人は医療者ではなくて白衣を着たヤクザだなと思ったよ。いや、ヤクザの方が人情があるから、白衣を着たチンピラだなと思った」

少し間をおいてから佐藤が続けた。

「しかし、中にはキャンセルを何とも思わずに、自分の勝手な都合で休む人もいる。相手のことなど考えずに、自分の都合だけでキャンセルする人もいる。中にはすっぽかして謝りの電話ひとつない人もいる。でもね、それは、自分がキャンセルをされるような人間だからキャンセルされるのだよ」

その言葉が松山の胸に刺さった。以前、ドタキャンされて激怒した自分を思い出したからだ。

「本当に自分に魅力があって、本当に良い治療をしていたら、キャンセルなど起きることはない。起きたとしたら、それはやむを得ないことなんだ。だから私はキャンセルは何とも思わない。自分がそういう人間なのだなと反省することと、相手を心配することしかないよ。でも、昔は私もよく頭に来ていてね。キャンセルをする患者に怒っていた時期もあったんだ」佐藤は少し恥ずかしそうに話した。

「そうなんですか」松山は、少しほっとした。

「そして不思議と、キャンセルがあるとそこにスッと入る患者さんがいるんだ。三ヶ月待っても入れない人もいれば、キャンセルの当日予約できる人もいる。だからこれはね、縁というかなんというか、すべて神様のお計らいで、我々が気をもむ必要も一切ないし、すべてお膳立てされている中で、いかに淡々と一人一人を大切に治療するかが問われていることになるんだよ。自然の法則とはそういうものなんだ」

そこでチャイムが鳴った。佐藤は松山の肩をポンと叩き、

「よし、今日も頑張ろう！」と席を立った。

「はい。よろしくお願いいたします」松山も急いで佐藤を追った。


「はいこんにちは」佐藤がドアを開けると、そこにはとても美しい女性が立っていた。

「よろしくお願いします」そう言うと軽く会釈をして中に入ってきた。

「どうですか？　肩の調子は」佐藤が落ち着いた声で聞くと、

「とても良くなりました。あんなに何ヶ月も痛くて眠れなかったのに、あの日の夜からもうほとんど痛みはありません」と答え、再び頭を下げた。

「そうですか、それは良かった」佐藤はあまり表情は変えずに返答した。

「今日は弟子がおりますので、少し勉強させてください」佐藤は当たり前かのように伝えると、女性は松山に軽く会釈をしてそのまま治療室に入っていった。松山は電話機の音量をオフにし、それを見て

いた佐藤は、

「ああ、どうもありがとう」と、にっこり笑った。

佐藤の治療が始まった。昨日同様、松山は少し離れたところから見学していた。

「松山先生、もう少しこちらへ」佐藤が声をかけた。

「あ、はい」松山は驚いた。昨日は机側から見ているだけだったが、今日は近くまで呼ばれたからだ。

すると佐藤が鍼を打ちながら話し始めた。

「四十肩のメカニズムはいろいろあるが、夜寝ていてもうずくような痛みというのは、だいたい一回で取れるものだ。大事なことは患部と同時に首も腰も治療すること」詳しくどの辺りに鍼を打つかを示しながら松山に丁寧に教えた。

「はい」松山は必死にメモを取った。

「四十肩には灸が効きます。棒灸も効くけれど、今日は間接灸を使ってグイと効かせましょう」そう言うとパッパと手際よく灸を乗せた。

「次の日にもみ返しはありませんでしたか?」

「はい。大丈夫でした」それっきり最後までその女性は話をしなかった。佐藤は推掌の時も松山に時おり説明をしながら治療をしていた。あっと言う間に90分が経ち、女性は全く痛くなったと言って礼を述べた後帰って行った。

「先生、お疲れさまでした」

「はいどうも。全然疲れてないけどね」いつものように佐藤が答えた。

「静かな患者さんでしたね」前日のノイローゼの患者とは対照的であったために、松山は思わずそう言った。

「ああ、今の人ね。そう。前回も全く話さなかった。そして今日で完治だから、次回からもう来ないし、だから初めから松山さんに説明しながら治療したのだよ。今日治ることが私にはわかっていたから」佐藤は当たり前かのようにそう話した。

（治るのがわかっていた）松山は心の中で呟いた。

「あの人は全然心を開かないタイプの人なんだ。治療だけ受けに来る人。それ以外のことは話したくもない人。だから、こちらも治療だけをする。そして私には弟子がいるから、その様子を君に見せただけだ。患者にはいろいろなタイプがあるから、その人にあった治療をすることが大事なんだよ。話したくない人に若い美容師のようにやたらめったら話しかけていては、治療にならないからね」

松山は反省した。松山は自分に自信がないから、話して間をもたせようとするところがある。相手が話したくないとか、話さないタイプとかはあまり考えなかった。コミュニケーションを取るためには、話さなければいけないと思っていたからだ。しかしそれ以前に、そんなことよりも治すことの方が重要だということを教えられた気がした。

休憩室に移動して、佐藤が昨日と同様大きなキュウリと岩塩を持ってきた。そして考えたような顔をして座布団に座ると、口を開いた。

「私は修理屋さんではないんだ」静かすぎるその口調に、松山は少し構えた。

「痛いから治してくれと言われ、金は払うからさっさと治療しろというのが嫌なんだ」表情がない佐藤に、少し恐怖を感じた。

「嫌とか好きとか、そういう感情を持つこと自体が私はまだ半人前だと思っている。患者には良い患者もいなければ悪い患者もいない。みんな神の子、仏の子だからね。そこでこういう患者は嫌だとか言っていてはまだまだ三流なんですよ」佐藤は少し目線を落とした。

「でも私は、先ほどの治療はぜんぜん治療だとは思っていないんだ。痛みが取れても治療としては失敗だ。相手と心が交流できて、患者さんに本当に大切なことは何かを伝えられなければ、治療は失敗なんだよ」

松山は、先ほどの女が訴えていたあれほどの痛みがたった二回で取れたのだから、治療としては大成功だと思っていたので、佐藤の言葉にとても困惑した。

「あの人の親も旦那も私が治療している。どちらも医者が匙を投げた患者だ。誰かの紹介で何年か前にやってきたんだ。それで二人とも治った。体調管理で今でもここに通っている」手をつけられていないきゅうりが二本、未だにごろんと横たわっている。

「別に私は礼を言ってほしいとか、そう思っている訳ではないんだ。でも普通だったら、その節は父がお世話になりましたとか、主人がいつもお世話になっていますとかあるんじゃないかな。あの人は先日初めて会った時も何も言わない。自分が痛いことだけ。こちらが何か質問してもほとんど会話にはならない。ただ痛いところを早く治せという態度なんだ。仕事だから、私も治療はする。代金ももらう。でも、痛いのを取るとか取らないとか、そんなことはどうでもいいんだよ、真実は。病気を治療する、してもらうということを、お互いがもっと深く考えなくてはいけないんだ」佐藤は茶も飲まずに続けた。

「あの人はもう来ないだろう。治ったから。それだけの人なんだ。別にたいして感謝もない。ただ感謝しろと言っているのではないんだよ。そこを間違えてはいけない。ただ、礼のない人間は、いつになっても病気は治らないし、人生も良くならない。我々の仕事は修理ではない。その人の人生と向き合うことなんだ。そして真実を伝えること。これができなければ、治療としては成立しないし、まだまだ私も三流なんだよ」そう言い終わると、ちらっと松山を見てから、茶を啜った。

（痛みを取るだけが治療ではない）松山は何度も胸の中で呟いた。自分はそればかりに目を向けていた気がした。しかし、そんなことはどうでもいいと佐藤に言われて、治療に対する考え方が大きく変わりそうだと思った。

「まあ、またきゅうりでも食べよう。虫みたいに」佐藤は明るくそう言うと、「はい」と松山も返事をして、今日もまたボリボリという音が和室に響いていた。

二人目の患者が来る時間がせまり、治療室を整えに二人は部屋に入っていった。松山は鍼を用意し、シーツなどを整えた。佐藤はカルテを取り出し、前回の治療内容を確認していた。そこでチャイムが鳴り、午後の患者が入ってきた。

「こんにちは」男は背が高く、髪は白髪だがふさふさしており、身なりはきちんとしていて、玄関を上がると自分で靴をきちんとそろえた。

「鈴木さんこんにちは」佐藤の声が明るく響いた。少し嬉しそうな佐藤の声に、松山はその男の存在が気になった。

「あ、先生こんにちは。これ、先日北海道に行った時のおみやげ」そう言うと、鈴木は酒を差しだした。

「おお、男山ではないですか。復古酒。旭川の。嬉しいなあ、有り難うございます鈴木さん。いつも気を遣ってくださって、申し訳ないです」

「いえいえ、こちらこそいつもお世話になっております」

その会話から、松山は仲が良さそうな雰囲気を感じ取った。

「こちら、今うちに勉強に来ている松山先生です。少し鈴木さんの治療を見学させていただけますか」

佐藤は軽やかに告げた。

「ああ、いいですよもちろん。松山先生、よろしくお願いいたします」鈴木は快く承諾し、丁寧に挨拶した。

「あ、ありがとうございます。よろしくお願いいたします」こんな自分にまで丁寧に挨拶をしてくれる鈴木に、松山は少し驚いた。そして二人の信頼関係はとても深いのだなと思った。

松山は、佐藤とも患者とも、このような関係を築けるような治療家になりたいと思った。

治療中、佐藤から話しかけることはなく、鈴木が佐藤に対して話を振り、旅や相撲についての話であればそれについて佐藤がどう感じるか、また健康について質問をするなどしていた。それに対して佐藤は非常に冷静かつ穏和に回答し、そのやりとりが20分近く続いた。鍼を打ち終わり、灸を施し、推掌に入る手前になると、いつの間にか鈴木は眠りに入り、部屋は静かになった。鈴木が話そうが寝ようが、佐藤の治療のペースは変わらなかった。推掌に入り、時おり佐藤の押すツボにより鈴木がゴーッといびきをかいた。一連の佐藤の姿は洗練されており、松山は再び魅了されていた。

「はい、鈴木さん終わりました」寝ている人をびっくりさせないような静かな落ち着いた声をかけると、鈴木はゆっくりと起きあがった。

「今回もずいぶんぐっすりと寝てしまいましたよ」鈴木はそう言うと、風呂上がりのような顔で着替え始めた。

着替え終わった鈴木が待合室に入ってきた。

「どうぞ、お茶を」佐藤が声をかけると、

「いやあ、腰に羽が生えたみたいに軽いです。有り難うございます」と深々と頭を下げて、席について茶を啜った。佐藤も一口茶を啜り、松山は治療室の片づけに行った。二人の静かな声が治療室に聞こえてきた。患者と治療家との和やかな関係が、自分には全く味わったことのない世界で、松山は改めて頑張ろうと決意した。治療室を片づけて待合室に行こうとすると、奥から二人が出てきて帰る支度をしていた。

「あ、松山先生。お世話になりました。これからもよろしくお願いします」鈴木は軽く会釈をして静かに玄関のドアを閉めて帰っていった。何もしていない自分にも挨拶をしてくれた鈴木に対して、あんなにも上品な患者を自分は見たこともないと思った。それと同時に、鈴木が帰ったということは次は自分の治療試験が待っているということであり、それを考えると胸の辺りがキュッと掴まれるように苦しくなった。

「松山君」佐藤の声にビクッとした。

「はい」松山は裏返った声をごまかす暇もなく佐藤の下へ向かった。

「まず、一服しましょう」佐藤が松山の分の茶を入れて待っていた。

「あ、先生すみません。有り難うございます」松山は恐縮しつつ、席についた。

「今の患者さん、鈴木さんね。あの人とは長いんだ。もう一〇年近くになるかな」佐藤が穏やかな口調で話し始めた。

「誰か忘れたけれど紹介で、ぎっくり腰でいらしたんだよね。どうしても明日海外に出張に行かなくてはいけないから治してほしいと言われて」

「次の日に海外ですか」松山は自分であったらとうてい無理な要請であると思った。

「そう。それで夜に来て痛みが取れてね。次の日は何事もなく無事に海外出張に行けたらしいんだ。今でも感謝されてるよ、あの時のことは。なんだかもの凄い大事な契約があるとかで、行けなかったらとんでもない大損害だったって言ってた」淡々と話す佐藤の話は、松山にとってはまるで映画のようなマンガのような話で、現実に思えなかった。

「たいしたことではないんだよ。そんな治療家は世の中に五万といる。整形外科が平気で湿布と痛み止めを渡して二週間安静にしていろとか言って、ぎっくり腰を治せないだけでね。世の中には簡単に治す鍼灸師や整体の先生、カイロプラクティックの先生などたくさんいるんだよ。ただ、世の中に表だって出ていないだけで、知る人ぞ知る治療家はたくさんいるものなんだ。だから私レベルの治療家なんてたいしたことではない」

その声は傲っているわけではなく、謙遜しているわけでもなく、ただ事実を述べているという感じであった。

「鈴木さんはね、あの人、全く自分の自慢話をしないんだよ。偉いね」佐藤は松山の顔をじっと見て言った。

「そうなんですか」松山はどういう意味かわからないまま話を聞いた。

「あの人はね、もの凄い大きな会社の社長さんなんだ。凄い車に乗っているし、長者番付にも載るような人で、貧乏鍼灸師とは大違いの生活の人なんだよ」佐藤は少し笑いながら話し、

「桁が違うんだ。桁が」茶を一口飲んで続けた。

「でもあの人、一言も自分が社長だとか、どこどこの会社だとか、自分がどんな仕事をしているとか言わないんだよ。決して自慢をしない。私と鈴木さんとの今日の会話を聞いていたかい？」松山の目の奥を鋭く見た。

「あ、はい」突き刺さり見透かされるような目つきに胸をぐっと押された。

「あの人、今日も一言も自慢話をしなかったろう？」

「はい」確かにそうだった。話と言えば、たわいもない会話だった気がした。

「しかも、自分のことをべらべら話さないんだ。私の興味のありそうなことを、上品に聞いてくる」

佐藤が少し嬉しそうに話した。

「世の中には下品な人が多すぎる。子供はいるのか？　結婚はしているのか？　ここの家賃はいくらか？　年収はいくらか？　休日は何をしているのか？　奥さんは何をしているのか？」佐藤には珍しく、吐き捨てるような言い方であった。松山は背中がゾクッとした。

「鈴木さんは決して人の人生に土足で入るようなことはしない。いつもプラスな楽しい話をしてくれる。するとこちらも嬉しい気持ちになる。人との会話はいつもそうありたいものだね」佐藤は温かい目をしていた。

「はい」緊張の解けない松山は背筋を伸ばして聞いていた。

「患者さんに良い人も悪い人もない。でも私も人間だから、やはり失礼なことを聞いてくる人には腹が立つ時もある。でもね、それもすべて幻想なんだよ」佐藤は再び松山の目の奥を見た。

「はい」胸のポケットから手帳を取り出そうとする松山に構わずに続けた。

「その人がどうとかこうとか、自分が知覚しているものは幻想なんだ。全部自分が見ているもの。それは自分の心を映しているんだ」

「心を映している」松山は反芻した。

「患者は自分の鏡だよ。どんな患者も。自分の心にそういう下品なところがあるから、そういう人達が気になる。もし自分にまったくそういうところがなければ、そんな人の話など気にならないのだよ。気になるということは、自分がそういう話題にこだわっている証拠。人を悪者にして、自分の価値観で人を判断して、相手を裁いているわけだ。私に子供がいるかとか、奥さんがいるかとか、家賃はいくらかとか、聞いている人だって悪気があるわけではない。私に不快な思いをさせようと思って言っているわけではない。ただ、私自身がその人達に反応してしまっているだけなんだよ。それは、自分にそういう心があるからだ。もしなければ何とも思わないはずだ」

力強い佐藤の言葉に、松山は魂を揺さぶられた。

「患者は自分の鏡だよ。自分自身を映し出すんだ。だから好きも嫌いもない。そこから何を学ぶかが、大事なことだから。だから淡々と治療をする。私のように腹を立てたりしているようでは、まだまだ三流の証拠なんだよ」佐藤が少し笑って、松山を見た。

「いえ、そんなことは」松山に映る佐藤はとても男らしい感じがした。

「でも、鈴木さんのように実力があるのに自慢をしない男というのは、かっこいいね」佐藤は少年のような目をしていた。松山は佐藤ですら常に上を向いて歩いているとわかり、自分も本当にがんばらねばという気持ちになった。

「さてと」佐藤が改まった口調でわざと間をおいて話した。にやっとした佐藤の顔を見て、松山の顔が少しひきつった。

「それではさっそく、松山さんに治療してもらいますか」

ついに来たかと松山は思った。同時に尻の穴がキュッとなり、下腹がしくしく痛くなってきた。佐藤は、まあとりあえず治療室へ行きましょうと促した。

「はい」震える声のもと、佐藤の後をついていった。足に力が入らず、なんだかふわふわした状態で部屋に入った。

「それではお願いします」佐藤は白衣を脱いでシャツ一枚になりうつ伏せになった。

「え？　先生」松山はたじろいだ。シャツを着ていては鍼を打てないからだ。

「あの、先生、シャツは」おそるおそる松山が聞くと、間髪入れずに、

「治療は手技です。マッサージでも推掌でもなんでもいいですよ。自分のやりたいように、どうぞ」

はい、いつでも来なさいという感じで佐藤がうつ伏せのまま答えた。

「え？　手技？　マッサージ？」松山は頭が真っ白になった。てっきりお題が出て、症状に対する鍼治療をするのかと思ったからだ。いつまでも手をつけない松山に、佐藤は何も声をかけなかった。

脇の下からタラーッと汗が流れシャツが濡れ、手のひらはビチョビチョに湿った。交感神経が暴れだし、足下はがくがくしていた。

「それでは失礼いたします」松山の声は震えていた。

「はい、お願いします」佐藤は完全に力の抜けた声で返事をした。もういつでも眠れますというような声であった。

「失礼します」再びそう言うと、とりあえず背中を両手で撫でてみた。なぜならよく温泉や銭湯でマッサージを頼むと、それから始める人が多いために松山もまねをしてみたのだ。何を隠そう、松山は今まで、人の体をマッサージしたことがなかったのだ。

「松山君」初っぱなから佐藤が声を発した。

「はい」松山はビクッとなり手を引っ込めた。

「今のそれは何のためにやったの?」佐藤の声が少しとがっていた。

「いえ、あ、はい。ああ。あのう。始めますよという合図といいますか。はい」松山のおでこから汗が噴き出した。

「そういうのね。いらないから。とにかく治療を始めて」佐藤の声は冷たかった。

「はい、すみません」慌てて松山はとりあえず手のひらで全体的に背中を押し始めた。

(治療と言われても、いったい何を治療すればいいのか) 松山はどこどこを治療してくださいと言われてから治療をするものだと思っていたから、何をどうしていいのか全くわからなかった。

「あの、先生、どこを治療すればいいですか?」松山は思いきって恐る恐る聞いてみた。5秒ほど沈黙があってから、佐藤の答えが返ってきた。

「それを自分で見つけられないでどうする?」張り手をされた衝撃であった。

「あ、はい。すみません」頬に汗がたらっと垂れてきた。もう松山は何がなんだかわからない中で、ただひたすらに背中を押してみた。その間佐藤は無言だったが、背中からは異様な気が出ていた。しかしその雰囲気すら感じる余裕もない松山は、箇所を変えながら周りをちょこまか移動して押していた。

すると5分も経たずに、佐藤が口を開いた。

「はい、もういいよ」明らかに穏やかではない声が松山の耳に入った。

「あ、はい、すみません」松山は手をビクッと引っ込め、佐藤と少し距離を取った。

佐藤は起きあがると、ベッドに腰掛けた。背中は丸っこくなり、両手で眉毛をこすった。手を下ろすと無言で松山を見た。拳銃を向けられたような恐怖が松山に突き刺さった。

「よし、わかった。休憩室で話そう」そう言うと佐藤は考え込むような顔で、さっさと和室に入っていった。

(参ったなあ。終わったなあ)松山はもう自分が佐藤に見捨てられたと直感で感じた。あまりにも情けなく、少し涙が出てきそうになった。

「失礼します」松山は顔面蒼白で入ってきた。

「まあ、座りなさい」そう言うと、佐藤は茶を二つ用意した。

「あ、すみません先生。ありがとうございます」松山は佐藤の顔を見ることができなかった。佐藤は熱い茶を啜ると、フーと大きく鼻で息をして、松山の顔を見た。その視線に気づいた松山はちらと佐藤を見てまた目を伏せた。もう一口湯呑みに口を付けながら、佐藤は「ふふふ」と少し鼻で笑った。松山は生きた心地がしなかった。この後、やはり弟子の話はなかったことにと言われるのだと思い込んでいた。

「松山さん」

「はい」心臓が壊れそうだった。

「今まで人を揉んだことはなかったのかい?」顔は温和だが一寸の嘘も許さない目で松山を見た。

「あ、はい。マッサージは専門学校の時に授業で少しやったくらいで、後はそれで治療をしたということはありません」目を直視できずに震える声で話した。

「そうか、そうですか」佐藤はテーブルの上で手を組んだ。

「すみません」松山の口からはそれしか出なかった。

「いや、別に謝ることはないんだが」佐藤は難しい顔で自分の組んだ手を見た。

「鍼灸師は、まず三年、人の体をひたすら揉めと私の頃は言われたものです。まず三年ひたすら揉んでから、初めて鍼を打てると」佐藤は松山をまっすぐに見て話した。

「まず三年……」松山は視線を上げ、佐藤を見て口に出した。

「そう。一流の鍼灸師は必ず患者の体をよく知っている。人間の体とはどうなっているのか、自分で揉んで、感覚として焼き付けている。そして解剖学をよく勉強して、体の構造を知っている。人の体を揉んだことのない人間は」佐藤はそう言いかけると少し間をおいて、じっくり松山の目を見た。松山は口の中がからっからになる中で、粘った唾をごくりと飲んだ。

「人に鍼を打てるわけがないんだよ」ぐっさりと、その言葉が松山の心臓に刺さった。

「人を治せるわけがないんだ」眉間に釘を刺されたようだった。

「ツボがわかるわけないんだよ」顔面を鷲掴みにされ握りつぶされたようだった。

「はい」説教を受けている中学生のような顔で、小さな返事をした。

佐藤はそんな松山をじっと見た後に組んだ手をほどき、

「まあ、これからその分を取り戻せばいいさ。これから始めよう」佐藤の目が少し優しくなった。

「あ、はい」もう頭が真っ白になった松山は、佐藤の言葉が頭に入ってこなかった。

「松山さん、まず一口お茶を飲みなさい。のどを潤して」佐藤が微笑んで、湯呑みを取るように促した。

「あ、すみません」松山は湯呑みを掴もうと手を伸ばしたが、震えて湯呑みを落としそうになった。

両手で湯呑みを掴み、三口茶を胃に入れた。


冷たい秋の風が和室に入ってくる。遠くで鳥の声が時々聞こえていた。


タンスから二つの封筒を出して、佐藤はテーブルの上に置いた。

「君の治療の値段は、いくらだと思いますか」佐藤が再び茶を啜りながら聞いた。考えたこともなかった突然の質問に、松山は困った。

「治療の値段。はあ。1000円くらいでしょうか」震える声で答えた。

「100円にも満たないよ」佐藤の冷たい感情のない声が、松山の脳を貫通した。

「すみません」松山はただ、下を向くしかなかった。

「整形外科では給料が毎月貰えていただろう。患者が満足しようがしまいが、治そうが治せまいが、患者さんの現金と税金の国民医療費から君に支払われていたはずだ」佐藤の目は松山を放さなかった。

「はい」蚊の鳴くような声で返事をした。

「整形外科医も鍼灸師も患者を治せないにも関わらず、平気な顔で白衣を着て国民医療費で生活している。私には考えられない」佐藤の目の奥には少なからず怒りがあった。

「患者さんは何も知らないから、いつか治ると思ってせっせと電気治療と湿布と痛み止めと胃薬をもらいに整形に行く。自分の持ち出しは三割か一割だからたいして懐は痛くもかゆくもない。でも残りの七割か九割は国民医療費だからね。税金ですよ。それを当たり前に使って、または病院側が使わせて治療行為という名の、通わないと治らないという脅迫的なリハビリを続ける。これをどう思うかね、松山君」怒りのこもった佐藤の声に松山はひるんだ。

「はい。確かに」弱々しい返事だった。

「まあ、こんなことを君に言っても仕方ないけれど、プロ意識が低すぎる医療人、医者、鍼灸師が多すぎるのが現状なんだよ」そう静かに吐き捨てた。

「はい」松山はただ黙るしかなかった。佐藤は目の前に並べてある封筒を指さした。

「これは患者さんが私に支払った料金です。こちらがこの間の茨城の今野さんからいただいた封筒。こちらは先ほどの鈴木さんからいただいた封筒です。中身を確認してみてください」そう言うと、佐藤は再びテーブルの上で手を組んだ。

「あ、はい」松山は封筒を手に取り、

「失礼します」と今野の封筒を開け、中を覗くと、札が数枚入っていた。千円札が何枚かと思いきや、入っているのはすべて1万円札であった。

「えっ」松山は驚いた。佐藤が次も開けろと促した。

「あ、はい。失礼します」中身を見ると、先ほどと同様、数枚の万札が入っていた。

「どちらも封筒から出してください」佐藤は組んだ手をほどき、茶を啜った。

「あ、はい」松山は一枚一枚出して封筒の上に置いた。どれも新券の1万円札であった。

「これが、患者さんが評価してくださった私の治療料金です」そう言うと、ゆっくりと松山の目を見た。

「はい……。すごいです」松山は姿勢を正した。

「今野さんは10万円、鈴木さんは5万円。どちらも一回の料金です。初めは私は断りました。通常通り90分1万円でお願いしますと言いました。でも、二人はこれが自分の気持ちだと言って、どうしても私に払うというのです。それ以来、私は有り難く素直に頂戴することにしました」佐藤の口調は、ただ事実を伝えているだけで一寸の嫌みや自慢もなかった。

「私の治療料金は、どこにも書いていないが90分1万円を貰うことにしている。治療院は広告も出さないし、看板もない」松山は確かに、この治療院の周りにはどこにも看板がないことに今気がついた。

「一応そういう値段にしているのは、あまり安すぎると安い患者が来るからそれを防止するためだ。安い患者というのは、興味本位で来たり、同業者のスパイだったり、たいして病気でもないのに暇つぶしに来るような人のことだ。そういう人達は、本来本当に困っている患者さんの治療時間を奪ってしまうから、私はやらないようにしている。そのため、90分1万円という設定にしている。お陰で変な患者は来ないよ。ほとんどが紹介で、安心できる患者さんが多い。極くたまに、変な人も来るけどね」

松山は、ただあっけにとられて話を聞いていた。

「私は決して神技を持つ治療家ではないけれど、今野さんや鈴木さんは、私の腕をこのような形で評価してくださっているんだ。私としては申し訳ない気持ちもあるけれど、純粋に嬉しい気持ちでもある」

佐藤は淡々と続けた。

「でも、君の治療の値段は、100円以下だ。私が払うとすれば」再び言われたその100円以下という言葉が、さらに大きくのしかかった。

「でも0円ではなかったから良かったよ。こちらが金をもらわなければいけないくらいヘタではないからね」そう言うと佐藤は笑った。そして目の前には笑えないでひきつっている松山がいた。そんな松山を無視して佐藤が落ち着いた口調で告げた。

「君は私の弟子だから、私は君を何とか育てなければいけない」佐藤の声は、太く強かった。松山は姿勢を正して、汗で濡れた手を握り膝の上に置いた。

「私が推掌から教えてもいいのだが、時間がないのだよ」

この時の時間がないという言葉を、松山はまだ理解できていなかった。

少し間を置いてから、もう一度ゆっくりと松山の目を見て話した。

「いつまで整形外科で働くつもりだい?」質問の意味がわからず、松山は返事にまごついた。

「整形にいても鍼の腕は上がらないんだ。ましてや揉むことをしない場所にいて、患者の体がわかるわけないんだよ」佐藤は静かに話した。

「はい」松山は小さく呟いた。

「もし君が本気で治療家を目指すなら、プログラムを立てるが本当にやるかい？」それはとても厳しいことになるぞという意味を込めて佐藤は尋ねた。松山は自分はこの人についていくしかないと腹を決めていたため、

「はい。お願いします。何とか、私に治療を教えてください。お願いします」と、テーブルにつくくらい頭を下げた。

「わかった。では、まず整形をやめなさい。話はそれからだ」唐突な言葉に松山は一瞬戸惑ったが、それを受ける以外に道はなかった。

「はい、わかりました。明日、院長に話します」必死に答えた。

「よし。そして、推掌を学ばなければならない。鍼はその後だ。もちろん私もある程度は自分の推掌の技術を教えるが、それでは遅すぎるんだ」佐藤は電話の子機と電話帳を引き寄せ、ペラペラとめくり始めた。そしてあるページを開くと、少し間を置いてから電話をかけ始めた。

「あ、先生、埼玉の佐藤です。こんにちは。お久しぶりです。今、大丈夫ですか？」

「サトウ先生？　ヒサシブリー。元気ダッタデスカ？　ダイジョウブヨー。ドウシタノ？」大きな声で片言の日本語が受話器から漏れていた。

「先生、一人雇ってほしいのですが、どうでしょうか？」

下を向いていた松山の顔が上がった。

「ダレ？　イイヨ？　キンヨウビト、ドヨウビノゴゴネ」

「はい、金曜日と土曜日と、できたら他の曜日の午後もいいですか？」

「イイヨ。ゴゴナラネ。サトウ先生ナラコトワレナイヨ」その言葉で佐藤が少し笑った。愛嬌のある外国人の声が受話器から漏れていたが、いったい自分の身がどうなるのか松山は心配になった。

「有り難うございます」

「イイヨ。ウマイデスカ？」佐藤の顔が松山に向けられた。

「先生、下手なんですよ」そう言われて、松山はスミマセンと小さく呟いて下を向いた。

「ヘタ？　ヘタナノ？　ドレクライヘタデスカ？」

「かなり下手です」少し笑いながら佐藤が言うと、

「アイヤー。ヘタデスカ。コマルヨー」電話の向こうの外国人も困って笑っていた。

「お願いできますか？」佐藤がそれでも頼むと、

「イイヨ。先生ノタノミダカラネ。サトウ先生、アソビニキテヨ」愛嬌ある外国人は盛んに佐藤に遊びに来てほしいと言っていたが、何とか話をつけて佐藤は電話を切った。

「ふう」ひとつため息をつくと、ちょっと笑いながら松山を見て茶を啜った。松山は不安な目つきで佐藤を見た。

「日曜月曜火曜は私の下で勉強しなさい。とりあえずは。私の下で鍼やいろいろな治療について学べばよい」佐藤は少し猫背のまま話した。

「はい」松山は佐藤を見続けた。

「金曜土曜とあと水曜か木曜の午後は、今電話した陳《ちん》先生のところに行って推掌を学びなさい」

突然知らない人のところへ行くという決定に、少し松山は怖じ気づいた。

「陳《ちん》先生は私の知り合いで、先生が開業する時に縁あって一ヶ月ほど手伝ったんだ。腕はいいよ。腕はね」腕はねという言葉がどこか何かを含んでいる感じだと松山は思った。

「場所は東京です。そこでモマレテ来なさい。必ず自分の力になるから。もちろん、こちらでも私が推掌を教えることもあるから安心して」佐藤のモマレテ来いという言葉が、明らかに大変なことが待ちかまえていることを連想させた。

「そして日月火以外の午前中は、どこか鍼を打たせてくれる接骨院を探したらいい。接骨院なら整形ほどのがんじがらめはないし、手技も実行できる。そこでとにかく私と陳先生から習ったことを練習してきなさい。鍼は毎日打たなければ必ず腕が落ちるから。そして人の体も必ず毎日揉まなければならない。保険治療だから時間は短いだろうが、練習にはもってこいだから。陳先生のところまでそれほど遠くない距離で、片っ端から接骨院を探して、そこで練習してきなさい」

佐藤のプログラム発表が終了した。松山は佐藤におされて、ただ「はい」と言うしかなかった。大変なことになったと思ったが、佐藤の言うことなら信じられると思い、大きく礼を述べた。

「ありがとうございます、先生」佐藤はうんと頷いて、

「休みは一週間に一日は取った方がいいと思うよ。あまり頑張りすぎないように、一生懸命頑張って」

そう言うと、にこりと笑った。

「ありがとうございます」松山は自分のために力を尽くしてくれる佐藤に、心から頭を下げた。

「しかし、本当にヘタだな」佐藤が笑いながら言った。

「す、すみません」松山は目を伏せ顔をしかめて自嘲して笑った。


松山は陳の経営する整体院の電話番号と大まかな地図をもらい、また来週の土曜日に訪れることを伝えて佐藤の家を後にした。

「車、十分に気をつけて帰るんだよ」佐藤が外まで出てきてくれた。

「あ、先生ありがとうございます。それでは失礼いたします。これから頑張ります」

松山は車に乗り込み、いつものようにアクセルをふかして帰って行った。

松山の車が見えなくなると、佐藤はふうと息をひとつ吐いた。

「大丈夫かねえ、早苗。お地蔵様、大丈夫でしょうかねえ」そう独り言を呟きながら、暗くなった家の周りの木々をしばし眺めていた。

心機一転

松山はさっそく次の日に、勤めていた整形外科の院長に辞表を提出した。院長はポストに入った広告を捨てるかのように辞表を机の上に置いた。松山は今月分の給料はいらないから、今日で辞めると伝えて、院長室から出た。

ロッカーの荷物を用意してきた大きなバッグにすべて詰め込んだ。そこに坂上が入ってきたが、松山は軽く挨拶をしただけで作業を続けた。坂上は松山がなぜ荷物をしまっているのかわからなかったが、何も声をかけずに着替えて出ていった。松山はとにかく早くそこを出ようとしていた。それが、本当のスタートだという気がしていたからだ。

大きな荷物を肩から担いで、開院前の病院を出ていった。自分が急に抜けても何も支障がない仕事。自分の情けなさを痛感したが、これから変わるのだと、勢いよく病院を出ていった。

朝の日差しが眩しかった。


家に戻ると、さっそく自分を雇ってくれる接骨院を探し始めた。陳の整体院は東京上野にある。だからできるだけ近くの山手線沿線に勤められればと思い、インターネットを開き片っ端から電話をかけた。給料は安くても構わない。とにかく水木金土の午前中に働かせてもらえるところを探した。佐藤は一日休めと言ったが、とにかく早く上達したいと思い、一週間フルで働くことに決めたのだ。陳にはまだ伝えていないが、水木金土の午後に働かせてもらいたいと思っていた。

なかなか条件に合うようなところは見つからなかった。鍼も打たせてもらえて、手技もさせてもらえるところ。時間ばかりが過ぎていったが、松山はとりつかれたようにパソコンをいじっていた。

「ないなあ」朝から探して、もう夕方になってしまった。もう何件電話したかわからない。今日はこれで最後にしようと思った一件が、秋葉原近くにある接骨院であった。

「あのう、お忙しいところすみません。ホームページを見てお電話しているのですが、鍼灸師の求人は現在もされていますか？」

「あ、してますよ。一度いらしてください。今、ちょうど鍼灸師さんが辞められたばかりで、急いでこちらも探していたのですよ。失礼ですが資格を取られて何年目ですか？」

松山は一瞬答えるのに詰まってしまったが、事実を述べた。

「一応5年目なのですが。できれば水木金土の午前中が有り難いのですが」自分の実力を考えたら、5年目と言わずに3年目くらいにしておけばよかったと思ったが、思わず言ってしまった。

「ああ、ちょうど良かったです。午前中が忙しいのでその方が助かります。そうですね、いつ頃から働けますか？」とんとん拍子で話が進んでいった。

「あ、はい。今週の水曜から伺えますが」

「それでは今週からお願いします。朝9時からですので、8時半頃いらしてください」

「あ、ありがとうございます。それではよろしくお願いいたします」思いの外、簡単に採用が決まってしまった。

「ああ、良かった」佐藤のところで修行するにあたり、生活費と練習の場の両方を確保できたことに少し安堵した。

「次は陳先生だな」勢いに任せて電話をしてみた。

「あ、埼玉の佐藤東吾郎先生の弟子の松山と申します。陳先生はいらっしゃいますか？」

すると、先日受話器から漏れていた声が思い切り聞こえてきた。

「コンニチワ。サトウセンセイノ、デシサンデショ？　イツクルノ？」

突然の大きな声と迫力に松山は少し声がどもった。

「あ、あ、す、水曜日に行きます」

「スイヨウビ？　イイヨ。ジャ、マタネ」

一方的に電話を切られてしまった。時間も何も聞いていないのにと、松山は困惑した。

「まあ、午前の接骨院が終わったら、急いで行ってみよう」佐藤先生の紹介だし、変な場所ではないだろうと自分に言い聞かせて携帯を机の上に置いた。ゴロンと畳に寝ころぶと、タバコが吸いたくなった。

「吸いてえなあ」一瞬気が抜けて、タバコが無性に吸いたくなった。しかしすぐにあの佐藤の鋭い目が脳裏をよぎり、いかんいかんと首を振った。

「明日はひとまず、ゆっくり休もう」

寝ころんだまま伸びて財布をつかみ、尻を上げジーパンの後ろのポケットにしまうと、反動をつけて起き上がり、アパートを出ていった。

その夜、松山は一人で居酒屋に出かけた。熱燗を一合と、焼き魚定食を頼んだ。魚をつまみ、白飯を食べ、酒を口に放り投げるように飲む。この一連の動作を空《くう》を見ながら繰り返していた。時おり味噌汁を啜り、白飯を食べる。そして酒を口に投げる。松山の頭の中には、佐藤と出会った時から昨日の出来事までが順を追って浮かんできた。時おり、恥ずかしかったことを思いだし、顔をしかめて足を動かした。その度に酒を放り込んだ。もう食べ物は終わり、三合目の酒に入った。一向に酔う様子はなく、ただ空を見つめ、酒を運んだ。

「先生になんとかついていかなくては」そう心の中で呟いて、また一口放り投げた。出会った時の神技、雨の中の土下座、手に弾いた道路の砂利、カビ臭い雨に濡れた道路の臭い、鮮明に思い出されてきた。大洗神社の境内でのやりとり、佐藤の顔、佐藤の治療、喫茶店での佐藤の目。その自分の心の奥を見られたような目を思い出して再び足が動いた。浜辺での夕日の中の終わりの気功、佐藤の自宅での治療、自分の死ぬほど下手なマッサージ。もちろん激しく顔が歪み足が動いた。酒はもう四合目が底をついていた。空になったとっくりを店員に振って見せた。五合目が手元に来た頃、ようやく少し酔っている自分に気がついた。そして佐藤の封筒の中身を思い出し、佐藤は10万、自分は100円、その事実に大きく酒を口に放り投げた。お猪口《ちょこ》を強くカウンターに置いた。3つ隣に座っていた四〇代くらいの女がちらっと松山を見た。松山は軽く睨むと席を立ち、店を後にした。

秋の夜風は冷たかった。少しだけ金木犀の香りがどこからかしてきた。酒は強い松山だったが、五合の熱燗と昨日までの回想と明日が休みということが絡まって、ここに来て酔いが回ってきた。

「クソ」千鳥足になった松山は地面を軽く蹴った。両手をジーパンのポケットに突っ込み、背中は猫背になっていた。

「はあ」ため息をつくと、夜空を見上げた。真上には月が昇っていた。

「月とある～いた～。月と～ある～い～た～」エレファントカシマシの歌を口ずさんだ。口ずさむと、少し涙が滲んだ。

「帰ろ」松山は独り言を呟くと、よろよろとしながらアパートへ戻った。

月が煌々と照った、明るい夜であった。


案の定次の日は二日酔いになり、一日中寝ていた。松山はそんな自分自身が情けなくなりながら、頭の悪い一日が過ぎた。


初出勤の日は晴れであった。スーツを来た松山は、秋葉原の接骨院まで、ひさしぶりの通勤ラッシュの電車で向かった。

「おはようございます」人通りの多い通りに面している、窓の大きな明るい接骨院であった。松山はゆっくりとドアを開けながら挨拶をした。受付の女性は若くかわいい子で、松山の用件を聞くと院長を呼びに行った。

「あ、どうも。松山さんですか。院長の杉浦です」

松山よりも体が大きく四〇歳過ぎくらいの、顎髭を生やしたがっちりとした男であった。

「あ、松山と申します」頭を下げると、杉浦は大きな手で握手をしてきた。

「さっそくですけど、これが白衣です。あそこで着替えていただいてからいろいろ説明しますね」松山は綺麗な白衣を渡され、小部屋で着替えた。

「先生、用意できました」松山は手帳とペンを持って杉浦の前に現れた。

「あ、良かった。ちょうどいいですね」白衣のサイズを確認していなかったことを言いながら治療室へ案内された。主に電気治療の機械の使い方と、鍼灸の道具の案内、また手技の時間などを教えられた。整形外科にもだいたい同じ機械があったので、松山に問題はなかった。ただ問題があるとすれば、それは松山の実力が１００円に満たないということだけであった。

「松山さん、なぜまた接骨院にいらしたのですか？」杉浦がベッドに座りながら話した。

「あ、そうですね」昨日は二日酔いで、このような質問を想定せずに今日になったために、少し口ごもった。自分のとりあえずの練習台にふさわしい場所だからとは言えなかったからだ。

「鍼だけではなくて、手技とか電気とかを学ぼうと思いまして」歯切れの悪い回答だったが、杉浦は別につっこむ様子もなく、そのまま話は流れ、開院の時間が来た。

「それでは松山先生、今日からお願いいたします」杉浦が松山に軽く会釈をした。

「あ、こちらこそ。足手まといにならないように頑張ります」正直な言葉であったが、思わず杉浦は笑ってしまっていた。

開院と同時に、常連と思われるおじいちゃんおばあちゃんがどっと入ってきた。常連さんはこちらが何も指示をしなくても、勝手に自分の電気治療機の前に座り、自分で操作すらしていた。

「おお、すごいな」整形外科では中学生でもできそうな操作をリハビリスタッフが上から目線でやっていたにも関わらず、ここではおじいちゃんおばあちゃんが自分達で好きなように電気の強さもいじって操作していることに少し感心した。

「おはようございます。おはようございます」杉浦をはじめスタッフはみな大きな声で挨拶をしていた。これも松山の勤めていた整形にはない光景であった。

「おはようございます」松山も少し照れながら、頑張って大きな声で挨拶をした。それに気づいたおじいちゃんがいた。

「あれ、新人さんかい？」松山を見上げながら小さなおじいちゃんが声をかけてきた。

「あ、はい。よろしくお願いいたします」松山は慌てて挨拶をした。おじいちゃんは巾着袋にマッサージの番号札を入れると、ニコニコして松山を見ていた。優しそうなおじいちゃんであった。

「頑張ってね」おじいちゃんはそう言うと、ちょこんとマッサージ待ちの丸椅子に腰掛けた。

「あ、ありがとうございます」

そのような声をかけてもらったことは、今まで一度もなかったので、松山は心から嬉しかった。

「松山先生、お願いします」そこに杉浦から声がかかった。

「はい」ビクンとした松山は、声が裏返りながらも急いで杉浦の方へ移動した。

「鍼の患者さんです。肩こりだそうで。よろしくお願いします」杉浦はそう言うと、自分の手技待ちの患者さんをベッドに連れていった。

「あ、はい。わかりました」松山は汗ばんだ手を白衣でぬぐった。そこへ八〇歳前後のかわいいおばあちゃんがやってきた。

「よろしくお願いします」腰の曲がったおばあちゃんは、松山に挨拶をした。

「あ、こちらこそよろしくお願いします。どうぞこちらへ」おばあちゃんの肩に少し手をかけ、治療台へ案内した。

杉浦からはだいたいの目安で構わないが、一回の鍼治療を30分くらいにしてくれと頼まれていた。接骨院はビルの中にあるから、灸はできない。赤外線で温めることと、手技をサービスしてよいということを言われていた。

「あ、どうぞ。それではうつ伏せで」少し足が震える中、接骨院での初めての治療が始まった。

「よろしくお願いいたします」穏やかでゆっくりと話すおばあちゃんは、よいしょとベッドにうつ伏せになった。松山は、まず次のことを頭に置いた。

(ここは、練習の場。とにかく、まずは切皮痛のないように頑張ろう。鍼の技術はこれから佐藤の元で修行していこう)そう言い聞かせた。いつもより入念に前揉法を施し、丁寧に鍼を打っていった。一通り打ち終わると、ふうと息がもれた。額に汗が滲んだが、それをぬぐうことなく、赤外線で背中を温め始めた。

「痛い鍼はないですか?」おばあちゃんに優しく尋ねた。

「大丈夫です。ありがとうございます」ゆっくりとした言葉が返ってきた。松山は少し安心し、次の手技に備えた。背中とお腹の鍼が一通り終わると、もう一度うつ伏せになってもらい、手技を始めた。

（今日はまず、まだ何もわからないからとりあえず佐藤先生の手技を思い出しながら頑張ろう）そう思い、おばあちゃんの肩を10分ほど軽く揉むと、恐る恐る言った。

「お疲れさまでした」どのような反応が返ってくるかと思っていたら、

「どうもご丁寧にありがとうございました」と、今まで言われたことのない言葉が返ってきた。

「いえいえ、あ、すみません。お大事にしてください」誉められ慣れていない松山は、もじもじしながらおばあちゃんを送り出した。その様子を杉浦は横目で見ていたが、安心したのか「お大事にしてください」と他の人をマッサージしながら声をかけた。

「ふう」初仕事が過ぎると、またもう一人案内されてきた。結局この日は、電気治療の補佐と鍼治療を三人行い午前中が終わった。

「松山先生、お疲れさまでした」杉浦が声をかけてきた。

「あ、先生お疲れさまでした」松山は整形とは違ったアットホームな雰囲気と心地良い忙しさに、少し高揚して治療を終えた。

「どうでしたか。問題なかったですか」初日ということもあったので杉浦が少し心配して聞いた。

「はい。うまくできたかはわからないですが。なんとか」松山はそう答えると少し笑顔になった。すると杉浦が、

「この後、一緒にメシ行きませんか?」と誘ってきた。

「あ、先生ありがとうございます。でも私、この後すぐに行かなくてはいけないところがありまして」

そう言うと丁寧に一応断った。すると杉浦もそんなに急いでどこへいくのだろうかという顔をしながらも、執拗に引き留めることはなく、

「また明日、よろしくお願いします」と言ってからロッカールームに消えていった。杉浦に頭を下げて、松山は猛スピードで着替えて、接骨院を後にした。

自分の治療が良かったかどうかはわからないが、初めに治療したおばあちゃんからの整形では言われたことのなかった礼がとても嬉しくて、心が少し軽くなった。しかし、この後の陳のところがどのようなところかは全くわからないために、不安を感じながら山手線に乗り込んだ。

上野駅の立ち食いそば屋で昼を済ませて、陳の店を探した。そこは上野駅からそう遠くない場所にあり、さぼりのサラリーマンや、疲れた観光客、また地元の人も来そうな良い立地にあった。

「ここかあ」店構えは中国人が経営しているということが一発でわかるような作りであった。表の色は赤が多いし、何よりも派手で、細かいことは気にしないような大雑把なつくりであった。看板の文字が剥げているところに、少し違う色のビニールテープを貼ってごまかしたりしていた。

「大丈夫かな」松山は正直そう思った。窓の隙間から中を覗いてみると、白衣のようなものを着た男性と女性が一人ずつ見えた。

「こんにちは」勇気を絞って手動の横開きのドアを開けた。すると中にいた男性が、愛想良く声をか

けてきた。

「コンニチハ。何分コースデスカ?」速い口調であった。

「あ、あの、埼玉の佐藤先生の弟子の松山です。陳先生はいっしゃいますか?」軽く会釈をして自己紹介をした。

「アア、キイテマスヨ! 佐藤先生ノデシサンネ!」そう言うとその中国人は、自分が陳であることを松山に伝えて近くに寄ってきた。

「佐藤先生ハゲンキデスカ?」陳は小柄だが筋肉隆々で、目の鋭い男であった。

「はい、佐藤先生も陳先生によろしくとおっしゃっていました」松山はこの人が陳先生かと、まじまじと見た。しかしそれ以上に陳は、松山のことを下から上までじっくりと舐めるように見ていた。さらに奥にいた女性も、松山のことを遠くからじっと観察しているようであった。

「佐藤先生ニアイタイヨー」人なつっこい感じで陳が言った。

「佐藤先生ハ天才ダカラネ」そう言うとソファに座れと松山を促した。

「あ、失礼します」バッグを肩から下ろして、松山がソファに座ると、ずいぶん近くに陳も座ってきた。

距離が近いことに松山は少し驚いた。

「名前ハナンデスカ」のぞき込むように陳が聞いてきた。

「あ、松山と申します。よろしくお願いします」顔が近い陳に上半身だけ距離を取ろうとしながら挨拶をした。

「松山サンネ。ワタシノナマエハ陳デス。四〇サイネ。ヨロシクオネガイシマス」たどたどしい日本語で陳が挨拶をした。

「私は三四歳です。よろしくお願いします」松山は頭を下げた。

「アソコニイルノハ王サンデス」陳は奥にいる女を指さした。すると王はタオルを畳む手を止めて、松山に会釈をした。

「あ、よろしくお願いします」松山は立ち上がり頭を下げた。王は二〇代半ばくらいで背は高く、体はがっしりして髪が長かった。美人とは言えないがブスではなかった。松山に挨拶をされて、王は少し照れ笑いを浮かべた。

「王サンハ、サイキンフラレタヨ」陳がいたずらっぽい顔をして松山に言った。すると王は中国語で何か怒って、持っていたタオルを陳に投げつけ、奥の部屋に行ってしまった。

「オオ、中国人ノオンナハコワイネ」そう言うと顔を近づけて笑った。

「あ、はい」松山はそんな中国人のノリに多少ついていけなく、苦笑いをした。

「デモ、王サンハウマイヨ」陳は王の推掌を真顔で誉めた。その顔を見て、松山に少し緊張が走った。

陳の店はビルの1階で、カーテンで仕切られたベッドが五台置いてあった。

「松山サンノベッドハ、アソコネ」陳は右奥のベッドを指さした。

「ソレト、オカネノコトダケド」再び陳が真顔になった。

「歩合制デ、何割カハコレカラキメマス」そう言うと立ち上がり、目の前のベッドに突然うつ伏せになった。

「ハイ、ジャア、オネガイネ」うつ伏せになった陳は、親指で自分の背中を指さした。

「あ、はい。わかりました」松山は突拍子もない陳の行動に慌てふためいた。立ち上がろうとした瞬間に目の前のテーブルに膝をガンとぶつけ、イテテテと引きずりながら不格好で陳の横についた。

「よろしくお願いします」松山は佐藤を揉んだ時のことを思い出し、膝が笑う中一生懸命揉んだ。どこが悪いかなどと聞いたらまた佐藤と同様に怒られると思い、何も聞かなかった。とりあえず、午前中の接骨院でのマッサージを思い出しながら、肩や背中を揉んだ。しかし、案の定佐藤の時と同様な結果が待っていた。

「モウイイヨ」松山の手を気にすることなく陳が起きあがった。

「あ、すみません」松山はデジャブのような光景に、再び一歩下がった。陳はスリッパを履くと先ほどのソファに座り松山を見た。松山はテーブルを挟んで陳の目の前に立った。

「本当ニ佐藤先生ノデシサンデスカ?」陳の目は笑うことなく聞いた。

「ああ……はい」まだ何かを言うか言わないかわからない松山の語尾を遮って、

「歩合ハ三割ネ」切り捨てるように言った。

「あ、はい。ありがとうございます」松山は陳に頭を下げた。そこに奥から王が戻ってきた。陳の様子を見てか、王が何やら陳に中国語で話しかけた。陳はちらと松山を見ると、ベラベラベラと中国語で返した。それを聞いて王は鼻で少し笑い、松山を見ると奥の自分のベッドに戻っていった。松山は明らかに自分をバカにした会話がなされていることがわかったが、実力ゆえ仕方ないことだと、顔に表さな

いようにした。陳はもう一度松山をじろじろ見ると、

「本当ニヘタネ」とはっきりと言った。王はもう相手にしていない感じで、自分のベッドに座って携帯をいじりはじめた。

「すみません」松山は再び苦笑いで頭を下げた。

「ソン、デモ佐藤先生ノデシサンジャ、コトワレナイネ。ガンバッテヨ」そう言うと、陳は立ち上がり奥の部屋へ消えていった。

（ああ、なんてこった）自分の実力を見られた瞬間からこれほどまでに態度が変わった人々の中で、居場所がない気持ちでいっぱいであった。できることなら逃げ出したかったが、自分はここで修行させてもらうのだと、拳を握りしめた。

そこへ一人、また一人と、従業員が入ってきた。全員男性の中国人で、松山を見るなりこいつは誰だという態度をした。松山が彼らに会釈をすると、その様子を奥で見ていた王が、何やらまた中国語でベラベラッと話し、それを聞いた二人は鼻で笑って自分のベッドのカーテンの中に入っていった。二人はカーテンを閉めると、すぐさま横になり寝てしまった。

「こりゃ、凄い人達だな」自分を歓迎していない露骨な態度に、松山は帰りたくなってきた。

「ハイ、コレ白衣ネ」奥の部屋から陳が白衣らしきものを持ってきた。しかしそれはかなり汚れていて、決して衛生的とは言えないものであった。

「あ、先生。私持ってきました」そんなものを着させられては困ると、慌てて松山は自分のバッグか

ら白衣を出した。

「モッテルノ？　ンン」そう言うと、その汚い白衣をまた奥の部屋へと持っていった。その途中で振り返り、

「松山サンノロッカーハコチラデスネ」と手招きした。

「あ、はい」

そこのロッカー室は、汚くそして臭く、整形の時よりも断然酷かった。ロッカーを開けると、以前働いていた人のものと思われる汚い白衣がまだかけてあり、何やら中国語で書かれた瓶がいくつか入っていた。松山は本当にとんでもないところへ来てしまったと、着替えながら憂鬱になってきた。すると頭に佐藤の顔が浮かんだ。そこでモマレテ来いという言葉が脳裏をよぎった。

「チクショウ」紹介してくれたことへの感謝よりも、未だ医療国家資格者というプライドを捨て切れていない松山の本心が出てきた。

「チクショウ」おでこを自分の拳で何回か殴った。そして気合いを入れ直してベッドの部屋へと戻ると、先ほどまで寝ていた二人が起き出し、陳と共に今日の予約表を見ていた。

「松山サンキテクダサイ」せっかちな陳は少し苛立った声で呼んだ。

「はい」松山は慌ててわずか数メートルを小走りで移動した。

「コレガ予約表ネ。李サンモ、白サンモホトンド指名ダカラ。新規ノオ客サンヲオネガイシマス」そう言うと予約表を松山に見せた。その予約表には午後3時からズラーッと指名が入っていた。李は大男

で四〇歳前後。白は小太りで二〇代らしかった。二人とも松山のことはほとんど無視していた。

「王サント順番ニヤッテネ」陳は王を呼んでその旨を伝えていた。王はわかったと頷き、何やら中国語で話して、再び自分のベッドに戻って行った。

「推掌ハミテオボエテクダサイ。トニカクミテ。李サントカ白サンノコトモ。ソレヲツカッテ。アトハ受付ト電話オネガイネ」そう言うと料金やコースの説明をしだした。陳の店は整体院であるから治療という言葉は使わないようにと言われた。料金は30分コースが3000円、60分コースが6000円。ただし陳だけは1時間1万円であった。後は10分ごとに1000円加算される仕組みであった。

「陳先生だけ別料金なのか」

李や白も指名で埋まっているにも関わらず、ここの院長の陳も3時以降指名で埋まっており、しかも1時間1万円で経営をしているのを見ると、かなり流行っていることがわかった。王はバイトで、普段はコンピューターの専門学校に通っていて、店には不定期に来ているらしい。松山はこの集団がどのような推掌をするのか、楽しみな反面、怖さの方に、何倍も支配されていた。

「イラッシャイマセ」王の声を口火に、次々と客が入り始めた。

「い、いらっしゃいませ」治療院や整形では使わない言葉に、松山は少々戸惑った。また患者ではなくて客であるということも忘れてはいけないと自分に言い聞かせた。ここは医療機関ではなく、あくまでも整体院なのだから。しかも、中国人が経営している中国整体院なのだ。ごくりと唾を飲んでから、この日の松山の午後が始まった。

陳と李と白には、60分コースの指名客がずらっと入った。客層は病院や治療院とは違い、男の客はほぼ無口で、疲れた体をとにかくマッサージしてもらいたいというような客であった。背広で来るサラリーマンもいれば、ジーパンで来るエンジニアのような客もいた。とにかく今まで松山が見たこともない空間であった。

「イラッシャイマセ」王に新規の客が入った。30分コースの若い女性だ。もし次に新規が来たら、松山がやらなくてはいけない。確かに、陳の整体院では推掌を学ぶことが目的である。しかし、推掌を学ぶというより、馴染みのない中国人の中で、本当にやっていけるのかという不安の方が大きかった。

王はカーテンを閉めて施術をしていたが、他の三人はカーテンを全部開けっぱなしで施術していた。李は何やら耳にイヤホンをしたままだし、白はガムを噛みながら手を動かしていた。松山は少し場の雰囲気に飲まれながらも、陳に言われたとおり、見て学ぶことに徹した。手帳にメモを取りながら、陳の揉み方を熱心に見た。李や白には近づき難かったため、遠目に見るようにしていた。そんな様子を我関せずの李と白は、ただ淡々と整体をこなしていた。

陳の揉み方は、今まで見たこともないようなものであった。佐藤の推掌を数回見たが、陳のはまた一つ違っていた。主に肘を多く使い、時おり手をかざしたりしてよく見る気功のようなこともしていた。体の使い方や足の運びなど、陳を見ているだけでとても勉強になった。遠目に李や白を見ても、日本人の温泉マッサージとは全然違う揉み方にカルチャーショックを受け、ただ呆気にとられるだけであった。小1時間経とうとした時に、店のドアが開いた。

「イラッシャイマセ」陳が客を揉みながら声を出した。

「いらっしゃいませ」松山も慌てて手帳をしまい、入ってきた客に声をかけた。

「今すぐできる?」入ってきた男は、身長180㎝くらいで片手に携帯を持ち、スーツ姿でとても横柄な口振りである。松山はとっさに陳を見ると、陳は無言で頷いた。

「あ、はい。できます」松山は初めての客が、こんなにも大きくて威張っていて怖そうな男であることに、本当に逃げ出したくなった。

「腰」そう言って男はジャケットとワイシャツを脱いでうつ伏せになった。

「あ、はい。わかりました」松山はコースも確認しないまま施術を始めようとした。すると陳が、

「オ客サン、コースハ何分デスカ?」自分の客を揉みながら聞いてくれた。

「30分」するとデンとトドのようにうつ伏せになり、オヤジ独特の「アー」というため息を大きくついた。

「失礼します」松山はタオルを客にかけると、恐る恐る手を出した。

「強めで」偉そうな口振りで男が言う。

「あ、はい」松山は何と言われたのか一瞬わからなかったが、強めと言われたのだと数秒経ってから気づき、松山なりの強めで押してみた。すると男は最初の1分ほど黙っていたが、

「もっと強く」と少し苛ついた口調で言った。

「あ、はい。すみません」松山は今まで人を揉んだ中で一番力を入れていたにも関わらず、もっと強くしろと言われて、指が痛くてプルプルと震え始めた。松山にとってはかなりの力で背中から腰にかけ

て押していたが、男は何度も顔を動かしたり、足を動かしたりしていた。それは明らかに施術がしっくり来ていない客の反応である。そんなことに気づく余裕のない松山は、ただがむしゃらに親指や手のひらで腰を押していた。陳や李の客が終わり、陳達は次の客の準備をしている様子で何気なく松山のことを見ていた。施術が18分を過ぎた頃、男がもう我慢ならねえという感じで手をついて頭を上げようとした。その瞬間陳が松山を押し退け、肘で男の肩甲骨あたりをグーッと押し込んだ。すると一度起きあがろうとした男は、いったい何が起きたのかわからない様子であったが、

「ウウッッ」と呻き声を出しながら、再び力が抜けてうつ伏せになった。少しよろめいた松山もいったい何が起きているのかわからないまま、陳の技を見ていた。李や白は、次の客の準備をしながら、横目で陳を見ている。

「ウィーッ」再び呻き声が聞こえたかと思うと、ンゴーーンゴーーと、大きないびきをかいて男は眠り始めた。陳はその様子を確認すると、肘を徐々に腰の方へずらし、体全体を使って体重をかけ、まるで太極拳をしているような優雅な動きで体を捌いていた。松山はただただ陳を見ているだけであった。

時間が残り1分になるところで、陳は手を止めていびきをかいている男にわからないように松山と交代した。残り数十秒は松山はほとんど意識がないまま時間を終えた。

「お疲れさまでした」顔が青くなった松山が男を起こし、カーテンを閉めた。男は未だ眠りから完全に覚めない中着替えをして、店を後にした。

「先生、ありがとうございました」男が帰ると松山は真っ先に陳に頭を下げた。

「イイヨ。アノヒト、最初オコッテタノワカッタ?・」陳が真顔で聞いた。

「あ、いえ。わかりませんでした」そんなことがわかるほどの余裕がなかった松山は、全く知らなかったというような顔で答えた。

「ショウガナイナ」陳が呆れてお茶を飲んだ。

「すみません」松山は目を伏せた。するとまた陳達の指名客が時間通りに入ってきて、三人はマイペースで施術を始めた。

「ふう」未だ頭が真っ白で膝が笑っている松山は、奥でお茶を一口飲むと、すぐさま受付へ戻って見学を始めた。しかし頭は働かず、ふわふわしたまま30分ほど経った。

「イラッシャイマセ」再び王の声が発せられた。松山も客に挨拶をしたが、次は王の番だと気を抜いていた。すると一人の客の後に一緒にもう一人入ってきた。

「二人なんだけどできる?」三〇代前半と思われる男と、その彼女と思われるギャルが入ってきた。

「ハイ、何分コースデスカ?・」松山の状態など誰も気にしてくれるはずもなく、再び松山が施術をすることになった。その様子を陳も李も何も言わずに見ていた。

「失礼します」松山はフッと息を吐いて、気合いを入れ直した。

「腰と肩、それと首」結局全部じゃねえかと松山は思ったが、とにかく30分また頑張ろうと気合いを入れた。

「強めで」シャレた服を着た細身の男は、さきほどの男同様偉そうに注文をつけた。

「はい。わかりました」松山は渾身の力を込めて押してみた。

「イテテテ。痛えな。痛えよ。強すぎだよ」男はしかめた顔を上げて、訴えた。

「あ、すみません」松山の額と脇にどっと汗が流れた。

「しっかりしろよ」男は文句を言いながら再びうつ伏せになった。明らかに怒っている様子である。

そんな姿を見た白は口を押さえて笑っており、陳と李は顔を見合わせて首を振った。それから15分ほど、効きもしない推掌もどきを受けた男は、

「もういいもういい。帰るぞ」まだ時間の30分が経っていなかったが、無理矢理女を呼び起こし、6000円を置いて帰っていった。ただ呆然とする松山の後ろで、

「何かあったの?」と陳の客が小声で陳に聞いた。

「イエ。へへへへ。スミマセンダイジョウブデス。ゴメンナサイ」そう言いながら自分の客の背中を手のひらで数回撫でた。王は何もなかったかのようにベッドを片づけて携帯をいじりはじめた。

「すみません」松山は小声で陳に頭を下げた。陳は、軽く目を閉じて数回頷いた。

「何なんだ俺は」あまりのダメさ加減に、松山は全身の力が抜けていった。

その後も陳達は次々と指名をこなしていった。松山の目は陳達の術を追っているが、見て学ぶとはほど遠い、心ここにあらずの状態であった。その間に一人新規が入り王が施術に入った。松山が、今夜はこれ以上もうやりたくないと思っている矢先に、この日最後の客が無情にも入ってきた。客は若い女性で肩こり30分コースであった。

「こちらへどうぞ」松山は男でなくて良かったと内心思いながらも、若い女性の肩こりに不安がないわけではなかった。

「失礼します」李はもう全く松山を見ずに、イヤホンを付けて手を動かし、白はずっと片手で携帯をいじりながら揉んでいた。それでも陳は少し心配しながら松山の様子を窺っていた。

「陳さん、どうもありがとう。陳さんはやはり上手ね。もう本当に楽になったわ。こんなに肩が上がるもの」陳の客の五〇代前後の女が、店内に聞こえるように話し始めた。

「はい、先生」そう言うと1万円札を出し、次回の予約を取ってから大きな声で、

「ありがとうねー」と言いながら帰っていった。陳は照れた様子で客を見送った。そんな様子を松山は羨ましそうに見ていた。あそこまで誉められる陳と、どこまでも客にダメだと思われる自分。この差を埋めるには気の遠くなるような時間がかかると思った。

松山が手を動かし始めると、陳が予約表を確認した後、丸椅子を持ってきて松山の横に座った。施術を陳に間近で見られているために、松山には今までとは違う緊張が走った。客のことも考えなくてはいけないし、陳の目線も気になるし、少々パニックになり、手が震えた。しかし陳は顔色一つ変えずに松山の手技を見ていた。その間、李達の施術が終わり、李と白と王は自分の客が帰ると、早々に着替えて帰っていった。松山は三人に軽く会釈をしたが、三人は松山のことなど見てはいなかった。店には客と松山と陳だけになり、ＢＧＭが先ほどよりも大きく聞こえる感じがした。

「カワリマス」突然陳が静かに声を発し、客の了解も取らないままに、松山と変わった。

「す、すみません」松山は状況が飲み込めないまま陳に謝ると二歩下がった。

「チョット、ハナシナガラオシテモ、イイデスカ?」陳は客の肩に軽く手を置いてそう言った。

「あ、はい」よくわからない状況ながら、客が返事をした。しかし、身構えたのは一瞬で、陳の手が置かれてから数秒で深い呼吸を「ハア」とした。それはリラックスした証拠である。肩甲骨のあたりをなめらかな手つきでほぐしはじめると、全身から力が抜け、肩の緊張が取れた。

「松山サン、推掌ハマズ、オチツクコト」陳がおもむろに口を開いた。

「あ、はい」松山は慌ててポケットから自分の手帳を取り出してメモを取った。

「推掌ヲスル人間ガ心ヲシズメル」陳はそう言うと、落ち着いた手捌きで客の首から肩を揉んだ。

「松山サン、指デ会話スル。オ客サントハ、指デ会話スル」陳の指は丁寧にゆっくり押し進んだ。

（指で会話）松山は心で呟いた。そんなことは今まで考えたこともなかったからだ。

陳は一通り肩こりの揉み方を教えた。肩こりは肩だけ揉んでも決して良くならないこと。全身、特に腰に推掌を施すことなどを教えてくれた。

「若イ女ノヒトニハ、アマリ肘ハツカワナイデス」陳は手技の使い分けの話もしてくれた。松山にとって、今までは見学ばかりで、実際に詳しく教わったことはなかったので、メモを取ることと目に焼き付けることで必死であったが、とても嬉しかった。

「ハイ、終ワリマシタヨ」そう言うと陳は優しく女性の肩を叩き、起こした。

「有り難うございました」女性は丁寧に頭を下げると、とても気持ち良かったというような顔をして帰って行った。松山の客にはあり得ない顔だった。

「陳先生、有り難うございました」松山は女性が帰ると同時に深々と頭を下げた。

「とても勉強になりました」松山の言葉は、嬉しさと感激に溢れていた。陳は少し照れて「イイヨイイヨ」と笑った。

「ソコニ座ッテ」陳がソファに座るように促した。

「あ、はい」松山は片手にメモ帳を持ったまま座った。陳は松山の横にちょこんと座ると、おもむろに話し始めた。

「佐藤先生ニハ恩ガアリマス」陳の言葉がとても丁寧でゆっくりで重みがあったため、松山はごくりと唾を飲んだ。

「佐藤先生ハ……」そう言うと少し顔を上げ松山を見た。

「私ヨリウマイヨ」陳は笑った。

「そう……ですか」松山はじっくりと陳を見た。

「佐藤先生ハネ、天才ダヨ」そう言うと首を下げ下を向いた。

「カナワナイヨ、トテモ上手」陳の表情からは、佐藤に対する尊敬と共に、男の嫉妬も感じられた。

「デモ、私ノホウガ、金持チネ」垂れた首を上げ、大きく笑った。つられて松山も笑った。

「佐藤先生ハ、商売ガヘタヨ」そう大きな声で言いながら親指と人差し指で輪を作り、金のジェスチャーをした。

「デモ、技術ハスゴイネ」再び陳が真顔に戻った。

「はい」松山も真顔になった。

「ソシテ、佐藤先生ハ人間ガイイヒトデスヨ」この言葉の後、二人の間に少し沈黙が流れた。

「今日ハ、オワリ。カエロ」陳はぴょんと立ち上がると、松山を促した。

「先生、本当に有り難うございました」松山は再び深々と頭を下げた。すると陳は、

「大丈夫マダ、一日メネ。ガンバッテ」そう言いながらさっさとロッカー室に入り、着替えに行った。

松山も遅れてはいけないと、急いで後を追い、着替えた。


「ジャアネ」陳は店の外に停めてあった大型スクーターに乗ると、バイクのスピーカーから大音量の音楽を夜の東京にまき散らしながら、猛スピードで帰っていった。

「有り難うございました」聞こえる訳もなかったが、もうすでに遠く小さくなった陳に向かって松山は挨拶をした。

「ふう」ため息がこぼれた。松山は重い足を運びながら駅に向かった。

もう最終電車に近い時間。食事もとっていないが、何だか空腹感はなかった。

電車に乗り、ドアの傍に立つ。流れる景色を見ていると、朝からの出来事がよみがえってきた。午前中の接骨院では、出だし好調だと思ったのにも関わらず、午後の陳の店ではメタメタに殴られた気持ちになった。客の顔や、李達の顔が浮かぶと、どっと疲れが出てきた。

「はあ」深いため息が出た。陳が最後に松山に教えてくれた推掌の基礎を思い出して、手帳を開いた。目で汚い字を追ってはいるが、頭には入ってこなかった。そして、陳が話した佐藤のことを思い出した。「天才か」ドアに映った自分の顔を見ると、松山はどれだけ自分が小者であるかを感じずにはいられなかった。

電車はあっと言う間に大宮駅に着き、松山はとぼとぼと20分かけてアパートへ戻った。今宵も月は、松山の上で照っていた。

朝、松山は今まで感じたことのない筋肉痛で目が覚めた。

「イテテテ」起きようとしたが、首や背中、そして腕が痛かった。

「痛えなあ」顔を洗う時でさえ、前腕が痛かった。でも、その痛い腕を軽く揉むと、少し笑みがこぼれた。今までは医療国家資格鍼灸師としてただあぐらをかいていた。整形外科に雇ってもらい、社会保障のある中、治療が下手でも生きてこられた。しかし、松山はこれから本当の治療の世界で生きることを決めたのだ。今までろくに患者の体など触ったことも揉んだこともなかった。ただ毎日、適当に鍼を打っていただけであった。この体の痛みは、自分が新しく生まれ変われるような、そんな心地よい痛みのようにも感じていた。

午前、昨日と同じように接骨院で働いた。陳に教わった「まず自分が落ち着くこと。手で会話をすること」それを念頭に治療をした。だからと言って、すぐにできるわけはないことはわかっていたが、まずはそれを心がけて午前を過ごした。

「お疲れさまでした」松山は杉浦に挨拶をすると、昨日同様急いで上野に向かった。杉浦は、いったい午後に何をしているのかと不思議そうな顔をして、松山を送り出した。

上野に着くと、立ち食い蕎麦で腹を満たし、走って陳の店へ向かった。

「こんにちは」客の靴が二足見えたので、静かに挨拶をして中に入った。陳と目が合うと、陳はにっこりした。そしてジェスチャーで着替えてこいと伝えた。

「はい」松山は小さく返事をして、すぐさまロッカー室で着替えると手帳をポケットにしまい、気合いを入れてから陳のところへ向かった。

陳は肘で患者の背中を揉んでいた。その姿は力強く、陳の推掌は武芸のようであった。松山は着いたばかりの息も調っていないなか、メモをとりながら陳の推掌を見学した。

奥のカーテンが開き、男の客が出てきた。王は客から2000円のおつりをチップとしてもらっていた。松山は何か見てはいけないものを見てしまった感じがして、目をそらした。整形や接骨院ではあり得ない光景だったからだ。別に悪いことではないのだが、初めて見るその光景に目のやり場に困っていた。

「またよろしく」男の客がそう言って出ていくと、王はチップを胸のポケットにしまって、すぐさまロッカー室に入りあっと言う間に着替えて出てきた。

「オツカレサマ」陳が自分の客を揉みながら王に声をかけた。

「あ、お疲れさまでした」松山は、まさか王がもう帰るとは思っていなかったので慌てて挨拶をした。松山に挨拶をされると王は少し照れた感じで店を後にした。

「今日ハ王サンハモウオワリネ」陳がそう松山に伝えた。

「あ、はい」松山は受付の台に乗せてある予約表を確認しに行った。今日の午後は白はいないようで、陳と李だけである。二人とも指名予約が入っていたが、二人とも2時から4時が空白になっていた。

（今日は空いているのだろうか）松山がそう思っていると、陳の施術が終わり、客が会計をしにきた。松山は慌てて予約表を閉じ、釣りを渡し有り難うございますと声をかけた。

「松山先生、今日ハ木曜日ダカラ、スイテルヨ。李サンモ私モ新規ハヤラナイカラヨロシクネ」陳がタオルをたたみながら話した。

「あ、はいわかりました」何を言っているのか、よく意味がわからなかったが、とりあえず返事をしておいた。そこへ李が店に入ってきた。

「あ、李先生お疲れさまです」松山が頭を下げた。李は突然の挨拶に、「アア」と少し驚いた顔をしながら小さく返事をしてロッカー室に入っていった。白衣に着替えてくると自分の予約表を見て、空白の時間に斜線を入れた。その斜線はそこには予約を入れるなという意味である。そして何やら中国語で陳と話し、自分のベッドに入りカーテンを閉めて寝てしまった。

（マイペースだな）松山はそう思った。その瞬間、陳もカーテンを閉めてしまった。

（え？）二人とも寝てしまったのである。松山は安い中華料理屋でかかっていそうなＢＧＭの中、一人ポツンと立っていた。

（おいおいおい。二人とも寝ちゃったよ）そう思う間もなく、李のベッドからはいびきが聞こえてきた。

（まじかよ）いったいい自分がどこで何をしているのかわからなくなった。営業時間とか、そういうものは全く関係ない世界であった。自分に予約がない時間は好き勝手やってよいというシステムらしい。日本の店では考えられないやり方である。松山は初めのうちは手帳などを見ていたが、飽きてきたためにトイレに行った。

「うわっ」汚いのである。こういうところはあまり気をつけていないようだ。昨日は無我夢中でトイレに行くことすら忘れていた。今日初めて入ってみてあまりの汚さに驚いた。

（これはだめだ）そう思うと、松山は徹底的に掃除をし始めた。トイレが終わると流し台。ロッカー室の床や玄関のマットなど、目に付くところからきれいにし始めた。すると、前より明らかに綺麗になった。

（おお、ずいぶん綺麗になったな）そう思う松山の後ろ両サイドからはいびきの爆音が聞こえてきた。

（二人とも爆睡だな）松山は雑巾片手に呆れていた。

「今、できますか？」そこへ一人の三〇代半ばの男性が入ってきた。松山は慌てて雑巾を隠すと、「はい」と返事をして自分のベッドに案内した。急いで手を洗い戻ってくると男性はすでにうつ伏せになっていた。

「何分コースですか？」松山が聞くと、30分肩をやってくれとのことである。大きないびきが両サイドから聞こえてくる中、松山の推掌が始まった。

「ずいぶん爆睡してますね」男性の客がいびきを聞いて、うつ伏せのまま愛想良く笑いながら話しかけてきた。

「あ、そうですね、すみません」松山はそう答えると、昨日陳に教わったように気をつけて揉んでみた。男は珍しく世間話をしてきた。彼は近くの会社でエンジニアをしているらしく、肩がよくこるとのことであった。松山は必死に相づちを打ちながら推掌を頑張った。もっとコミュニケーションをきちんと取った方がいいのかどうかわからない中、ただがむしゃらに頑張っていた。すると、20分を過ぎた頃から男が黙り始めた。

（あれ、やばいな。また怒ってるのかな）静かになった客を見て、また自分の下手な推掌で、怒り始めたのかと松山は思った。どうしようどうしようと手が速く動きそうになる頃、「んごー」と、男はいびきをかきはじめた。

（あ、寝た）松山は初めての体験に驚いた。驚いたと同時に、やったという気持ちも出てきた。自分の推掌で人が寝たということが嬉しかったのだ。男のいびきはだんだんと大きくなり、その店には三カ所から轟音が聞こえることとなった。30分の時間が過ぎたが、松山は嬉しくて10分サービスをした。

「お疲れさまでした」松山はそう声をかけると、カーテンを閉めて受付で会計を待った。

「あー、ぐっすり寝ましたよ」男はそういうと、うつ伏せで赤くなった顔をこすりながら出てきた。

「あ、ありがとうございます」松山は照れながら、代金をいただくと男を送り出した。

「ふう」初めての体験に、少し気持ちが高揚していた。女性とのデートがうまくいったかのような気

持ちであった。松山が自分の推掌で客が寝たことを思い出しながら、ベッドを片づけていると、

「すみませーん。できますか？」また一人入ってきた。

「あ、はい」松山は慌てて陳達のベッドを見たが、二人ともまだ轟音を響かせていた。自分しかいないことを改めて確認し、「どうぞ」と再び自分の場所へと案内した。客は五〇代半ばくらいの女性であった。化粧が濃く、生命保険の営業の途中に寄ったとのことだ。

「ちょっと今日は朝から腰が痛いのよね」女はそう言うと「30分お願い」とうつ伏せになった。

「はい、わかりました」松山は、腰はまだ教えてもらっていなかったので、本当のところは何もわかっていなかったが、わかりましたと言うしかなかった。

「失礼します」女の腰はガチガチに固かった。いったいどうしたらこの腰を鍼を打たずにほぐせるのかわからなかった。とりあえず手のひらで押してみることにしたが、どうにもこうにも松山が自分でできるような代物ではなかった。

（そうだな）松山は佐藤や陳が、腰のあたりを肘で押しているのを思い出した。ここは一つ練習だと思い、見よう見真似でやってみた。

（違うなあ）どうも力がうまく入らない。佐藤の姿を思い出しても、力を入れているようには思えなかった。陳の姿にしても、実に優雅に押していた。あれで客がウーッと気持ちよい声を出すのだから、何かこつがあるはずだと思った。松山はいろいろ角度や押し方を変えてみたが、いまいちしっくりこないまま、30分が過ぎてしまった。

（まずいな）明らかに満足させることができなかった施術である。案の定その女はいらいらした顔で会計に来た。

「あんた、何年目なの？」女は金を払いながら言った。

「あ、えーっと、5年目です」鍼灸師としては5年目だが、推掌では実際はまだ2日目だ。

「5年でそれ？　もう一回勉強し直しな」捨てぜりふを吐いて化粧の濃い女は帰っていった。

（チクショウ）松山は手に取った3000円をギュッと握りしめたくなった。しかし、実力が無いのは間違いないことを自身が一番知っているために、怒りのやり場がなかった。

（これが現実だ）病院や接骨院ではこのような言葉を言われることは、それほどなかったが、この中国整体に来て毎回のように浴びせられる言葉。なんだか、早く佐藤に会いたい気持ちになってきた。

陳と李のベッドからは、鳴りやまないいびきが未だに聞こえてきていた。


その後4時までに、松山は立て続けにもう二人施術した。その頃陳と李がようやく起きてきて、二人は自分達の準備をし始めた。

「松山先生、ガンバッテタネ」陳は眠そうな顔をして声をかけてきた。

「あ、ありがとうございます」終わったベッドを直しながら答えた。

「サーテ、ガンバリマスカ」背伸びをしてからそう言うと、夜9時まで指名客を施術し続けた。李も指名客を立て続けに施術した。その間、新規が四人入り、松山も忙しく頑張った。この頃ようやく昼に陳が「新規ハヤラナイカラヨロシクネ」の意味がわかった。王も白も今日はいないから、新規は全員自分がやるということだったのだ。気づいた頃には、もう閉店の時間になっていた。

「ハイ、オツカレサマデシタ」陳は着替えながらそう言うと、早く帰るぞと言わんばかりに松山をせかし、外に出ると今日も爆音の中猛スピードで帰っていった。李はとっくに着替え、先に帰っており、松山の怒濤の午後が終わった。

「疲れた」腹の奥から言葉が出た。整形の頃には味わったことのない重い足である。それは精神的にも肉体的にも感じた重さである。

上野の夜は、今日も重い一人であった。

次の日、手も足も腰も痛い中目が覚めた。いくら何でもこの筋肉痛を味わう余裕はなく、本当にこれから仕事ができるのか不安になった。

案の定午前の接骨院では、鍼を打つ手が細かく震えた。それは緊張ではなく、筋肉疲労からくるものであった。

(参ったなあ)何とかごまかすために、いつもよりもゆっくりと鍼を打ち、時間をかけた。あっという間に午後になり、いつものように陳の店についた。

「こんにちは」松山は来る際にスーパーで買った、掃除用品を片手に入ってきた。

「松山先生、急イデネ。今日ハ金曜日、イソガシイヨ」松山が入るなり、陳がせかした。

「ああ、はい。すみません。今着替えます」慌ててロッカー室に入り、持ってきた掃除用品を投げ込み、急いで着替えて、

「先生、すみません」と、白衣のボタンをかけながら現れた。

「今日ハ、金曜日デス。稼ギドキデス」陳は手で金のジェスチャーをした。

「あ、はい」見渡すと、既に王も白も李も来ていた。三人は既に着替えており、各々のベッドに腰掛けていて、なんだか決戦の時を待つようであった。

「コレカライソガシイヨ」陳は自分の指をバキバキ鳴らして予約表を見せた。すると陳と李は予約が2時から最後までびっしり。白も四人の60分コース。王もちらほら指名が入っていた。

「頑張ります」そう言うと、すぐさま2時の指名客が二人入ってきた。陳は自分のベッドに案内すると、鼻歌まじりに施術を始めた。李はいつも通り無口で、客をうつ伏せにするとイヤホンをつけて何やら聴きながら始めた。

（忙しいと言っても、まあ、昨日とそんなに変わらないだろう）松山は昨日自分も相当忙しかったので、それほど変わりはないだろうと思っていた。しかしそんな思いはすぐさま崩れることとなった。

夕方までに新規が三人入ってきて王と白と松山で分担した。その後も次から次へと客が入ってくるのだ。

「何だこれは」松山は東京の整体の金曜午後の実態を知らなかった。腕のある店と少しでも知られていれば、一週間の疲れを取るべくＯＬやサラリーマンがズラズラ入ってくるのだ。5時過ぎからは戦場

であった。一人終わってももう既に次の客がソファに座って待っているのだ。その間、陳と李はマイペースを崩さずに自分の施術を淡々としている。それでもあまりにも忙しいので、時おり手をとめて、予約の電話に出たり、会計を手伝ったりしていた。王も白もフル稼働で動いており、松山は、自分がどれだけ下手かも忘れて一生懸命揉んでいた。周りが忙しいと、さらに忙しさが倍増する感じがした。まるで活気のあるラーメン屋のごとく忙しく、松山は目の焦点も合わぬほど、フラフラになって人の体を揉んでいた。誰かが自分に文句を言っているのを聴いている暇もなかった。捨てぜりふもいくつか聴いただろう。そんなことに気落ちしている暇もなく、体を動かし続けた。あっと言う間に時間が過ぎた。

「ハイ、オツカレサマ。マタ来週ネ」陳が最後の客に手を振って送り出した。李も白も王も、さすがに疲れた顔でベッドに座っていた。松山はというと、放心状態のまま椅子に腰掛けていた。それを見た陳が中国語で何やら三人に話した。すると三人はちらと松山を見て、少し笑った。松山は自分がバカにされて笑われたかと思ったが、どうやらそうでもないような雰囲気であった。戦場を戦い抜いた戦友のような雰囲気がそこにはあった。

「ガンバッタネ」初めて白が松山に声をかけた。

「あ、いや、すみません」松山は驚いてしまった。白が声をかけてくれたからだ。李も少し笑みを浮かべて自分自身の腕を揉んでいた。王はポケットから今日もらったチップを取り出しながら、笑顔であった。陳を見ると、猫背になりながら、松山を笑顔で見ていた。

「サ、ハヤクカエリマショ」陳がそう言うと、みんな重い体をよいしょと持ち上げ、ロッカー室に入っていった。王は自分の服を持ってロッカー室から出ると、カーテンを閉めて着替えた。陳がふざけて、そのカーテンを開けようとすると、王に思い切り蹴られていた。そこに少し笑い声が響き、松山も思わず笑っていた。

「ジャ、マタネ」陳はいつも通り猛スピードで帰り、王も白も李も駅へと歩き始めた。その三人の後ろを松山も歩いた。三人は中国語で何やら話しながら帰っていたが、時おり松山に声をかけてくれた。

「ツカレタデショ」王が振り向きながら話した。

「あ、はい」松山は、突然話しかけられたので少し驚いた。

「金曜日ハ、ミンナツカレルヨ」白が少し跳ねるように歩きながら話した。

「あ、はい」少しみんなと距離が縮んだ気がした松山は、嬉しかった。李はいつも通り無口で、前を向いて大きな歩幅でゆっくり歩いていた。

「ジャーネー」王がみんなに手を振った。

「あ、お疲れさまでした」松山は王のいい香りのする香水を感じながら挨拶をした。王は山手線へ、李と白は銀座線へ、松山は京浜東北線へと別れた。なんだか今日は高崎線の酒とつまみの臭いの中帰りたくなくて、ゆっくりと各駅で帰ろうと、そんな気分で上野を後にした。体はぐったりと疲れていたが、王と白に声をかけられて嬉しかった松山の心は、少し軽くなった。大宮に着くと、行きつけのショットバーでマルガリータをロックで二杯あおり、その日はぼろ雑巾のように眠りについた。

次の日、松山は今まで味わったことのない全身の重みで目が覚めた。体が思うように動かないのだ。筋肉痛を通り越して、動かない体になっていた。

「まずいな、これは」しかし、昨日とは違い、あまり嫌な気持ちでは目覚めなかった。昨日の戦場のような忙しさの中、初めて仲間に迎えられたような気持ちが、松山を少し楽にしていた。

午前の接骨院ではなんとか仕事をこなし、土曜午後の中国整体院に入った。今日の予約表を見ると、王はいなかった。陳と李と白には午前から指名客がずらっと入っており、空き時間にはすべて斜線が入っていた。土曜日は休みのサラリーマンが午前中から来る。それぞれの固定客が、予約を入れていた。土曜の新規はほとんどが観光客だ。観光に疲れてふらっと入る客が多い。また待ち合わせまでの時間を使って暇つぶしで来る客もいる。松山以外の三人はそんなつまらない施術はしたくないことと、昨日の疲れのために、空き時間はすべて寝る時間にあてるのだ。従って、自ずと新規はすべて松山がやることとなっていた。

観光客や暇つぶしの新規といえども、昨日のような客の入りはない。ちらほらと30分コースが入るくらいであった。松山は三人の施術を見学しながら、時おり現れる新規をこなした。それでも新規をやる人間は松山だけなので、ある程度の忙しさの中、時間を有効に使っていた。ほかの三人も、自分の休みができると、すぐにカーテンを閉めて寝ていた。松山は治療していない時間には、トイレ掃除や台所掃除など、自分にできることは何でもやろうとした。それは陳への恩返しであると共に、佐藤への恩返しでもあると思っていたからだ。

明日は久しぶりに佐藤の治療が見学できる。もう何週間も会っていないような気持ちになっていた。体は疲れきっていたが、早く明日が来ないか、松山はウキウキしながらその日を終えた。もう客に怒られるのも、ある程度開き直って慣れてきた自分についても、少し成長したかと思えるようになっていた。土曜が終わり、明日のために、今夜は酒場に寄らずに早く寝ることとした。

縁ある人としか出会わない

翌朝は、もちろんまだ体が痛む中で起きた。松山は遅刻をしないように、早めに起きて、早めに出発した。朝食は車の中にて、サンドイッチで済ませた。

「先生、おはようございます」ずいぶん久しぶりに佐藤の家に来た感じがした。

「はい、おはよう。元気だったかい？」いつもと変わらぬ様子で佐藤が松山を見た。すると、「お？」という顔で松山の顔を見直した。

「はい、元気でございます」松山はさっと白衣に着替えて、準備を手伝った。着替えてくるまでの一連の動きを見て、佐藤は松山の変化を感じ取っていた。そんなこととはつゆ知らず、松山は佐藤の治療室やお茶の準備をした。

「先生、お茶が入りました」そう言うと、カルテを見ていた佐藤がゆっくりと腰を上げ、待合室のテーブルについた。

「どうもありがとう」礼を述べると、茶をゆっくりと啜り、目の前の松山の顔を何食わぬ顔でじっと見た。松山は佐藤の目を久しぶりに思い出し、忘れていた緊張が背中に走った。

「あの、先生。陳先生のところへ行ってきました」松山は背筋を正して報告をした。

「ほう。そうですか」佐藤がひょいと顔を上げて、少し驚いた顔で松山を見た。

「はい。先週の水曜から勉強させてもらってきました」

どんな反応が返ってくるのか、松山は不安であった。

「そうか。私は今週から行くと思っていたから、ずいぶん早かったね」そう言うと、何度か頷き、茶をもう一口飲んだ。

「はい。整形は辞めまして、午前は上野近くの接骨院に、午後は陳先生のところで勉強しています」

「そうか、それは良かった」再び数度頷いた。

「はい」じっと見ている佐藤の目が怒っている様子ではないため、松山は一安心した。何も言わずに勢いに任せて勝手に進めてしまったので、多少なりとも何かあるかと思っていたからだ。

「それで、陳先生はお元気でしたか？」

「あ、はい。お元気でした」少し笑いながら返事をすると、

「相変わらず、凄い先生だっただろ？」佐藤もつられて笑いながら聞いた。

「はい。なんだか、全部初めての体験で。はい。陳先生も、はい、凄い先生でした」

それには、ぶっ飛んでいるという陳の全体像が込められていたために、佐藤は再び笑ってしまった。

「そうかそうか。それは良かった。私からも一つ、電話しておこう。とにかく、陳先生からたくさん

推掌を吸収してきなさい。そして人の体とはどのようなものなのかを、たくさん触って、十人十色ということを実感してきなさい。まずは、患者の体をよく知るように。治療はその後だからね」

「はい」力強い佐藤の言葉に、松山の士気が高まった。

「詳しい話は、また後で聞こう」そう言うと、佐藤は今日の患者の話を始めた。

「今日の患者は、午前は男性の全身治療。どこが悪いとかではなくて、かつてはぎっくり腰で来院したのだけれども、今は健康維持のために二ヶ月に一度来ている人です。この人は、もうざっくばらんな人で、来るなりすぐ眠りますから、そして細かいことを気にしない非常にやりやすい患者さんです。松山さんにも話しながら治療を見せることができると思います」佐藤の声は、少し弾んでいた。

「そして午後は、女性。この方は厄介なんだ。ノイローゼでね。でも前よりはずっと良くなってきたのだけれども。うつ伏せになったら、静かに入ってきて椅子に座って見ていてください。そして上向きになる頃に、書庫に行って本でも読んでいてください」松山はできるだけ佐藤の治療を見たいと思っていたので、少しでも見学ができると思うとありがたかった。

「そしてその後は、何もなければ、そうだな私の推掌の仕方を教えるよ」佐藤が少し明るい声で言うと、それにもまして松山は、元気よく「よろしくお願いします」と大きな声が出た。「うん」と佐藤が頷いてしばし陳の店の話題で談笑した後に、治療院のチャイムが鳴った。

「さてと、始めますか」佐藤は少し明るい声の中、玄関へと向かった。松山もすぐさま湯呑みを片づけ、電話機の音量を下げるとメモ帳を片手に廊下で待った。

「こんにちは」図体の大きな五〇代前半の男が入ってきた。風貌はいかにも力仕事をしているという感じで、無精髭が生えていた。

「こんにちは中西さん。どうぞ、お入りください」佐藤が治療室に案内した。男はのっしのっしと入ってくると、慣れた様子で着替えはじめ、うつ伏せになろうとした。

「中西さん、私の弟子の松山です。今日中西さんの治療を見学させていただいてもよろしいですか?」

中西はベッドに手を突きうつ伏せになろうという体勢のまま、

「あ、どうぞ。ご自由にどうぞ」そう少し笑いながら突っ伏した。

「よろしくお願いします」松山が声をかけると、少しだけ顔を上げて、「あ、どうも」と言った。

佐藤は松山を見ると、小さく頷き自分の治療準備にかかった。松山は佐藤の準備をベッドを挟んで見ていた。佐藤が束になった鍼を胸のポケットに入れ、一本抜き百会に刺した瞬間、

「んごー、んごー」といびきが聞こえてきた。

(うそ?)松山は驚いた。まだ百会に一本鍼を打っただけにも関わらず、図体のでかい中西が巨体を響かせ眠り始めたからだ。松山を見て、佐藤の片方の口元が少し上がった。小さくニヤリとした後、講義が始まった。

「基本中の基本。鍼の打ち方は」佐藤は手を止めずに話した。松山は再び乾いた口の中の唾を飲んだ。

「今の私のように、話しながら鍼は打ってはいけない。本当は。でも、今は特別」そう言うと、初め

て松山の顔を見た。松山はどきっとしながら、小さく「はい」と答えた。

「鍼灸大成にはこう書いてある。刺鍼の要点はまず精神を治めること。打つ側の精神が落ち着かなくてはならない。そして、手は務めて動かし、鍼は均一に光らせ、心静かに見て、変化を観察すること。そして、鍼治療において、深淵に立っているように恐れ、手は虎の尾を握るように注意し、他のことに精神を向けること無く、と言う」佐藤は静かな口調で続けた。

「要するに、治療はまず患者を診る前に、自分の精神を調えることから始まります。大事なことは、他のことに精神を向けること無くという点です」松山は再びごくりと唾を飲んだ。

「大切なことは、患者を治療する人間がまともかどうかから始まるんだ。これを毎回自分で律し、確認しなくてはならない」その声は低く静かであった。

「次に、人間の体をどう診るか」松山は再び手帳とペンをしっかりと持った。

「例えば腰痛で来た患者さんの、腰を診ていても腰は治らない。大切なことは、必ず全体を診ること」

一つ一つゆっくりと鍼を打ちながら、佐藤は穏やかな口調で話した。その間も中西は豪快ないびきをかき続けている。

「内科疾患だけでなく、整形外科疾患でも、治療中はまず気血の流れを考える」

(気血の流れ？)松山は佐藤の顔を見た。

「鍼を打ち、灸を据え、推掌を施しても、気血の流れを考えなくては邪気は去らないし、気を補うことも養うこともできない。大切なことは、詰まってしまった経絡を開きながら、気と血を流し、足りないところへは補充し、多いところからは逃がすことだ」淡々と佐藤は続けた。その際も、手は均一に動き、繊細であった。その手はしなやかで、どこかピアニストのようでもあり、また力仕事の職人のようでもあった。

鍼が終わると、今度は灸に取りかかった。

「灸は、ただの温熱刺激ではない」佐藤は艾を左手でさっと捻り、背中に置いた。その大きさは米粒よりも少し小さかった。

「灸には加持祈祷のような、邪気を祓う役目がある」

（邪気を祓う？）松山は今まで考えたこともない概念に、困惑した。

「大事なのは、この煙なんだよ」数カ所に艾を置いた後、線香に火をつけ艾に点火し始めた。

「煙には魔を祓う、邪を祓うという力がある。でも間違ってはいけないのは」佐藤がちらと松山を見た。

松山の背筋がゾクッとした。

「そういうことに、囚われては絶対にいけない。よく邪気をもらうとか、悪い気をもらうとか、そういうことを言う人がいるけれども、そういう人は四流以下なんだ。一番初めに話した、まず自分が精神を治める、心を調える、それができてないから、そういうことを言い出す。結局のところ、自分の心が弱いことを、人のせいにしているのだから困ったものだ」佐藤は次々と灸に火をつけていった。

「これは全部焼き切りですよ」焼き切りとは、火をつけた艾を、最後まで止めずに焼き切ることを言う。通常は火傷をさせないように、途中で止める鍼灸師が多い。

「焼き切りですか?」松山は思わず小さな声で聞いてしまった。なぜなら今まで自分は焼き切ったことはなく、鍼灸学校でも焼き切るなと教えられていたからだ。

「そう。熱くないのだよ」佐藤は無表情で答えた。確かに中西は大きないびきをかき続けているし、熱がっている様子は見られない。松山には不思議で仕方がなかった。

「艾の柔らかさに秘訣があって、熱くない柔らかさで捻れば、熱くないのだよ。当たり前のこと」お灸は艾を固く捻れば、燃焼温度が上がり熱くなる。それを佐藤は、焼き切っても熱くない絶妙な柔らかさにしているのだ。それを見せた後に、今度は少し大きめのお灸を捻った。米粒大で松山に目で「見てろよ」という合図をしてから火を付けた。艾を置いた場所は腰にある命門《めいもん》穴であった。佐藤はお灸に火を付け、艾の頂点から火がだんだんと下へ降りていき、火が艾の真ん中あたりに到達した頃、その燃えている艾を右手の人差し指、中指、親指で覆った。

(え?)松山は、もう指で潰して消してしまうのかと思った。それでは熱は伝わらないし、意味がないのではと思ったのだ。しかし、よく観察してみると、決して押しつぶしてはいない。その灸を三本の指で覆っている。佐藤はその三本の指をきゅーっと締めて、火が肌に到達する寸前で空気を殺し、火を消した。

(あ)松山はその三本の指が、空気の出入りを調節し温度調節していることがわかった。そのようなやり方は今まで見たことがなかったので非常に驚いた。佐藤はすぐさまもう一壮艾を捻り、その上に重ねて置いて火をつけた。そして先ほど同様三本の指で空気を調節し、ぎりぎりで止めた。それを三回繰り返した。

「これは、非常に柔らかく熱をツボに入れることができる。有効な手技だよ」体の表面に残った艾の燃えかすを取ると、ニコッと松山を見た。松山の目には、初めて見た驚きと感動が窺えた。

背中の鍼灸が終わると、佐藤は鍼を抜き、推掌を始めた。

「まず鍼で気を調える。そして灸で邪気を祓う。そして推掌で血を流す」その推掌は実に優雅であった。大洗で初めて見た時同様、神楽のような美しさがあった。その姿を見ているだけで、松山は惚れ惚れしていた。陳の推掌は武芸であり、攻撃的であり、力強かった。しかし、佐藤の推掌は言うならば舞であり、それは神に捧げる神楽のようであり、気を操り血を流す、まさに神技であった。

「はい、中西さん、上向きになりますよ」佐藤が中西に二回声をかけたが、中西は爆睡中で起きなかった。佐藤は松山と目を合わせると、軽く笑った。その笑顔が松山には映画俳優のように見え、男が男に惚れるとはこのことかと、少し血が頭に上った。

腹と足に鍼灸が終わると、軽く頭と腹に推掌を施し、治療が終了した。中西は完全に爆睡したまま時間が過ぎ、寝ぼけ半分で帰って行った。

「先生お疲れさまでした」松山がお茶を入れて待合室で待っていた。そこへ佐藤がゆっくりと入ってきた。

「ありがとう、一服しよう」そう言うとゆっくりとイスに座った。

「先生、先ほどは有り難うございました。とても勉強になりました」松山はお盆を持ったまま一礼した。

「まあ、座りなさい」お茶を一口啜りながら、佐藤が答えた。松山は「はい」と返事をすると、さっと椅子に座り、お盆をテーブルの上に置いた。

「何か質問は？」お茶を喉に通した後に「あー」とため息声を出してから佐藤が松山の顔を見て聞いた。

松山は聞きたいことはたくさんあったのだが、考えた末一番気になったことを尋ねた。

「先生、魔を祓う、邪を祓うということについてなのですが」そう口に出すと、佐藤の目が一瞬宙に止まった。それを見た瞬間松山は（しまった。余計なことを聞いてしまった）と背中が強張った。佐藤は少々間をおいて口を開いた。

「うん。そうだね」何かを考え、言葉を選んでいた。

「誤解が生じやすいことだから、慎重に話すが、あくまでこれは私の考えだ」そう言うと、佐藤自身も背筋を伸ばした。松山は、大層深刻なことを考えなしに聞いてしまったと、自分の質問を少々悔やんだ。

「邪気という言葉を我々の職業はよく使うだろう」佐藤は落ち着いた低い声で話した。

「はい」背中を緊張させた松山の返事は小さかった。

「実際に、松山君、君は邪気はあると思うかね？」佐藤の目が松山の奥を見始めた。嘘を許さないその目は、松山の顔の筋肉をひきつらせた。

「は、はい。ええ、そうですね。はい。んー。たぶんあると思うのですが」鍼灸師という職業は、邪気という概念を持つ者が多くいる。それは、中医学に基づくものであり、治療の際にその哲学は有効だからである。また古代の医学書にも、邪の話はいくつも出てくる。松山は自分の持っている知識を総動員して答えた。その表情や声にはあまり関心がないといった様子で、佐藤は再び宙を見つめ答えた。

「私もね、ずっと信じていたのだよ。邪気を」ぽつりと口から言葉を出した。

「信じていたんだなぁ、実際に」独り言のように話す佐藤の顔を、松山はただじっと見ていた。すると佐藤は松山を見ながら昔の話を始めた。

「以前、私が秋田に往診に行っていた頃の話だ。そこにはどんな病院に行っても治らなかったという首痛の女性がいたんだ。三二歳だった。色白でほんの少しぷっくりしていて、背は１６５㎝くらいで、髪は短く、化粧は薄かった」佐藤は思い出すように、話していった。

「その子のお母さんは、もうなんだか、せかせかしていてね。一向に落ち着きがないんだよ。こちらがそのお嬢さんに質問をしても、お母さんが横から答えてしまうんだ。絵に描いたような過保護で、お嬢さん自身は目は合わさないし、ずっと下を向いている静かな人だった」佐藤は茶を一口啜った。松山も乾いた口を潤すべく、慌てて一口茶を飲んだ。

「何を聞いても曖昧な返事で、はっきりとした答えが返ってこない。そしてこれは後からわかったことなんだが、その女性の治療が成功して、いや、成功と言えたのかはわからないけれども、その首痛が取れた後に、お母さんから電話がかかってきて、娘のことで相談があるというんだ。私はまた痛くなったのかと思ったのだがそうではなくて、夜になると叫び出すというのだよ」松山の背中がぞくっとした。

「人生がうまくいかないのはお前のせいだ！　とか言って、両親を罵るのだそうだ。それで深夜にも関わらず大声を出すわ、壁を殴るは蹴るわで、そして家中に両親への恨みを油性マジックやペンキで書くそうだ。また深夜に押し入れにこもり、壁をゴンゴンゴンけっこう大きく頭を叩きつけて音を出すそうなんだ。もう心底そのお母さんは参ってしまっていて。その話はお母さんからしか聞いていないから、真実はわからない。でも仮にそういうことを毎日繰り返すとしたら、精神病の疑いはかなりありますよね」佐藤が突然松山の顔を見て同意を求めた。話を突然ふられたために、松山の声は裏返った。

「はい」変な声で返事をしたが、佐藤はそのまま淡々と続けた。

「話を戻すが、精神病的要素を持ちながらの首痛だったのであろう。そして精神病というのは、これは古代医学書にもいくつも書いてあるが、邪や魔が関連していることもあるという。その真偽は論じないとしても、発狂している人の顔や行動は、確かに何かが取り憑いているようにも見える」松山の肛門が、きゅっとなり、再び口が渇いた。

「私が首の治療を始めて1時間も経たない時に、バキッと大きな音がしたんだ」そのバキッという声が大きかったために、松山は思わずビクッと体を動かしてしまった。それを見た佐藤は少し笑って、ごめんごめんと謝った。少し場の気が緩み、松山は助かった。でも心臓の鼓動は速いままである。少し間をとってから再び佐藤が続けた。

「そのバキッという音は、どうやら私だけに聞こえていたらしいのだ。周りにいた人に後で聞いてみても、みなそんな音はしなかったと言う。しかし私は頭の後ろから本当に大きなバキッという音を聞いたんだ」ほんの少し興奮した声で言い、その興奮を平常に戻すかのように茶をもう一口飲んだ。

「その瞬間だよ、松山君。その女性の首痛が取れたのは」松山の目をじっと見て、佐藤がゆっくり話した。

「そしてその女性は、もう全く痛くないと言う。何年も痛くて痛くてしょうがなかったものが、たった1時間で、その瞬間から痛くなくなったという。その女性からも、お母さんからも、それはそれは感謝されましたよ。拝まれたし、お金も酒もかなりいただいた」そう話した後、佐藤の顔が真顔になった。

「私はその瞬間から、首が動かなくなったんだ。三日間。本当に辛かった」静かな低い言葉が、松山の緊張を倍増させた。

「いわゆる、邪を受けた。被った。貰ったというやつだ」佐藤は間を取りながら、じっと松山を見た。松山は何も言葉が出ずに、ただ小さく頷いた。辺りは、外の鳥の音も聞こえずに、しーんとしていた。

「そのころ、私はまだ二〇代後半だったが、本当に邪気はあるのだと思ったよ。自分で体験したからね。本当にそういうものはあるのだなと信じたんだ」佐藤は椅子に座り直した。

「しかし、しかしだ」佐藤の口調が少し変わった。

「それからも確かにそのような事例は何度かあったのだが、私が邪気というものは無いと悟ってからは、二度とそのようなことはなかったし、やはり自分の考えは間違っていたと思ったのだよ」佐藤の声に力があった。

「この大宇宙の力、この大宇宙を創られた力、神の力、仏の力というものは、愛で満たされている。その愛で満たされているものの中に、邪気など存在するはずはないと、そう悟ったんだ」

佐藤と松山の座るテーブルに、窓から明かりがすーっと入ってきた。

「万物は気で構成されている。その気に邪気も正気もない。陰陽にしても、陰を邪気、陽を正気など、それは勝手にこちらの価値観で決めているものだ。邪気を創れば必ずそこに正気が生まれる。自分が正しいと叫べば、誰かを悪者にしてしまう。それは人間にとって都合のいい考えでしかないのだよ。陰の中に陽あり、陽の中に陰あり、しかしその陰を悪いものと決めつけているのは人間だ。勝手な価値観だ。決して陰が悪いわけではないし陽が正しいわけではない。陰陽相交わるところに、この世界がある。ただそれだけだ。正義と悪があるわけではない。悪いものを悪いと価値判断し、決めつけ、自分が正義だと叫んでいる人の心は、相手を悪者にしているだけだ。自分を正しいと決めつけるのは、相手を悪者にしていること。それは病気も一緒。病気を悪者にしているのは、勝手な人間の価値観でしかない。病気はその人の生活習慣、心の持ち方に原因があるから生じた現象にすぎない。その症状を治したければ、自分の生活、姿勢、態度、心を正すしかない。それをしないで、病気をただ悪者にしたてあげ、病気のせいで自分が辛いと叫ぶ人が多い。これは病気を悪者にしている典型的な例だ。病気は決して悪いものではない。自分が作り上げたものだ。病気のせいにすれば、いろいろなことが都合がいいから、今の辛い状況は病気のせいだということにする。自分に原因があると思えないから、病気のせいにする。これは病気だけではなく、人間関係にしても同じだ。自分に原因があるにも関わらず、そうと思いたくないから、相手を悪者にする。相手のせいにする。これはまったく都合のいい話なんだ」いつになく、佐藤の口調は強かった。

「邪気にしてもそう。邪気というものを作り上げると、いろいろな面で都合のいい人がいるのだよ。

邪気のせいで、具合が悪いとか、邪気のせいで人生が悪くなったとか。でも邪気というものは、決して悪いものではなくて、ただのエネルギー体だよ。気の一種だ。悪いわけではない。邪気と勝手に人間が称しているにすぎない。この邪気や魔というエネルギー体は、信じていると、その人にやってくるのだよ。または心が弱かったり、狡かったりすると、その人が放つ心波に吸い寄せられるのだよ。それが取り憑かれたという現象だ。でもそれは、元を正せば、その取り憑かれたと言う人の、心模様、心の状態、生き方に原因があるんだ。だからいくら祓っても、その時は良くても、また自分がたぐり寄せる。それをまた、憑いたと言って、邪気のせいにする。それは何か、魔物や悪者のせいではなく、自分の心に原因があるのだ」話は続いた。

「先ほどの邪気を祓う、魔を祓うというのは、邪や魔と称せられるエネルギー体が、煙というものによって、なぜか離れるのだろう。それが電気エネルギー体なのか、磁気エネルギー体なのかはわからない。しかし、勝手に邪や魔と称せられたそのエネルギー体は、護摩行や灸のような煙によって、その場から離れるようだ。また滝行や入浴といった水にも離れさせる力はあるようだ。だから灸をして体から離れると体は楽になる。しかし、心が弱かったり、狡かったり、マイナス思考が続くと、再び、邪や魔と称せられた気が吸い寄せられる。そういうことなのだろう」佐藤は、長々と話しながら、自分の頭を整理しているようだった。

「だからあの時、私の首が痛くなったのは邪気を貰ったとは言いたくないのだよ。自分の心が弱かったから、ただそのエネルギー体が移動したと考えている。だから邪気という悪いものは無いと言いたい。

そう言われているエネルギー体は実際にはあるだろうが、それを受けるも受けないも、自分の心次第。そもそもこの世は、愛で満たされているんだ。何かを悪者にする必要なんてないし、邪とか魔という言葉を使ってしまう時点で、心が弱いのかもしれないな」そう言うと、体を動かしちらっと松山を見た。

松山は佐藤の話に圧倒されて、言葉はなかった。

「なんだかよくわからないね。そう、なんだかよくわからない世界なんだよ、鍼灸って。未だによくわからんよ」そう言うと、佐藤は子供のような表情で笑った。松山もその表情につられて、少し笑った。

「野菜食べよう、野菜」そう言って佐藤は冷蔵庫から新鮮野菜を取り出し、二人で休憩室の和室へ向かった。ボリボリムシャムシャという音を響かせながら、次の患者までの時間を費やした。松山は先ほどの佐藤の話を、録音しておけばよかったと、今になって思っていた。書いている余裕が無かったからだ。それでも思い出していくつかメモ帳に記入した。佐藤の魅力は、このような哲学に刻まれていると、野菜を食べている佐藤の顔を見て、改めて思った。


野菜を一通り食べ終わると、松山がお茶をいれてきた。佐藤は次の患者のカルテを治療部屋に取りに行き、休憩室で次の患者が来るまで待つことにした。

「次の患者さんはね」佐藤はお茶の礼を述べると、一口啜ってから話し始めた。

「完全にノイローゼなんだよ」少し嫌気がさした言い方であった。松山は今まであまり佐藤のそのような表情を見たことがなかったので、厄介な患者なのだろうと察した。

「もうね、とにかく先ほどの邪気の話ではないけれども、何でもかんでも、人のせい、誰かのせい、環境のせいにして逃げ続ける人なんだ」どう考えても、相手にしたくない人だと松山は思った。

「それでもね……」佐藤はカルテの裏を見ながら茶を飲み、呟いた。

「私の患者さんなんだよ」その呟きは、何か哀愁を帯びていた。諦めと悲しみと、優しさがこもっていた。松山は、自分の患者は自分が責任を取らないといけないということなのかと考えたが、佐藤の考えはもっと深いところにあることを、後に知ることとなる。

まだ治療時間までは50分あった。松山は佐藤に、他にどのような質問をしようか、またどのような話が聞けるかわくわくしていた。そんな時に、チャイムが鳴った。

（え？）松山は（何で？）と思った。予約時間はまだ50分も先である。届け物でも来たのかと思った。

「来ましたよ」佐藤は何ともやりきれない顔で松山を見た。

「私が行きます。何か届け物でしょうか？」とっさにあぐらをくずし、松山は立ち上がろうとした。

「いや、患者だよ。次の」佐藤はよっこらしょと腰を上げた。

「え？　でも、まだ時間では……」松山は自分の時計を見た。

「言ったろ？　ノイローゼだって」そう言うと、首をボキボキッと鳴らして、佐藤は玄関に向かおうとした。

「そうそう、この人は神経質だから、うつ伏せになったらゆっくり治療室に入ってきてください。そして私の椅子に座って見学してください。推掌が終わって仰向けになる前に出て、書庫で本でも読んでいてください」言い終わる頃に再びチャイムが鳴った。

「はいはい」佐藤は声を出しながらドアに向かった。松山は、

（こんなに早く来て、なんて失礼な人なんだ。まだ50分もあるじゃないか。先生が体を休められない）

と若干の怒りが胸にあった。しかし本当は、自分がもっと佐藤の話を聴きたいのに聴けなかったということが、怒りの原因である。

「はい、谷上さんこんにちは」佐藤がドアを開けると、早く開けろというような顔をしながらも、それを隠そうとする慇懃《いんぎん》無礼《ぶれい》なお辞儀をして谷上が入ってきた。五〇代女性。背は１５５㎝ほど。痩せていて、ブランドのバッグを持っている。田舎者なのに自分は違うという無駄な抵抗がそこに見えた。

「よろしくお願いいたします。早く着いてしまって、すみません先生」早口でそう言うと、まずはトイレに直行した。佐藤は無表情で治療室に入ると、鍼の準備をした。谷上はトイレから出てくると、治療室に「すみません」を連発しながら入ってきた。入れ替わりに佐藤が出て、谷上が着替えている間にトイレに行った。

「先生お願いします」甲高い声が家に響いた。佐藤は洗った手を拭きながら、ゆっくりと治療室に入ってきた。

「はい、ではうつ伏せで」佐藤の低い声が聞こえたので、松山は手帳を手に、静かに治療室に入っていった。佐藤と目が合うと、小さく礼をした。

「先生、全然良くならないんだけど、どうして?」うつ伏せになり、足をバタバタッとしながら女は言っ

た。それを聞いた松山は、(なんだコイツは)と胸の中で思っていた。

「そうですね、何でですかね」愛情の籠っていない佐藤の声が聞こえた。松山は思わず笑いそうになってしまった。

「何でですかねって、先生早く治してよ」玄関では丁寧だったにも関わらず、本性が出てくると目下の者に話すような口調になる。慇懃無礼な人間の特色であった。しかし佐藤は全くの無表情のまま、背中を消毒し始めた。

「そうですね、何か原因がありますよね」佐藤はそれ以上言わなかった。別に佐藤の背中に怒りは感じなかったが、今までの患者に対する態度とは少し違うと松山は感じ取っていた。それでも客観的には、佐藤は普通に対応しているように見えた。

「先月やってもらった時は、良かったんだけど。一週間もしたらすぐ元に戻っちゃって。本当に具合が悪いの。頭も痛いし」女の言葉からはイラつきが感じ取れた。

「一週間ももちましたか。それは良かった」松山は思わず吹き出しそうになり手で口を抑えた。明らかに佐藤は嫌味を言ったように思えたからだ。すると女は少し黙った。その間、佐藤はババババッと鍼を打ち終わり、灸を始めた。いつもより鍼のスピードは速い感じがした。

「うちの主人がゴミも出してくれないでしょ? お母さんもやってくれないし。私はお稽古があるから早く出なきゃいけないのに。朝は忙しいのよ。それで、ついいくつもゴミがたまっちゃって、いっぺんに持ったらまた肩が痛くなっちゃったのよ」佐藤は聞こえるか聞こえないかの相づちを打った。

「それで近所の人いるでしょ？　この前言った人。あの人本当に失礼じゃないですか？　だからあの人に会わないように、急いで出さなくちゃいけないし」聞いている松山もうんざりしてきた。

「ほら私って、やることいっぱいあるじゃないですか？　だからもたもたしてられないのよね」

佐藤の相づちはもう完全にどうでもよいものになっていた。その後もくだらない話は続き、孫の自慢話、息子の自慢話が終わった頃、仰向けになるように佐藤が指示をしたので、松山はさっと部屋を出て書庫に入っていった。

「ふう。何だあいつは」松山の働く接骨院では長くても治療時間は20分くらいであるし、中国整体では周りにも客がいるので、べらべら長くしゃべる人はいなかったために、このような患者の相手はとても大変に思えた。

「さてさて」松山は先日見つけた推拿《すいな》の本を再び手に取り、席に着いた。すると先日座った時とは違う場所に、佐藤のノートが置いてあった。松山はちょっと中身を見てみたい気持ちになった。

(見てみたいな。先生は何を書いているのだろうか)心の誘惑に負けそうになった。

(いかんいかん。バカか俺は。それは絶対にいけないことだ。それをやってはもう先生に会う資格はない)そう強く自分に言い聞かせると、手のひらで頬をパチンと強めに叩いた。そして推拿の本を、自分の手帳に写し始めた。

「はい、もう大丈夫ですよ。また具合が悪くなったら連絡ください」佐藤の声が聞こえたので、松山は慌てて本をしまい、ドアの近くに立った。

「だって先生、予約取らないと、1年後とかになっちゃうじゃない」女の子供のような気持ちの悪い声が聞こえた。その後の会話は何を言っているのか松山にはわからなかったが、スーパーの店員のような「ありがとうございました」を述べて女は帰っていった。松山は書庫を出ると待合室に行き、茶をいれた。

「先生、お疲れさまでした」松山はお盆に湯呑みを二つ乗せ、治療室の前で立っていた。

「ああ、ありがとう。そうだね、少し疲れたよ」そう言うと、カルテを書いていたペンを転がし、少し笑った。

二人は休憩室に入り、何とも言えない疲労感の中、座布団に座った。

「どうぞ、足崩してください」佐藤が松山に言った。

「あ、すみません」松山は湯呑みを佐藤の前に置くと、あぐらをかいた。二人は目を合わせると、しょうがねえなと言うような顔で、今の患者のことを話し始めた。

「いつもあんなに早く来るのですか?」

「そう、いつも。毎回50分くらい前」佐藤はズーッと茶を啜った。松山は呆れた口調で、

「何でですかね?」と呟いた。

「狡いんだよ。早く来れば早くやってもらえると思っている。あれこれ言い訳をしているけれど、全部自分の都合で動いている人なんだ。当日キャンセルされたこともかなりあるよ」佐藤は無表情のまま茶を飲んだ。

「はあ、そうですか」そんな態度を佐藤先生によくできるものだと思った。

「でもね」佐藤の表情がとても険しくなり、目が鋭くなった。松山は、一気に緊張が高まった。

「あの人は、私自身なんだ」佐藤はゆっくりと松山の目を見た。松山は、佐藤の言った意味がよくわからなかったが、目をそらさずにじっと佐藤を見ていた。

「今から、とても大切なことを言おう。これは、これからの君の治療人生にとって、本当に必要なことになるから」そう言うと、佐藤自身も背筋を正した。松山は正座になり、手帳を開いたが、手が震えてペンを落としそうになった。この前置きで、松山の緊張はピークになった。しかし、絶対に聞き漏らすまいと、震える手にぎゅっと力を込めた。

「よろしくお願いします」松山は硬くなった体で、テーブル越しに佐藤に一礼した。

「出会う人は皆、自分の鏡なんだよ。患者は自分の鏡。これを絶対に忘れてはいけない」

（患者は自分の鏡）松山は佐藤の低く響く声を胸の中で反芻し、目をそらさずに手帳に書き込んだ。

「いいかい、他人は自分なんだ。他人を他人としてしか見ていないと、すぐに他人を裁き、他人を悪く言う。しかし、他人は他人ではない。自分なんだよ」その口調には力がこもっていた。松山は、必死にペンを走らせた。

「他人のいのちも、自分のいのちも、必ず繋がっている。魂は必ず繋がっているんだ。そして元は一つなんだよ。大宇宙の気が自分を構成しているように、目の前に見える人のいのちも、自分と同じ大宇宙の気で構成されているんだ。言うならば、みんな兄弟なんだよ。本当の意味で人類は皆兄弟なんだ」

（本当の意味で、人類はみな兄弟）松山の手にも力が入ってきた。

「他人を他人と思っているから、人を裁くし悪く言う。でもそれは、自分と同じ宇宙の気の一部。同じ神の子、仏の子なんだよ。大元で他人と自分の魂は繋がっているから、他人は自分、自分自身を見ているんだ。一見、まるで自分とは思えないかもしれない。人の嫌なところばかりが目に付く。でも、それは自分自身の嫌なところ、自分が修正すべきところを見せられているんだよ。もし、自分にそういうところが微塵もなければ、相手の嫌なところなど気になるはずもないんだ。自分も同じものを持っているから、どうしても相手のそれが気になって仕方ない。それは自分が直すべきところ、学ぶべきところなんだ。他山の石という言葉があるが、それは他の山の石ではないんだ。他の山の粗悪な石を研ぎ石として自分の石を磨くということであるが、本当のところは、その山も自分の山も同じ地球という大地に立つ。それならばどの石も、みな、自分の石なんだよ。自分自身なんだ」

佐藤の言葉一つ一つが、松山に矢のように突き刺さり、動けなくなった。しかし、その矢は、決して人を殺すような矢ではなく、矢の先には、人を蘇らせる命の滴が塗られているようであった。

「人は縁ある人としか出会わない。これは宇宙の摂理なんだ。縁があるから出会っている。君と私も縁があるから出会った」その言葉に松山は胸がギュッとなった。

「はい」松山ははっきりと返事をした。

「その縁は、自分が作り出したと思ったら大間違いだ。縁というものは与えられたもの。大宇宙がくださったもの。あなたのご先祖さん、守護霊さんが導いてくださったものなんだよ。だから縁は、どんな縁でも粗末にしてはならない。計り知れない大きな力が働いて、それが自分自身の人生にとって必要だから学びとして与えられたんだ。その学びを自分勝手な都合で粗末にしてはならない。縁は無意味に与えられないのだよ。縁には必ず意味がある。それが嫌だと感じる人にも、自分にとって学びがあるから、天から与えられたものなんだ。だから、人の好き嫌いを言っているうちは、まだまだ生きるということに対して謙虚ではないし、感謝が足りないのだよ。与えられた縁、学びに対して感謝が足りないから、不平不満が出る。いのちを理解している人は、いつも感謝で満たされ、不平不満はでないのだよ」佐藤の言葉が、松山には銀色に輝いて見えた。

「人生において、仕事場というのは学びを多く得られる場所なんだ。我々の仕事場はここ、治療院だ。治療という出来事を通して、そこに患者という先生がやってきてくださる。我々が先生ではないんだよ。そしてそこで、人生について、生きるということについて、そして死ぬということについて深く学べる。仕事場とはそういうところなんだ。金を稼ぐところではないのだよ。だから仕事場で不平不満を言う人は、生きる意味が何もわかっていない人なんだ」その言葉は松山の胸に、ぐさっと突き刺さった。

「自分の人生の学びのために、出会う人出会う人、縁を天から与えられて出会う人々、それはみんな自分の先生なんだよ」松山の心の奥底で、何かひとつひっかかりが落ちた気がした。

「そして目の前の人々は、全部自分。自分の鏡。自分と同じ大元の気で構成されている、魂の繋がった縁のある人なんだよ。だから、治療は自分を治療しているの。自分を治療していると思って治療すると、さらに愛情も与えられる。嫌だと思う人も、それはみんな自分。自分なんだよ。自分の心の生き写しなんだ。大切なのは、感謝してそこから学ぶことなんだよ」松山の目の奥をじっとみると、佐藤は残りのお茶を全部飲んだ。そして続けた。

「だからね、さっきの患者さん。谷上さん。あの人も私なの。私に狡い心があるから、あの人のことが気になるの」

「いや、先生、でもそれは」松山が口を挟んだ。

「本当のことだよ。私の心の奥底をちゃんとのぞき込むと、あるんだよ、そういう部分が。自分勝手で、自分の都合のいいように相手を利用して、人のせいにする。時間を守らないこともあるし、約束を破ることもある。決してそれが私の心の中に0％ではないのだよ。少なからずあるんだ。だから、それが大きく私の目の前に現れる。そしてそれを私自身が一番嫌っているから、谷上さんが気にかかる。もし、私自身の心の中に、何もなければ、気になんかならないのだよ」そう言うと、手をテーブルの上で組んだ。

「私が治療中に嫌味を言ったのがわかったかい？」松山はどきりとした。そして小さく返事をした。

「はい。何となくですが」

「そう、その通り。患者に嫌味を言ったのだよ私は。そういう人間なんだ。愛しか与えてはいけないのだよ、患者には。患者だけではない、人には、愛しか与えてはいけないんだ。でも私は嫌味を言った。そういう人間なんだ。だから未だに一流になれずにいるんだよ」そう言うと、自分自身を鼻で笑った。

「いえ、でも先生。それは普通ではないでしょうか？」松山がフォローではないが、そう答えた。

「普通とは何かね？　普通も何もないのだよ。人生というのは、他人との比較ではない。人がどうだから自分はこうするとか、常識的にとか、一般的にとか、普通は、なんてものは意味をなさない。必要なのは、ただ淡々と、天と自分との道しかないのだよ。狡いことをしない、正直に生きる、汚いことをしない、清く生きる。これは天が見ている中、自分と天との関係、ただそれだけなんだ」佐藤は自分に言い聞かせるように話した。松山は、それでも少し腑に落ちないような感じがしたが、ただじっと佐藤の言葉を信じることにした。

「だから治療前に、私の患者だからと谷上さんのことを言ったんだ。患者は自分の鏡。他人は自分の鏡。自分の人生に必要だから縁を与えられて存在している。そこから学ばなければならない。目の前の人は、先生なわけだ。そして皆、魂は繋がっている。大元は同じ。他人は自分なんだ。このことは、これからとても大事になるから、今はわからずとも、よく考えて頭に入れておきなさい」そう言うと、ゆっくりと深く松山の顔を見た。

「はい」治療前の佐藤が言った「私の患者だから」という意味を知って、松山は改めて佐藤の言うことを、信じていこうと腹から思った。

松山が新しいお茶をいれてきた。

「どうもありがとう。では、長い話になってしまったから、さっそく推掌の練習をしに行こうか」まだお盆を持ったままの松山は、「はい。お願いします」と返事をすると胸を高鳴らせた。今日の午前中にも一通りの治療の流れを教えてもらえた。それだけでも嬉しかったが、これからさらに推掌を教えてもらえるという。自然と顔に笑みがこぼれた。

治療室に入り、佐藤の机の上に茶を置いた。佐藤が入ってきて、指をポキポキと鳴らした瞬間だった。電話が鳴った。

「あ、電話」佐藤が松山の顔を見た。そして軽く目をつぶって、「あちゃー」という顔をした。松山は何が起きたのかわからずに、「え？」という顔で佐藤を見ていた。

「ちょっと待っててください」そう言うと、佐藤はゆっくりと電話に向かった。松山は佐藤の表情の意味がわからないまま待っていた。

「あ、はい。いいですよ。いらっしゃい」そう言うと佐藤は電話を切り、戻ってきた。

「どうかされたのですか？」佐藤がしょうがないというような顔をしていたので、松山は思わず聞いてしまった。

「松山君、残念だ。これから治療だよ」椅子にかけてあった白衣を取った。

「え？　これからですか？」

「そう、急患です。ぎっくりだって」佐藤は白衣を着て椅子に腰掛けた。

「せっかく推掌の練習しようと思っていたのにね」佐藤は少し疲労感を出しながら話した。

「そうですか、今からすぐ来るのですか？」松山は本当に残念な気持ちであった。でも来るまでに時間があるのなら、その間にまた何か話を聞いたり、もしかしたらその間に教えてもらえるかもしれないと少し期待した。

「もう、すぐそこまで来ているらしいよ。昔からの患者さんなんだ。ぎっくりをよくやる患者さんでね。もう何度も治療しているよ。でも、ぎっくりは辛いからね」机の上のその患者のカルテをファイルから取り出した。

「でも、ぎっくりの治療は勉強になるから、ぜひ見てください。必ずこの職業では当たる症状だからね」佐藤はカルテから顔を上げて松山を見た。

「あ、はい。ありがとうございます」そう礼を述べた時にチャイムが鳴った。松山は机の上の自分の湯呑みとお盆を片づけ、待合室に持っていった。佐藤はひょいと起きると、玄関へ向かった。

「先生、すみません。本当に申し訳ないです」二人の男にかかえられた、四〇歳過ぎの男が顔をしかめながら、それでも何とか佐藤に頭を下げた。

「どうぞ、ゆっくりあがってください」男三人がゆっくりとドカドカ入ってきた。松山が待合室から出てくると、廊下の人口密度が高くて驚いた。治療室に何とか男を連れてくると、ベッドの端に座らせた。

「あの時と似ているな」それは整形外科で、松山が治療したぎっくり腰の状態と似ていた。抱えられて来て、結局自分は何もできずに、捨て台詞を吐かれて帰られた苦い思い出が蘇ってきた。

「はい、どのような状況でなりましたか、島田さん」これっぽっちも慌てる様子もなく、佐藤は問診を始めた。

「現場のブロックを持ち上げて、前にずらそうと思った瞬間に、あっ、て思って、それから動けなくなって、イッツッツッ」中肉中背の色黒の男は、顔をしかめながら腰に手を当てて話した。後ろの男二人が心配そうに見ていた。松山はぐるっとベッドを一周し、男達とは逆側に立った。彼らは松山に視線をやったが、別に何の興味もないように挨拶もしなかった。島田本人はぎっくりのパニックで、人のことなど構う余裕はなかった。

「はい、膝まくって」佐藤はおもむろに立ち上がると、頭と膝を消毒し、島田を座らせたまま、百会《ひゃくえ》と足三里《あしさんり》に鍼をし、三里には灸もした。松山は、座位でのこのような治療は見たことがなかったために、今から何が起きるのか全く予想がつかなかった。佐藤の顔は無表情で、時おり連れてきた男達と談笑すらしていた。

「アチチチチ」島田がお灸が熱いと叫んだが、佐藤は無視して頭と足の鍼をサササッと抜いた。

「熱いです熱いです先生！」そう言う島田を無視して背後に回ると、ベッドの上に乗り、島田の両手を頭の後ろに組ませ、脇の下から自分の腕を通し手首を掴んで、額を島田の首の後ろにつけると自分の両膝頭を腰椎1番あたりの両脇につけ、灸がついた島田をそのまま後ろに引っ張った。その間2秒。

「バキバキバキバキ、ボン！」

「ウアー！」男の悲鳴が家中に響いた。驚いたのは島田本人だけではなく、そこにいる松山を含めた男三人が全員口を開けて見ていた。

「はい、終わったよ」佐藤はベッドから下りると、一切表情を変えることなく、足に付いた灸のカスとこぼれ落ちたカスを拾って、灰皿に捨てた。

「立ってみて」佐藤はカルテを記入しながら、島田の方は見ずに言った。島田は恐る恐る立ってみた。

「どう?」佐藤は振り向いて島田を見た。

「痛くないです。え? うそ?」さっきまで痛みで顔をしかめていた男が、不思議そうに腰をひねった。

「足踏みしてみて」言われたとおりに足踏みをした。

「どうですか?」佐藤は大丈夫なことを確信している口調で聞いた。

「大丈夫です。全く痛くないです。いやー、信じられない」佐藤以外の男全員も、信じられないという顔をしていた。もちろん同業者である松山も、口あんぐりの状態であった。

「はい、気をつけてね。仕事しすぎないように。あと、冷たいの飲み過ぎないようにね」申し訳なさそうに男は財布から1万円を渡すと、男三人で家を出ていった。外では連れてきた男二人が、未だ興奮冷めやらないといった様子で、本当に痛くないのかと聞いている声が中にまで聞こえてきた。

「お、お疲れさまでした」松山が本当に驚いたという顔で佐藤を見た。

「何にも疲れてませんよ」佐藤はにっこり笑い、松山がさきほどいれてくれたお茶を飲んだ。お茶はまだ冷めきっておらず、温かかった。

「先生、恐れいりました」松山は脱帽と言った様子で、感服していた。

佐藤は照れるでもなく、威張るでもなく、極く自然体で返事をした。

「いやいや、こんなのたいしたことないよ」疲れた様子も全く見せず、カルテを書き終えた。

「今の治療はね」続けて言った。

「こんなものは治療のうちに入らないのですよ」その言葉に、松山は驚きを隠せなかった。自分は、ぎっくり腰に対して何もできないまま終わっていたのが常だったからだ。

「まず、簡単に説明すると、百会で精神を落ち着かせる。足三里の鍼で腰の筋肉をゆるめる。灸をすることで患者の意識をそちらへ持っていく。状況からして前後に骨がズレただけだから、ひっぱるだけで治るはず。ただ痛みで筋肉が硬直しているから、今の鍼灸をするわけだ。そこを相手が熱さに意識を取られている瞬間に骨を入れる。ただそれだけのことなんだ」松山は必死にメモ帳にペンを走らせた。

「はあ。初めて今のような治療を見たのでびっくりいたしました」未だに興奮したまま答えた。

「もし、鍼灸をしないで引っ張ろうとすると、さらに痛める危険性があるんだ。相手は痛みでかなり緊張しているからね。要はタイミングだね」淡々と順を追って説明した。

「でもね、こんなものは技術であって、治療でも何でもないんだ。私は面白くもなんともないし、また治療に失敗したという気分になるんだよ」佐藤の表情は明るいものではなく、たった今、一発でぎっくり腰を治した治療家とは思えない言葉であった。松山はその言葉の真意を知りたいと、その後をじっと待った。

「今まで、何人かの私の治療を見ましたね?」

「はい。見せていただきました」

「どう、思いましたか?」唐突な質問に、返答に困った。

「あ、はい。どの治療も私にとっては神技のようで、凄い治療だと思いました」素直に、おだてる訳ではなく正直に答えた。しかし佐藤は顔色一つ変えないで続けた。

「私はね、まだ少ない人数しか治療を見せていないが、どの治療も決して成功とは思っていないし、良くできたとも思っていないのだよ」佐藤は松山が用意したお茶を一口飲んだ。

「確かに相当な評価をしてもらった金額を戴いた治療もある。でもね、私は満足していない。良い治療とはとても言えないんだ」湯呑みの中を見ながら話した。

「今のぎっくり腰なんて、あれは技術だ。治療ではない。技術が高ければ誰でもできる。壊れた車を直す工場みたいな感じだ。私は整備士ではないのだよ」佐藤は自分の首をポキンポキンと鳴らした。

「自分の小ささを実感する瞬間でね。今日もいい治療ができなかったといつも思うんだ」松山はそんなことを言い出す佐藤に驚いた。松山にしてみれば、いつも患者に感謝されている姿しか見ていなかったし、高額の報酬も貰っているのだから、さぞかし満足されているのだろうと思っていたからだ。

「治療というのはね、その人の人生に触れることなんだ。その人が生きてきた中で、自然の理に反した考え、行動をしていると人は病気になる。その自然の理に反した生活習慣に気づかせ、そして人生を修正してもらい、何よりも弱くなった心を励まし、勇気づけ、生きる喜びを思い出させ、相手の心の琴線に触れるような魂のアプローチができなければ、その治療は成功とは言えないのだよ」

あまりにも深い佐藤の考えに、松山は言葉がなかった。

「痛みを取る肉の修理なんて、それは治療ではない。大切なのは心の治療なんだ。心を気づかせなくてはいけない。なぜ病気になったのか、なぜ辛い状況になったのか、それを一緒に考え、一緒に気づいていかなければならない。大切なのは心なんだよ」佐藤の肩が少し丸まっていた。

「私は本当に三流だと自覚している。愛がない。相手の心を見られていない。相手の魂の存在を、気づかせてあげられていない。心の交流をしない鍼灸なんて、治療でもなんでもないんだ」

佐藤は間をおいてから、もう一口茶を飲んだ。

「でも先生、先生の治療でみなさん喜んでおられるではないですか？　感謝されてますよ」松山が口を出した。正直な気持ちからであった。

「感謝をするかしないかは、患者さんの問題であって、私の問題ではない。先ほども言ったように、問題は天に対する私の問題なんだ。どんなに相手が誉めてくれようとも、自分が天に恥じるようなことをしていたら、それは失敗なんだ。今の治療、私は正直やりたくなかった。どうも気がのらなかったんだ。少し疲れていたし、推掌を教えようとしていた時だったから。突然の予定変更に私は弱くてね。これは欲なんだよ。私の欲だ。だからあまり優しい言葉はかけられなかった。愛が足りなかった。情けないことこの上なしだ」佐藤の言葉は、嘘がなく静かで落ち着いていた。あまりにも厳しい自己評価に、松山は自身とのレベルの違いを実感していた。

「松山君」佐藤が気分を変えるように、少し大きな声で声をかけた。

「はい」松山は背筋を正した。

「さっきの最後の推掌の術を教えるよ」そう言うと、佐藤は腰を上げた。

「あ、ありがとうございます」松山は慌てて手帳とペンをしまい頭を下げた。佐藤はひと呼吸つくと「うん」と頷き穏やかな表情へと変わった。そしてそれから1時間、松山にみっちりと術を手取り足取り教えた。

「おいおいおい、本当に下手だな。こうだよこう」佐藤がお手本を何度も見せるのだが、松山はうまくできなかった。

「こうですか」不格好な松山を見て、呆れ顔の佐藤が繰り返した。

「違うって、だからこう」思わず笑いながら佐藤が続けた。

「こうですか？」松山は汗びっしょりになって真似をした。

「しょうがないな、本当に」佐藤の教え方はとても厳しかったが、愛情に溢れていて、松山はうまくできないことへの恥ずかしさはあったが、とても嬉しかった。

「この術は、背骨を正す調督脈《ちょうとくみゃく》の意味もある。鍼灸師でもこれぐらいの推掌はできた方が役に立つだろう。とにかく数を練習して自分の体に染みつけなさい。大事なのは、自分の身体の力を抜くことだよ」

佐藤も白衣を脱ぎ、少し汗ばんだシャツを着ながら話した。

「はい。わかりました」松山はこんなにもたくさんのことを教わり、感謝の気持ちでいっぱいだった。


「気をつけて帰るんだよ。そこ、車飛び出してくるから、ゆっくり帰るんだよ」薄暗くなった外に出て、佐藤が松山に声をかけた。

「先生、本日はありがとうございました。明日もよろしくお願いいたします」深々と頭を下げて、松山は車に乗り込み、スピードを上げて帰っていった。

「ゆっくり帰れと言ったのに」佐藤はぽつりと呟くと、夕暮れ終わりの空に浮かぶ月を見た。

「早苗、なんだか今日は久しぶりに、家で人と話した気分だったよ」

庭の植木を一回りしてから、佐藤はゆっくりと家に入っていった。

天に使われる人間

月曜日も松山は、佐藤の家へ勉強に出かけた。昨日同様午前午後の治療を見学し、その後は空いていたので、この日はみっちりと鍼の打ち方を教わった。

「私の鍼の打ち方を今まで何人か見たと思うけれど」佐藤は鍼を片手に松山に話した。

「実はたいしたことはやっていないのだよ」少し自分でも笑いながら松山に話した。佐藤が笑うので、松山も思わず笑いそうになったが、笑うところではないと、瞬時に顔を整えた。

「鍼はどこに刺すかと言うと、ツボだ。そのツボはどこにあるかというと、それは患者さんによってそれぞれ違う。確かに腎兪《じんゆ》は腰椎2、3の脇とある。でもそれが1寸脇か1寸2分脇か、8分脇かは、それは教科書に書いてあるとおりではないはずなんだ。なぜなら人間はそれぞれ違うからね」

松山は「はい」と返事をし頷きながらメモを取った。

「ではどうやってツボを探すかというと、これは指が感知するしかない」佐藤は左手の指を擦り合わせた。

「ツボがここですよと呼ぶから、そこに打てばいいだけなんだ」まじめな顔をして言った後、少し笑った。

「でもそうとしか教えられないのだよ。例えば糖尿病で来た患者さんがいるとする。それなりに頭にツボを思い描いてそこに打とうとする。指で皮膚をなぞりながら実際に打っていく。でも呼ばれた指は、本当に自分が思い描いたツボかどうかは、またこれが別ものなんだ。思い描いたツボと同じ時もあるし、患者の身体は違うところを示す時もある。だから、糖尿病はどこのツボに刺すのですかと聞かれても、それは患者さんのツボが呼ぶところに刺すんですよとしか言いようがないんだ」佐藤は五感をとぎすますことがいかに大事かということを伝えた。

「先ほど、指が感知すると言ったけれども……」そう言うと、少し間をとった。

「厳密には指ではないんだな。これは、第六感なんだよ」松山はゴクリと唾を飲んだ。

「正直に言うと、私は触る前にだいたい悪いところがわかる。さらに言うならば、顔を見た時にわかる。もっと言うならば、予約の電話が来た時におおよそわかるんだよ」

松山にはもう手のつけられない、理解を超えた話になってきていた。

「あくまで、指で感知するというのは、最後の最後の手段なんだ。それで確認するといった感じだ。指で触る前におおよその検討はついている」少し笑いながら松山を見た。

「でも、それは生まれつきのものかもしれないが、まずは五感に全神経を集中させることだよ。それができなければ、鍼は打てないんだ」そう言うと、松山をベッドの上に座らせ、足を出させた。

「仮に三陰交に打つとする。そこに指四本を当てるが、そこに打つ必要はないのだよ。それは目安だから、だいたいの場所がわかったら、後は自分の感覚を信じるだけ」ゆっくりと指の腹で内くるぶしから骨際の上をなぞるとピタッと指を止め、そこに鍼を打った。

「あ」松山の足は、軽い響きの中、心地よい感覚になってきた。

（本当にピンポイントで入っている感じだ）松山はそう思った。

「これは、そのツボが正しいか、位置が正しいかというのは、本当のところは誰もわからない。正しかったかどうかは、それは神様にしかわからないのだよ。だから、あまり考えすぎることはない。自分の心をいつも清く、できるだけ無になり、天に使ってもらえる人間になることを心がけることだ。そうして動かされて取ったツボが、本当のツボの場所なんだ」さらに続けた。

「治療というものは、自分が治療をしているのではないのだよ。我の意志はそこにはない。自分の身体を天が使って、大宇宙の愛の気を自分の身体を通して、患者さんに伝え送り込む。この作業は人間ごときの力ではできないんだ。人の病気を治すのは、たかが小さな人間にはできないのだよ。天が合成した治癒エネルギーを我々の身体を通して患者さんに注ぎ込む。だから我々治療家は、いつも自分の身体を清くしていなければならないんだ。狡い心を持たない。そうして、天に使われる人間にならなくてはいけないのだよ」そう言うと佐藤はすっと鍼を抜いた。松山はその言葉がとても胸に響いた。自分が治療をするのではなく、天に使われる人間にならなくてはいけないということが、心の琴線に触れた。

「早くメモをしなくては」松山は今佐藤に教わったことを忘れないようにと、必死に何度も反芻していた。

「今日はこれくらいにしておこう」佐藤はそう言うと、白衣を脱いで椅子に座った。松山はベッドから素早く下り、頭を下げた。

「先生、ありがとうございました」松山は心の底から感謝していた。今日教えてもらった哲学は、自分の一生の宝物になると直感していた。

「明日は往診だから、そうだな、私の車で行こう。午前9時に治療院に来てください」佐藤は少し晴れた声で話した。

「明日は往診」松山は茨城のことを思い出した。毎日佐藤からたくさんの驚きと宝を戴いている気がした。そう思うと一日でも早く一人前になって、佐藤に恩返しをしなくてはいけないと感じるのであった。

「明日もよろしくお願いします」松山は少し離れたところで停車して、すぐさまメモ帳を出した。先ほどの佐藤の言葉を思い出しながら、忘れないよう必死に思い出しながら書き込んだ。

辺りはすっかり暗闇に閉ざされ、車内ライトが周りにこぼれ落ちていた。


「先生、おはようございます」時間10分前に松山が到着した。

「はい、おはよう。体調はどうだい？」佐藤は家の鍵を閉めながら明るく話した。

「はい、ばっちりでございます」佐藤は小走りで佐藤の下へ向かい、鞄を手に取った。

「ああ、ありがとう。すぐそこだから大丈夫だよ」佐藤は少し笑った。松山は自分にできることは何でもやろうと決めていた。佐藤は車につくと鍵を開け、松山にキーを差し出すと、

「はい、運転よろしく」少しにやっとして言った。

「あ、はい。わかりました」松山が慌てて受け取ると、佐藤はすぐさま助手席に座ってしまった。

松山はいそいで運転席に座ると、ミラーを直してエンジンをかけた。

「道は私が案内するから。とにかく安全運転で。ゆっくり走ってください」佐藤はそう言うと、シートベルトを締めた。

「あ、はい。わかりました」松山もシートベルトを急いで締めようとしたが、ガッ、ガッ、とロックが二回かかってしまった。

「落ち着きなさい。とにかく」佐藤が、仕方ないなという顔をして言った。

「あ、はい。すみません」なんとかシートベルトを締めると、アクセルを踏んだ。

「いつも気になっていたのだが、松山君の運転は荒いよ」佐藤が前を見ながら話した。

「あ、はい。すみません」何で自分の車の助手席に座ったこともないのにわかるのかと思った。

「治療院から帰る時も、ゆっくり出ろと言っているのに、猛スピードで帰るだろ?」松山は、しまったという顔をしていた。

「いいかい。人の命を預かる身なんだから、事故は絶対に許されないんだ。相手を傷つけてもいけないし、自分の身体を傷つけてもいけない。何よりも速いスピードに身を置くと、気が乱れるから治療能力が下がってしまうよ。はい、そこ左です」

「あ、はい」松山は佐藤を乗せて運転をする緊張からあまり話が入ってこなかったが、スピードを出すと治療能力が下がるということだけは、胸に刻まれた。

この日はとても晴れていた。往診先の嵐山《らんざん》は、緑が豊かで、まだ紅葉とは言わないが、ちらほらと色付き始めた山々が、目に潤いを与えた。

「先生、この辺りは自然が豊かですね」松山は、さいたま市内にある駅近くに住んでおり、同じ埼玉県でもまるで違う自然の豊かさに少し驚いていた。

「そうだね。実は私は以前、東京に住んで治療をしていたのだよ」佐藤が窓の外を見ながら話した。

「あ……そうなんですか」松山はハンドルを強く握りしめたまま、少しだけ佐藤の様子を見た。

「東京は人が多くてね。空気も汚いし。鼻毛がよく伸びたよ」松山は思わず笑ってしまった。

「気が付いたら、こんなに北まで来てしまって、私もこの緑が好きで埼玉の県北に引っ越してきたんだ」

そんな会話をしながら、二人を乗せた車は小川町へと入り、さらに山は深くなってきた。

「この辺り、昔は熊が出たらしいよ」

「熊ですか?」

「そう、寄居で捕獲された熊が確か、大宮の氷川神社の近くの動物園で飼われているという話を聞いたな。何だっけな、名前は確か、ヨリーだったよ。寄居町だけに」淡々と話す佐藤の話し方が面白く、松山はまた笑ってしまった。

「先生は何か苦手なものとかあるのですか?」今の熊の話から和やかな雰囲気になり、松山は親しげに少し話をしてしまった。

「苦手なものか。そうだな。歯医者が苦手だ。というより、大嫌いだ」

あまりにも子供っぽい言い方に、再び松山は笑ってしまった。

「何が嫌いってね、あの歯科衛生士達が苦手なんだよ」松山は「ほう」と、笑っていた顔を元に戻した。

「歯医者でもないのに、なぜか威張っていてね。若いお姉ちゃんが技術もないのに偉そうに。そして歯のクリーニングなんてやったら血だらけにされるし。扱いもぞんざいでね。もういい思い出がないよ」

また子供のような言い方に、松山はちらっと佐藤の様子を見た。

「でもね」佐藤の声がまじめになったことに松山も気づいた。

「そう思って腹を立ててしまったのは、これは自分の心に問題があったんだ」佐藤は助手席の窓から、顔を前に向けて話し始めた。

「我々だって、医者ではないだろ？　それなのに偉そうに診断権もないくせに診断して、患者の前で威張っている。医者でもないくせに威張って、自分は医者より上だなんて思いながら人を治療している心。それに気づいた時に、ああ、なんて自分は小さいのだろうと思ったよ」

松山はハンドルをギュッと握りしめた。

「我々は医者ではないのだよ。だから、診断権もない。偉そうに医者ぶる姿ほど、恥ずかしいものはないよ。患者にバカにされて怒っているようでは四流以下なんだ。患者にとって、医者が医者なんだよ。鍼灸師なんて、たかが鍼灸師でしかないんだ。その現実を我々はもっと自覚しなくてはならない」

松山の胸にも突き刺さる話であった。患者というのは、医者の前ではぺこぺこするくせに、リハビリスタッフや鍼灸師の前では逆に威張ったりする。病院への不満をぶつけてきたりもする。患者によってはあからさまにバカにしてくる。こちらが病状を説明しても、医者はこう言った、だからお前のことは信用できないという態度は今まで何度も味わってきた。その度にムカッと腹を立てていたのは事実だった。

「自分にそう言い聞かせるようになってから、歯科衛生士のことが嫌いではなくなってきたのだよ。ある時ね、いつも痛いを思いさせられてきた歯のクリーニングで、本当に優しくクリーニングしてくれる歯科衛生士さんに出会ったんだ。まだ若かったよ。二三、四かな。綺麗な子でね。本当に丁寧で。実はその頃、私は自分の治療をもう少し丁寧にしようと心がけていた時期だったんだ。三二歳くらいだったかな」松山は、自分と同じ年の頃の佐藤の話に、さらに耳が大きくなった。

「二〇代の頃、私は特に威張っていてね。それなりに治療成績が良かったから、勘違いしてしまっていて。医者でもないのに医者ヅラをしてしまって、そのくせ治療態度は乱暴で。動きながら患者のベッドや身体に何度もぶつかっていた。でも自分の師匠に注意されてから、改めようと思い始めた時だったんだ。はい、そこ右です」

「あ、はい」松山は話に夢中で、思わず曲がり方が荒くなってしまった。その曲がり方に注意はしないで、佐藤が続けた。

「やはり、他人は自分の鏡なんだよね。自分の言動や心を改めようと思った時から、とても良い歯科衛生士さんに当たるようになったんだ。不思議だね。この世界は」

松山は昨日の佐藤の話を思い出していた。

「でも、やっぱり歯医者は苦手だな」と言って少し笑った佐藤を、松山はまじめな顔でちらっと見た。

山が深くなり、もう少しで着くという頃、佐藤が口を開いた。

「次の患者さんだけれども、よく観察してください」

「あ、はい」観察をしろというのがどういうことなのか、松山にはわかりかねていたが、病状などをしっかりと見ておこうと思った。

「次の患者さんは、観察することが勉強です。それが治療になります」松山は佐藤を横目でちらっと見たが、佐藤は真正面を向いたまま、静かな顔をしていた。


小川町のはずれの小さな古い家に着いた。見るからに裕福ではない、蹴飛ばせば倒れそうな家で、古いすだれがそのままかかっている脇に車を停めた。

「こんにちは」佐藤は外から声をかけた。ドアは開けっ放しで、入ろうと思えばいくらでも入ることのできる、防犯設備も何もない家であった。周りに民家はほとんどなく、ずいぶん先に一件見える程の田舎である。

「母さん、ほら、先生が来たよ」低くて愛想のない五〇代くらいの男の声が中から聞こえてきた。佐藤はそのまま玄関の脇に立っていた。松山は佐藤の少し後ろで重いベッドを持ち、控えていた。

「ああ、先生、有り難うございます」中から八〇代近い背の低いおばあさんが出てきた。佐藤は一礼すると松山のことを簡単に紹介し、中に入った。松山も後を追い、玄関に入った。

家の中には物が無かった。最低限の家具と、テーブルの上には灰皿と紙切れが一枚、そしてビールの空き缶がゴミ袋の中にいくつも入っており、奥の部屋からはテレビの音が聞こえていた。

佐藤が松山に治療をする部屋を指示すると、松山はベッドを組み立て始めた。４畳半の部屋には仏壇とタンスがあり、ベッドを組み立てるとずいぶんと狭くなったが、佐藤は脇でてきぱきと鍼の準備を始めた。おばあさんは居間でテーブルに座り、準備を待っていると、奥の部屋から背の高い男が何やら話しかけて出ていった。松山はその男をちらっと見たが、佐藤は気にする様子もなく、準備を進めながらおばあさんに声をかけた。

「どうですか、御調子は？」手は鍼を準備しながら顔をおばあさんに向けて話した。

「はい。痛いですよ。痛くて痛くて、今日も泣いていたんですよ」いかにもおばあさんという声で、泣きべそをかいていた。

「先生できました」松山がベッドを組み立て終わった。

「ありがとう」佐藤はおばあさんを呼び、ベッドに仰向けに寝かせた。松山はポケットからメモ帳を取り出し、あらゆることを観察しようとじっと患者を見た。

（あ）心の中で松山が呟いた。

（片目）そのお婆さんの左目は無かった。そのような患者を今まで見たことが無かったので、かなり動揺した。

「そうですか、今日も痛かったですか。前回治療した後はどうでしたか？」佐藤はおばあさんの手首を優しく掴み脈を取った。

「あ、先生が脈を取っている。珍しい」脈を取って治療する脈診を、佐藤はあまりしていないために、松山はいつもと違う佐藤の様子が気になった。

「前回やってもらった後は、もう本当に痛くなくて。嘘みたいだと、先生のことを拝んでいましたよ。でもまた痛くなって。もう、痛くて痛くて。今日をどれほど待っていたか」おばあさんの無いほうの目から涙のようなものが出ていた。

「わかりました。さっそく今日も治療いたしましょう」佐藤は消毒をすると、無い左目の周りと百会、腹、そして足に鍼をした。灸は足三里に、熱くないようにいつもよりも丁寧にしていた。

治療の間、お婆さんはどれだけ痛かったかということを切々と佐藤に述べていた。それを佐藤は「うんうん」と聞いていた。いつもよりも優しい顔をしている佐藤に松山は気づき、しっかりと観察をするということが少し疎かになりながら、治療を見学していた。

鍼灸が終わると頭と顔の周りに推掌をし、腹を揉んだ。横向きにさせ、背中に鍼灸をして治療が終わった。

「どうですか？　痛みの方は？」佐藤が猫背になりながら、正座をしてゆっくりと聞いた。するとおばあさんは、なんとも言えない優しい声色で答えた。

「痛くないです。ああ。朝まで痛かったのに。全く痛くないです。有り難うございます。有り難うございます」そう言うと、手を擦り合わせて佐藤を拝んだ。

「良かった。また来月来ますからね。それまで風邪などひかないようにね」

佐藤は道具を片づけ始めた。そこへ外からタバコの臭いが入ってきた。おばあさんは居間に移動し、がま口の財布を取ってくると、佐藤にお金を渡した。松山は急いでベッドを片づけると、先に車に向かった。玄関を出ようとすると、脇でタバコを吸っている男がいたので少し驚いた。

「あ、こんにちは」松山は男に挨拶をしたが、男は少し会釈をしただけで、そっぽを向いていた。

「先生、有り難うございました」おばあさんが治療前とは別人のような穏やかな顔をして玄関まで見送りに来た。松山は車のエンジンをかけると、佐藤を乗せ出発した。バックミラーを見ると男はタバコを持ちながら家に入り、おばあさんも入っていった。

「先生、お疲れさまでした」

「はい。お疲れさん。全く疲れてないけどね」そう言うと、ドリンクホルダーに置いてあったペットボトルの茶を飲んだ。松山も自分のペットボトルの水を飲んだ。そう言えば、今の往診の家では、茶が出なかった。松山ものどが渇き一気に飲んでいたが、佐藤も横でお茶をぐびぐびと飲んでいた。

「先生、今の患者さんは、三叉神経痛ですか？」松山は、おばあさんがどこが痛いのかをはっきりと言っていなかったために、どこが痛いのかいまいちわからないでいた。

「三叉神経痛。うーん。なんだろうね」ペットボトルのふたを閉めながら、ホルダーに置いた。松山は、曖昧な返事をする佐藤を横目で確認して、次の言葉を待った。

「あのおばあちゃんね、たぶんどこも悪くないんだよ」秋の日差しが佐藤と松山を照らす中、車は進んだ。

「あのおばあちゃんね、目が無かったでしょ？　左目」

「はい。びっくりしました」松山は素直に答えた。

「あれね、ついこの間まであったんだよ」よくわからない話の内容に、松山は言葉が出なかった。

「私に連絡があったのは、ある人の紹介だったのだけれども、約三ヶ月前だ。目が痛い、目が痛いというおばあちゃんがいるから助けてほしいということだった。私が行ってみるとまだその時は左目があって、あんな顔ではなかったのだよ」佐藤はペットボトルを取り、もう一口飲んだ。

「さて、松山さん。観察しなさいと言ったけれども、あのおばあちゃんの左目の痛みは何が原因だと思いますか?」佐藤は松山の横顔を見て質問をした。佐藤が自分を見ているとわかった松山は、これは簡単には答えられないと思い、ハンドルを握る手には汗が出てきた。

「はい。ええと」松山の目に流れる景色は入ってこなかった。

「やはり、三叉神経痛だと思うのですが」恐る恐る答えたが、佐藤の反応がとても気になった。

「三叉神経痛だとして、なぜ三叉神経痛になったと思いますか?」無表情のまま、前を向きながら佐藤がさらに質問をした。

「なぜ、三叉神経痛……」確かに原因があるはずである。松山は頭の中で教科書を開いたが、一向に答えは浮かばなかった。佐藤は黙って松山の返答を待った。車内には張りつめた空気が満ち、松山の額には大粒の汗が浮き出てきた。佐藤がちらと松山を見ると、

「続きは後にしよう。そこのそば屋に入ってください」佐藤が指さす方向に慌てて松山は車を入れた。佐藤は車から降りると先に店内に入っていった。松山は急いで後を追ったが、足がきちんと地面に着い

ていないようであった。

入ったそば屋は古い造りで、古民家を改造したような店であった。小さな店で、座敷にテーブルが四つほどしかなかったが、奥の二つ空いていたテーブルの窓際に座った。席に着くなり佐藤はメニューを松山に渡した。

「私は決まっているんだ。ざるの大盛り。君は？」松山は、先ほどの質問に体中を支配されていたために考える余裕はなく、

「あ、私も先生と同じでお願いします」とメニューを開かずに答えた。すると佐藤は手を挙げ、お茶とおしぼりを持ってきた店員に大盛りのざるそばを二つ注文した。佐藤は茶を啜ると、答えはまだかと言うように、松山の顔をのぞき込んだ。佐藤の視線を感じた松山は、茶を慌てて啜った。

「タイムリミットは、そばが届くまでです」そう言うと、佐藤はおしぼりで顔を拭いた。

「あ、はい。えーと。エアコンなどの冷たい空気が直接顔に当たったりしたのでしょうか？」松山は軽くパニックになり、思いつきで答えてしまった。すると佐藤は拭いていたおしぼりを片手に持ちながら、

「何を言っているんだね君は。あの家にエアコンがあったかい？」と呆れ果てた顔で返答した。

「あ、ああ、す、すみません」松山は佐藤の表情を見て、しまったと心の奥で叫び、肛門がきゅっとなった。見る見るうちに、松山の顔から血の気が引いてきた。

「しょうがないな」佐藤はそんな松山を見てから呟いた。その声は松山にもはっきりと聞こえた。

「すみません」その声は蚊の鳴き声であった。

「はい、ざるそば大盛りです」そこへ店員が割って入ってきた。

「はい、終了」佐藤はそう言うと割り箸を割った。

「ほら、そばは時間が命だぞ、早く食べなさい」まずそばを一本つゆにつけずに啜り、それからつゆを一口舐め、わさびをそばの上に塗ると、一気に音を立てて食べ始めた。佐藤の食べっぷりに驚くよりも、自分がアホな回答をしてしまったことの恥ずかしさのため、松山は味わうことなどできずに、わさびとネギをそばつゆに入れて、黙って食べた。ふと顔を上げるともう佐藤のそばは残り三分の一ほどであることに気づいた松山は、慌てて残りをたいらげた。ちょうど佐藤が食べ終わる頃松山も食べ終わり、二人はそば湯で割ったつゆを飲んだ。

「あ〜、美味しかった。ここのそばは本当に美味しいなあ」佐藤はそば湯を味わいながら、一息付いた。

「あ、はい。美味しかったです」そばの味など全くわからなかったにも関わらず、わさびで汚れた汁をそば湯で割ったものを、松山も飲んだ。三口ほどそば湯を飲むと、佐藤が口を開いた。

「先ほどの続きだけれど」松山はどきっとして、姿勢を正した。

「よく観察しなさいと私は言ったけれど、君はどこを観察していたんだい?」佐藤の口調は強くはなかったが、重かった。そしてその目は鋭かった。

「あ、はい」松山は、一応自分の観察していた点を頭に浮かべてみた。

「まさか、患者さんの体型や皮膚、髪、爪などをじっくり見ていた訳ではなかろう」図星であった。

数秒前に浮かんだことは、まさに患者の体に関してであり、メモをしたことと言えば、体の状態のことばかりであった。その当てられた感が思い切り顔に出てしまっていた。

「しょうがないな」佐藤はそば湯をゆっくり口に運ぶと、小さくため息をついた。そして目線を松山に向けた。

「君は今まであまり、革靴を履かなかったろう？」ふいの質問に、一瞬何を聞かれたのかわからなかった。

「はい」確かにスニーカーばかりで、革靴はあまり履いていなかったが、最近佐藤と会う時や東京へ行く時は革靴を履いていた。しかしなぜそれがわかったのか、松山にはわからなかった。

「右足、靴擦れを起こしているだろう？」佐藤が静かに聞いた。

「はい。起こしています」なぜ知っているのかという疑問が、松山を駆け巡った。一度も靴下を脱いでいないし、歩き方が変わるほど靴擦れを起こしている訳ではない。松山は自分のかかとの状態まで知られていることに、恐怖すら感じた。

「なぜ、わかったかわかるかい？」佐藤が無表情で尋ねた。

「いえ、わかりません」少しひきつりながら松山は答えた。佐藤は間を置いて話した。

「観察しているからだよ」その言葉は、松山の目の前に見えない壁を作ったかのように感じられた。

「先ほどの家へ上がった時、君のかかとの靴下が膨らんでいた。きっと絆創膏を貼っているのだろう。そして今、この座敷に上がる時も、やはり膨らんでいた。ただそこから推察しただけだよ」自分のかかとまで見られていたとは、松山は、言葉が出なかった。

「観察しろというのは、じろじろ見ろということではない。知らないふりをして情報を仕入れるという事だ」佐藤はテーブルの上で手を組んで話し始めた。

「あの家のテーブルの上に何があった？」

「テーブルの上……。わかりません」先ほどの家を思い出したが、全く浮かばなかった。

「ビニール袋の中には何が入っていた？」佐藤は続けた。

「わ、わかりません」松山の言葉は小さくなっていった。

「仏壇は誰の仏壇だった？」

「わかりません」仏壇など見ているわけもなく、そんなこと分かる訳ないと松山は思った。

「今、そんなこと分かる訳ないと思っただろ？」松山の背筋がゾクッとした。

「それは観察していないからわからないだけなんだよ。最後に、あそこに男が一人いただろう？　何歳ぐらいだった？」松山は必死に思い出そうとした。

「たぶん、五〇代くらいだと思うのですが」首を傾げながら自信無く答えた。佐藤は組んだ手をほどいて、今度は茶を一口啜ってから再び話し始めた。

「まず、あの家は生活保護の家だ」佐藤の口調は落ち着いていて、言葉一つ一つが冷静であった。

「生活保護……」松山はこの後どのような話になるのか予想もつかなかった。

「テーブルの上には、役所から届いた生活保護の紙が置いてあった」松山は、そんなところまで見ているのかと思った。

「そして、テーブルの上にはタバコの吸い殻がいくつも入った灰皿。銘柄はマイルドセブン。ビニールには10缶以上のビールの空き缶。三日前が空き缶のゴミの日と壁に貼ってあったから少なくとも一日に5缶は飲んでいる」松山は唾をごくりと飲んだ。

「仏壇には、あのおばあちゃんのご主人が三ヶ月前に無くなったと書いてあった」松山は、佐藤がそんなに家の中を見ていた素振りなど一つも見せていなかったことを思い出した。松山から見て、佐藤は淡々と治療をしていたし、おばあちゃんに向かい合って仏壇の方など見ていたようには全く見えなかった。

「そしてあの男。吸っていたタバコはマイルドセブン。年は五〇代だろう」そう言うと、もう一口茶を飲んだ。

「いいかい、松山君。観察とはじろじろ人の家や、人の姿を見ることではないんだよ。観察とは、相手にわからないように、隅々まで情報を仕入れることだ。その目的は治療なんだよ」

（情報を仕入れる。目的は治療？）松山は心の中で呟いた。

「あらゆる情報は、治療に役立つ。人を治すというのはその人の人生を見なくてはいけないのだよ。なぜなら、病気というのは、だいたいがその人の生活から生まれるからだ。治療院に来る人からは、ある程度の情報しかわからない。家での様子がわからないからね。しかし往診は、その人の生活がよく見える。裏を返せば、病気の原因がよく見えるということなんだよ。往診の醍醐味の一つなんだ。特に、どこに行っても治らない人や、病気の原因がわからない奇病難病怪病、ノイローゼや鬱、こういったものの多くは家に原因がある。もちろん職場ということもあるが、家というのは、その人の生活の場だから、病巣でもあるんだよ。そこを見て治療をすると案外良くなることが多い。ただ……」そう言うと、松山をじっと見た。

「家にあるからこそ、難しいのも事実なんだ」松山も佐藤をじっと見つめた。

「家というのは、やはりそこに住んでいる人にしか、直せない。自然の法則に反した生き方をしている家族を、我々のような第三者が土足で踏み入って改善するなんてことは、できないのだよ。家族全員を集めて家族会議の議長なんてことはできないんだ」佐藤は少し肩の力を落として話した。

「だから、原因がわかっていても治すことができない辛さがある」佐藤の口調がだんだんと弱くなってきた。

「あの男、息子なんだよ。酒ばかり飲んで、無職なんだ」佐藤の声がやるせなさを表していた。

「仕事はしないで酒とタバコはやる。しかもその金は我々の税金から出ている。生活保護だからね。ああやって、平日の真っ昼間からごろごろしているんだよ」松山は、もう一度家の様子を思い出していた。

「あのおばあちゃんは、三ヶ月前に大黒柱のご主人を亡くした。そのショックとあんな息子を抱えてこれからどうして生きていったらいいかという不安から、三叉神経痛のような痛みが顔に出始めたのだ」

佐藤は自分の右手の指を擦り合わせた。

「治療方法は何ですか？　松山君」ここに来ての質問に、松山は答えようとしたが言葉が出てこなかった。少し待ったが答えがないため佐藤が続けた。

「安神寧心だよ。精神を鎮めさせ、不安を和らげ、心を見てあげることなんだよ。それだけでいいんだ」

そう言うと擦り合わせた右手をぎゅっと握った。

「それにも関わらず、医者はその原因が左目にあるから摘出しなければ治らないという。そして言われるままに入院させられ手術をさせられた。左目を奪われた挙げ句に、高額の医療費もかかった。結果、何も変わらず痛みは依然、左目の奥にある。左目が無いのに、その奥に痛みがある」やや怒りを含んだ口調に、松山はさらに緊張した。

「それが医者のやることかね？　それが医者かね？　患者の人生も見ない。生活も見ない。見ているのはCTの画像とパソコンだけ。それでその病気の何がわかるというのか」明らかに怒りを込めた話し方であった。

「結局のところ、あのおばあちゃんは、未だに泣いて生活をしている。痛くて、不安で、切なくて、どうしようもなくて。だからどこへ行っても治らない。私の手当てでしか治まらないのだよ」

「手当てでしか治まらない……」その言葉が松山に響いた。

「しかし、病巣は家にある。あの息子が不安材料だ。生活保護を受けながら酒をやめられない。働かない。毎日の不安と怒りのストレスで再び痛くなる。だからどうしようもないんだ。私の治療など、一時でしかないのだよ」再び右手の指を擦った。

「脈を取ったのを覚えているかい？」その口調に、もう怒りはなかった。

「あ、はい。覚えております。脈診ですね」松山は、佐藤の脈を取る姿を鮮明に覚えていた。なぜならあまり脈を取る姿を見たことが無かったので、意外に思ったからだ。すると佐藤は一度目を伏せてもう一度顔を上げた。

「私は脈診ができるほど名医ではないよ」少し笑っているように見えた佐藤の顔は、優しそうな表情だった。

「脈診は老中医ならできるであろうが、私のような未熟な鍼灸師にできるような技ではない。よく簡単に形だけやっている鍼灸師もいるが、本当にできている人は日本にいったい何人いるだろうか。きっと数人だろう。それぐらい、脈診というのは難しい技なんだよ」松山は恥ずかしかった。鍼灸師になって脈診の姿に憧れて一時やっていた時期があった。しかしさっぱりわからずに、わかりもしないくせに主観的判断で患者に適当なことを言っていたことを思い出したのだ。それで治るなら文句は無いが、松山は一度も人を脈診で治せなかったからである。

「以前、私が学生だった頃、足を捻挫してね。それで学校の先生に治療してもらったんだ。そうしたら脈を取るんだよ。そして患部とは全然違うところに鍼を打ってね。足の薬指に糸状灸《しじょうきゅう》をして、はい治ったよと言ったんだ」佐藤は松山の顔を見ながら少し高めの声で話した。

「それで治ったのですか?」松山は思わず聞いてしまった。すると佐藤も思わず軽く吹き出してしまい、

「治るわけがないでしょうが。全然痛みは取れないし腫れも引かない。それを鍼灸学校の先生がやっているんだから、困ったもんだよ」と話した。松山も思わず吹き出してしまった。

「それぐらい本来の脈診というのは神技的に熟練が必要なんだよ。だから私のような人間ができるはずもないんだ。だからね」佐藤の顔が真顔になった。

「あの脈を取る姿は、ただのスキンシップなんだ」佐藤はその脈を取った指を再び擦った。

「照れくさいだろ？　手とか掴んだり握ったりしたら。できれば頭のひとつも撫でてもいいと思うのだが、私にはちょっと」照れくさそうに茶を啜った。

「人に手を握られたり触れられると、嬉しいもんだし、落ち着くものなんだ。だから私は治療として脈を取る振りをして手首を掴んだ。ただそれだけだよ」松山は佐藤の治療に改めて閉口平服した。

「でもね」また佐藤の顔が真顔になった。

「あの息子の親はあのおばあちゃんなんだよ。だからあの男の躾はあのおばあちゃんに責任がある。あの病気を招いたのは、誰でもない、あのおばあちゃん自身なんだよ」少し寂しげな表情を浮かべた佐藤が深いため息をついた後に、松山は言葉無く頷いた。そんな重くなった空気を変えるべく、

「エアコン付いてた？」と佐藤がからかうように松山に言った。松山は自分のあまりにも情けない回答を恥ずかしく思い、下を向いてしまった。

「まあ、いい。人を診るというのは、その人の人生そのものを診なくてはいけないんだ。それがわかれば、治療はぐんと深くなりますよ」そう言うと佐藤は席を立ち、会計に向かった。松山も慌てて立とうとしたが、正座していたために足がしびれてよろめいてしまった。それを会計の場所から見ていた佐藤の目は、とても優しい目をしていた。

二人は車に乗ると、坂戸方面へ向かった。

「次の患者さんもね、おばあちゃんなんだ。八五歳くらいかな。一人暮らしでね。旦那さんはずいぶ

ん前に亡くなられていて、息子さんにも先立たれたらしいんだよ」佐藤は日が傾きかけてきた空を窓越しに見ながら言った。

「優しいおばあちゃんなんだ。つき合いが長くてもう10年になるよ」その声が、何だか懐かしさを帯びていたために、松山はちらっと佐藤の様子を横目で伺った。佐藤の顔を弱い西日が照らし、窓からはどこからか金木犀の香りが入ってきた。


「こんにちは」明らかに今までと違う親しげな様子に、松山は少々驚いた。今まで佐藤は勝手に家に入ることなどはなかったのだが、この時は迎えを待つことなく、しかもお勝手口から入って行った。松山は重いベッドを持って、狭い勝手口から靴を揃えて上がった。

「お母さん元気だった？」患者さんのことをお母さんと呼ぶ佐藤に、松山はしばし困惑した。本当にこの患者が佐藤の母なのかと、勘違いするほど親しげであった。

「元気でしたよ。まだ生きていましたよ」ニコニコして顔に良いシワのある優しそうなおばあちゃんで、ソファに座っていた。佐藤はその患者の前にちょこんと座ると、あぐらをかいて猫背になった。おばあちゃんが松山に気が付くと、佐藤は忘れていたという様子で松山のことを紹介した。

「あ、お母さんね、こちら松山先生。今、私のところで勉強しているんですよ。見学させてあげてください」そう言うと、家の中をぐるっと見渡した。

「あ、松山と申します。よろしくお願い致します」松山は重いベッドを持ったまま頭を下げた。

「ああ、はい、はい。よろしくお願い致します」ゆっくりとそのお婆ちゃんは優しい声で返事をした。

「何か変わりないですか？　蛍光灯とか切れていない？」佐藤はバッグから乾電池を取り出すと、勝手にテレビのリモコンの電池を取り替えた。

「ああ、有り難うございます。大丈夫ですよ。電気は大丈夫」電池を取り替えてもらったリモコンに感謝して手を合わせた。佐藤は古い電池をバッグにしまうと少し世間話をした。そしてゆったりとした間合いで鍼を用意し、それと並行して松山もベッドを組み立てた。

「じゃあお母さん、うつ伏せで」そう言うとおばあちゃんは「よっこらしょ」と立ち上がり、佐藤の前で服を脱ぎうつ伏せになった。佐藤は丁寧にタオルをかけると、話をしながら治療を始めた。松山は、とても親密な二人の関係に、どこかの家庭に入ったかのようで、自分だけ部外者のような気がしてきた。それでも佐藤の鍼の様子などを真剣に見つめ、手帳を片手にメモを取っていた。

「はい、上向きです」背中の推掌も話しながら施し、腹の治療をしている時も会話は続いた。普段患者とあまり話をしない佐藤だったので、とりとめもない世間話をしながらの治療というのは、松山にはとても意外に見えた。今までには見たことのない佐藤の治療スタイルであった。

「はい、お疲れさまでした」佐藤は患者を起こし、背中をポンポンと叩いた。

「ああ、終わっちゃった。気持ちよかったです。有り難うございました」そう言うと、手を合わせ佐藤に頭を下げた。佐藤はタオルを畳みながら、ニコニコ笑っていた。

佐藤が片づけをしていると、お婆ちゃんは治療料金と一緒に、恥ずかしそうに小さなピンクの紙袋を渡した。

「これ、先生食べますか?」老人性の小刻みに震える手で、佐藤に何やら渡してきた。

「何、これ? あ、キャラメル。食べる食べる。ありがとうね。帰りに二人で食べて帰るからね。どうも有り難う」佐藤はその紙袋を大事そうに持った。

「また、来てくれますか?」おばあちゃんは寂しそうに聞いた。

「来るよ。大丈夫だから。ね、心配しないで。また来月ね。同じ時間に来るからね。風邪ひかないんだよ。あったかくしてね」そう言うと、患者の肩をさすった。先ほど、照れて患者の手を握ることなどできないと言っていた佐藤が、患者の肩をさすっている姿を見て、松山はいつもは見ない佐藤の姿を見た気がした。逆に、本来の佐藤の姿が見えたような気がしたのだ。

「それじゃあ、またね」佐藤が手を振ると、おばあちゃんはソファに座ったまま手を振った。佐藤はピンクの紙袋を大事そうに抱えて家を出た。

「先生、お疲れさまでした」松山は車にベッドを積んで、佐藤が出てくるのを待っていた。

「あ、ありがとう。じゃあ、帰ろう」松山には今の患者との雰囲気が佐藤に持続しているような気がした。

あたりはもう薄暗く、車のライトをつけて走るような時間であった。

「はい、松山君キャラメル」キャラメルの箱から半分とりだし、松山の上着のポケットに入れた。

「あ、先生すみません。有り難うございます」先ほどのそば屋での佐藤とのギャップに松山は少し驚いた。佐藤はキャラメルを一つ取り出すと、口に入れた。

「キャラメルは、美味しいね」そう言うと夕暮れが過ぎた町並みを窓越しに見ていた。

「あ、はい」松山は佐藤の家へと車を走らせた。仕事帰りの車とぶつかり、行きよりもずいぶんと道が混んでいた。渋滞の中で、佐藤が口を開いた。

「私はおばあちゃん子でね。ばあちゃんに育てられたのだよ」突然の話に、松山の軽い眠気は一気に吹き飛んだ。

「父も母も知らないしね。ばあちゃんに育てられたから、なんだかやはり、おばあさんの患者さんには感情移入してしまうんだな」助手席から外を見ながら話した。

「はい」松山は、佐藤の話をただ静かに聞いていた。佐藤の言葉も、実に静かであった。

「患者さんの中には、かなりの治療費を払う人もいる。チップを払う人もいる。高価な酒をくれる人もいる。よく分からないけれど高そうな美術品をくれる人もいる。中には高級リゾートホテルのチケットをくれる人もいる。でもね」佐藤は松山をちらっと見た。松山もその目線に気づき、少し顔を佐藤に向けた。

「今のおばあちゃんがくれた、キャラメルにはどれもかなわないんだ」佐藤はピンクの紙袋を未だ大切そうに膝の上に抱えていた。それはまるで、子供がお菓子を貰ったかのような姿であった。

「いつも飴とかお菓子をくれるんだけどね、愛情が詰まっていてね」佐藤は顔を再び窓の外へと向けた。

それから何も話さなかった。松山も何も話さず、車は静かに進み、辺りは暗闇へと変わっていった。外を見る佐藤の目には、うっすらと滲むものが見えていた。

祝宴の夜

松山は休みを作らなかったために、佐藤の治療見学が終わった翌日には、もう東京の仕事が待っていた。佐藤との時間はとにかく頭を使う時間であり、東京の時間は、とにかく体を使う時間であった。陳の店で推掌の基礎的な技術を体で学び、佐藤との時間では精神と心と高度な技術を学び、接骨院でそれを練習するというスタイルである。しかし、休みがない松山には、少々疲れが出てきた時期でもあった。

「まだまだ、始まったばかりではないか。こんなところでへこたれていてどうする」松山は眠い顔に自分で張り手を食らわせ、急いで顔を洗って電車に乗り込んだ。接骨院に着くと杉浦に挨拶をして一日が始まった。

「おはようございます」スタッフの元気の良い挨拶で接骨院の午前が始まった。松山は少しずつ慣れてきて、そこでの流れもだいたいわかってきた。

「松山先生、鍼お願いします」杉浦から声がかかった。

「あ、はい」松山はさっそく来たと思い、少しでも腕を上げようと意気込んだ。そこへ現れたのは、接骨院初日に松山が鍼をした優しそうなおばあちゃんであった。

「よろしくお願いいたします」深々と松山に頭を下げると、松山も頭を下げて治療ベッドへ案内した。

松山はそのおばあちゃんを覚えていた。何よりも一番はじめに治療をした人だったから印象も強かった。

「前回、痛くありませんでしたか?」

「はい。痛くありませんでしたよ。とても楽になりました」おばあちゃんは優しい口調で答えた。今までそんなことを言われたことがなかったのでとても嬉しくなってしまった。陳の店と佐藤の治療院で学んだことを少しでも活かそうと、一生懸命に治療をした。

「はい、終わりました」丁寧に推掌をするとおばあちゃんは振り返り、

「ああ、気持ちよかったです。軽くなりました。有り難うございました」とニコニコして感謝を述べた。

「あ、いえいえ。どういたしまして」松山は額に汗をびっちりかいたまま頭を下げた。

(誉められた)今までとは確かに違う手応えを感じていた。松山は、変化が現れた自分自身に気分が高揚していた。

「お疲れさまでした」接骨院での午前はあっという間に過ぎ去り、急いで着替えて陳の店へと向かった。疲れてはいたが足取りは軽かった。それでも陳の店では容赦のない客が現れることを知っているので、心してドアを開けた。

「こんにちは」松山は客がいないことを確認して大きな声で挨拶をした。

「コンニチハ」陳が奥からカップラーメンを食べながらニコニコ出てきた。

「あ、先生、お疲れさまです」そう言うと松山はすぐにロッカー室で白衣に着替え、掃除道具を持って戻ってきた。陳はカップラーメンを食べながらベッドに座り、何やら雑誌を読んでいた。

「松山先生、ゲンキデシタカ?」陳の明るい声が響いた。

「あ、はい。元気です。今日もよろしくお願いします」松山は掃除道具を持ったまま挨拶をした。

「ゲンキガ一番ネー」そう言うと陳は再び雑誌に目をやりズーズーと音を立てて食べ始めた。松山は台所とトイレの掃除を一通り終えると、手を洗って施術室へ戻ってきた。するとそこには王と李と白が来ていて、ちょうど着替え終えたところであった。

「あ、お疲れさまです」松山はみんなに向かって挨拶をした。何日かぶりに会った中国人達は少し人見知りのような感じの挨拶をした。しかし松山は気にせずに今日も一日頑張ろうと決めた。

予約表を見ると、今日も陳と李は予約がいっぱいである。白と王にもちらほらと予約があり、ないのは自分だけであった。早く自分も予約でいっぱいになる日を想像してこの日が始まった。

「ハイ、コンニチハ」陳が施術を始めた時だった。この30分後に李の予約が入っている。

李が自分のバッグを何やら慌てて探し始めた。普段物静かで落ち着いている李が、端から見てもわかるくらい焦っているので、みんな気になった。そこで白が何やら中国語で尋ねると、凄い勢いでバッグの中を探しながら強い口調で返答した。それを聞いた中国人三人も何やら心配そうな顔をし始めた。松山にも李が慌てている状況が見て取れたので白に聞いてみた。

「李さん、どうしたのですか?」李は慌ててロッカー室へと向かった。すると白は小さな声で、

「サイフ、オトシタミタイ」と教えてくれた。

「駅デルトキハアッタッテ」白が心配そうな顔をして言った。松山も李の慌て振りを見ると気が気ではなかった。陳もうつ伏せになった客の首を揉みながら、ロッカー室の方を窺っていた。すると着替え

た李が勢いよく出てきて、そのまま外へ出て行ってしまった。出る時に何やら大きな中国語でガーッと言っていたのに対して陳も大きく叫んでいたが、うつ伏せになっている日本人の客はいったい何が起きたのかわかるはずもなく、恐怖が背中に滲み出ていた。小声でぶつぶつ言っている陳を横目に、王と白は自分のベッドの上にごろんと寝ころんだ。あと20分ほどで李の客が来る。松山はいったいどうなるのか心配になった。

案の定、20分後に李の客が来たが、李は戻ってきていなかった。陳は王に李の携帯に電話をするように言うと、王は自分の携帯からではなく、店の電話を手にした。その間、何も知らない客はソファに座り、雑誌を読んでいた。王は電話を切ると、中国語で陳に伝えた。すると陳は松山を呼んだ。

「オ客サンニオ茶ダシテクダサイ」小声で陳は松山に伝えた。

「あ、はい」松山は紙コップにお茶を入れて、客に出した。

「もう少々お待ちください」そう言うと、五〇代ほどの男性は「あ、そう」と言い、再び雑誌を読み始めた。

「いったいいつ李さんは帰って来るのだろうか」松山はとても心配になった。陳は壁にかけてある時計を見ながら、自分の客の腰を押していた。

「松山センセイ、ベッドニ案内シテ」松山は客を案内し、うつ伏せで待ってもらうことにした。なるべく時間を稼ごうと、できるだけゆっくりとタオルをかけたりしているところに、李が戻ってきた。

「あ、李さん」松山はほっとした。しかし、その表情は、とてもほっとできるような顔ではなかった。焦りと怒りが混ざったような李の顔は紅潮しており、頭から湯気が出ているように思えた。陳が中国語で話しかけたが、李は無視し、着替えもせずに自分のベッドに向かって施術を始めた。李の客は何も知らぬまま施術を受け、5分もしないうちにいびきをかきはじめた。その間、李の様子を松山は横目で窺っていたが、焦燥感に溢れた顔をしていた。

王と白にも客が入り、手が空いているのは松山だけとなった。しかし今日は水曜日でさほど混む日ではない。王は30分したら手が空く。そう考えると、松山は自分にできることは李の財布を捜しに行くことだと思った。

「陳先生、李さんの財布探しに行ってきます。何色ですか?」松山は陳の耳元でそう話した。すると陳は一度李の顔を見て、

「悪イネ。青イサイフ。トウガラシノストラップツイテル」と松山に伝えた。松山はわかったと言うと、ロッカー室で着替えてから、静かに店を出た。雲行きが怪しい中、松山は駅へと向かった。以前一度帰り道が同じだった時を思い出し、その道を辿り、下を向いて歩き始めた。

「東京だからな。これだけ人も多いし。見つかったら奇跡だな」松山は独り言を言いながら、探し始めた。まだ5時まではずいぶん時間がある。会社勤めの人達の帰宅時間になると、探せるものも探せなくなる。まだ時間は2時過ぎだ。買い物客や営業マンが歩く町中を、松山はただひたすらに下を向き、探し歩いた。

「こりゃ、見つからないわな」植木の中や、ゴミの中、側溝の中も一通り見た。ゴミ山の段ボールの中も覗いたりした。ゴミをあさるような松山の姿を、横目で人が通り過ぎていく。次第に空は暗くなり、

雨がぽつりぽつりと落ちてきた。

「参ったな」顔に雨粒が落ち、松山は空を見上げた。雨粒は次第に大きくなり、10分もしないうちに強くなってきた。

「こりゃだめだ、帰ろう」そう思った時、交番が目に入った。

「交番か」ここまで探してなかったら、後は交番に届いていることを祈るだけだった。しかし、ここは東京上野だ。人も多いし、正直届いているとは思えなかった。

「とりあえず、行ってみるか」雨脚が強くなる中、松山は交番に駆け入った。

「あ、すみません。青い財布なんですが、届いてないでしょうか？」相手は五〇代くらいの警察官であった。

「他に特徴はありますか？」無愛想な返事だった。

「あ、トウガラシのストラップが付いています」松山は顔に付いた雨を拭きながら言った。

「これ？」警察官は机の引き出しから財布を出し、得意げに片手で見せた。

「あ、トウガラシのストラップ。それそれ」松山は思わず大きな声を出した。

「はい、じゃあここに名前と住所書いて」そう言うと、偉そうな態度で紙を出してきた。

「届けてくれた人は名前も何も言っていかなかったから、良かったね、謝礼はなしだよ」

上から目線の言葉にも、松山は全く動じず、自分の名前と住所を書くと財布を警官から奪い取り、一目散に店へと走った。いくつかできた水たまりを軽快に飛び越え、右手でしっかりと財布を握りしめ、店に着いた。店の前で、息を調えてから静かにドアを開けた。

ずいぶんと濡れた松山を、陳が驚きと心配が入り混じった顔で見た。白も王も施術中であり、もちろん李も施術中であった。中国人全員が松山に注目した時、右手に握った財布を自分の顔の前に差し出した。

「オー！　スゴイネー！」陳は声を出して施術を放り投げ松山に近寄ってきた。もちろん李も「アリガトウゴザイマス！　アーヨカッタ！」と大きな声を上げて松山に走りよった。

「ありました」松山は少し雨で濡れた財布を李に手渡した。

「トテモアリガトウネ」李の今まで見たこともない喜びように、松山は驚きながらも自分のことのように喜んだ。うつ伏せになっていた陳と李の客は顔を上げて、いったい何が起きたかというように辺りを窺っていた。そんな客のことなど頓着せず、李と陳は歓声を上げ、李はロッカー室へ財布をしまいにいった。

「松山先生、オメデトウネ」陳は大きな声でそう言うと、自分のベッドへ戻った。李が戻ってきて、もう一度「アリガトウゴザイマス」と言って施術へ戻った。そこにいる中国人全員が笑顔で自分を見ていることが松山にはとても嬉しかった。松山は靴を脱ぎ、急いでロッカー室へ行くと頭をタオルで拭いて、白衣に着替えて出てきた。李はニコニコしながら客を揉んでいた。いつもより力が入っているように思えた。松山の今日がようやく始まる頃、窓の外はすでに暗くなっており会社帰りのサラリーマンやOLが歩き始めていた。

「さーて、これから頑張ろう」一息つく暇もなく、一人のOLが入ってきて、松山の施術が始まった。この日はその後数人をこなして、閉店となった。

「お疲れさまでした」松山が陳に挨拶をした。

「オツカレサマ。李サン、キョウハオゴッテヨ！　オ金カエッテキタヨ！」陳は着替えながら李にふざけて言った。すると王も、

「オゴッテ！」と言ってきた。

「オマエハカンケイナイダロ」李が笑いながら言った。

「ミンナデタベニイコ」陳が言った。松山は着替え終わり、ニコニコ話を聞いていた。李が松山の顔をちらと見ると、目が合った。

「ジャアイキマショウ」李がそう言うと、王と白は大きな声を上げて喜んだ。

「松山先生モイコネ」陳がそう言うと、松山は自分は埼玉で遠いからと断ろうとした。すると、

「今日ハ泊マレバイイデショ、ココニ」中国人の圧力で言われ、松山は断れずに付き合うことになった。

「参ったな」苦笑いを浮かべるも、内心仲間に入れてもらえたことはとても嬉しかった。

「王サンモトマロ。私トネルヨ」陳がまたふざけてそう言うと、王は、

「アンタバカダヨ」と言いながら足を蹴った。

「アイタ」店の中は笑いに包まれ、五人で陳行きつけの中華料理屋へと足を運んだ。

「ハイ、カンパーイ。ヨカッタネ李サン」皆で乾杯をして、ビールを飲んだ。松山は雨の中を走って帰り、水分を取らないまま今に至るため喉が渇いており、一気に飲み干してしまった。

「アイヤー」陳が松山の飲みっぷりを見て思わず声を漏らした。李も王も驚いた顔をしていた。

「佐藤先生トドッチガ酒ノム?」陳が目をまんまるくして聞いてきた。

「佐藤先生もお酒飲まれるんですか?」松山は佐藤の嗜好やプライベートのことなどはまだあまり知らなかった。

「佐藤先生ハ化ケ物ダヨ。全然ヨワナイ」目の前で手を大きく左右に振って答えた。

「へえ、そうなんですか。確かに強そうと言えば強そうですね」佐藤の体はがっちり大きくはないが、酒の強そうな雰囲気はあった。どんとしているところや、肝の座っているところなど、下戸な訳はあるまいと松山は思っていた。松山の飲みっぷりを見た白は、負けじと一気に飲んだ。

「バカカオマエハ」王が頭を叩いた。すると口に入れたビールを少し吹き出してしまい、陳達は大声で笑った。そんな様子を見て、松山も一緒に笑っていた。

それから1時間半ほど飲み食いをし、もう完全に陳は酔っぱらってしまった。李は少し酔ってはいたがいつも通り落ち着いていた。白は真っ赤な顔をしていたが、王は少ししか飲まなかったため、顔色は変わらずに店を出た。ほとんど酔わない松山は、会計をしている李のところへ行き、

「李先生、私も出します」と申し出た。すると李は、

「イイヨイイヨ。松山サン」男らしい笑顔を見せて、全員分を払った。

「先生すみません。ごちそうさまでした」李に頭を下げると、李は財布を見せて「アリガトウ」と言った。

「コノ財布ハ故郷ノ兄サンガクレタモノダカラ大事ナモノ。アリガトウ」そう言うと、照れたようにバッ

グにしまった。松山もにこりとし、外で酔っぱらって王にからんでいる陳の下へ向かった。

「王サン、今日ハ泊マルヨ」陳がよれよれして言うと、王は蹴りを食らわせた。それが陳の足にけっこう強くヒットし、

「アイテー」と大きな声を出した。通りがかりの人達が振り向く中、松山達は笑っていた。

「松山サン、店ニトマルデショ？」陳がもたれてきた。

「ええと、先生、まだ電車があるので私は帰ります」そう言う松山に陳は何度も絡んだが、最後は諦めて白と店に泊まることになった。

「ジャーネーマタアシター」陳の酔っぱらった大きな声に手を振って、李と王と松山は駅へ向かった。

「今日はごちそうさまでした」松山が再び礼をすると、

「ゴチソウサマデシタ」と王も李に言った。李は手を顔の前で振って、照れて笑った。

「ジャーネー」王は髪の毛の良い香りを残して先に別れた。李と松山も別れ、それぞれがそれぞれの家路についた。終電に近い電車は混雑していたが、この日はいつもよりも気が楽であった。松山は窓の外を眺め、佐藤の顔を思い出しながら電車に揺られた。


次の日、松山がいつも通り陳の店を訪れると、二台ともベッドのカーテンが閉まっており、ＢＧＭすらかかっていなかった。店の中の空気はよどんでいて、明らかにニンニク臭かった。

「ウッ」松山は腕で自分の鼻と口を押さえて中に入り、窓を開け、店のドアも開けっ放しにして空気

を入れ換えた。すると誰か入ってきたと思ったのか、慌てて一台のベッドのカーテンがシャッと開いた。「あ、先生、おはようございます」ベッドの中には半分目が開いていない陳が、寝起き丸出しの顔でカーテンを掴んだまま半分ほど起きあがった姿を現した。

「ア、松山先生、オハヨウ」そう言うと再びカーテンを閉めて寝てしまった。

（そうだ、泊まったんだっけな昨日）

もう一台のカーテンの閉まったベッドの方には白が寝ていると推察できた。松山は気にせず白衣に着替え予約表を確認すると、午後3時から陳と李の予約が入っており、白には一人も入っていなかった。

「今日は空いているな」この様子だと、新規も来ていないようである。たとえ新規が来てドアを開けたとしても、もしかしたらあの臭いでは帰ってしまっていただろう。そんなことを考えながら、松山はトイレと流しの掃除に向かった。

トイレは松山が来てからこまめに掃除をするようになったために、当初よりも格段に綺麗になった。台所もカップラーメンの容器や食べ残しのゴミなどは見られないようになった。一通り掃除を終え施術室に戻ると、陳はようやく起き上がり頭をぼりぼり掻いていた。

「松山先生、二日酔イダヨ」そう言うと顔をしかめて目をこすった。陳に顔を洗ってくるよう促し、白のことも起こした。白は、昨夜あれからまた飲んだことを松山に話して、顔を洗いに行った。今までとは違う彼らの反応が松山は嬉しかった。昨日の酒でずいぶんと打ち解けた感じがした。そこへ李が入ってきた。

「李先生、昨日はごちそうさまでした」すると李は今まで見せたこともない照れた優しい顔で、返事をした。

「イエ、今日ハ財布アリマスヨ」バッグを叩いて見せた。松山は少し笑い、そんな二日酔いの中国人達と今日の施術がスタートした。木曜日とあって新規の入りは良くなかったが、今までとは違い李が松山にいくつか技を教えてくれた。

「コレガ、私ノ肘ノツカイカタ」そう言うと李は陳とは違った独特の動かし方を見せてくれた。松山は見よう見まねで練習してみたが、とてもすぐにできるような動きではなかった。すると李は自分の客をほったらかして、松山の腕を掴んで教えてくれた。

「ココハ、コウ」

「あ、すみません。ありがとうございます」松山は小声で李に礼を述べた。李は客など全く気にしない顔で、何もなかったかのように再び施術を始めた。陳の整体院で存在を認められはじめ、後は技術でも認めてもらえるように頑張らねばと、松山が深く胸に刻んだ一日であった。

金曜土曜は修羅場のように混み、くたくたに疲れ手も足も棒のようになり、この週が終わった。

週が明けて、再び佐藤の下を訪れる。しかし、大分疲れが溜まってきた。それでも松山は今は死ぬ気でやり遂げなければならない修行期間だと、自分に言い聞かせていた。肉体的疲れで手も腰も重い中、見学が始まった。

「何だか、顔が疲れているぞ」佐藤は松山の顔を見るなりそう言った。

「あ、大丈夫です。すみません」松山はカラ元気で作り笑顔をした。佐藤はそんな松山に表情一つ変えることなく、松山の目の奥を見た。

「体が資本だからな」そう言うと、今日の患者の説明が始まった。

「今日の患者さんは、午前一名午後二名。午前は女性で末期ガン。娘さんが連れてきます。午後は二人とも男性。一人は野球選手で野球肩と膝痛、もう一人は肝臓病です」三人分のカルテを出しながら松山に伝えた。三人とも全く別の疾患であるが、整形外科疾患が一人しかいないことと、しかもそれが野球選手であるということに松山はとても驚いた。

「先生、野球選手はプロですか？」松山は興味津々で尋ねた。

「そう。今日はオフなんだ。日本シリーズ見た？　巨人の」佐藤は顔色一つ変えずに聞いた。

「日本シリーズって、え？　先生、あのピッチャーですか？」松山は目を丸くして尋ねた。

「そう。あのピッチャー。エース佐々木です」佐藤は自慢するでもなく、カルテに何やら書きながら答えた。

「うわー、スゴいですね。先生。いやー、巨人の佐々木。そうですか」テンションが上がった松山を佐藤が横目でちらと見て、

「スゴいって、何がスゴいの？」本当に疑問だという感じで松山に聞いた。

「いや、だって、巨人のエース佐々木ですよ、先生」松山はピッチャーの投げる真似をして答えた。

「松山君、患者さんにスゴイもスゴくないもないんだよ」佐藤は静かな声で答えた。それを見た松山はしまったと、思わず自分のしている動作が固まりながら、ゆっくりと手を下ろした。

「す、すみません」やってしまったと松山は謝った。

「患者に偉い人も何もない。患者は患者だ。農家のおばあちゃんも、総理大臣も、体が辛いから治療する。ただそれだけだ。治療をする側が、有名人を治療しているから偉いわけでも何でもない。そういう心を持った治療家は」佐藤がギロッと松山を見た。

「四流以下だよ」冷たい声が治療室にボソッと響いた。

「はい。すみません」とても恥ずかしい気持ちになった松山は、全身に、じわっと汗をかいたのを実感した。そんなやりとりから始まったこの日は、松山にとって考えさせられる一日となった。

末期ガンの患者は七〇代後半で、見るからに病人といった、顔色が悪く前かがみで力のない風貌であった。娘が腕を抱えて治療院に入ってきて、ベッドに座らせた。

「それでは先生、よろしくお願いいたします」娘はそう言うと、おばあちゃんを置いて出ていった。

「さて松浦さん、始めましょうか」佐藤は優しい声で話しかけた。

「よろしくお願いいたします」患者はチョコンとベッドに腰掛けたまま、深々と佐藤に頭を下げた。

「どうですか、御調子は?」佐藤はおばあちゃんの横にチョコンと同じく座り、話しかけた。

「ええ、お陰様で。たまに苦しいですけれど、痛みがずいぶんと楽になりました」おばあちゃんは笑顔で、静かな優しい声で答えた。佐藤はうんうんと頷き、横向きに寝るように促した。おばあちゃんは小さな体をゆっくりと横たえた。松山は佐藤の様子をじっと見ていた。死が近い患者を、佐藤がどのように治療するのかとても興味があったからだ。いつもよりも佐藤の手つきをじっくりと見た。

佐藤は何気ない会話を続けていた。普段は自分からはあまり患者に話しかけない。いや、あまりというよりほどんど話しかけない。患者からの質問などには答えるが、自分からべらべらと話すようなことはなかった。しかし、今回のおばあちゃんとの会話は、実に自然で、まるで孫とおばあちゃんのような空気が漂っていた。松山は佐藤がガン治療で、どのようなところに鍼を打つのかとても気になっていたが、途中からそんなことに注意を向けていた自分がとても恥ずかしくなり始めた。佐藤の鍼を見ていると、ほとんどが浅刺しで、強い治療はしていない。灸も穏やかで実に柔らかそうである。推掌に至っては、まるで手のひらの温もりを、おばあちゃんの体に染み込ませているだけのように感じられた。治療の最後の方には、松山はただ佐藤の眼差しや、口調を見ているだけであった。

そこへ娘が帰ってきて、治療が終了した。おばあちゃんは実に楽しい時間を過ごしたという感じで佐藤と握手をしていた。

「先生、今日もありがとうございました」ゆったりとした声が治療院に滲んだ。佐藤は少し声を詰まらせて、

「こちらこそ、ありがとうございました」と一言言葉を渡した。そのいつもと違う佐藤の様子に、松山は気づいていた。

「先生、またね」おばあちゃんはにっこり笑うと手を振って帰っていった。佐藤も同じように手を振った。

治療院のドアが閉まり、佐藤が無言で治療室へと戻っていった。机につくと、小さくため息をついて、カルテを書いた。

「先生、お疲れさまでした」松山はいつも通りにお茶を用意して立っていた。

「あ、ああ。今そちらに行きます」そう言うと、佐藤はカルテを元にあった場所に戻すのではなく、書庫に置きに行った。松山は、佐藤の様子がいつもと違うことと、カルテをいつもの場所にしまわないことが気になったが、和室に入り、茶を置いて待っていた。

「はい、ありがとう」佐藤は白衣を脱ぐと、ゆっくりと座布団に座った。

「ふう」茶を一口啜り、小さく息を吐いた。その様子を松山は何気ない素振りで見ていた。佐藤が茶を飲んだのを見て、松山も茶を口に運んだ。そんな時、佐藤がぽつりと口を開いた。

「あのおばあちゃん、今夜死ぬよ」佐藤は無表情で呟いた。目は宙を見ていた。

「え？」松山は、持っていた湯呑みを落としそうになった。確か自分の耳には、今夜あの患者さんが死ぬと佐藤が言った気がした。佐藤は、松山の顔に視線を送ると、丸っこくなっていた背中をすっと伸ばした。

「今夜死ぬって、先生、元気だったじゃないですか」驚いた松山の表情とは対照的に、佐藤は無表情で答えた。

「元気だったよ。今見ただろ？　人は今元気でも、死ぬ時は死ぬんだよ」真顔でまったく感情も見せず、まっすぐに松山に話した。

「いや、でも先生」そうは言われても、にわかには信じられなかった。いや、信じたくないという気持ちの方が強かった。

「人は死ぬんだよ。必ず」

松山は姿勢を正したまま、ただじっと佐藤を見ていた。

「死ぬことは悪いことではない。何も悪くない。ただ、残された者の欲が、悲しく感じてしまうだけなんだ」佐藤は少し寂しげな表情を浮かべた。

「大洗の喫茶店で、確か言っただろ？　私は死ぬ時間がわかるって」忘れるはずもない。あれほどの衝撃はなかったからだ。

「はい、覚えております」松山は顔を強ばらせて答えた。

「嘘か本当か、明日わかるよ」席を立って「たまには、こういうのもいいだろう」と、切り替えるかのように、明るく佐藤が鍋を持ってきた。

「あ、先生。有り難うございます」野菜のたくさん入ったコンソメ味のスープを二人で頬張りながら、次の患者の話になった。

「次の患者さんは、ピッチャーだ。スポーツ選手というのは、まさに体が資本で、その体には完全に人生がかかっている。体がだめになったら、どんなに心が強くても仕事としてスポーツができないんだ。今日来るエースの肩には何億もの金と家族の人生、球団の運命がかかっている。だから患者自身も必死だよ。治療する側も相手が本気だから、とても張り合いがある。本当の治療はいつも真剣勝負なんだよ。

私はいつも真剣だが、患者の中には本気ではない人も多いからね」

そんな話をしているうちに、排気量の大きい車が治療院に横付けされた。

「よし、始めますか」佐藤は腰を上げ、松山も後に続いた。


玄関には大柄な男が立っていた。プロスポーツ選手はやはり普通の人とは明らかに違う体格をしていた。がっちりしていて、腕も太かった。

「先生、よろしくお願いします」佐々木は丁寧に挨拶をした。

「日本シリーズ、ナイスピッチングでしたね」佐藤はベッドに案内しながら佐々木を誉めた。

「あ、先生、これ。約束の」そう言うと佐々木は、ジャンパーのポケットからボールを取り出した。

「佐々木さん、いいんですか？　私なんかにこんな大切なものを」佐藤はボールを手に取りまじまじと見た。ボールには日付と佐々木のサインが書いてある。ウイニングボールであった。

「私が今回日本シリーズで投げることができましたのも、先生のお陰ですから。本当に感謝しています」

優勝はできなかったが、佐々木の投げた試合は全部勝っていた。佐々木は再び深々と頭を下げた。

「いえいえ、有り難うございます。それでは大切にいたします」

佐藤はボールを大事に自分の机の上に置いた。テレビでしか見たことのなかったプロ野球選手を、ましてや自分の師匠がウイニングボールをエースからもらうなどという光景を目のあたりにし、松山はただ突っ立って少年のような気持ちで見ていた。

「それでは、いきましょう」佐藤が鍼を持った。

「よろしくお願いします」佐々木は覚悟の上だという声でうつ伏せになった。

「ウウッ！」「グッ！」ところどころ佐々木の声が漏れた。痛そうに、たまに体をよじった。佐藤は一切の表情を変えずに淡々と治療をした。

（焼き切り）松山は心の中で発した。佐藤の灸は、今回すべて焼き切りであった。

「ッツー！」佐々木の皮膚の上のお灸の周りは、見る見るうちに赤くなってきた。それはそこの血行が良くなっている証拠であった。佐藤は鍼灸を終えると、指をポキポキ鳴らしてから、推掌に入った。佐々木の耳が真っ赤になりながら、佐藤の容赦ない推掌が始まった。

「ックー、ウゴッ」佐藤の十本の指が佐々木の右肩に絡みついて放さない。指は的確なツボを押さえ、逃がさないという感じであった。松山は今まで見た佐藤の推掌の中でも、今回は戦いのような印象を受けた。真剣勝負。巨人の三億円プレーヤーと自分の師匠が、真っ向からぶつかっている感じであった。

一通りの推掌を終えると、佐藤が一つ息をついた。それを聞いて、佐々木もフウと笑いながら息を吐いた。

「はい、終わりました」佐藤が佐々木の背中をぽんぽんと叩いて、終了の合図をした。

「有り難うございます。うわっ、肩軽いですわ。嘘みたいだわ」佐々木は肩をぐるぐると回した。

「先生有り難うございました」佐藤に封筒を渡すと、大きな車のエンジンをふかしながら帰っていった。

松山は三億円プレーヤーがいったいいくら先生に払ったのか気になったが、そこは見て見ぬ振りをしながら茶をいれに行った。

「先生お疲れさまでした。お茶が入りました」松山はお盆に湯呑みを二つ乗せて治療室を覗いた。

「ああ、有り難う。今行きます」佐藤はカルテを書き終えると和室に入った。

「先生お疲れさまでした」松山が茶を差し出した。

「有り難う。確かに、私の欲が絡んだから、多少疲れたね。良いプレーを来年も見せてもらいたいという欲がね」そう言うと少し笑って茶を啜った。

「先生は巨人ファンなんですか？」

「いや、全然」その言い方があまりにもぶっきらぼうであったために、松山は思わず吹き出してしまった。それを見た佐藤も笑いながら、

「別に巨人が嫌いとかどうとかではなくて、私は野球をしたこともないし、ルールもわからないし、はっきり言って一試合ちゃんと見たことがないんだよ」そう言うと言った自分でも笑っていた。

「でも、野茂英雄は好きだったなあ。野球のことは知らないけれども、彼が海を渡って一人で戦っていた姿は、あれぞまさに侍という感じがして、好きだったなあ」目を細め、過去を思い出すような話し方であった。

「野茂ですか」松山もあまり詳しく知らなかったので、会話はそこで終わってしまった。

ふうと息を一つついて、佐藤が少しにやっとした。

「次の患者さんは、肝臓病なんだけれども……」佐藤の表情からはいったいこれから何が語られるの

か想像もつかなかったが、何か楽しんで待っているかのような表情に、松山も顔に少し気が上がった。

「大きいですよ」佐藤が松山の顔を見た。

「な、何がですか？　体がですか？」純粋に質問をした。

「そう、体が。でも体だけではないな、あの人は。根性も大きく根を張っているよ」そう言う佐藤の顔を、松山はじっと見ていた。

「そろそろ、いらっしゃるよ。今日は何だかばたばたしているね」佐藤が伸びをすると同時に、一台の車が横付けされた。

「よし、始めるか」佐藤がテーブルに手をついて立ち上がり、松山も腰を上げた。一瞬、松山は立ちくらみのような感覚にふらついたが、急いで佐藤の後を追いかけた。

外では数人の男の低い声がして、車は去っていった。玄関のチャイムが鳴り佐藤がドアを開けた。

「先生、お久しぶりです」声は太く手はでかく、図体はドアいっぱいに挟まるようにでかく、肩の筋肉は鎧《よろい》のようであり、草履と着物を着たちょんまげ姿の大男が立っていた。相撲取りであった。

「源龍関、待ってたよ。先場所勝ち越しおめでとう」そのでかい手と佐藤は握手をした。

「げ、源龍関？」まさかの相撲取り登場に、松山の頭は少々パニックになりながらも、心は浮ついた状態であった。

「有り難うございます。これも先生のお陰です」そう言うとでかい体を狭い玄関で深々と折り曲げて、番付とお菓子の入った紙袋を佐藤に渡すと、狭い廊下に両脇を擦るかのように入ってきた。着替えた後ベッドに横たわると、いつもの部屋があまりにも狭く見え、ベッドはまるでおもちゃのように見えた。部屋には鬢付《びんつ》け油の良い香りが漂い、それがお灸の煙と絡み、なんとも言えない空間となった。

「先生、本当に先場所は体が動きました。有り難うございました」うつ伏せになった関取の声はさらに低くこもり聞き取りづらかったが、佐藤は良かった良かったと言いながら鍼灸を続けた。それから5分もしないうちに、爆音のいびきが響きわたり、松山は思わず笑いそうになってしまった。

「本当に何もかもでかいな」初めて見る相撲取りに、松山は思わず目をまん丸くしていた。筋肉は隆々としており、丸太のような足と手、ゴチゴチに固まった手足の皮、肩口の筋肉は盛り上がり、初めて見る丁髷《ちょんまげ》は、綺麗にとかされていた。

「さてと」佐藤は鍼灸が終わると、佐々木の時と同様、指を鳴らしてから推掌を始めた。佐藤の推掌が的確なツボをとらえると、その時にはさらにいびきが大きくなった。そして時おり息が止まり、無呼吸のようになってから、ンゴーと大きないびきが続き、松山の目にはこの治療が、怪獣と戦う小さな武道家のようにも見えた。それでも佐藤の息は決して乱れることはなく、むしろ佐々木の時よりも冷静に感じた。

施術が終わり、源龍が礼を述べた。

「もうすぐ、場所が始まります。頑張ります」と、佐藤に頭を下げた。

「もう、九州に入っているんですよね」次は年納めの九州場所だ。

「はい。今日は先生の治療のためだけに、飛行機で来ました」そう言うと大男は少し笑った。それにつられて佐藤も笑っていた。

「源龍関の相撲、一番一番を祈っています」佐藤はポケットから漢方薬の瓶を取り出した。

「肝臓に効きますから、毎日飲んでください。昨日中国から届きました。間に合いました」そう言うと、日本では見たこともない漢方薬の小瓶を源龍に渡した。源龍の手に乗った小瓶はさらに小さく見えたが、源龍は大事そうに着物の袖にしまった。

「本当に体が楽になりました。九州頑張ります」と言って、大きな体を揺らしながら玄関を出ていった。治療院の廊下には、鬢付け油の香りが心地よく残っていた。


「先生お疲れさまでした」松山が佐藤の顔を見ると、いつもとは違って嬉しそうだった。普段治療後はほとんどが無表情だが、なんだか子供のように嬉しそうな顔をしていた。

「はい、ありがとう。今行きます」佐藤はカルテを書き終えると和室に入ってきた。

「どうぞ」松山がお茶を佐藤の前に出した。

「不思議とね、全く疲れないんだよ。あんなに大きな体なのに」佐藤はそう言うと茶を飲んだ。

「治療後に疲れるというのは、本来間違った治療をしているからなんだ」

(間違った治療をしている?)松山は心の中で繰り返した。

「君はいつも私が治療を終えると、お疲れさまでした、と言ってくれるだろう」そう言うと湯呑みを持ったまま松山の顔を見た。

「あ、はい」松山はまさか自分に話が向けられるとは思っておらず、心の準備もできていないまま驚いた顔をして返事をしてしまった。

「本来治療後というものは、患者さんはもちろん、治療家自身も元気になるものなんだ」松山はじっと佐藤の顔を見て話を聞いた。

「よく、治療が終わってぐったりしている治療家がいるだろう?」松山は自分のことを言われているように思えた。そして整形外科にいた時は、全員がそんな感じであったことを思い出した。

「それはね……」佐藤は湯呑みを置いて、じっくり松山を見て続けた。

「治療ではなく、労働なんだよ」その言葉がずしっと松山の肩に乗った。

(治療ではなく、労働)松山はこれから佐藤が何を話すのか検討もつかなかった。まさかこんな話になるとは思ってもいなかったのだ。

「労働だから疲れる。治療というものは、自分の力でやるものではない。大自然の治癒力を、自分の体を通して患者さんに送り込む。これが治療なんだよ」松山は言葉にじっと聞き入った。

「我力で患者さんを治そうとする時、言うなれば欲が働いている時、大自然大宇宙にある自然治癒というエネルギーは治療家の体を流れないんだ。自分が欲というバリアを張ってしまっているから。自然治癒エネルギーは体に入ってこない。患者もまたしかりなんだ。真実は、治療など受けなくとも患者さんの心が清ければ自然治癒力ですべてが治る。我々の存在など必要ない。ただ人間というものはやはり欲がつきまとう。だから多くの人間は、自分で自然治癒力の浸透を妨げるバリアを張ってしまっているんだ。それに気づかないで治らない治らないと文句ばかり言っている。そりゃ治るわけないんだよ。自分で自然治癒エネルギーを跳ね除けているのだから」佐藤の言葉が少し強くなっていた。

「そこで我々が必要となってくる。我々はいわばパイプのような存在なんだ。大宇宙の力と患者さんとを繋ぐパイプだ。そのパイプには、欲があってはならない。欲があると、患者さんは良くならないし、それどころか自分の体がどんどん消耗し、最後は自分の御身体《おんからだ》をボロボロにして終わることとなる」松山は少しゾクッとした。

「治療家がまず欲を持たずに清くいること。金儲けに走らないこと。治したい治したいと思わないこと。俺様の力で治してやっているなどと思わないこと。治療というのは自分の力ではなく、大自然大宇宙の力が働いて患者さんが治っていくという事実を知ること。これがとても大事なんだ」佐藤の口調はいつもにもまして滑らかであったが、言葉は一つ一つ重かった。

「だから君の言うお疲れさまでしたというのは、私が疲れた治療をした、言うならば欲まみれの治療をしましたねということになる」少し意地悪く佐藤が言うと、松山は小さく、

「すみません」と呟いた。

「いやいや、冗談だよ。冗談。そんなつもりはないことは知っている」佐藤は笑い飛ばして茶を啜った。

松山もほっとして両手で湯呑みを持ち茶を口に流した。

「要するにだ」佐藤が真顔に戻った。

「まともな治療をすれば、絶対に疲れない。治療家は治療の度に自然治癒力を身体に流すのだからど

んどん元気になる。先ほどの野球選手の時は少し欲が働いた。でも今の力士の時は、できるだけ平常心の治療を心がけた。私は源龍関を応援しているから、やはり欲が働きそうになる。治してあげたいという気持ちになる。でもそれは、おこがましい上、毒にしかならない。本当に相手のことを考えるのであれば、自分は無心になることを心がけ、手が動くままに身体を大自然の力に委ねれば、それが最高の治療となるのだよ」佐藤は松山の目を奥深くまで見た。松山は久しぶりに肛門がキュッとなった。

「源龍関はね」佐藤の顔が優しくなった。

「苦労人なんだ」両手を組んでテーブルの上に乗せ、背中を丸っこくして話し始めた。

「和歌山県御坊市出身で、夕日の綺麗な場所でね。彼はそこで育ったのだが、もともと肝機能がとても弱かったんだ」松山も少し肩の力を抜いて聞き始めた。

「小さい頃から身体は大きかったらしいけれど、内臓が弱いからね。でも本人が相撲好きで、中学卒業と同時に角界に入門したらしいのだけれど、十両にあがるまでにずいぶんかかったんだ」佐藤は優しい目をしていた。

「二〇代後半にしてようやく十両に上がって、今彼は三三歳だからほぼ松山君と一緒だよ」そう言われると、松山の頭には源龍関の顔が浮かんできた。

「苦労して上がったのだが、ここに来て肝臓がまた悪くなってきて、身体に力が入らないそうなんだ。それである人の紹介で私のところに来たのだが、最初はもう身体はボロボロという感じだった。まさに満身創痍という感じだったよ」外はもう薄暗くなり、肌寒い風が和室に入ってきた。

「それでも治療後には大分元気になってきて、自身初の幕内にまで上がったのだよ。遅咲きの苦労人なんだ」組んだ指を外して、口の周りを撫でた。

「私はそういう苦労人に弱いんだ。応援したくなる。彼に夢を聞いたら、結びの一番を取ることだって言ってたよ。でも現在は十両で、幕内と十両を行ったり来たりしている状態なんだ。先場所勝ち越しただけに、もう一度幕内に復帰するためには今場所はとても大事なんだ。なんとか幕内に上がれたら、そのチャンスもやってくるからね」佐藤は自分のことのように話していた。

「はい、応援したいです」松山が源龍のことを浮かべながらそう言うと、

「何言っとるかね、君は。人を応援する前に、まずは自分が一人前になるように努力しなさい。言うならば、彼も頑張っているから、自分も負けないように頑張りますというならわかるけれども、彼は君に応援されなくとも頑張りますよ」そう言われた松山は悔しくて下を向いてしまった。

「まあまあ、冗談ですよ。でもね、松山君。彼もまた違う世界で命を賭けて頑張っている。自分がこの道と決めたら、死ぬ気でやるのが男なんだよ。だから君もね、頑張るんだよ」松山は初めて佐藤に励まされた気がした。佐藤にそんなことを言われたのは初めてだったのでとても驚いてしまったが、鼻の奥が少しツンとするような感覚に襲われた。ジワッと滲む目を悟られないように、松山は深く頭を下げて、

「自分も頑張ります」そう力強く言った。

「うん。応援している」そう言うと佐藤は小さく何度も頷いた。

辺りはもう真っ暗で、静かに冷たい風が流れていた。

松山はこの週も前半は佐藤の下で修行をさせてもらい、後半は午前は接骨院、午後が陳の下へと、いつもの通りとても忙しかった。そんな休みのない日々が続き、かなり疲れが溜まっていた。

「修行だ修行」と自分に言い聞かせながら頑張ってきたものの、治療というものは一流の人以外はほとんどが自分の命を削りながらの時間となる。四流以下になると、今度は疲れないように疲れないようにと仕事をするために、治療にはならない。松山は現在もっとも心身を削る時期に来ていた。一流までにはほど遠く、しかし四流以下にはなりたくないという精神との戦いであった。ただそれも休みながらであればバランスが取れていくが、松山は自分で休みを無くしたために、心身のバランスを崩し始めていた。

朝起きると頭痛がする。ここのところずっとだ。思い出してみると、もう何週間も前から軽い頭痛やめまいはしていた。しかしそんなものは気にせずに励んできた。ただここに来て、その頭痛が限界に来ていた。

「まずいな」洗面所の鏡を見ながら、痛い頭を押さえた。どうにもならない痛みをごまかすために頭痛薬を飲んで出勤した。

今日は陳の店の日だ。しかも金曜日。どう考えても手を抜けるはずがなかった。松山は歯を食いしばりながら午前の接骨院をこなし、午後、陳の店へと向かった。

「こんにちは」店に入ると、もうすでに李も白も来ていた。今日に至っては、すでに昼から混み始めていた。冬が近づき寒くなるに従い肩こり腰痛が増える。一年の終わりに向かうに従って、世の人も忙しさに鞭打って、必死に働き始める。身体が痛むのも当然だ。昼休みや空いている時間を使って、整体に来る人が増えるのが毎年この時期なのだ。松山は中が忙しいのをすぐさま察知し、自分も素早く着替えを終えて戻ってきた。それと同時に若い女性が入ってきた。指名はないとのことで、松山が施術にかかった。主訴は肩こりで30分コース。松山はまだ手も温まっていない中、取りかかった。集中している時には頭痛は感じなかった。しかし、治療を終えるとまたどっと痛みがでてきた。

「とても気持ちよかったです。有り難うございました」その若い女性は施術が終わると礼を述べた。綺麗な女性だったにも関わらず、松山は自分の頭痛が強くなっており、言うことをあまり聞いていなかった。その女性は店を出る時も再び松山に礼を言って笑顔で帰っていった。松山はその笑顔を感じる余裕もなく、その上さらに新規の客が入ってきた。次は男。そしてその次も。松山は顔を真っ赤にし、冷や汗をかき少し膝を震わせながらその日の修羅場を終えた。

次の日は、もっと頭痛が酷かった。これはまずいと直感した松山は、接骨院は休もうかと考えた。しかし、携帯を掴むと佐藤の顔が浮かんできた。別に休んで怒られることもないだろう。ただ松山は、佐藤に自分も死ぬ気で頑張ると言った以上、たかが頭痛で休むことはできないと思っていた。

「くそっ、行くか」ジンジンガンガンする頭をなるべく揺らさないように駅へと向かい、もうこの日は自分がどのような施術をし、どのような会話をし、どのような態度をとったのかもわからずに一日が終わった。何とか平静を装っていたが、陳にはばれていた。

「松山サン、体調悪イデショ？」陳は仕事が終わると着替えながら松山に話しかけた。それを聞いていた李と王も心配そうに松山を見た。

「いえ、大丈夫です。すみません」とても大丈夫ではない頭痛の中、無理矢理笑顔を作って見せた。陳は、

「無理ハダメヨ」そう言うと、誰よりも先に店を出てバイクで帰ってしまった。

「ダイジョウブ？」王が心配そうに声をかけてきた。

「ああ、王さん。ダイジョウブです」大丈夫の発音がおかしくなりながら、答えるのが精一杯であった。李も心配してくれて有り難かったが、松山はあまり愛想良くもできずに急いで帰宅し、この日は何も食べずに横になった。

「明日は佐藤先生だ。早く良くならないと」

アヴァロン

悪夢を二つ三つ見て、結局変わらない朝がやってきた。

割れるように頭が痛く、顔をしかめずにはいられなかった。何か脳の病気になったのではないかと、松山は佐藤に相談するべきかどうかを考えていた。何とか車を運転したが、振動が脳に響き、やっとのことで佐藤の家へ着いた。

「おはようございます」ドアを開ける前に、できるだけ悟られまいと元気に挨拶をした。すると中から何やら聴いたことのない音楽が流れていた。佐藤の治療室にはＢＧＭなどない。それがこの日は玄関

を開けるなり、良い音楽が流れていた。しかし残念なことに松山にはその音楽を鑑賞できるほどの余裕はなかった。

「ああ、松山君おはよう」カルテを見るでもなく、白衣の上着を着ているでもない、ラフな感じの佐藤が待合室の椅子に座っていた。鼻歌交じりで佐藤は松山の顔を見た。すると見るなり、佐藤の顔色が変わった。

「先生、音楽どうしたのですか?」松山は痛い頭をごまかしながら、いつもと違う雰囲気を質問した。しかしそんな質問などおかまいなく、鋭い目つきの佐藤が松山に聞き返した。

「松山君、キミ、どうしたその体調は」目の奥まで見られた瞬間に、松山の全身は強ばった。

「え、先生。いえ。大丈夫です。問題ありません」通用するはずもない相手に、松山は嘘をついた。

すると佐藤の口調がさらに強くなり、もう一度質問が飛んできた。

「その体調はどうしたと聞いている」二人の後ろには〝ROXY MUSIC〟の〝Avalon〟が流れていた。しかしそんな名曲も二人の間には、存在していないも同然だった。

「あ、はい。ちょっとばかり、頭痛がしまして」松山はもう嘘はつけないと思ったが、ちょっとした頭痛とさらに嘘をついた。その瞬間佐藤が立ち上がり、松山の頭の上に手を挙げた。松山はぶたれるものと思い、思わず首をすくめた。そんなことはおかまいなしに、佐藤は松山の髪の毛に右手の指五本を入れ、頭皮の温度を測った。

「松山君、君、完全にやられてるよ」佐藤が呆れたという表情で松山の顔を見た。

「やられている？」松山は意味がわからないまま、佐藤の顔を見ていた。すると佐藤は、優しい表情に変わり再び席に着いた。そして松山にも席に座るように促すと、松山の分の茶をいれた。

「ああ、すみません先生」松山は申し訳ないと思った。佐藤は表情を変えることなく、急須の茶を湯呑みに入れて差し出した。

「有り難うございます」松山は頭を下げた。佐藤は少し笑っているような表情に変わり、音源の音を下げた。

「松山君、キミは週何日働いているんだい？」佐藤は茶を啜りながら言った。

「あ、はい。休みはありません」そう小さな声で答えた。その内容を始めからわかっていたかのような顔で、佐藤が続けた。

「頭痛が酷いだろう」優しい口調であった。

「あ、はい。すみません」松山は本当のことを話した。

「数週間前から頭痛が止まらず、昨日今日が一番酷いです。これは脳の病気でしょうか？」まじめな顔で相談すると、思わず佐藤は笑ってしまった。

「脳の病気ではないですよ」湯呑みをおいて、静かに話した。

「心の病だよ。欲張り頑張りすぎ病だ」優しく笑った。松山は佐藤が何を笑ったのかよくわからなかった。この間もとてつもない頭痛に襲われていたからだ。

「実は今日、全部キャンセルになった」少し嬉しそうな佐藤の声であった。

「こういう日もあるもんだな。だから思わずレコードをかけていたのだよ」そう言うとプレーヤーの針を上げ、音楽を止めた。

「君の頭痛は、今日治るよ。安心しなさい。神様がちゃんと用意してくださっていたんだな」佐藤はレコードをジャケットにしまい、そこに座っているようにと言った。松山はいったいどういう状況なのか全くわからなかったが、佐藤がこれから治療をしてくれるのかと期待していた。

するとそこへ着替えを終えた佐藤が現れ、

「よし、行くぞ」と、片手に車のキーを持ち、出かけると言い出した。

「あ、はい」松山は慌てて立ち上がり、湯呑みもそのままに佐藤の後を追った。

「今日は私が運転する。君は助手席に座りなさい」そう言うと、佐藤は運転席に座ってしまった。

「あ、はい」訳がわからずに松山は言われるままに動いた。

「それじゃあ、出発だ」なんだか嬉しそうな佐藤は静かに車を動かし出発した。

「あ、よろしくお願いします」その静かな運転でも少し脳が動き、頭痛は誘発された。

天気は快晴。秋も深くなり、もう冬に足をつっこんだ季節となった。風は気持ちよい冷たさで、少し開けた窓から、心地よい風が入ってきた。松山はその風を顔に受けていた。

「松山君、今日は何も考えなくていいよ。寝ていてもいいし、窓の外を見ていてもいい。私のことは気にせず、頭を休めなさい」そう言うと、ちらっと松山を見てウインカーを右に出した。

「はい」松山は激しい頭痛の中返事をし、心地よい風を受け、静かにしていた。

車は関越に乗り、目の前には群馬の山が広がり始めた。

（ああ、綺麗な山だな）松山は虚ろな心に半開きの目で山を見た。頭痛は止まらないが、久しぶりに見た山を純粋に美しいと思った。佐藤は小さな音のカーステレオからこぼれる音楽に鼻歌交じりでドライブをしていた。松山に話しかけるでもなく、佐藤自身も純粋にドライブを楽しんでいるようでもあった。松山は佐藤に運転をさせて悪いと思ったが、身体が言うことをきかずに、さらには瞼まで落ちてきて、うとうととしてしまった。それに気づいた佐藤は、

「目を瞑ってなさい」そう優しく言った。

「はい、すみません先生」松山は素直に目を閉じた。頭痛と振動と車の音で、だんだんと意識は遠くなり、しまいには眠りに落ちた。佐藤の横では時おりいびきをかく松山が疲れきった身体でシートにもたれていた。佐藤はその様子を見ると、小さく頷いて優しい顔になった。

途中サービスエリアでトイレ休憩をとったが、その時も松山は起きずに佐藤だけ用を足した。

「空気が変わったな」長野に入ると空気が澄んでいた。高速道路のサービスエリアではあったが、明らかに東京や埼玉の空気とは違うことがわかった。佐藤はコーヒーを飲むと、再び車を走らせた。松山は埋もれるようにシートにもたれかかったままであった。

安曇野インターチェンジで高速を下りた。白馬方面へ30分ほど走らせると、とある建物の駐車場に車を停めた。辺りは静かで、穏やかな時間が流れている。空は澄んでおり、時おり鳥の声が聞こえてきた。

「松山君、着いたよ」佐藤は数度小さく声をかけた。

「あ、はい。すみません、先生」松山はびくっと身体を動かし、身体を起こした。

「いいよ、急いで動かなくて。ゆっくり身体を起こしてから、外に出よう」そう言うと佐藤は先に車の外に出て伸びをした。松山はすぐには動かない重い身体をよっこらしょと起こし、外に出た。冷たい気持ちのよい風が頬を撫でた。空気が澄んでいて、呼吸がとても楽だった。

「はあ」松山は大きく深呼吸をした。辺りを見渡すと広い丘の上に建物が建っていた。

「では行こうか」佐藤は松山の様子を確認すると、静かに歩きだした。松山は未だ寝ぼけ眼であったが、安曇野の空気で少しずつ目を覚まし始めていた。佐藤の後を数歩遅れてついていくと目の前に綺麗な建物が現れた。

「先生、美術館ですか?」松山は起きたばかりのあまり出ない声で聞いた。

「うん。そうだよ」佐藤は歩きながら半分振り返り答えた。佐藤の声はいつもより穏やかであった。

その建物は安曇野にある、ちひろ美術館であった。静かで人がまばらな館内は、ちひろならではの優しい心温まる水彩画が飾られており、そこにいるだけで癒されるようであった。

「では、1時にここで待ち合わせをしよう」そう言うと佐藤は自分のペースで館内を歩き始めた。松山はと言うと、喉が渇いていたので一度水分を補給してから、トイレに行った。少し気持ちがはっきりして、目が開き始めたのは佐藤と別れて15分ほどしてからであった。

館内にはところどころソファやベンチがあり、休憩しながらゆっくりと見ることができた。松山はなぜ佐藤にここへ連れてこられたのか、全くわからなかった。痛みもまだ頭の奥で鳴り響いている。松山はソファに座り、目の前の絵をずーっと見ていた。海辺に子供と犬がいる絵であった。松山はただぼーっとその絵だけを見ていた。

時計を見るとあと15分ほどで1時になってしまうことがわかった。松山はまだ一点しか見ていないことを思い出し、館内を急いで見て回った。たいしてゆっくりも見ないまま待ち合わせの場所に戻った。

同じ頃、佐藤はゆっくりとその場に現れた。

「何か食べるかい?」佐藤はおなかが空いていないか尋ねた。

「いえ、私は大丈夫ですが先生はいかがですか?」実際、松山は本当に腹が減っていなかった。

「うん。私も大丈夫だ。では少し外を歩こう」そう言うと外に出て静かに歩きだした。美術館の周りは自然豊かで、綺麗な空気の中、深呼吸をしながらゆっくりと歩いた。空を見て、山を見て、鳥を見て。

「ゆっくりと呼吸しながら何も考えずに大自然を感じなさい」と一言だけ言うと、後は何も語らずただゆっくりと歩いた。

「はい」松山は言われるまま、何度も深呼吸をしながら山や川、空や鳥に心を向けた。そうして冷たい空気の中を歩いていると、身体の熱が下がっていくような気がしてきた。松山が佐藤の数歩後ろを、静かに歩いていると、

「よし、では次に行こう」佐藤が言い、駐車場へと向かい車に乗った。

「はい」松山はただついていった。

そこから30分も走らないところに、温泉施設がある。

「次は温泉だ」佐藤の声が少し嬉しそうであった。

長野の中房温泉。秘湯系の温泉だ。大自然にとけ込んで、景観も良い。湯は透明で、何よりも源泉掛け流しというところが良かった。

佐藤は車に積んであったタオルを松山に渡すと、嬉しそうに温泉に向かった。どうやら佐藤自身も温泉でリフレッシュできることがとても嬉しいようだ。

(先生、白衣を着ている時とは別人のようだな) 松山は佐藤の普段着の嬉しそうな姿が、いつもの威圧感のある佐藤ではないように見え、何かとても不思議な気持ちになった。

二人は裸になると肩を並べて湯に浸かった。

「あ〜、極楽というのものは、本当にあるんだな」佐藤はいつもは口に出さないような言葉を、腹からのリラックスした声で唸りながら呟いた。

「はい。そうですね〜」松山もその雰囲気につられ、心も体も、中房温泉の湯に溶かされていく気分であった。湯は適温。長湯をしてものぼせず、二人はほとんど会話もない中、じっと温泉を楽しんでいた。

「風呂上がりはコーヒー牛乳ということで」佐藤は上がると、体を拭き、真っ先に瓶のコーヒー牛乳を買いに行った。

「松山君は何にする?」ガタンと瓶が落ちる音と重なりながら尋ねた。

「あ、はい。私も同じものにします」松山も財布を出そうとしたが、佐藤は先に買ったコーヒー牛乳を松山に渡して、もう一本買った。

「あ、すみません先生。ごちそうになります」

二人はベンチに座って無言のままコーヒー牛乳を飲んだ。

「あ〜、おいしい」再び普段口に出さないような言葉と口調で佐藤が呟いた。それを聞いた松山は思わず笑ってしまった。

「何がおかしい?」佐藤も少し笑いながら、松山の顔を見て尋ねた。

「いや、なんでもありません」そう言うと松山は再び笑ってしまい、男二人が瓶のコーヒー牛乳を飲みながら肩を軽く震わせて脱衣所のベンチで笑っていた。


「さて、そばでも食べて帰るとしましょう」さっぱりした顔をした佐藤は、張りのある声で松山に言った。

「はい」松山も午前とは全く別人のような声になり、佐藤の後をついていった。

二人は信州のそばを堪能し、そば湯も二杯飲み、腹も満たし心も癒し、埼玉へと帰っていった。

辺りはもう真っ暗で、行き交う車のライトが時おり眩しかった。

「明日は休みなさい。ぐっすり寝なさい。それが治療だから」佐藤は穏やかに話した。

「いえ、先生明日は必ず来ます」松山は佐藤の方を見て大きな声で話した。

「いや、だめです。まだ微かに頭の奥が響くだろう」松山は自分の頭に神経をやった。

「あ、はい。確かに」格段に治った頭痛ではあったが、確かにまだ痛みは奥に残っていた。

「明日一日寝れば、それは取れます。だから明後日にまた会おう。これも勉強だから。明日一日寝てなさい」佐藤にそう言われると、松山は素直に「はい」と小さく返事をした。

星が綺麗なこの夜、カーステレオからは忌野清志郎の〝Oh! Radio〟が流れていた。

雲海の教え

次の日、松山はぼろ雑巾のように寝続け、三〇歳をすぎてから初めて10時間も寝てしまった。起きると腹が減り、カップラーメンを食べた後、再び横になった。不思議なもので、寝ても寝ても眠たく、そのまま次の日の朝になってしまった。


「しまった。寝すぎた」佐藤の往診日である。家を出なければいけない時間まであと30分だった。松山は急いでシャワーを浴び、一日分伸びた髭を剃ってから出かけた。

「先生、おはようございます」松山は大きな声で挨拶をした。

「はい、おはよう。どうだい頭痛は?」佐藤は往診の準備をしながら聞いた。

「あ、しません。全然頭痛がないです」松山は朝起きてから遅刻しないようにと急いで出てきたために、自分の体調のことをすっかり忘れてしまっていた。

「良かったね。今日はそのことを話しながら出発しよう」佐藤は優しい笑顔を見せると、往診バッグを持ち車に乗った。今日は佐藤が助手席で松山が運転席である。

「先生、先日は本当に有り難うございました」松山は運転しながら礼を述べた。

「まったく痛くないだろう？」佐藤は当たり前かのように聞いた。

「はい。今は全然痛くないです。あんなに痛かったのに、信じられないほどです」松山は本当に驚いていた。一ヶ月間は続いた頭痛が、今日は全くないからである。

「先生、いったい私は何の病気だったのでしょうか？」

すると佐藤は少し笑ったかのように見えたが、静かに話し出した。

「それは、体の中の火が燃えて燃えて、消えなくなっていたのだよ」

「体の中の火……ですか？」

「そう。その火は誰が作ったかというと、君自身が作り上げたものだ。そして小さくできた種火に毎日毎日ずっと薪をくべて、燃やし続けていた結果なんだよ」佐藤はまっすぐ前を見ながら続けた。

「人間はある程度の疲れが溜まると、体に熱が生じ始める。それが種火だ。しかしほとんどは休息や睡眠で次の日には消えるものなんだ。もちろん食べ物などによってもその火を大きくしてしまうことはあるのだけれど、だいたいはきちんと休息と睡眠をとれば体の熱、種火は消える。しかし、肉体疲労を蓄積させながら休息と睡眠をとらずに生活していると、どんどんどんどんその種火は大きくなり、体に火を生じさせる」松山は運転に集中しなくてはいけないと思いながらも、とても大事な話をしてくれている佐藤の話に、一生懸命耳を傾けていた。

「ただ、ここまでならまだいいんだ。肉体疲労だけなら。ここに精神疲労が加わると、まるで油を注いだかのように火はどんどんと燃え上がる。だいたいが横隔膜より上に症状が出始める。歯茎が腫れるとか、目が痛くなるとか、めまいがするとか、咳が出るとか、そして頭痛がするとか」

松山は、「はい」と返事をしながら聞いていた。

「そして夜、疲れているのに眠れなくなる。眠ったとしても夢を多く見たり、悪夢を見たり、体が熱くなり夜目が覚めたりする」その通りだったと松山は思いだした。めまいもしたし、悪夢も続けて見ていた。

「これはね、全部自分が作り出しているものなんだよ。欲張りすぎて、頑張りすぎた結果なんだ」佐藤は淡々と述べた。

「ただ、中には介護や、どうしても抜けられない仕事、夜勤が続いたりして、生じてしまうこともある。これは欲ばりとは言えないだろう。気の毒だが、それを乗り越えるしかない。でも君の場合は別だ。君は、自分で勝手に休みを作らなかった。そして毎日仕事をしまくった。自分を追いつめるように働こうとした。違うかい?」佐藤はちらっと松山を見た。その視線を感じた松山は、ドキッと胸が苦しくなり、緊張が走った。

「はい。その通りです」強ばった声で返事をした。

「松山君、過ぎたるは及ばざるが如しだよ。何でもやりすぎはだめなんだ。一週間に一日は休みを取り、体を休ませる。そして自分の時間を作り精神も休ませる。自分の時間はトイレの時でもいい。睡眠に入る1分前でもいい。とにかく、自分で自分の精神を落ち着け、体調を管理しなくてはいけないのだよ。それができなければ、人のことを治すプロにはなれないんだ」佐藤の言葉ははっきりしており、一つ一つが、松山の胸に届いていた。

「急げば急ぐほど、物事というのものは自分から離れていく。ゆっくり落ち着いて行う時ほど、自分の手の中に、物事は入ってくるものなんだ。だから、決してせっかちや短気になってはいけない。事故も起こすし、トラブルも増える。まずは自分の精神を落ち着かせなさい」はっきりした口調で続けた。

「治療というのは、芸事でもあるのだよ。だから毎日の鍛錬はどうしても必要になる。でも、自分が体を壊してしまったら、君の患者はどうなる？　私の患者はどうなる？　みんなを困らせてしまうではないか。責任ある行動は、まずは自分の体調を調えることからですよ」

「はい、わかりました。有り難うございます」松山もはっきりと大きな声で返事をした。

「陳先生と接骨院の先生にはきちんと話し、水曜日は休みにしようと思います」松山はまっすぐ前を見て、佐藤に伝えた。

「それがいいね。水曜なら、けっこう空いているからね」そう言うと、ドリンクホルダーのお茶を取り、一口飲んだ。

「とにかくね」静かな口調で話した。

「急がないことだよ。慌てないことだ」その言葉には重みがあった。

「はい」ただ一言、松山は心から返事をした。佐藤が、少し間をおいて話した。

「実は、私も同じ頭痛に悩まされた時があったのだよ」その口調には、少しだけ恥ずかしそうな笑いが含まれていた。

「え？　先生がですか？」思わずハンドルを前に引き寄せて、大きな声で聞いてしまった。

「そう、恥ずかしい限りなんだが」再び茶を飲み、話し始めた。

「あれはまだ三〇歳くらいの頃で。天狗になっていてね。もうとにかく治せるものはみんな治してやるなんていう傲慢な考えで、一日中何人も治療していたんだ。まだ若かったから体力もあったのだが、もう片っ端から治療しようと休み無く働いていたのだよ」佐藤は遠くを見つめて話を続けた。

「妻もほったらかしにしてね。ただひたすら朝から晩まで働いていたんだ」少し寂しそうな目をし、小さなため息をついて続けた。

「ある時、私も松山君と同じように頭痛が始まってね。夜は悪夢を見るし、頭は熱いし、めまいはするし。私も脳の病気かなと思ったのだけれど……」松山は自分と同じ症状だと思い、その話に集中した。

「そうしたら師匠が、欲張り頑張り病だと仰ったんだ」

「中国のお師匠さんですか？」松山は佐藤の言う師匠とは、陳と同じ師匠のことなのかと思った。

「いや、違うんだ。雲海先生と言ってね、私の治療人生にいのちを与えてくださった方なんだ」

松山は初めて聞く雲海という師匠のことがとても気になった。

「雲海先生はね……」そう言うとちらっと松山を見た。

「自分も同じ症状に昔なったと仰ってたよ」佐藤は笑いながら話した。思わず松山もつられて笑った。

「どうやら、多くの治療家が通る道なんだな」佐藤は少し鼻で笑って、下を向いた。

「とにかく、治療は欲張らないこと。我力でやらないこと。大自然の治癒力を自分がパイプ役となり患者さんに通す。そのためには欲は捨てて、いつも清くなくてはいけない。自然治癒力が自分の体を通って、患者さんに伝わる。パイプ役である自分自身も自然治癒力により元気になる。これが治癒原理なんだ。このことを決して忘れてはいけないよ。我力の治療は暴力と同じだからね。はい、そこの細い坂を右に上がってください」松山は慌ててウインカーを右に出し、狭くて急な坂を上った。佐藤の話を聞いて、いかに自分が我力で治療をしていたかということに気づかされた松山は、もっともっと修行が必要であると痛感したと共に、佐藤も昔かかった症状に、佐藤の師匠もまた同じ様であったということに、少し心の奥底で嬉しさを感じていた。

急な坂を上ると、深く生い茂った森の中に、一件の平屋があった。庭は綺麗に整っており、コスモスが家を囲んでいた。平屋は決して大きくはないが、清潔感があり門構えは立派過ぎず、嫌みのない佇まいであった。

「はい、そこに停めてください」佐藤が指で合図をした。

「あ、はい」松山はこんな山奥にまで佐藤は往診に来ているのかととても驚いた。そしてその驚きはそんなものでは済まないものとなった。

「ここが、雲海先生のご自宅です」佐藤はシートベルトを外しながら言った。

「え？　え……？　先生、何ですか？」松山は頭が混乱した。

佐藤は何をしているのかという顔で松山を見ながら、

「ここは、私の師匠の雲海先生のご自宅です」と言い直した。松山はしばし目が点になった。口が開いたまま閉じなかった。そんな様子を見た佐藤が少し笑いながら話した。

「今日は師匠の雲海先生にご挨拶して、治療をいたしましょう」静かな優しい目で松山を見た。

「雲海……先生……。佐藤先生のお師匠様ですか？」松山は未だハンドルを握ったまま、顔だけ佐藤の方を向いて質問をした。

「そうです」佐藤は小さく頷きながら返事をした。

「え？　私、大丈夫でしょうか？」混乱したまま松山は意味のわからない質問をしてしまった。

「大丈夫かって、大丈夫ですよ。先生は人間ですから。君を喰ったりはしませんよ」と、大きく笑いながら話した。

「とにかく、先生は嘘が大嫌いだから、正直に。そして礼儀正しく。その辺は松山君なら大丈夫ですよ。後は先生という人間を肌で感じてください。私よりも何千倍も、人格が高く、治療家の鑑ですから」そう言うと佐藤は先に車を降りた。松山は1秒ほど遅れて慌ててシートベルトを外し車を降りた。ベッドを降ろそうとすると、

「治療鞄だけでいいですよ」と佐藤が言った。

「はい」松山は慌てて治療鞄を取り出し、佐藤の後ろに付いた。

佐藤は一呼吸置くと、一つ咳払いをしてから声をかけた。

「ごめんください。先生、雲龍です」玄関の引き戸をゆっくり開けながら大きな声を出した。

「雲龍?」松山は佐藤がたった今発した雲龍という言葉を、自分が聞き違えたのかどうか分からないまま、頭の中で繰り返した。すると奥から、のしのしと静かでゆっくりとした足音が聞こえてきた。

「ほう、雲龍。久しぶりじゃの。元気でしたか?」現れた老人は、背は低く、髪の毛は白髪でしっかりとあり、耳が大きく目は切れ長で、体格は少し腹が出ている程度の中肉であった。手のひらは分厚く、肌の色はいかにも健康的と言った血行の良さでつやつやしていた。その瞳は澄んでいて、それはまるで秋の空の静かな空気のような目をしていた。口角は少しだけ上がっており、その圧倒的な存在感に松山は足が震えてしまっていた。佐藤はそんな松山を雲海が目にとめたのを確認すると、

「先生、こちらが今私の下で勉強しております鍼灸師の松山です」と紹介した。

「松山修司と申します。いつも佐藤先生にご指導頂いております」その後をどう続けていいのかわからなくなってしまった松山は緊張にドが付くド緊張の中、大きな声で挨拶をして深々と頭を下げた。そしてとてもではないが、雲海の目を見ることはできなかった。

「そうですかそうですか、雲龍の弟子ですか。それはそれはめでたいことですよ」雲海は目を細めると、中に入るように二人を促した。

「お邪魔いたします」佐藤は静かに上がって靴をそろえた。松山から見て、佐藤の珍しく少し緊張している様子であった。

(先生もお師匠様の前では緊張するんだな)何度も出てくる雲龍という言葉が気になりながら、佐藤の後を追った。

二人は日差しの入る八畳の居間に通された。真ん中に丸いちゃぶ台があり、テレビなどの電子機器は全く無く、いくつもの小さな引き出しがついている漢方箪笥が一つと、びっしり詰まった本棚が一つ置いてあるだけであった。

「さあさあ、座りなさい」雲海はそう言うと、座布団を奥から一つ持ってきて、松山に差し出した。佐藤の分の座布団は既に用意されていたようで、佐藤は所定の位置といった感じでそこへ正座した。

「ありがとうございます」松山は往診鞄を脇に置くと、静かに佐藤を真似て正座した。

「ほら、足を崩しなさい。雲龍も」雲海はお茶を出しながらそう言った。

「あ、すみません、先生」佐藤は恐縮ですと言わんばかりに茶を受け取り、足を崩した。

「まあ、一服しよう」雲海は上品に茶を一口、口に運んだ。後に続いて、二人も茶を一口飲んだ。

「さて雲龍、松山さんと言いましたか。またあなたが弟子をとるとは、いったい何があったのですか？あれほど自分は弟子をとらないと言っていたのに」雲海の澄んだ目が佐藤に向けられた。佐藤は一呼吸置いてから答えた。松山も佐藤が何と答えるのか、緊張して聞いていた。

「はい、先生。お告げがありました」松山は目を丸くした。佐藤の言葉は実に落ち着いており、嘘のない一言であった。

「そうですか、お告げですか。それなら理解できる」その雲海の対応に対しても、松山は口があんぐりになった。雲海もまた、何一つ疑う余地のない真実の一言であった。

「地蔵様のお告げか？」顔色一つ変えることのない二人の会話が続いた。

「はい、そうでございます」

「そうか」雲海は少し目を伏せてから、縁側に顔を向けた後、茶を飲んだ。佐藤は端然とし、松山は未だに会話の事実を飲み込めないといった感じで口が開いたままであった。

茶を飲むと、雲海は何もなかったかのように次の話題へと移った。

「雲龍よ、体調はどうだ？」雲海から佐藤へ体調はどうかと気遣う発言が出たことで、松山はふと我に帰った。また、すでに佐藤が雲龍と呼ばれていることに違和感がなくなっていた。

「先生、いつもお気遣い有り難うございます。体調は大丈夫でございます。先生はご体調いかがですか？」佐藤もまた落ち着いて今までの話はなかったかのような流れで話していた。

「私か？　私は大丈夫に決まっているだろ。一一〇歳までは問題ないな」そう言うと雲海は大きく声を出して笑った。佐藤も少し小さな声で笑った。松山は状況が飲み込めず、一応口元だけゆるめておくにとどめた。

「それでは、先生。治療をいたしましょう」佐藤はそう言うと松山に往診鞄を渡して欲しいと合図をした。

「そうか。それではお願いします」雲海はもう少し話したそうであったが、ゆっくりと腰を上げた。

佐藤は押入からさっと敷き布団を取り出し、ちゃぶ台の前に敷いた。雲海はゆっくりシャツとズボンを脱ぐと、ステテコ姿になり、横向きに横たわった。

（うつ伏せで治療しないのか）松山はそう思いながらメモ帳とペンを取りだした。

目を瞑った雲海の肩から腹側にバスタオルをかけてから、背中を消毒し佐藤が鍼を打ち始めた。鍼灸をしている間、二人とも全くの無言であった。

佐藤の鍼は実に繊細であり、すべてが浅刺しであった。灸はいつもよりもさらに柔らかく捻り、気持ちの良さそうな灸が何点も続いた。雲海は目を閉じているだけで眠っている様子はなく、ゆったりと佐藤の治療を体で受け止めているようであった。松山には、今まで見た中で一番緊張感のある治療に思えた。とは言え、佐藤ががちがちに緊張しているということではない。そんな様子は微塵も感じられない。ただ、松山から見て、大師匠と師匠の真剣勝負のように思えたのだ。

しかし時間が経つにつれて、それは勝負などという浅いものではないことに松山は気づかされた。最初のうちは、松山自身が勝手に緊張感に飲みこまれていたが、じっくり観察をしているうちに、そこにはゆるぎない信頼感があることを感じた。誰の邪魔も入る余地のない、まさに師弟の間にある絆であり、師匠は弟子を信頼し、弟子は師匠に本気で接する。そのいのちの真実の現場であることが、ひしひしと伝わってきて、そこにあるのは深い愛情であることに気づかされた。それは、ただ一つ、二人の目つきであった。雲海の目は、実に優しい閉じかたをしており、佐藤の目は、実に真剣な優しい眼差しであった。その様子を見た時に、

「これは勝負ではない、厚い絆の信頼関係だ」と実感した。そのような信頼関係を自分は佐藤ととうてい築けていないことに、焦りと情けなさを感じていたが、二人の信頼のいのちの治療現場に出会えたことに感謝しかないと思ったのである。

「先生、それではシャツを着ていただけますか」鍼灸が一通り終わり、雲海は服を着ると、今度は先ほどとは逆向きに横になった。佐藤がそうと言ったわけではないのに、いつも通りの流れといった感じで、何の違和感もなく二人は体を入れ替えた。それに伴い、松山も自分の座る位置を二人の様子が見える場所へと移動した。佐藤が雲海の腹側と足に毛布をかけると、推掌が始まった。佐藤だけではなく、受ける雲海の体も推掌という治療体系の宇宙の中に存在しており、患者と治療家が一体となっていることに松山は心奪われた。これこそが推掌であると、今まで見た佐藤の推掌の中でも一際輝いて見え、二人の放つオーラが融合されてそこにはとてつもない自然治癒力が働いていた。松山は治療とは決して一方通行ではなく、双方の信頼に基づいた交流が必要であることを学んだ。

小一時間が過ぎ、佐藤の手が止まった。すると雲海はゆっくりと目を開き、ふうと小さく息を漏らした。

「先生、有り難うございました」佐藤が雲海に声をかけた。

「こちらこそ、どうも有り難う。とても良い治療でした。感謝します」雲海の声は実に穏やかな、そして少し寝起きのような声であった。

松山はずっと見惚れてしまい、メモ帳にほとんど何も書けないでいた。

(しまった。書くのを忘れていた)松山は心の中で大きく声を出した。そして必死に思い出して書きなぐった。

雲海が床を立ち、ちゃぶ台に付こうとすると松山はさっとメモ帳をしまい、自分も所定の位置に座り背筋を伸ばした。佐藤が三人分のお茶を奥から持ってくると、松山はしまったという顔をした。

「あ、すみません」自分が茶を入れなくてはいけないにも関わらず、佐藤にいれさせてしまったことに動揺し、ちゃぶ台に手を付いて慌てて立とうとしたら、台がぐらっと傾きすっころんでしまった。

「うわっ」無様な姿が晒された。佐藤は呆れて上から見ていたが、雲海は、

「大丈夫ですか？」と何もなかったかのようにちゃぶ台を元に戻した。

「す、すみません」無様な転び方から無様な起き上がり方を見せ、必死に謝った。

「アクションスターみたいだな」笑いながら雲海が言うとプッと佐藤は吹き出してしまった。松山は顔から火が出そうなくらい恥ずかしいのと同時に、とんでもない失態を起こしたという血の気が引く思いにかられ、赤っ恥と青ざめた顔が混在した不細工な顔となった。

佐藤は雲海の前に茶を差しだし、松山の前にも置いた。

「すみません」松山は下を向いた顔をさらに下げた。そんな様子も気にしない素振りで雲海は口を開いた。

「雲龍の治療は、本当に有り難いな。有り難い」茶に軽く手刀を切って佐藤に礼を述べた。ほんの少し照れくさそうな佐藤は、自分も姿勢を正しながら茶を一口啜った。松山と言えば先ほどの失態から未だ抜け出せず心を乱したままの顔をしていた。

「雲龍よ、そなた、本当に体調は問題ないのか？」雲海は心配そうな顔で尋ねた。

「はい。大丈夫です先生。私の心臓は、きちんと動いております」自分の心臓を右手で押さえて返事をした。

「そうか、それなら良いのだが」佐藤に目をやり、少し間を置いてからもう一度茶を啜った。その二人のやりとりは、松山の頭には未だに入ってきていなかった。

「ふう」と雲海が静かに息を漏らした時、外から声がした。

「先生、誰かが呼んでおりますが」佐藤が縁側を振り返りながら言った。

「お？　誰じゃ？」雲海も縁側の方へ目をやった。

「雲海先生、雲海先生、いらっしゃいますか？」少し切迫したような三〇代くらいの女の声がした。

「ちょっと、雲龍よ、出てきてくれんか」まだ目がはっきりしていない雲海は、佐藤に合図をした。

「はい。どちらさまですか？」佐藤は玄関の引き戸を開けた。そこには三歳くらいの男の子をおんぶした三〇代前半の女性が困った顔をして立っていた。

「あ、阿部と言います。先生はいらっしゃいますでしょうか？　子供がお腹が痛いと昨日の夕方からずっと言っていまして」神経質そうなお母さんは早口で佐藤にそう述べた。聞いていた雲海が奥から声をかけてきた。

「雲龍よ、上がってもらいなさい」そう言うと自分は両手で顔を三度擦り、もう一口茶を口に運んだ。

松山の心はこの頃ようやく落ち着き始めていた。

「どうぞ、お上がりください」佐藤がスリッパを出して廊下を案内した。

「すみません」女性は子供をおんぶしたまま自分の靴を脱ぎ、子供の靴を片手で一つずつ外すと、しゃがんで玄関に並べた。子供はずっとぐったりしていて、お母さんの背中にべったりと張り付いているようであった。

「どうされましたか?」雲海が座布団を差し出した。

「あ、子供が昨日の夕方からお腹が痛いと言いまして。今朝病院に行ったのですがお医者はわからないと言うんです。とりあえず出された薬は飲ませたのですが、一向に良くならなくて心配で、先生のところへ突然来てしまったのですが」おんぶしたまま正座している女性は、心細そうな顔をしていた。

「どれ、こちらへ寝かせてごらんなさい」雲海は先ほどまで自分が横になっていた布団に子供を寝かせた。子供はお母さんの背中から離されると泣き始め、お腹が痛い痛いと繰り返した。雲海は泣いている子供をあやしながら、お腹に手のひらを軽く当てた。松山は雲海の表情や仕草を食い入るように見ていたが、佐藤の目はそれ以上にとても鋭かった。

「うん、そうか」雲海はすぐさま手を離し軽く呟いた。そして症状を母親に伝えるでもなく子供の足をぐいっと片手で引っ張り自分の方へ引き寄せると推掌が始まった。

(小児推掌)佐藤は心の中で呟いた。昔中国で見た子供に施す推掌である。佐藤も見よう見まねで自分の経験を活かして小児治療をすることがある。しかし佐藤自身も雲海の小児推掌を見ることは、記憶を遡っても一度もなかったために、真剣に見ていた。松山は、小児推掌の凄さがいまいち理解できていなかったが、何か凄いことが行われているということだけは佐藤の様子からわかった。松山も身を乗り出して見学しようと足を動かした。その姿を雲海、佐藤ともに横目でちらっと見た。

雲海は、子供の指を自分の人差し指で数度擦ると、うつ伏せにゴロンと寝かせ、手の甲を使って背骨を下から順番に撫でていった。次にうなじから腰にかけて中指と人差し指の二本の指の背を使い、先ほどとは逆の流れで擦ってきた。それを一回行うと、先ほどまでギャンギャン泣いていた子供が、2分も経たぬうちに静かになってきた。今度は子供を仰向けにさせ、腹に手のひらをふんわりと乗せた。雲海の表情は実に穏やかで、手つきはまるで綿菓子で撫でているかのように柔らかかった。母親も先ほどまで心配を絵に描いたような顔をしていたにも関わらず、子供の気持ち良さそうな顔を見ると安堵の表情を浮かべ始めた。

「きもちいい」子供が漏らした言葉に母親は、

「痛くないの？　お腹痛くない？」そう近寄って聞いた。

「いたくない」子供は目を閉じたままリラックスして雲海の手の温もりを感じているようであった。

「雲龍、小児鍼を取ってくれ」雲海が顔を上げ子供用の、刺さない鍼を取るように言った。

「はい」佐藤は道具の棚から小児鍼のケースを渡した。雲海はそれを一つ取り出すと、子供のお腹にツンツンと当てた。小児鍼は痛くもかゆくもないために、目を閉じている子供には何が起きているのか検討もつかない。何もなかったかのように雲海は鍼をしまい、子供のシャツをズボンにしまった。

「はい、終わったよ。痛くないだろ？」雲海は子供の顔をのぞき込んだ。

「うん」子供は小さくうなずいた。

「本当に痛くないの？」母親は神経質そうにもう一度子供に尋ねた。

「いたくない」子供は起き上がり、自分で母親に近づいた。

「ありがとうございます、先生」母親が指をついて雲海に頭を下げた。

「良かったね。もう大丈夫ですよ」雲海はさり気ない様子でちゃぶ台についた。そこへ佐藤がすかさず新しいお茶を出した。

「先生、いったい何がいけなかったのでしょうか？」母親は、子供を膝に乗せながら早口で尋ねた。

雲海はそれを無視するかのように茶を一口飲んだが、佐藤と目を一秒ほど合わせてから母親の顔を見た。

「雲龍よ、いったい何が原因か教えてやってくれ」雲海は母親の顔を見たかと思うと再び我関せずというように茶を飲んだ。佐藤は何一つ動揺することもなく口を開いた。

「お母さん、お子さんに冷たいものを飲ませ、そのまま少し寒い部屋に夜遅くまで寝かさずにいたでしょう」佐藤の表情は実に冷たかった。

「え？　いつですか？」少し責められたように感じた母親の口調には、やや険があった。

「一昨日《おととい》の夜じゃよ」雲海がゆっくりとした調子で口を挟んだ。

「一昨日の夜……あっ」母親は、言いかけた言葉を封じるように下を向いた。

「大人が勝手に遊んで、何だろうね、居酒屋かね、カラオケかね、パチンコかね、何かはわからんが、子供に冷たい水かジュースを飲ませて温かいものを食べさせずに夜遅くまで起こしていたから、子供の内臓と血が冷えたんじゃよ。親の責任じゃな」ばっさりと切り捨てた。母親は何も言えずに下を向いたままばつが悪そうな顔をしていた。

「まあ、良かった良かった。もう大丈夫ですよ」少し言い過ぎたかと思ったのか、雲海はその場の雰囲気を吹き飛ばすように軽く笑いながら、大きめの声で締めた。

「ありがとうございました。先生おいくらでしょうか?」母親がポケットから財布を出した。

「いいよいいよ。今日は早く帰って、あったかくしていなさい」雲海はいらないいらないと顔を振った。

母親は困った顔をしたが、佐藤を見ると小さく頷いたので財布をしまって、もう一度頭を下げて帰っていった。子供はあっけらかんとしており、先ほどまでの泣きべそなど忘れたかのように庭で拾った棒を振り回し、飛び跳ねながら帰っていった。

松山は雲海と佐藤が、自分とは全く違う次元で話をしていることに、ただただ感服していた。

「さてと、雲龍よ」今までの出来事が全くなかったかのように、雲海が口を開いた。

「はい」佐藤が姿勢を正したまま、返事をした。静かな空気が部屋に張りつめた。松山も背筋を伸ばし、ごくりと唾を飲み込んだ。雲海が低い声でゆっくりと話をした。

「雲龍、弟子を持つというのは、大変なことですが、それはそなたの修行でもある。一生懸命その意味を考え、自分の使命を果たしてください」最後の最後で雲海は佐藤の目を見た。

「はい。精進致します」佐藤はゆっくりと頭を下げた。

「松山さん」雲海に声をかけられて、松山はギューンと尻がつぼまった。

「は、はい」声が裏返り、両膝に乗せてある拳を握りしめた。そんな松山へ雲海が優しい声で話しかけた。

「治療の道はとても長い。そして険しい。しかし人生は短い。だからこそ、自分の足下をしっかりと踏みしめ、一歩一歩前を見ながら、きちんと目標を毎日定め、焦らず、慌てず、急がず、こつこつと努力しそして淡々と、生きる意味、死ぬる意味を真剣に考えながら、日々精進してください」一言一言にずしっと重みのある、温もりあふれた声であった。

「はい」松山はしっかりと雲海の目を見て返事をした。

「雲龍の背中は厳しいが頑張ってしがみついてください」少しユーモアのある声に、松山は強ばった表情を崩して小さく返事をした。雲海がちらっと佐藤を見ると、表情一つ変えず伏し目がちに湯呑みを見ていた。

「なあ、雲龍」佐藤は口元だけ軽く緩め少し目線を上げて返事をした。その様子を松山は横目で見ていたが、佐藤の表情が言わんとする意味が、いまいちよく掴めなかった。

「では、雲龍。松山さんの右足を治してから帰りなさい」雲海は湯呑みに残っていた茶を飲み干して唐突にそう言った。

「はい」佐藤は動じることなく返事をして、松山の方を向いた。松山はと言うと、額に脂汗を浮かべて、目をまん丸く見開いていた。

（なぜ、ばれていたんだ）松山は胸の奥でそう呟くと同時に、この二人には何も隠せないという恐怖が全身を支配した。実は松山は、先ほどよろけて転んだ際に足首を捻っていたのである。雲海、佐藤ともに、小児推掌の際に松山の足に気づいていたのだ。

「はい、右足」佐藤は松山に足を出すように命じた。

「あ、はい。すみません」まな板の上の鯉と、素直に右足を出した。

「靴下」

「あ、はい、すみません」慌てて松山は靴下を脱いだ。

「おお、ずいぶん腫れとるな。痛かっただろう松山さん、その足で正座は」ちゃぶ台越しに雲海が覗いた。

「あ、すみません」松山の足首は真っ赤になり、くるぶしのあたりがソフトボールほどに腫れていた。

「膝立てて。そう」佐藤は松山の片膝を立てさせると、右足首を両手で掴んだ。

「フン」佐藤の鼻から漏れた強い気合いと共に、足首を掴んだ両手を畳方向へ力強く押しつけた。

「バキッ」大きな骨の音が畳を伝って部屋に響いた。

「痛っ」思わず声を出した松山に、

「痛くないだろ？」佐藤は無表情に答えながら、鞄から灸を出した。

「あ、はい。すみません」確かに痛くはなかった。それにも関わらず、佐藤の気合いと音に驚いて思わず口に出してしまったのだ。そんな松山の足首のツボ解谿《かいけい》と外丘《がいきゅう》に焼き切りの灸をした。

「お、熱そうだな」雲海がからかうように言った。それに思わず佐藤も少し笑った。松山はもちろん熱かったが、ここはぐっとこらえ声を出さなかった。

「どうですか？　立って歩いてみて」佐藤は道具をしまいながら松山に言った。

「あ、はい」松山は言われるままに立ち上がった。

「あ、痛くないです」先ほどまでパンパンだった足首の腫れは嘘のように引いており、歩いても全く痛くなかった。

「うわ、信じられない。痛くないです」驚く松山の言葉に、雲海と佐藤は顔を見合わせて少し笑った。

「信じられないか」雲海が笑いながらそう言うと、

「あ、すみません」松山は慌てて座った。

「靴下をはいて」佐藤が促すと松山は急いで靴下をはいた。

「先生ありがとうございました」松山が礼を述べた。佐藤は小さく頷いただけで、何も言わなかった。

「それでは先生、今日はありがとうございました。とても勉強になりました」佐藤は雲海に武士のような身のこなしで頭を下げた。それを見て松山も一緒に頭を下げた。

「いやいや、こちらこそ治療をありがとうございました。そして楽しかったですよ。久しぶりに賑やかな一日だったな。ありがとう」雲海は目を細め、佐藤はその言葉に再び深く頭を下げた。

雲海に玄関まで見送ってもらった二人は、深く頭を下げた。

「先生、また伺います」佐藤はまっすぐに雲海の目を見て挨拶をした。

「楽しみに待ってますよ。雲龍も体に気をつけるのだよ」我が子に話しかけるような声であった。

「ありがとうございます。先生もお風邪などひかれませんように」

「大丈夫じゃ。わしは風邪など五〇年ひいとらんわ」豪快な笑い声の後、二人は雲海の家を後にした。

バックミラーには、細い坂道にさしかかるところまで雲海の姿が映っていた。

「先生、今日はすみませんでした」開口一番松山が謝った。すると佐藤は運転している松山の横顔を見た。

「何を謝っているんだ？」佐藤の発言に松山の背中に熱い汗が流れた。

「いえ、今日はへまばかりしてしまいまして」強くハンドルを握りしめたまま、額からも汗を流して答えた。数秒経ってから、佐藤は前を向き直し小さく鼻で笑った感じがした。

「大丈夫、何もへまはしていませんよ。緊張していただけだろう？」佐藤の口調は咎める様子ではなかった。

「あ、はい。とても緊張しました」松山のハンドルを握る手も、汗でびちょびちょであった。佐藤は少し頷くと、

「緊張しますよ、雲海先生の前ですからね。あの存在感に緊張しない人は、きっと治療家にはなれないですよ。そんな図々しい人は治療家失格ですよ」佐藤の笑い声に、松山は肩の力が少し抜けた。

「まあまあ。足首、大丈夫ですか？」佐藤は松山のアクセルを踏む足下を見た。

「あ、大丈夫です。全く痛くないです」そう答えたのを最後に、そこから10分ほど沈黙が続いた。松山は佐藤が怒っているのか心配になったが、何かを考え思い出している様子でもあり、気になりながらも運転を続けた。

時は昼がとっくに過ぎ、もう陽は西に傾いていた。

佐藤が何も話さないので、車内に聞こえる音はウインカー音と、タイヤの音だけであった。しばらくして急に、佐藤が口を開いた。

「雲海先生、何歳だと思う?」それが佐藤の顔を見ようとした瞬間のことだったので、松山は酷く動揺した。

「え? あ、はい。え? 佐藤先生ですか?」

「私じゃないよ。雲海先生の歳。何歳だと思う?」佐藤は笑いながらもう一度聞いた。

「あ、雲海先生ですか? 七〇歳くらいでしょうか?」きっと誰が見てもそれぐらいの年齢を答えたであろう。雲海の髪の毛の量、肌艶などを考えると七〇代前半というのが妥当であった。

「七〇歳? 残念」佐藤はクイズのように答えた。

「え? では、六八歳くらいですか?」松山はもっと若いのかと思い、真面目にそう答えた。すると佐藤は思わず吹き出し、

「六八? 違うよ違う。もっと上」と答えた。

「上ですか。では七五歳くらいでしょうか?」松山は必死に雲海の姿を頭に浮かべて歳を想像した。するとと佐藤が一呼吸おいて言った。

「正解は、八三歳です」松山の方へ顔を向けて、にやりと笑った。

「はちじゅうさん? 八三歳ですか? 雲海先生ですか?」

「他に誰がいる? 私が八三か?」

「いえいえ、すみません。雲海先生、八三歳ですか？　えー！　本当ですか？」

「嘘言ってどうする？」

「あ、すみません。そうですか。八三。めちゃくちゃ若く見えますね」興奮気味の松山に、佐藤も少し笑いながら話した。

「凄いでしょう？　先生。八三歳ですよ。未だに現役ですからね。現役の治療家ですよ」その言葉には感嘆と敬服の感情が込められていた。

「八三歳で現役。はあ～、おそれいりました」松山は信号で停まり、ハンドルを両手で撫でた。

二人の間に、和やかな空気が流れ、佐藤の口が饒舌になってきた。

「先生はね、本当に人格者なんだ」佐藤は何かを思い出すように話し出した。

「もともと、私に治療技術を教えてくださったのは中国の先生だったのだが、そう、陳先生と同じ師匠の楊先生と言うんだが、この先生は治療技術は天才だったが人格的にはあまり良くなかった」松山は佐藤の昔話に興味津々であった。

「楊先生はガンガン凄い勢いで患者を治していったが、唯一治せないジャンルがあった。何だと思う？」

佐藤の質問はいつも唐突であるから、松山は口ごもった。

「え？　あ、はい。何でしょうか」考える時間を与えることなく佐藤は答えを言った。

「心の病だよ」静かに答えた。

「あ、はい」少し落ちたトーンの佐藤に、松山の声も小さくなった。

「心の病というのはね、教科書通りの鍼灸治療など効かないのだよ。確かに中医学には心の病に対する鍼の打ち方がいくつもある。鍼灸大成にも書いてある。しかし、そんなものは人との話し方が書いてある本のようなものにすぎない。いくらそのような本を読んで丸暗記しても、人と話す、コミュニケーションをとるというのは、技術ではなくその人の人格なんですよ。治療も全く一緒。心の治療というのは、テクニックではないのだよ。だから精神科医が心の病を治せないのだよ。それはほとんどの精神科医が医者という地位にふんぞり返って、どこかで人を見下す癖があるからなんだ。悪気はないのだよ、そういう医者も。でも、医者には人を見下す癖というものが染み込んでいるのだよ。もちろん、中にはいるよ、人格者の精神科医も。過去に一人だけ出会ったことがある。熊谷にいたんだ。でもね、そういう精神科医は世の中には少ない。ほとんどが医者という地位を武器に心の病の患者を切り刻んでいる。心の病は、薬やテクニックが治すのではない。究極的には患者自身がそのからくりに気づくことと、それを促す医療者のサポート。それが人格者でなければできないのだよ。そこが雲海先生は凄かった。楊先生は人格者とは程遠かったために、心の病は一つも治せず、治せないどころか悪化させ、何人もと喧嘩をしていた。しかし雲海先生は、違った。何というか、人間をまるごとを包み込む優しさがあり、ユーモアがあり、心が清いんだな、我よりも相手を大事にできる慈悲の心があるんですよね」昔を思い出すような話し方であった。

「雲海先生からは、治療の心を学んだと同時に、治療家という以前に人間を学ばせてもらったんだ。まだまだだけれどね。本当に私なんて先生の足下にも及ばないのだけれど。今日のように雲海先生を目の前にすると、やはり足が未だに震えるね」佐藤は松山の顔を見て、少し笑った。松山も運転しながら佐藤の方へ顔を少し向け笑った。それから佐藤は、今まで自分が見た雲海の神技とも言えるような治療の話をいくつかした。

「はぁ、本当に凄いですね」松山は聞く話聞く話、すべてにため息がでた。

「楊先生からは私はけっこう認められていた。整形外科疾患はだいたい治療できていたから。ただ雲海先生からは、もうぼろくそに殴られたよ」佐藤は笑いながら松山の方を向いて話した。殴られたというのが冗談なのかどうなのかわからないまま、松山も笑って相づちを打った。

「人間として、私はかなりのクズなんだ」あまりの発言に松山は返事ができなかった。

「自分がどれだけだめな人間か知らしめられたのは、雲海先生と出会ってからなんだ」笑いながら話す佐藤であったが、松山はまた返事ができなかった。

「先生の前では、ごまかし、嘘、すべてが見透かされ、今まで自分がどれほどいい加減に生きてきたかが露呈したよ」佐藤の声がだんだんと真面目になってきたので、松山は静かに相づちを打った。

「私はね、恥ずかしい限りなんだが自分では優しい人間だと思っていたのだよ。治療も人助けだと思っていた。だから自分は良い生き方をしていると思って疑わなかった。しかし、それがだ、雲海先生と出会い、お前は偽善者だと言われた時には頭を撃ち抜かれた思いだったよ」その話に松山は息を飲んだ。

「自分は偽善者なんかではない。信念に燃えて、人のために患者のために治療をしているという自負があった。だから、雲海先生に言われた時は、素直に受け入れることはできなかった」佐藤は前を向いてぽつりぽつりと話をしていた。

「先生がなぜ私に偽善者だと仰ったのか。ずっと理解できずに、怒りだけがくすぶっていたんだ。あれはまだ私が三〇代半ばの頃だったな。でもある時、先生にぶん殴られて、ある患者さんのことでね。その夜悔しくて悔しくて、ずっと眠れなかったのだが、その時に内観を繰り返したんだ。初めは出てくる思いはすべて自己弁護、自己防衛、自分を正当化する思いばかりだった。でも、本当にそうか、本当にそうなのかと自分を追いつめていったら、気がついたよ。俺は偽善者だったって」佐藤が私ではなく俺という言葉を使ったことに、松山ははっとした。

「人はね、自分のことを知っているようで何も知らないものだ。ごまかしているんだよ、自分で自分を。誰も自分という人間を悪い人間だなんて思いたくない。だからほとんどの人が相手を悪者にする。誰かのせいにする。しかし根はどこにあるかというと、すべては自分の心にあるんだよ。目の前に起きている事実はすべて自分の心に根がある。みんなそれを認めたくないんだ。認めたくないどころか、そんなことは有る訳がないと信じて疑わない。そうすると人はわがままになり、傲慢になる。謙虚さがなくなる。まさに私はそのものだった。傲慢だったし、謙虚さがなかった。治療力があるのをいいことに人を見下し、患者を見下し、偉そうなことを言う。しかし一方では優しそうなふりをする。それに気づかないでいた。それを見抜き気づかせてくれたのが雲海先生だったのだよ」最後の言葉には力があった。

「先生は全てを見抜かれていてね。私という人間にはなま優しく注意しても無駄だと思われたのだろう。鉄拳が飛んできてね。それも何度も。初めは殴られる意味がわからなかった。暴力はいけないことだと信じていたから。でも、それが暴力ではなかったと後に本気で気がついた時には、涙が出てきたよ。申し訳なくて。先生に殴らせてしまった自分が情けなくてね。私には強い衝撃が必要だったんだ。心を自分が入れ替える必要があると気づくためには、相当の衝撃が必要だった。先生の鉄拳により、私は目覚めることができたんだ。先生だって殴りたかったわけではないのだよ。私を目覚めさせるために、ぶん殴ってくれたんだ。そうでもしないと、私という人間は目覚めることができないと見抜かれていたんだね。お陰で私は生きながらにして生まれ変われたのだよ」佐藤は遠い目をして、淡々と話した。

「自分が偽善者で嘘つきだということを自覚してから、私の治療は変わった。自分の心を戒め、言葉に気をつけ、考えを改めるようになって初めて、患者さんとの心の交流ができるようになったのだ。それからは、多くの心身症、難病と言われる病、ノイローゼ、神経症、そして整形外科疾患も格段に治療効果が上がったのだ。要するに、治療に必要なのは」佐藤が松山の方へ顔を向けた。松山は、肛門がぎゅっとなる感覚に襲われた。

「技術ではなく、心、それが全てなんだ」佐藤の言葉は重くずっしりと届いた。松山は、「はい」の二文字をしっかりと答えた。

「そのことを私は雲海先生から学んでね。先生には感謝以外の何もないのだよ」佐藤の声は、少し弾んで明るかった。松山はあまりの話に、どのような返事をしていいかわからなかったが、「はい」とだけ丁寧に返事をした。

「そこを右に入ってください」佐藤は行きとは違う道を指示し、松山は言われるままに車を走らせた。

少し坂を下ると小さな橋が見えた。

「そこの砂利に車を停めてください」

そこは東松山の上唐子《かみがらこ》にある鞍掛橋《くらかけ》というところであった。

「河原で話そうか」佐藤は車を降りると、先にスタスタと歩きだし川の方へと進んでいった。松山も後に続き、砂利を歩いた。

「先生、いいところですね」そこは風光明媚で静かな河原であった。佐藤はしばし川に向かって立ち、静かに深呼吸を繰り返した。松山も見よう見まねで、深呼吸を繰り返した。

「ふう」佐藤は小さく息をつくと、

「座ろうか」そう言って、河原に腰掛けた。

「はい」松山も、佐藤の脇にあぐらをかいた。橋の上から見下ろすと、少し猫背な二人が、川に対して静かに座っている様子を鳥が見ているようであった。

少し沈黙が続いた後に、遠くで聞こえる鳥の鳴き声の中、佐藤が口を開いた。

「何か、聞きたいことがあるだろう」川を見ながら松山に尋ねた。実際松山には今回の雲海との三人の空間の中で、佐藤に聞いてみたいことがいくつもあった。たとえば雲龍という呼び名のことだ。

「雲龍とは何かとかね」心を読んだかのように、佐藤は呟いた。

「あ、はい」松山は読まれた心の動揺を隠せなかった。でも、嘘はつけないことはわかっていたから、この際何でも聞いてみようと思った。

「雲龍というのは先生のことですよね」松山は佐藤の方を向いて、真剣に質問をした。すると佐藤は、少し鼻で笑うと空を見上げた。そして松山の方へ顔を向けると、照れたような優しい顔で答えた。

「そうです。雲龍とは私のことです」声はしっかりとしていた。佐藤は手元にある小石を片手で掴み、手の中で転がした。

「雲海先生にね、戴いた名前なんだ。でも私はそんなに素晴らしい名前を戴けるような人間ではないから、人前では使わないんだよ」手で転がしていた小石を、川に向かって放り投げた。ポチャンと音を立てて沈んだ石は、綺麗な水にいくらか流された。鳥の声がいくつか聞こえた後に、佐藤が再び口を開いた。

「人に聞いたのだが、韓国にはその昔、剣の達人がいて王様から称号を与えられたらしいのだ。剣仙というね。私はその剣仙という言葉がとても素敵に思えてね、それ以来自分の師匠である雲海先生を鍼仙雲海《しんせんうんかい》と呼んでいるのだよ。それぐらい、雲海先生は神技を持っているし人格的にも治療家の中の治療家だと思っている。しかし、私はと言えばとてもではないが、雲龍などと名乗れる程の人間ではないのだよ」佐藤はもう一つ、手元にある石を掴んだ。

「いや、佐藤先生は本当に凄い先生だと思います」松山は思わずそう口走った。すぐに、出すぎたことを言ってしまったと恥ずかしくなり、背中に汗が滲み出してきた。

「ふふ」佐藤はやや空を見上げ、右手に掴んだ石を先ほどよりも手前に投げた。遠くで鳥の声がいくつか流れ、空は茜色に変わり始めた。

「他には?」佐藤は西日に輝く川の流れを見つめながら松山に尋ねた。

「あ、はい」先ほどの自分の恥ずかしい言葉も重なり、何を言ったらいいか少々パニックになっていた。

「まあ、雲海先生のことなど、追々話していくことにしよう。質問などは思いついたらメモしておいて、いつでも聞けるようにしていてください。私に答えられることなら、きちんと答えますから」顔を少しだけ松山の方へ向けて、目線は下げたまま佐藤は話した。

「ありがとうございます」松山は佐藤をしっかりと見て返事をした。

佐藤は立ち上がろうとした時、ズボンの尻を叩きながら思い出したようにさらっと言った。

「そうそう、先日のおばあちゃん、あの日に亡くなったよ」

「え?」松山は佐藤を見上げた。

「野球選手が来た時の午前中の患者さん。おばあちゃんいただろ?」

「はい」

「あの治療の日に今夜亡くなるって言っただろ?」佐藤は無表情で松山を見下ろした。

「あ、はい」松山は必死にあの日のことを思い出した。まだ自分が頭痛に悩まされていた時であり、野球選手が来るということで興奮した日の午前中、確かにおばあちゃんが来ていた。

(そう言えば、あの日、今夜死ぬって仰っていた)あの日の佐藤の言葉をはっきりと思い出した。

「先日娘さんから電話がかかってきた。心筋梗塞。やはり、その日の夜だったよ」松山は何も言えずに、佐藤を見上げていた。夕日が逆光となり佐藤の表情は見えなかった。

「人は必ず死ぬんだよな」佐藤のシルエットが金色に縁取られ、松山はただ呆然と佐藤を見上げるだけだった。

「行こうか」佐藤は松山の返答を待たずして、車に向かって歩きだした。それから数秒、松山は動けなかった。佐藤の足音が二歩三歩と遠くなるのを聞いて我に返り、急いで佐藤の後を追った。二人の影は、長く河原に伸びていた。

次の日、松山は東京へ出勤し杉浦と陳に、水曜日は休みにしてほしいと伝えた。二人ともに何の問題も無く了解してもらえて、松山はほっとした。

土曜日のことであった。陳の店のドアを松山が開けるなり、陳が大きな声で近寄ってきた。

「松山サン、松山サン！」右手に持った予約表を振り回した。

「は、はい。先生、どうされましたか」松山は後ろ手でドアをまだ閉め切れないまま、陳に圧倒されて返事をした。

「シメイダヨ、シメイ！」予約表を松山の顔の前に差し出した。

「シメイ?」ドアを閉め終わると、差し出された予約表を手に取り確認した。

「オメデトウ！　初指名デスネ！」陳は松山の顔をのぞき込んだ。未だ事態が飲み込めない松山は予約表の自分の欄を見た。すると7時に鈴木と書いてある。

「あ！」ここで初めて松山は自分に指名客が入ったことを理解した。

「オメデトウネ」陳は自分のことのように喜び、跳ねるように歩いてソファにドスンと座った。

「オメデトウ」奥から王も声をかけてくれた。

「あ、ありがとうございます」松山は驚きと喜びの両方を一気に味わい、顔を紅潮させ二人に礼を述べた。なぜか足が少し震えた。松山は何度もその鈴木という文字を見直した。

「ヨカッタネエ」陳は頭の後ろで手を組み、ソファにもたれながら松山の表情を見ていた。

「ありがとうございます。でも、誰だろう鈴木さんて」客の顔を思い出そうとしても、全く浮かんでこなかった。

「女ノ声ダッタヨ。若イ人」電話を取った王が松山に近寄りながら教えてくれた。

「女の人。若い」それでも松山は全く思い出せなかった。

「マア、着替エテキナサイ」陳は自分のマグカップの中国茶を飲みながら松山に告げた。

「あ、はい。すみません」松山は慌てて着替えに行ったが、その最中も鈴木とは誰なのか、考えても考えてもわからなかった。ロッカーにしまってある自分の顧客ノートを出した。今まで施術をした客のワンポイントデータを書いたノートだ。それをロッカー室で最初から全部見たが、鈴木という中年男性はいても、若い女の鈴木は見あたらなかった。

「おかしいな」松山は首をかしげながら、施術室へ戻ってきた。

「7時ガタノシミネ」陳は壁掛けの時計を見ながら話した。松山は鈴木とは誰なのかという謎に頭が支配されたままであった。そんな中、陳がソファの上で足をぶらぶらさせて言った。

「佐藤先生ハ施術一日目デ指名ヲ取ッタヨ」

「え?」松山は意味がわからなかった。

「佐藤先生ガ施術シタ人ハ、ホボ100%リピーターデシタ」陳の話をようやく理解し、松山は自分の遅さが少し恥ずかしくなった。それを見た陳は意地悪そうに、

「私ハ90%」と自慢げに言った。

「す、すみません」先ほどまでの喜びは、今の陳の一言で恥ずかしさに変わってしまった。それを見ていた王が、

「嘘ダヨ、50%グライデショ」と陳に言った。

「ハハハハハ。100%カモシレナイ」陳は笑って、ピョンとソファから飛び起き自分のベッドに座った。

「今日ハ土曜日。混ミマスヨ」この合図とともに、客が二人入ってきた。その後ろから李と白も入ってきて、陳の店は一気に賑やかになった。

「7時か」松山はまだ何時間も先のことを思い浮かべ、新規に取りかかった。

数人施術した後に電話が鳴った。電話をとった松山の慌てぶりに、陳と王が顔を見合わせると、二人は松山の様子を施術しながらじっと見ていた。

「あ、はい。わかりました。お待ちしております」松山は顔を真っ赤にして早口で電話を切った。

「ふう」小さく息を調えると、今書いた予約表を見た。陳と王、後の二人も松山を見ている。松山は予約表を施術している陳に見せた。すると陳は使っていない左手で松山の頭を勢いよく撫でた。

「ありがとうございます」声に出さずに口だけ開いてそう述べた。すると陳は中国語で残りの三人に小声で伝え、みんなで松山に笑顔を贈ってくれた。それを見た松山は三人に頭を下げた。

「来週金曜の6時」再び指名が入ったのだ。しかもその人は顔が思い浮かんだ。ずいぶん前になるが、一度やった中年男性だ。無我夢中で力任せにやっただけであったが、指名が入った。時刻は現在6時半。あと30分で初指名の客が来る。今の電話と重なって、松山の胸はどきどきしてきた。何度も時計を見ると、乾く喉をお茶で潤した。

7時5分前に、その若い女性は現れた。小柄で美人ではないが可愛い人だ。二〇代前半だろうか。伏し目がちで、静かに入ってきた。

「7時に予約の鈴木です」小さな声で受付の松山に言った。

「あ、はい。お待ちしておりました。どうぞ」ガチガチに緊張した松山は、ぎこちない仕草で自分の施術ベッドへ案内した。その様子を見ている施術中の三人に向かって松山は「誰だかわからない」というように首を振った。すると陳は、「ワカッタ、オボエテル！」と声を出さずに口を開いた。ジェスチャーで書くものを要求し、松山が慌てて陳のところへ持っていくと、左手は客の首を揉みながら、右手で紙にささっと日付を書いた。その日付を見て、松山は自分のノートを見返してみた。するとその日だけ何も書いてない。

（わかった。あの日だ）松山は思いだしたというような顔で陳を見た。それはあの割れるような頭痛の日の夜に来た客であった。松山は朦朧《もうろう》としてほとんど覚えておらず、あまりの痛さにその日はノートを書かずに寝たのだ。

「お願いします」思い出したのと同時に準備ができたと女性が合図をした。

「失礼します」松山は緊張したまま施術に取りかかった。正直あの日の記憶がないから、どのような強さでやったのか、どこをいじったのかも覚えていない。しかしここは今まで陳や佐藤に教わったことを頼りに自分の手を信じて施術をした。数分経つと、「ふう」と女性のため息がこぼれた。それを聞いた松山は少し安心し、何も話さずにそのまま続けた。

あっと言う間に30分が過ぎ、「楽になりました」と言葉を残して女性は帰っていった。松山は初めて自分の客に認められた感覚を味わった。そしてこれから何かが変わる気がして、自分の両手をじっと見つめた。

自分に合った武器

次の日、松山は何よりも早く初指名を報告しようと、いつもよりも心浮かれて佐藤の下へ向かった。

「先生、おはようございます」普段と変わりない調子で言った挨拶も、どこか元気があった。

「お、何だ？　今日は元気だな。おはよう」佐藤は待合室で今日の患者のカルテを整理していた。松山は自分のバッグを片手に持ったまま、佐藤に報告をした。

「先生、お陰様で陳先生の店で初指名が取れました」テストで良い点が取れた子供が親に伝えるかのような顔で、素直に喜びを表した。

「おお、そうか。そうかそうか。それは良かった。よし、それでは今日はテストだ」優しい笑顔から出た言葉は、松山の予期せぬものであった。

「テ、テストですか?」松山の声は見事に裏返った。

「そう。推掌のテスト。指名が取れたというのは、君の技術を客が認めたということだ。それはある程度上達したという結果でもある。鍼を打つ前にまず推掌ができること。これからの私の指導カリキュラムのために、必要なことです」その顔は優しい笑顔から真剣な顔に変わっていた。松山の顔はと言えば、先ほどまでの浮かれ顔とは一変、見る見るうちに青ざめていった。

「テスト……ですか。はい」あまりにも小さな松山の声に佐藤が笑った。

「自信持って。死ぬわけじゃないから、安心して。さあ、今日も頑張ろう」そう言うと佐藤は雲海のようにハッハッハと笑い、茶を飲み干した。

「はい」その萎縮した返事などお構いなしに、佐藤の神技的な治療は今日もスタートし、あっと言う間にテストの時間となった。この時間までの半日、松山の心臓はいつもよりも遥かに速く鼓動し、佐藤の治療も頭に入っていなかった。

「さて、松山さん、よろしくお願いします」佐藤は白衣を脱ぐと、ベッドにうつ伏せになった。

「よろしくお願いします」松山は一度深呼吸をして、佐藤の背中を触ろうとした。その時、佐藤が顔を上げて一言言った。

「私の体のどこが悪いか。それを探し、前回との違いを後で報告してください。時間は、45分。ではお願いします」そう言うと、再びうつ伏せに顔をつけた。突然顔を上げられて、ただでさえビクついている松山はさらに驚き、手を引っ込めた姿勢のままもう一度返事をした。

「わかりました。お願いします」松山は佐藤の背中に頭の側から両手を置いた。陳から教わったこと、李から教わったこと、そして佐藤から教わった推掌を思い出しながら、今自分にできることを全部出す気持ちで力を込めた。

松山は佐藤の様子が気になった。息づかいなど、細かいことを確認しようとしたが、松山には佐藤が何を考えているのか、未だにわからなかった。それでもただ一生懸命に、必死に佐藤の背中に向かった。初めのうちは緊張したが、数分経つと肩の力が抜け、いつも通りの自分に戻り始めた。すると佐藤の体の状態が手に伝わってきた。

「先生は、深部の筋肉が相当硬いんだな。それと大きなしこりが腰の両側にある」松山は今ある自分の感覚を信じて推掌をした。

35分が過ぎると、もっと長く背中を診たかったが制限時間もあり、松山は恐る恐る、佐藤に声をかけた。

「先生、上向きでお願いします」

佐藤は、「はい」とすぐに上向きになった。その瞬間松山にはさらなる緊張が走った。なぜなら気持ち良く眠っている人は、上向きになる時にすぐには声をはっきり出せないのと、体の動きが鈍くなるからだ。

（ああ、やっぱりそうか）松山は心の中で呟いた。そんなに簡単なものではないとわかってはいたもものの、少し落胆した。もしかしたら気持ちよくて眠っているのではないかというわずかな期待も、儚く消えたからである。それでも気を取り直し、腹の推掌をした。

腹に手を置いて数秒、まだ時間は残っていたが佐藤からの声がかかった。

「わかりました、もういいですよ」佐藤は腹筋の力でふいと上体を起こした。

「あ、はい。ありがとうございました」松山は慌てて手を引っ込め、一歩下がって頭を下げた。佐藤はベッドから足を下ろして、顔を二、三度両手で擦ると口を開いた。

「よく頑張りましたね」優しく落ち着いた口調であった。

「あ」松山はまさかそんな言葉が返ってくるとは思ってもみなかったので、返答につまった。

「この短期間で、ずいぶんと腕を上げましたよ」佐藤は真面目な顔で松山の顔をじっくり見て言った。

「あ、ありがとうございます」松山はその言葉が嬉しくて嬉しくて、体が一気に熱くなり、目頭まで熱くなってきた。

「これなら指名が取れるのも納得だ。よく頑張ったね」

「有り難うございます」松山は顔を紅潮させて再び頭を下げた。

「ただ」その言葉に、尻がキュッとなった。

「まだまだ下手だ」自分でもわかってはいたが、無表情な佐藤から改めて言われると胸にグサッときた。

「はい」声が小さくなり、肩が下がった。それを見た佐藤は、やや明るい口調で返した。

「でも、その辺の日本人よりはずっとうまいから、自信を持っていいですよ。これから直さなくてはいけない点をいくつか言うので、それを理解して今後も励んでください」そう言うと佐藤はベッドから降りて松山にうつ伏せになるように指示した。松山は慌てて白衣を脱ぎ、うつ伏せになった。

「君の押し方はこうだ」佐藤は松山の押し方の真似をした。

「はい」松山は佐藤の指先に神経を集中させていた。

「この押し方は気持ちいいかもしれないが、物足りない。そしてリラックスマッサージではあるが推掌ではない。いわば治療にはなっていない。しかし強すぎるとこうなる」そう言うと、佐藤はそのまま指を押し込んだ。

「アイツッ」松山は声を出して体を捻った。

「ここまで痛くさせる必要はない。確かに時に今のように患者が体を捻るくらい痛みが生じる時もある。その痛みが必要な時もある。しかし、それは稀な例だ。無駄な痛みが多いと、交感神経優位になって筋肉はさらに硬くなるし、脳神経も乱れる。害でしかない。推掌はここの位置で止めること」再び佐藤は指をいったん戻してから押し込んだ。

「ウウッ」松山の口から軽く声が漏れた。

「この痛いか痛くないかのぎりぎりのライン。そして最初痛くても回数を重ねるごとに徐々に気持ちよく感じるような加減。これは十人十色で、同じ人でもその体の状況によって毎日違う。これを感じ取るのが自分の指です。この感じを患者が味わうと治療になります」佐藤は手を離した。

「はい」確かに佐藤の言うとおりだと松山は思った。気持ちが良いだけのマッサージでは病気は治らない。しかし、佐藤に押された後は、そこがじんわりと熱くなり、血液が集中している感じがした。

「それでは上向きです」佐藤は次に腹の推掌を教えた。

「お腹の推掌はとても難しいです。59分背中を上手に治療したとしても、残り1分の腹の推掌を間違えると、治療は全部台無しになります」そう言うと佐藤は松山の腹の上に両手を置いた。

（あったかいなあ）松山は佐藤の手のひらの熱さに驚いた。まるで電気アンカを乗せられているかのように温かく感じた。

「腹の治療は間違えると、どんどん患者の体温が下がります。そうすると治療は大失敗。まずは、自分の肩、手首、指の力をすべて抜くこと。そうして体全体で手のひらに気を送り、腹の中の硬くなった胃、腸をほぐし、滞った血液を動かし、弱った内臓に新鮮な血液を送り込む。必要なのは船をこぐような体捌きです」佐藤の体はゆったりとスイングしていた。肩、肘、手首の関節は柔軟であり、スイングの力が手のひらに無理なく伝わっているようであった。

「うう、気持ちいいですね」佐藤の両手からのパワーを感じ、だんだんと体が温まってきた。

「よし、後は和室で話そう」そう言うと佐藤は台所へお茶を入れに行った。

「あ、はい。有り難うございました」松山は佐藤の腹の推掌があまりにも気持ちよく、副交感神経が優位になりぼーっとしていた。それでも無理して勢いよく起き、佐藤の後を追った。

「いいよ、和室で待っていてください」そう言うと、佐藤はお茶を二ついれてお盆に乗せた。

「あ、すみません」松山は、「しまった」と思ったが、ほんの数分佐藤の推掌を受けただけで、体がぼーっとしてしまい、頭の回転も遅くなっていた。

「まあ、一服しよう」佐藤は松山に茶を出し一口飲んだ。

「あ、有り難うございます。いただきます」松山も茶を一口飲んで、頭をはっきりさせようと思った。

外は静かで、遠くから犬の鳴き声が聞こえていた。もうすでに辺りは真っ暗であった。

「鍼灸師は、鍼を打つ前にまず、人の体というものを知らなくてはいけない。私が中国に行った時に、鍼の先生にまず言われたことが、優秀な鍼灸師は解剖学に長けていること、そして推掌が上手いこと、であった」松山はぼーっとした頭を必死に戻そうとしながら真剣にメモを取っていた。

「人の体を知って初めて鍼が使えるようになる。まずは三年、推掌を勉強することですよ」松山の顔をしっかり見ながら佐藤は話した。

「はい」松山も佐藤をしっかりと見て返事をした。

「先ほどの君の推掌を受けて気がついたことは、まだ松山君は自分にとってどの手技が武器かに気づいていない。推掌もいろいろな技法がある。陳先生と私のやり方が違うように、人にはそれぞれ自分にあった技法がある。どんなに優秀な弓使いに上等な槍を与えても戦えないだろう。またもの凄い剣の達人に弓を与えても、力を発揮できないであろう。それと一緒で、治療も自分にあった武器を選ばなくてはいけない。長年の経験から、どの技法が自分の体型と性格に一番合っているかがわかってくる。それを磨いていけばよい。やたら自分の持っている技術を見せびらかす人もいるが、それは治療にはならない。治療は見せ物ではない。人の病気と向き合うために、自分に合った武器を磨き続けること。推掌であればまずは自分の手技を確立すること。鍼灸に至っては、どのような流派が合っているかを考え、ただひたすらその道を歩み続けること。あれもこれもに手を出すと、治療にはならなくなる。まずは自分の武器を確認し、それを磨いていくことから始まる。それは何よりも経験がものを言うから、まずは修行、一にも二にも淡々と修行をすることだよ」一通り話すと、佐藤はぐいっと茶を飲んだ。

「はい」松山は一言も漏らすまいと、必死にメモをとった。

「そこで、最初の質問だが、私の体のどこが悪いところだった？　それと前回との違いを教えてください」松山は完全に忘れていた。テストの前に、佐藤から後で聞くからと言われていたのだ。必死に走らせていたペンが止まり、背中にじとっと汗をかき始めた。

「はい」松山は自分の触っていた感覚を思い出して、必死に頭を巡らせた。

「先生の左の腰には大きなしこりがあり、胸椎の10番目の脇にも硬いしこりがあり、肩甲骨の間もこっていたと思います」先ほどまでの感覚を思い出しながら、松山はできるだけのことを答えた。すると佐藤は、目線を松山の手から顔へとゆっくりと上げ、ギロッと見た。その目を見た松山は、それこそまさに蛇に睨まれた蛙であった。

「す、すみません」まだ何も言われていないのに佐藤の気に松山は怖じ気づいた。佐藤は何やら言葉を出しかけたが、出さないまま一つ息をついた。それを肌で感じ取った松山は、まるで父親に叱られる子供のようであった。

「それはね、表面的なことであり、根本ではないわけです」少し間を取った後に佐藤が口を開いた。

「咳が出てたら咳止め、血圧が高ければ降圧剤、熱が出れば熱冷まし。頭の悪い医者と全く一緒で表面的なことしか見ていない。なぜ、そうなったのか。原因は何か。それを見つけだすのが治療ですよ」

佐藤の目は松山の眉間に突き刺さった。

「は、はい。すみません」ただただ自分の愚かさに恥入るばかりであった。

「問診はとても大事なことです。治療の前に聞くのは、治療に有用な情報となるからです。治療中に聞くのは、体は嘘をつかないから患者の言っていることと自分が感じ取った感覚に差がないかを確かめるため、また、自分が見落としている何かを患者から情報としてもらうため、治療が終わってから聞くのは、自分の治療方針が正しかったか今後の治療に役立てるために確認として行う。細かく細かく聞いて聞いてそして結論を導く。ただし、その前にやらなくてはいけないことがある。それが自分の感覚にまず聞いてみることだ。相手の体に聞いてみることだ。相手のいのちに聞いてみることだ。それは耳で聞くのではない。体全体で隅々までの情報を感じ取り、自分の頭の中、推測の中で原因をはじき出す。それを行ってから最後の確認作業として治療中の問診、治療後の問診がある。今回は、治療前には問診をしなかったから君に情報はなかった。だから治療中に自分が探し出すしかない。臭い、音、相手の仕草、肌艶、呼吸、頭の先から足の先までとにかくまず見る、そして感じる。そうして何が原因で症状が出ているのかを突き止めていく。それをしなくてはいけないのだよ」松山はただ必死にペンを走らせた。

佐藤はお構いなく続けた。

「君のやったことは、私の体を触って、硬いところを見つけただけだろう」声のトーンが一つ下がって佐藤の肩も少し下がった。

「はい……。そうです」松山の声は震えていた。

「それではさっき言ったバカの医者と一緒。表面的なことを見ているにすぎない。中学生でもできることですよ」松山の胸に、佐藤の言葉がグサグサと刺さった。

「我々は職人です。職人は五感六感を使って経験を元に結果を出す。硬いところを探すだけなら機械のセンサーでもできる」ぐうの音も出ず、黙り込んでいる松山を見て、佐藤は少し息を調えた。

「我々は治療家だ。治療をするのが仕事だ。リラックスさせて気持ちよくさせるのが仕事ではない。治療を考えた時に、自分が何をすべきかを脳味噌をフル回転させて考えるように」まっすぐに松山の目を見て佐藤は言った。

「はい」松山は、眉間にしわを寄せて返事をした。

「これからは、毎回私の治療を松山さんにしてもらいます」佐藤は背筋を伸ばしたまま言った。

「ま、毎回ですか？」

「なんだ？　不満か？　一日二回でもいいぞ？」佐藤は目を大きくして聞き返した。

「いえっ、そんな、いや、はい。わかりました。お願いいたします」松山が動揺を隠せないまま返事をすると、佐藤は思わず笑ってしまった。

「まあいい。治療は90分。鍼灸と推掌。自分でその２つの配分を決めてください。とにかくただ治療しているだけだとうまくなるには限界がある。的確な指摘を毎回されれば、確実に格段にうまくなるから。あとは経験だよ。人間として、治療家としてね」

「はい。わかりました」松山は大変なことになったと頭の中で呟いた。

「それで私のどこが悪いのか、君が分かった時に言いなさい。それまで君は無駄に話さなくていい。ただ問診はしてもいい」佐藤はぐるぐるっと首を回した。

「はい」そんな難しいことが自分にできるのか、松山は不安でたまらなくなった。

「気長に行こう気長に。分かる時が来れば分かるさ」その言葉を最後にこの日が終わった。松山は帰りの車の中、普段ならかけるカーステレオもつけないままだった。

「ちきしょう」家に着いた松山は、テーブルの上にあった日本酒の一升瓶をラッパ飲みした。朝の上機嫌とは全くの別人となり、この日夜遅くまで一人で飲んだ。


それから数週間が経ち、松山は相変わらず毎回佐藤の治療をしながらアドバイスを受けるものの、回答は出ずじまいであった。それでも陳の店では多くの指名が入るようになって、いよいよ中国人達の仲間入りという感じになり、陳も李も松山を認め始め、一日五人の指名を取れるまでになっていた。接骨院では佐藤と陳から学んだことを出力し続けた結果、他の日本人にはない治療と評判になり、たくさんの患者に鍼をしてほしいと言われるまでになった。その様子を杉浦も満足げに見ており、若いスタッフに松山に鍼を学ぶように指示を出すまでになった。

しかし、松山の心に奢りはなかった。陳の店でも杉浦の接骨院でも認められてはきたが、肝心な佐藤に未だ答えが出せずじまいなのだ。そしてそれを出せない限りは佐藤に認められることはないと思っていたために、毎週佐藤の治療に備えて勉強をし、頭を巡らせる日々であった。そうこうしているうちに、あっという間に年末になった。


それはクリスマスが過ぎた年末のことだった。今年の治療も残り三日となった時に、佐藤の家の電話が鳴った。和室で佐藤と話をしていた松山はぴょんと飛び起きて、タンスの上の子機を取った。

「はい、もしもし」電話の奥からは聞き覚えのある声が聞こえてきた。

「あ、分かりました。少々お待ちくださいませ」松山は保留ボタンを押した。

「源龍関からです」佐藤は子機を受け取ると、咳払いを一つしてから電話に出た。

「はいもしもし、ああどうも関取。はいはい」松山は電話の様子を茶を飲みながら窺っていた。というのも、源龍の声が暗かったためである。源龍は先場所の九州で大きく負け越した。普段相撲を見ない松山も源龍と出会ってからは相撲を見るようになった。そんなこともあり源龍にも興味が湧き始めていたのだが、電話口の声に元気がなかったために気になったのだ。

「はい、それでは明日の夕方にでもいらっしゃい。5時からは患者さんがいませんから。……はい……はい」そう言うと佐藤は電話を切った。

「そうか。うん」佐藤は独り言を言いながら再び座布団に座った。松山が静かに窺っていると、佐藤が口を開いた。

「源龍関が明日会いたいと言うのだよ。治療ではなく」それ以上は言わなかった。松山もそれはどういうことなのかなどと、野暮なことは聞かなかった。少し間があり、何かを考えた顔をした後、佐藤が話し出した。

「話は戻るけれど、そうか、松山君はけっこう飲むんだね」電話が来る前に、二人は酒の話で盛り上がっていたのである。

「いえ、それほどではありませんよ。陳先生の話によりますと、佐藤先生こそ物凄く飲まれるとか」互いに酒好きという共通点が見つかり、思わず盛り上がっている二人だった。

「いや、それは昔のことですよ。若い時のこと。前話した楊先生が飲んでね。もう飲むわ飲むわ、ほとんど一気なんだよ。もう病気かっていうくらい飲むの」

「あ、例の楊先生ですか」

「そう。それでほとんど酔わないんだから、あれは化け物でしたよ」和室には二人の笑い声が響いていた。

「よし、そうだな。二八日の夜は忘年会といきましょう」佐藤が珍しくそんなことを言い出した。

「忘年会ですか？　いいですね。ぜひお供させてください」松山は元気に返事をした。

先ほどの源龍の暗い声が耳の奥に残っていることは事実であった。それは二人とも変わらなかった。何か悪い知らせがあるということを、二人とも予知しているからこそ、思わずそのような話に進んでしまったのであろうか。そんな二人は佐藤の家で忘年会をすることとなった。

その前日に、源龍が思い詰めたような顔をしてやって来た。

「ピンポーン」佐藤の家のチャイムが鳴った。

「先生、たぶん関取だと思います」外に大きな車が停車したのを見て、松山が伝えた。

「わかりました」カルテの整理をしていた佐藤は、ゆっくりと腰を上げると、一つ息を調えて玄関を開けた。

「先生、お忙しいところすんません」源龍は礼儀正しく頭を下げた。

「いえいえ、まあ、中に入ってください」そう言うと、源龍を和室に通した。松山は茶を二つお盆に乗せ、持っていった。

「あ、すんません」源龍は松山に頭を下げた。松山は佐藤の前にも湯呑みを置くと、静かにふすまを閉めて書庫へと向かった。

「いったい何を話すのだろうか」とても気になったが、松山は聞き耳を立てている自分に気づきながらも、佐藤の治療の質問に答えるべく、治療の本を読み始めた。

「先生、今日はお時間を作ってくださりありがとうございました」重い面もちで、源龍は再び頭を下げた。

「いえいえ、大丈夫ですよ」佐藤は源龍の次の言葉を待った。そこへ源龍が思い詰めた顔で、言葉を一つ一つ出し始めた。

「先場所、先生もご存じの通り、私は大きく負け越しました。体が言うことをきかずに、今までにはない違和感でした。もう、全身に力が入らず、朝稽古さえもやっとになってしまいました」

重い空気が二人の間に流れた。そこへ思い切ったかのように源龍が口を開いた。

「もうここが潮時かと思います」肩をいからせて、両手は膝の上に固い握り拳をつくり、大きなため息とともに辛い一言を吐き出した。

その言葉を佐藤はただじっと聞いていた。肯定するでもなく、否定するでもなく、ただじっと聞いていた。鬢付け油の香りが和室に漂っていた。源龍は握りしめた拳をずっと見ていた。そこに佐藤が口を開いた。

「関取、関取自身は、体がもう少し動いたとしたら、続けたいですか？」まっすぐに源龍の目を見て尋ねた。源龍は、

「はい。もちろんです。母との約束も果たせないままですし」と力強く答えた。

「そうでしたね。お母様との約束、結びを取ることでしたよね」

小さい頃父を亡くして女手一つで育てられた源龍は、角界に入門した時に結びの一番を取るという約束をしたとのことであった。

「はい。確かに結びを取るというのは、難しいかもしれないです。でも、体が動きさえすれば、もう少しだけ母に白星を見せてやりたいと思いまして」源龍の声は、少し震えていた。佐藤は源龍の顔つきを見ながらじっくりと聞いていた。そこに真実があるかどうかを確かめるような聞き方であった。

「よし、わかりました。関取、仮にですが、治療の時間を週一に増やすことはできますか？　現在は月一ですが、それを巡業があろうと、名古屋場所であろうと、場所中であろうと、可能ですか？」

佐藤の目は鋭かった。その目をじっと見たまま源龍は少し黙った。10秒、20秒経ち、源龍が言い切った。

「可能です」その言葉には覚悟があった。

「よし。それでは、結びの夢、一年で叶えようではありませんか」佐藤の声は大きくなり、気迫がこもっていた。源龍は少し驚いた顔をした。

「でも、先生。先生の予約は取れるのですか?」普段佐藤の治療予約は、どんな重症患者でも二週間に一度の状況になっている。ましてや週一など、何ヶ月待ちの状況の中で可能なのかと疑問を感じていた。

「不可能な提案など、私はしません」佐藤はきっぱりと低い声で答えた。しばしの沈黙が流れた後に、佐藤が念を押した。

「どうしますか。やりますか、やりませんか?」源龍は即答した。

「やります。先生、お願いします。なんとか、もう一度なんとか、体が動くように。お願いします」

源龍は大きな体を折り曲げて、テーブルにおでこが付くくらいに頭を下げた。

「頑張りますよ。私も頑張ります。治療は夕方になりますが、必ず週一でやりましょう。源龍関もここまで通うのは大変だと思うのですが、なんとかお母様との約束、果たしましょう」佐藤が右手をすっと差し出すと、源龍は大きなごつい手で佐藤の右手と握手をし、両手で佐藤の手を包み込んだ。その大きな手に乗せるように、佐藤は左手を乗せてがっちりと男の握手をした。源龍の目には、うっすらと光るものが滲んでいた。

書庫で勉強をしていた松山は、二人が何か大きな声で話しているのが聞こえて、本から目を上げた。「何を話しているのだろう」そう思っていると、源龍が玄関へ向かったのがわかったので、慌てて書庫から出た。

「では来週、夕方5時にお待ちしております」佐藤が言い、源龍は深々と礼をして治療院を後にした。松山も源龍を見送ると、二人は和室に戻ってきた。松山が新しいお茶を入れて、佐藤に出した。

「ああ、ありがとう」佐藤の顔は、少し興奮しているようにも見えた。

「来週、関取いらっしゃるんですか？」確か源龍の治療予約は来月だったはずと思い、松山は尋ねた。

「うん、来週も再来週も来るよ。正月早々からね。これからは毎週夕方から治療することになった」

松山はとても驚いた。なぜなら佐藤は日に三人までしか治療しないはずなのに、それを夕方以降に予約を入れるというのは、ただの相撲好きという単純な理由ではないことが窺えたからだ。

「そうですか、新年早々ですね」疑問を持ちながらの返答となった。もちろんそのことを佐藤が見逃すはずもない。

「松山君、私は個人的感情で誰かの治療を優先することはないのだが、自分の都合で治療を断るのはとても嫌なんだ。正直、日に三人というのは自分の都合なんだ。自分の体調管理が目的ではあるが、やはり治療してほしい人はたくさんいる。源龍関は相撲人生が今年終わろうとしていた。夢半ばでだ。私の人生も」そう言いかけて、佐藤は一瞬だけハッとした顔をして、ごまかすようにやや上を見た。そして何もなかったかのように話を続けた。

「まあ、どうなるのかわからない中で、自分の体調を言い訳に、ブレーキをかけたくなかったんだな」佐藤の話は的を射ず、何か抽象的で話にブレが生じていた。そんな姿は珍しく、松山も何かおかしいと気づいていた。だが、松山にはそこまで人の変化を見抜く力はまだなかった。

「やはり、自分の都合だ。個人的感情だ。自分に嘘をつかなければ、源龍関だけ贔屓《ひいき》したんだよ」そう言うと残りの茶を一気に飲み干した。いつも冷静沈着な佐藤が、少し自棄になっているような口振りが、らしくないように感じた松山であったが、きっと何かうまく伝えられないような理由があるのだろうと、それ以上は何も聞かなかった。

鬢付け油の香りは消え、いつも通りの白檀の香りが静かに漂っていた。

年内最後の治療日になった。この日は忘年会があるので車を使わず、松山は佐藤の治療院の最寄り駅まで電車に乗り、そこから30分かけて歩いて来た。松山は大事そうに酒の入った手提げを両手で持って現れた。

「先生、おはようございます」いつもより浮かれているような声で松山が言った。

「はい、おはようございます」中から聞こえる佐藤の声はというと、いつも通りである。

「先生、今日は私の好きな酒を持ってきました」松山はコートを手に持ったまま、早く佐藤に見せようと手提げを持ちあげた。それを見た佐藤は思わず吹き出してしまい、

「ハハハハハ、わかったわかった。酒の話は後にしよう。飲みたくなってしまうからね。治療が終わっ

てから、ゆっくりと鑑賞してから飲むとしよう」そう言うと、佐藤は松山が本当に酒好きだということがわかり、嬉しそうであった。

「さて、今日のテストで答えが出るかい?」松山の浮かれ気分に、佐藤の恐怖の質問が降りかかった。松山は尻の穴がギュッとなったが、勉強した成果か、今日は答えを出せそうな気がしていた。

「はい、先生。今日治療をさせていただき、答えを出そうと思います」自信があったわけではないが、今まで勉強し考察したことを述べようと決めていたのだ。

「よし、わかった。楽しみにしている」そう言うと再びカルテの整理を始めた。松山は確かに酒などに浮かれている場合ではないと思い、気を引き締めなおした。

この日も鮮やかな佐藤の神技が光り、ぎっくり腰の患者も交通事故のむちうちの患者も一発で治り、最後のがん患者も数値が良くなったと喜びの報告をして帰っていった。あっと言う間に時は過ぎ、松山のテストの時間となった。

「それでは松山君、推掌でも鍼灸でも何でもいい。好きに治療してください。時間は90分にしようか」

白衣を脱ぎながら、治療をしてもらう準備万端とばかりにベッドに腰掛けた。

「はい。頑張ります。先生、治療の前に問診をしてもいいですか?」松山は恐る恐る聞いてみた。すると佐藤は、「お?」という顔をしてから、

「いいですよ、何でも」と両手を軽く広げて見せた。松山は一つ咳払いをしてから、尋ねた。

「先生は、動悸はされますか？」右手にペンを持ち、少し震える左手で手帳を持った。佐藤はじっと松山の顔を見て、はっきりとした口調で返事をした。

「はい。します」

「不眠はありますか？」やや小さな声であった。佐藤は先ほどと同じくはっきりとした口調で答えた。

「はい。あります」答えた後もじっと松山の目を見ていた。その目に松山は吸い込まれそうになるのをこらえながら、続けた。

「めまい、耳鳴りはありますか？」メモを取りながら、これが最後のチャンスだと思い真剣に聞いた。

「耳鳴りはありませんが、めまいはあります」佐藤も真剣に答える。今度は松山もじっと佐藤を見つめて最後の質問をした。

「腰や膝がだるくなったりいたしますか？」じっと見る松山の目を佐藤もじっと見て答えた。

「はい。よくあります」佐藤は、松山の目の奥まで観察していた。

「ありがとうございました。それでは先生、最初は鍼灸から始めたいと思います」そう言うと、松山は緊張した面もちで礼をした。

「よし、お願いします」佐藤はシャツを脱ぎ、大きく一つ息を吐いて、うつ伏せになった。少し嬉しそうな顔をしていたが、松山にそれを感じ取るだけの余裕はなく、息を調えるとさっそく鍼の準備に取りかかった。

鍼を左手の小指の間に数本挟み、佐藤を真似たスタイルで、右手でツボを探した。

百会、内関、通里《つうり》、神門《しんもん》、腎兪《じんゆ》、復溜《ふくりゅう》、太谿《たいけい》。

勉強したツボに丁寧に鍼を打っていった。佐藤に教わったようにツボの取り方はとにかく慎重に。全神経をまずは指腹に集中し、第六感で全体を診る。些細な変化も見落としてはならない。患者の頭の先から足先まで、そして息づかいまでに気をはらう。松山は今までで一番集中した治療をしていた。鍼を一通り打ち終わると灸を始めた。腎兪と三陰交《さんいんこう》の二穴に熱すぎない灸を施した。

治療室には静けさだけが広がっていた。佐藤も松山ももちろん無言である。BGMもない、遠くでカラスが鳴く声だけが聞こえていた。30分ほど経つと、ほんの少しだけ佐藤の右手がピクンと動いた。

「あ」松山は見逃さなかった。

(よし!)心の中でガッツポーズとはこのことかと思うくらい(よし!)と思ったのだ。この手が動く仕草は、相手が眠りに落ちている証拠だ。それは治療が間違っていないことを示している。間違った治療をしている時は、患者は絶対に眠らないからである。松山は、初めて自分の鍼で師匠である佐藤を眠らせることができたために、喜んだ。しかし、これから推掌があり、結論がある。そこまでは喜んでいられないと、ふんどしを締めなおした。

40分ほど経ち、松山は右手に佐藤のシャツを持って、佐藤の頭の方で静かに声をかけた。

「先生、それではお洋服をお願いいたします」

「あ、ああ、はい」佐藤は動作に入るまでに一瞬時間をおいてから起き、シャツを着た。そして口を開いた。

「寝たよ。完全に寝た」シャツに袖を通し、寝起きの顔で松山を見ながら少し笑った。松山は嬉しさを隠していた。

「お願いします」再びうつ伏せになりながら佐藤が呟いた。

（よし、これからだ）松山は心の中で呟くと、

「失礼します」と声をかけてから推掌を始めた。佐藤はまた一つ大きく息を吐いた。

陳と佐藤の見よう見まねから始まった推掌を一生懸命施した。背中が終わり、上向きになった後に足三里《あしさんり》に鍼灸をして腹を推掌した。その間松山はただ必死に集中し、真冬だというのに額と脇に汗をかいていた。

あっと言う間に90分が過ぎ、気の上がっている松山が、

「先生、お疲れさまでした」と佐藤に一礼して終了を告げた。

「はい。有り難うございました。それでは結論をお願いします」寝起きの声ではなく、はっきりとした口調であった。そのことから、推掌の間は佐藤は寝ていなかったことが判明した。推掌で佐藤を眠らせることができなかったので、松山にさらなる緊張が引き起こされた。それでも息を調えると、ベッドに腰掛けている佐藤に向かって述べた。

「はい。先生は心臓と腎臓が悪いように思われます」松山の声はやや震えていた。

「証は？」表情を変えることなく佐藤が尋ねた。証とは中医学で患者の病状を指す言葉である。

「はい。心腎不交《しんじんふこう》だと思われます」

「取穴の意味は？」

「はい。太谿《たいけい》と腎兪《じんゆ》で滋陰補腎《じいんほじん》を。復溜《ふくりゅう》で滋陰降火《じいんこうか》を。内関《ないかん》で心絡《しんらく》を通し安心神《あんしんしん》を、通里《つうり》と神門《しんもん》を瀉《しゃ》し清心火《せいしんか》を計りました」昨日まで勉強したことを松山なりに述べた。すると佐藤はしばし目をつぶり、考えていた。その様子を見て、松山の体中から血の気が引いていった。

遠くで犬の鳴く声が響き、佐藤が首をポキポキと鳴らし口を開いた。

「そうですね。心腎不交ですね。そう思います。自分では心臓は臓器としてだけ悪いと思っていましたが、確かに心の火が上がっていることは事実ですね。非常に良かったと思います。よく勉強されました」佐藤は考え深く、ぽつりぽつりと話した。その話し方に松山はやや違和感を感じたが、初めて褒められたことに素直に喜んでいた。

「ありがとうございます」深々と頭を下げた。しかしそれにもどこか上の空のような感じで佐藤が続けた。

「私は肝兪《かんゆ》と太衝《たいしょう》も使ってもいいと思います。肝腎同源《かんじんどうげん》ですから」その言葉を、松山はすぐさまメモを取り始めた。

「そうか。そうね。心火《しんか》ですね」何か自分を見つめるように呟いた。そんな様子を松山はただじっと見ていた。少しの沈黙が続いた後、佐藤がふと顔を上げ気分を変えるかのように尋ねた。

「私の肉質はどうでしたか？」試験はもう終わったと思いこんでいた松山は、ふいの質問に慌てた。

「肉質ですか？　肉質とは？」あわあわしながら質問をした。

「筋肉の状態のことです」佐藤は静かに答えた。松山はじっと考え、思い出しながら答えた。

「はい。最初の頃は気が付かなかったのですが、今日触ってみますと、表面は柔らかいのですが、奥の筋肉はかちかちに硬いと思います」それを聞いた佐藤が間髪入れずに質問した。

「背骨の脇にはどんなスジがあった？」続けざまの質問に松山は頭をフル回転させた。

「はい。ピアノ線のようなスジが何本かあります」恐る恐る自分の記憶を辿り話した。すると佐藤が両手を上に上げ伸びをしながら答えた。

「そう、正解。それは精神病の証ですよ」その言葉があまりにも衝撃的であったために、松山はリアクションに困った。そんな松山の顔を見て、佐藤が笑いながら話した。

「その背骨脇のピアノ線は、神経質、神経症、精神病的な人間には必ずあるから覚えておいてください。それを見つけたら、とにかく普段より細心の注意を払うこと」松山はじっと佐藤を見ていた。

「それと私の肉質は、君が言ったように一見柔らかい。しかし内部は相当硬い。これも精神的なもので、特に長年の精神疲労が蓄積したものと考えていい。私のこのこりは、私が二〇代半ばから三〇代半ばにつくりあげてしまったものです。自分が間違った治療をし続けた結果です。誤った生き方をしてしまった結果です」始め笑っていた佐藤の話し声がどんどんと真剣な声になり、松山の背中は強ばった。

「人の体には、その人の人生が出る。だから我々は体を触れれば、その人が生きてきた道がだいたいわかる。だからこそ偉そうなことを言ってはいけないし、安易なことを言ってはいけない。その人が必死に歩んできた道のりを軽々しく浅い知識で診断してはいけない。そもそも我々は医者ではないのだから。法律上の診断権はないはずなのに、偉そうにものを言う輩が多すぎる。その人の人生を敬い、その人の人生を受け入れること。治療というのはまずはそこからスタートする。それができないと治療にはならないのだよ」佐藤の言葉は、松山の胸に何度も突き刺さった。

「治療というのはね」佐藤がじっと松山を見た。ごくりと唾を飲む松山の全身に力が入った。

「素人が考えるほど、単純じゃないんだ。本当に大変なことなんだよ」佐藤の言葉には今まで歩んできた治療人生の重みがあった。

「本当に大変なことだから、それを我力で治してやろうなどというおこがましいことをすると、私の体のようになってしまう。あくまで治療は神様がやるものだ。自然治癒力がやることだ。大宇宙の力が行うものだ。我々はそれに使ってもらえるような清い人間でいなくてはならない。故に治療家にとって一番大事なことは、自分の人格を上げること。この他にないのだよ。だから厳しい仕事なんだ。いつも問われている仕事、その生き方で良いのかと。いつも問われている人生、おまえの生き方はそれで良いのかと。それが本当の治療家の生きる道なんだ」佐藤の言葉には一寸の濁りもなかった。

「はい」松山は心の奥深くで感動をしていた。

「なんて偉そうなことを言っているが、これは全部雲海先生から教わったことなんだよ」子供のように笑った佐藤の顔を見て、松山もふっと力が抜けた。

「推掌はまだまだだ。まだまだ修行が足りない」佐藤の言葉に再び松山は姿勢を正した。

「鍼灸は、松山君、君の生き方で変わってくる。これから君の成長と共に進化もするし退化もするだろう。だから自分の生き方を常に確認してください。推掌はあと数年、どんどんうまくなるだろう。芸事に似ているから、最初は練習すればするだけうまくなる。しかし数年経つと、ある一定の域で成長が止まったように見える。それでも日々研鑽《けんさん》を忘れず行えば、徐々に徐々に再び腕が上がり始める。まず今は、とにかく練習だな。そして心を磨くよう努力してください」

「はい、ありがとうございます」松山は大きな声で返事をし、礼を述べた。

佐藤はとんとんと軽く自分の膝を手のひらで叩くと、松山を見上げ、一呼吸置いてから言った。

「それでは、宴と参りますか」にやっと笑った佐藤につられ松山も笑ってしまった。

「待ってました」調子のいい松山の言葉が佐藤をもっと笑わせた。

「よし、向こうに移動しよう」二人は着替え、台所へと向かった。

治療室から見える空はもうすっかり夜になっており、きれいなお月さんが煌々と照っていた。

酒の神力

「まずは空きっ腹に酒といこう」佐藤の治療家らしからぬ言葉に思わず松山は吹き出してしまった。

それを見て、佐藤も笑顔で話した。

「松山君はつまみはいつも何にしているんだい?」

「はい、実は私、つまみはほとんど食べないんです」それを聞き、さらに佐藤がニコッとした。

「そう？　そうか。実は私もそうなんだよ」治療の時とは別人のように酒の話をする佐藤に松山は少し驚いた。

「こう、なんていうか、つまみを食べると口の中が汚れるだろ？　そこに酒が入るのが嫌なんだな。だから、空きっ腹に酒を入れるのが一番うまく感じる。酒を飲む時は、つまみなんてものはいらないんだ」嬉しそうに話す佐藤を見て、松山もニコニコしてしまった。

「まあ、とりあえずどの酒を飲もうか」そう言うと佐藤はキッチンの上の棚を開けた。

「わあ、凄いですね」そこにはずらっと酒の瓶が並んでいた。

「いやいや、こちらもですよ」次々とキッチンの他の棚と、流しの下の収納を開いた。するとそこにもびっしりといろいろな銘柄の酒が並んでいた。

「な、何ですか、これは、先生。酒屋じゃないですか」松山は目を丸くして驚いた。それを自慢げに見ながら佐藤が言った。

「お酒は患者さんが持ってきてくれるんだ。私が酒好きなのを知っていて。本当に有り難いことだ。ほれ、松山君、好きなのをどれでも一つ開けよう」松山に早くどれか一本選ぶように促した。

「あ、はい。いやー、これだけありますと、迷いますね」そう言うと隅から隅まで急いで見た。

「おお、これ。先生、この酒いいですか？」松山が指したのは東北の無濾過原酒であった。

「いいですね、それにしましょう」

佐藤は松山に酒の栓を開けるように言い、食器棚から相撲の柄の入った湯呑みを出してきた。

「酒は湯呑みに限るね」栃乃洋《とちのなだ》と書いてある湯呑みを松山に渡し、自分は魁皇《かいおう》と書いてある湯呑みを手に取った。佐藤は一升瓶を慣れた手つきで傾け、両方の湯呑みに半分ほど入れた。トットットットという良い音が静かな台所に流れた。

「さあ、立ちのみだけど、まずはクッと行こうか」てっきり和室に座ってゆっくり飲むと思っていた松山は、いきなり酒の入った湯呑みを渡されやや驚いたが、甘い酒の臭いと佐藤の笑顔に一気に押された。

「では、これからも頑張っていこう」

「よろしくお願いいたします」二人は軽く湯呑みを上げると、酒に口を付けた。佐藤は一口でくいっと湯呑みに半分ほど入った酒を胃に流し入れた。

「ああ、うまいなぁ」その声は、のどから出ているというよりは、体から響いて出たような声であった。よく五臓六腑に染み渡るというが、その声はまさに五臓六腑から出ているような声であった。それを見た松山もにやっと笑い、一気に流し入れた。

「ああ、うめえ」思わず呟くようにいつもの言葉が出てしまった。それを見た佐藤もにやっと笑い、怪しい二人はここで初めて打ち解けたような雰囲気となった。酒というものは不思議な飲み物で、距離のある魂を一気に近寄らせる力を持っているものだ。

「いいねえ、松山さん。とりあえずもう一口」そう言うと佐藤はまた同じくらいの量を松山の湯呑みについだ。

「ああ、すみません先生」ついでもらうと今度は佐藤につぎ返した。そして二人は再び一口で流し込んだ。今度は口の中で少し回して、味を確かめながら飲んでいた。二人のその様は驚くほど同じであった。

「ああ、うまいなあ」佐藤はそう言うと目を細めた。

「うまいですねえ」松山も飲んだ湯呑みの底を覗きながら呟いた。お互い顔を見合わせて、また笑った。

「まあまあ、このままだとずっとここで酒だけ飲むことになってしまうから、鍋でも温めて和室に移動しよう」

いつのまにか準備していた鍋を佐藤が温め直して、和室へと移動した。

「つまみはいらなくても、まあ、鍋でも食べよう」二人はうどんの入った醤油味の野菜たっぷり鍋をつついた。酒はどんどん進み、鍋は空になり、あっと言う間に一升瓶が空いてしまった。

「しかし松山くんも強いね」ほとんど顔に出ない佐藤が、これまた顔に出ない松山を見て言った。

「いやあ、先生こそ。全くお顔が変わりませんね」そんなことを言い合いながら、二人は笑い、次の酒に手を出した。

「それでは先生、次はこれを」そう言うと、松山はおもむろに自分の手提げから720mlの瓶を取り出した。

「四〇度ではないか」松山が瓶を机に置く前に、佐藤が笑いながら言った。

「あれ、先生。ご存じですか?」瓶を机に置きながら、へらへらした口調で答えた。

「知っとるとも。さむらいだろ?」松山の出した酒は新潟の四〇度の日本酒、「越後武士《えちごさむらい》」であった。

「ま、ま、先生一口行きましょう」そう言うと、とろっとした酒を湯呑み三分の一ほど注いだ。

「いやあ、濃いね」舌の上で転がして飲み込み、間もなく佐藤が言った。

「あ、お嫌いですか？」ちょっと心配そうな顔で松山が尋ねると、

「大好き。こういうの大好き」と顔をとろんとさせた佐藤が答えた。それを見た松山は思わず声を上げて笑ってしまった。

和室には笑い声が響き、いろいろな治療失敗談が飛んでいた。

「これは、私がまだ鍼灸学生だった頃の話なんだが」さむらいが進み、四〇度が半分ほど無くなってきた時には、さすがに二人とも頬が赤くなってきた。

「痔の同級生がいたから、長強《ちょうきょう》（肛門の近くのツボ）に灸をしてやろうと、意気込んで効くかどうかもわからないくせに、長強に艾《もぐさ》を置いたのだよ。火をつけてから、話そうとした時にそいつがくしゃみをしたんだ。そうしたら線香の先が尻についてね」まるで佐藤の話し方は落語のようで、松山はケタケタ笑っていた。

「アチッと、尻を締めたのだよ。すると火のついていた灸を自分の尻に挟んでしまい、さらにアチーッと大騒ぎしてね」酒の入った佐藤はいつもよりも饒舌であった。

「また、私が二五の時に、休みなしで一日に八人以上治療をしていたんだ。それが続いたら体がいい加減疲れてきてね。ある時推掌をしている最中に睡魔が襲ってきてね」

「推掌で睡魔ですか？」少し茶化すように松山が口を挟んだ。

「そう。推掌で睡魔」お構いなしに佐藤が続けた。

「寝ている患者の首を揉んでいながら、自分がガクッと膝から落ちてね。床でぐるんと一回転したのだよ」手振りを混ぜて話すのを見て、松山は腹を抱えて笑った。

「それを眠り治療と言う」なぜか自慢げなその一言に、佐藤自身もおかしくなり吹き出してしまっていた。

酒が入ると場が和む。緊張感のある治療とは打って変わり、和やかな時間が流れていた。

「フランスの諺でこんなものがある。体には酒を、魂には笑いを。魂にも酒でいいと思うのだが、なかなかフランス人らしい良い諺だな」二人はもう四〇度のさむらいも空けようとしていた。さむらいを飲むまでは二人とも全く酔った様子はなかったのだが、さすがにそこまで飲むと酔いがいい具合に回ってきているようである。その酔いに任せて、松山が口を開いた。

「先生、お聞きしたいことがあるのですが」ろれつはしっかりしているが、明らかに浮ついた話し方であった。

「おお、なんだね」佐藤もゆるんだ顔のまま返事をした。

「先日雲海先生のお宅に伺った時に耳にしたことなのですが。お地蔵様のお告げというのは、いったい何なんでしょうか？」素面《しらふ》の時には聞くことができなかった質問を、酔いに任せて思い切って聞いてみた。しかしその瞬間、佐藤の顔色が変わった。それを見た松山は、背筋がぞっとし、今までの酔いが吹っ飛ぶような感覚に襲われた。

（しまった。調子に乗った）心の中で大きく呟いた。しかし佐藤の顔色が変わったのは一瞬であり、すぐさま先ほどのゆるんだ顔に少し戻った。

「お地蔵様のお告げか。お地蔵様はね、私に時おり言葉をくださるんだよ」遠くを見る目で話した。

「小さい時からね、お地蔵様には助けられていて。私の住んでいた近所にお地蔵様がいてね。私を育ててくれた祖母は毎日そのお地蔵様にお供えものをあげて、拝んでいたんだ。その光景を私は子供の頃からずっと見ていてね。いつの頃からか、夢に出てきてくださるのだよ。そして、ここぞという時にお告げをくださる」佐藤はゆっくりと視線を松山に合わせた。黙ってじっと聴いていた松山の呼吸は止まりそうになった。

「な、何というお告げだったのでしょうか?」吸わずに出た息のない緊迫感のある言葉の語尾は少しかすれた。佐藤はじっと松山を見つめ、三つほど呼吸が終わった後、にやっと笑った。

「内緒だ」ずるっとなった松山は、思わず苦笑いをした。

「先生、内緒ですか」

「そう、内緒だ。ま、もう一杯」残りのさむらいを松山の湯呑みに入れた。松山は笑うしかなく、最後のさむらいを胃の中に押し込んだ。

「いつか、言う時がきたら言うさ。でも聞かなくていいこと、言わなくていいことというものが、世の中にはたくさんあるのだよ。とかく人は、言いたがる。聞きたがる。興味本位、うさばらし、自慢話、やじうま根性。ま、いいじゃないか、そのうち話す時がきたら話しますよ」佐藤も自分の湯呑みの酒を流し込んだ。

二人の間には、飲む前と明らかに違う空気が流れていた。盃を交わすとはよく言ったもので、そこには何か、酒の魔力というか、神力があるような気がする。二人を急激に近づけ、終わる頃には佐藤は松山を修司と呼ぶようになり、松山は佐藤を東吾郎先生と呼ぶ仲になっていた。

「最後はお茶でも飲もうか」佐藤がそう言うと、松山はささっと立ち上がり流しに向かった。足取りはさすがにいつもよりもよたよたしていて、その後ろ姿を見た佐藤は目を細めた。佐藤は仏壇に目をやると、一つ息を吐いた。小さくうなずくと、組んだ指をぼーっと見ていた。

「どうぞ」松山が茶を差し出すと、佐藤はゆっくりと啜った。

「年末年始はきちんと休みなさい。治療は三日の源龍関からスタートです。来年は飛躍の年になりそうだね」佐藤の言葉に松山は背筋を伸ばして答えた。

「はい。頑張ります」佐藤が松山の前に右手を差し出した。

「握手」突然のことに、松山は慌ててズボンで手を拭き、酒で熱くなった両手で佐藤の右手を握って言った。

「よろしくお願いします」佐藤の右手はとても強い握力であった。大きくてがっしりしたその手は、松山にとって憧れの治療家の手であった。そんな佐藤の力強い熱い右手を感じながら、松山は頭を下げていた。

「気をつけて帰るんだよ」佐藤は松山を玄関の外に出て見送った。

「はい、先生良いお年をお迎えくださいませ」松山は深々と頭を下げ、煌々と照る月の下の細い砂利道を駅に向かって歩いていった。佐藤は曲がり角で松山が見えなくなるまで見送っていた。曲がり角で、松山はもう一度振り返り、頭を下げた。そんな松山を見て、佐藤が大きく手を振った。

松山が見えなくなり、佐藤は空を見上げた。ピンと張りつめた空気が冷たく気持ちよかった。明るい月は目に眩しいくらいであった。

「早苗、久しぶりに人と酒を飲んだよ」小さく呟いた。少しの間夜空を見上げ風に当たると、静かに家に戻っていった。

年明け、佐藤の仕事は源龍の治療から始まり、松山はその見学からスタートした。源龍も佐藤との約束を守り、週に一回のペースで治療に来た。彼は体がずっと動くようになったと喜び、初場所は十四勝一敗で大きく勝ち越し、十両優勝こそ逃したが番付は十両十五枚目から五枚目に戻した。

忙しい一月が過ぎ、あっと言う間に二月がやって来た。松山は昨年同様のスケジュールで陳の店と接骨院と佐藤の治療院を掛け持ちした。忙しさの中にも計り知れない充実感があり、佐藤と出会う前とは別人の生活と感情を手に入れていた。陳の店でも多くの指名が入り始め、もはや店の戦力として欠かせない存在となっていた。接骨院では松山に手技を教えてもらう勉強会まで開かれるようになっていた。自分の変化により、世界が変わることを実感し始めていた。

それは、佐藤の往診に同行している日の出来事であった。梅の香りのする道を、佐藤の鞄を持ち、二人並んで歩いていた。

「修司、もうこんなにも梅が咲き始めたな」佐藤は機嫌良く梅林を見上げながら話した。

「あ、はい。そうですね」どことなく返事がおかしい松山を横目で見たが、気にせず続けた。

「自然というのは偉いもので、季節になればこうやって必ず花を咲かせる。さぼることもなく一生懸命花を咲かせ、一生懸命生きている。いや、一生懸命などという人間じみた欲はないだろうな、淡々と、大自然の流れで生きているのだろうな。まさに平常心だな。大自然の心か」独り言のようなつぶやきに、松山は返事をし損なった。しかしそれには理由があり、少々上の空だったのだ。佐藤が再び横目で松山を見ると、下向き加減でこそこそした感じで歩いていた。佐藤が梅から前方に目を戻すと、水色のケーシー白衣を着たリハビリスタッフらしき連中が三人で歩いてきた。50m先には整形外科があり、佐藤は彼らが松山の前の同僚であると瞬時に気がついた。すれ違う際、松山はさらに顔を背けた。しかし三人は話に夢中で、そんな松山に全く気がついていなかった。その様子を見ていた佐藤は何も言わずにそのまま歩き続け、整形外科の前に立つと、ぴたりと足を止めた。

「修司、医者に挨拶しに行くか?」真顔で松山を見つめた。

「い、いいえ。先生。行きましょう」早くこの場所から逃げたかった松山は、突然の提案にギョッとした。

そんな様子にお構いなく佐藤は続けた。

「冗談だよ。ここが修司の働いていた病院か」足を止めたまま、ゆっくりと上を見上げた。

「東吾郎先生、早く行きましょう」松山はその場から一秒でも早く立ち去りたくて、佐藤をせかした。

すると佐藤はわざとゆっくり中をのぞき込み、

「ここのスタッフは白衣のまま平気で外に出るんだな。汚いなあ。見てみろ修司、あの看護婦なんてナースシューズのまま外を歩いているぞ。あのまま診察室に入るのだろうか。汚い汚い。何なんだろうね。白衣の意味も、ナースシューズの意味もないだろうにね」と、話し続けた。いたたまれない松山は我慢できずに、半歩先に歩きだしてしまった。それを見た佐藤が、強い静かな口調で松山を止めた。

「修司、なぜ逃げる?」先ほどまでの上機嫌な姿はなく、真剣な目つきで松山を見た。その目を見た松山は蛇に睨まれた蛙のごとく、また、逃げ場をなくした小動物のようになり、足が震え始めた。

「もう一度聞く。修司、なぜ逃げる?」その声はゆっくり、はっきりしていて、松山の体を貫通した。

「あ、いえ、はい。あ」困りきった松山は動けないまま下を向いた。

「修司、お前は逃げなくてはならないほど、恥ずかしい生き方をしているのか?」歩道の真ん中で、佐藤は松山をピンで刺したように動かさなかった。

「いえ。しておりません」震える声の中、眉間にしわを寄せて答えた。

「それならなぜ逃げる必要がある。なぜ顔を隠す必要がある?」佐藤の声はだんだんと強くなってきた。

「はい。ありません」眉間にしわを寄せたまま、握りしめた左手の拳が痛くなる中、大きく返事をした。

「お前は、俺の弟子だ。恥じる必要がどこにある。顔を上げろ」そう言われて松山は背筋を伸ばし、顔を上げげた。

「胸を張れよ胸を。堂々と生きろ。こそこそするな。もうお前は、昔のお前じゃない。今は、私の弟子で治療を学ぶ松山修司だろ。過去は過去だ。縛られることは何もない。あるのは今だけだ。だから、今、恥ずかしい生き方をしていないのならば、しっかり胸を張って堂々と生きろ」最後はとても強い口調であった。

「はい。わかりました」松山は鋭い目つきのまま、大きな声で返事をした。その顔をじっと見たまま佐藤は三呼吸ほど間を置くと、

「じゃあ、医者に挨拶に行くか？」と、おどけて言って見せた。

「いや、先生。はい。行けます」困った顔をしながらも、松山は自分は行けると胸を張った。

「冗談だよ。さあ、行こう。次はいつものおばあちゃんが待っているからな」明るい声になった佐藤は、松山より先に歩きだした。

「あ、はい」二、三歩遅れた松山は小走りで佐藤の後ろにつくと、唇を噛みしめながら眉間にしわを寄せて、いったん下を向くと、大きく鼻で息を吸い胸を張って歩いた。そんな様子を背中で感じた佐藤は、再び機嫌良く二月の空を見ながら話した。

「変わったか？　修司。昔と自分は変わったか？」佐藤は前を向きながら質問をした。

「あ、はい。ずいぶんと変わりました」堂々と答えてみせた。

「人はな、変われるのだよ。そして人生を変えられるのだ。自分が一歩踏み出せば、自ら変えていけるものなのだよ。恐れなどいらない。我々は愛に満たされているのだから、恐れずに、飛び出して行けばよいのだよ。後は、自分を信じなさい。自分の直感を信じなさい。必ず道は拓け、新しい道がやってくるから」そう言うと、ちらっと横目で松山を見た。

「良かったな。変われて」いつもよりやや早足で歩く佐藤についていきながら、「はい。良かったです。先生のお陰です。ありがとうございます」松山は大きな声で答えた。

「私のお陰ではないよ。さあ、行こう」佐藤の後ろ姿は、とても男らしく見えた。とてもではないが、松山は佐藤ほど自信に満ちていない。ただ、佐藤のような治療家になりたいと、この時あらためて強く思ったのであった。


それからしばらくたったある日のことであった。往診が一通り終わり、喫茶店でコーヒーを飲んでいた時に、松山が普段から気になっている事を佐藤に質問した。

「あの、先生。私は患者さんの治療中に何を話したらよいか、困ってしまうのですが」コーヒーを啜る佐藤を前に、松山がぼそぼそっとした声で聞いた。佐藤は、松山の顔は見ずにコーヒーカップを見たままもう一口啜った。

(まずいことを聞いたかな?)松山は心の中で呟いた。未だに松山を見ない佐藤が目線を上げて尋ねた。

「話すって、治療中に何を話すんだい?」ちらっと松山を見ると佐藤はまたコーヒーカップを見た。

「あ、いや、はい。あの、沈黙が怖いと言いますか、間が持てないと言いますか、はい」体をもじもじさせ、頭を手で掻きながら松山が返答した。目線を変えずに佐藤が聞いた。

「患者さんが話したければそれを聴けばいい。患者さんが無言ならこちらは治療に集中すればいい。ただそれだけだろうに、他に何がある?」佐藤はカップを置いて松山を見て話した。

「あ、はい。そうなんですけれども。あの、東吾郎先生は確かにほとんど患者さんに自ら話かけられることはないですが、極くたまに、患者さんに話しかけられるのを見かけまして、そのタイミングといいますか、内容といいますか、それが私には難しくてですね。先生の一言で患者さんの緊張が取れたり、そういうのを見ておりますと、やはりある程度話しかけた方がいいのかなとも思うのですが、私の場合は、いったい何を話したらいいのか、どういうタイミングなのかがわからないのでございます」いつもにもましてもじもじ話す松山を見て、佐藤がため息をついた。

「しょうがないな。そういう間はやはり経験ですよ。患者の緊張を見極めて話しかけたりユーモアを入れたりするのは、やはり経験だと思いますよ。もちろん生まれつきそういうコミュニケーションに長けている人というのはいるものですが、まあ、それよりも何よりも自分の治療という仕事に集中することの方が大切ですよ」そう言うと、しばし松山の目を見た後に、窓の外を見た。そしてもう一度松山の顔を見ると、目線が頭に行った。

「髪、伸びているな」唐突な指摘に松山は面食らった。

「あ、すみません。床屋になかなか行けなくて」再び頭をかきながら言い訳をした。

「私も最近行けていなかったのだ。医療人なのだからこざっぱりとしなくてはいけないな。よし、あそこに行こう」そう言うと佐藤は窓の外を指さした。

「え？」という顔で松山が指の先を見ると、そこには美容室があった。

「今からですか？」松山が何を突然というような口調で尋ねた。

「そう、今から」当たり前だという言い方で佐藤が答えた。

「先生と二人でですか？」松山が佐藤の頭に少し目線をやると、佐藤は吹きだした。

「二人で一緒に髪を切るのは嫌だな。修司、私はここで本を読んでいるから、君が行ってきなさい。ほら、ガラガラだから、すぐにできるよ」そう言うと、早く行けと言わんばかりに、松山を急かした。

「あ、はい。わかりました」納得がいかないような松山は渋々席を立った。そして椅子を机に戻した時であった。

「修司、そこで美容師達の接客をよく見てきなさい。どんな話をするのか。これは接客の勉強です」そう言うとじっと松山の目を見た。その目を見て松山も、

「わかりました」と、どこかに戦いに行くかのような気分になった。ニヤッと笑った佐藤に松山はやや困惑したが、バッグを持って店を出ていった。

「さーて、どうなるか」佐藤は面白い劇が始まるかのような気持ちで、美容室に入っていく松山の姿を見ていた。

「いらっしゃいませ〜。ご予約ですか？」手首にジャラジャラとアクセサリーを付けた二十代半ばくらいのあごひげを生やした茶髪の男が、調子良くやってきた。

「いえ、初めてなのですが今すぐできますか？」松山は未だこの事態に飲まれながらも、平静を装った。

「こちらへどうぞ〜」

それから1時間、髪を切った松山がスタスタと佐藤の下へ帰ってきた。

「先生戻りました」顔にたくさん毛をつけたままの松山の顔は、疲労を隠せなかった。それを見て佐藤は少し笑ってしまったが、笑いをこらえつつ口を開いた。

「さて修司。彼らの話はどうだった?」テーブルの上で指を組んで佐藤がどっしりとした雰囲気で質問をした。

「はい」いったい何を言ったらよいのか頭を整理しようとし始めた時に、佐藤が続けた。

「私が全部当てよう」そう言うと佐藤は姿勢を正し、深く座り直した。

「今日は、お休みですか? 休みの日は何をしているんですか? テレビは見ますか? どんなテレビを見ますか? 仕事は何をしているんですか? どこに住んでいるんですか? 趣味は何ですか? この後はどこか行くんですか?」立て続けに言うと、

「そんなものだろ?」と吐き捨てた。驚いた松山は、

「はい。その通りです」と目を丸くして答えた。

「だいたい、あんな格好で接客をしているガラガラの美容室なんてそんなものだ。客だってバカではないからね。くだらない質問をされ続けると、嫌気がさしてもう二度と行かなくなるものだ。もの凄い技術があればまた別だが、ガラガラであれでは、技術がないのは一目瞭然。典型的なやってはいけない接客の見本ですよ」佐藤はもう一度窓の外の店を見て、

「今度は一流の接客を見せよう」と、席を立った。

「どこへ行くのですか？」松山も慌てて席を立った。

「髪を切りに床屋へ行きます」そう言うとスタスタと喫茶店を出て行ってしまった。松山はあっけに取られながらも、急いで佐藤の後を追った。

そこから車で5分もかからないところにその床屋はあった。外見はよくある床屋と何も変わらない。クルクル回る看板が、いつも通り回っている床屋であった。

「この駐車場見てください。ゴミは一つも落ちてません。あの玄関も、西日が当たっているのに、埃一つ見えませんよ。外の窓もとても綺麗だ。お店自体はとても古いのですよ」そう小声で松山に話してから店に入った。

「いらっしゃいませ」中から、品のある白衣を着た背の小さな老人が出てきた。

「突然で申し訳ないのですが、大丈夫でしょうか？」佐藤が自分の頭を撫でながら話すと、

「大丈夫ですよ。どうぞこちらへ」静かに愛想良く案内された。松山は待合室でその二人の雰囲気をじっと見ていた。床屋の主人は松山のことを佐藤に聞くでもなく、かといって無視しているわけでもなく、とても感じの良い空気が流れていた。

髪を切られている間、二人は無言であった。床屋は自分の仕事を淡々とこなし、最後の最後まで無言のまま散髪が終わった。

「はい、お疲れさまでした」佐藤の襟首の髪は払われ、顔にも切った髪は一つもついていなかった。

「有り難うございました」佐藤は丁寧に頭を下げた。すると床屋はニコニコしながら、お茶を二つ持っ

てきて一つを松山に差し出した。

「あ、有り難うございます」松山が自分にも出してくれた湯呑みを手に取った。佐藤も口をつけ、一息ついて店を後にした。

「またよろしくお願いいたします」佐藤はそう言うと、丁寧に頭を下げて店を出た。そして車に乗るなり口を開いた。

「これが最高の接客ですよ。本当に頭が下がります」何度かうなずきながら呟いた。

「はい」松山も相づちを打った。

「無駄なことを一切話さない。けれども穏やかな空気が流れている。客を緊張させない。疲れさせない。そして気持ちよく帰す。あの床屋さんの人間性ですね。本当に素晴らしい。私なんてまだまだ足下にも及ばない」佐藤はそう言うと首を振った。

「修司のことも、あなたは誰だなんてことは聞かなかったろう？　私にもお連れ様はどなたですかなんて野暮なことは一切聞かない。ただ淡々と黙々と自分の仕事をこなす。しかし一方的ではなくて、相手の呼吸をきちんと見ている。だからこちらは疲れない。嫌な気持ちにならない。ここが二流と一流の違いですよ。一流は自分の技術を相手との間合いを見ながら出す。二流は一方的に押しつける」佐藤は生き生きした目で松山に話した。

「鍼灸推掌も全く一緒ですよ」松山をちらっと見た。見られたことを感じた松山はハンドルを持つ手に力が入った。

「相手の呼吸を見て鍼を刺す。補瀉《ほしゃ》の原理もそう。呼気に刺すのか吸気に刺すのか。また推掌も相手の呼吸、仕草、手の動き、足の動き、すべてに神経を注いで相手との間合いを見ながら施す。そこにくだらない話などいらないのだよ。世間話をするにしても、こちらからべらべら話すなどということをしてはいけない。話したい人は自分から話すし、話したくない人は黙っている。話したくても話せずにいる人は、仕草を見ていればわかる。緊張をほぐして、間合いを見て、話せる態勢をこちらが作る。少しの気遣いで接客というのは変わるのですよ。それは直接治療に繋がるのです」佐藤の言葉は松山の胸に深く刺さった。

「東吾郎先生、今日はありがとうございました。とても勉強になりました」信号が赤に変わり、松山は佐藤の方を向いて頭を下げた。

「私も君も頭がさっぱりしたしな。修司はへたくそにされたけれど」そう言うと佐藤は大きく笑った。松山は苦笑いをしながらも、前方をしっかりと見てアクセルを踏んだ。心の奥底に嬉しい気持ちが湧いてきた。この時間が、とても良い思い出になると思ったからだ。

日は沈み、この日の往診はさっぱりとした気持ちで幕を閉じた。

三月に入り、桜のつぼみが膨らみ始めた頃、松山は陳の店と佐藤の治療院に行くのが楽しみになってきた。初めの頃は、修行だから仕方ないと苦汁をなめる気持ちで必死に頑張るしかなかったが、この頃になると陳の店では指名をたくさん取るようになり、また佐藤の言っていることがようやくわかり始め、自分の成長を感じてきたからだ。

「松山サ〜ン、チョットテツダッテアゲテ」陳が自分の客を施術しながら、ぎっくり腰に手こずっている王の方を顎で示した。

「あ､はい」レジを済ませたばかりの松山は､次の自分の客がソファに腰掛け待っていたが､王を手伝った。

「はい、力を抜いてください。フン」松山が鼻から気合いを出すと同時に、客に力を加えると客の腰がゴキゴキッとなり、客は「ギャー」と叫んだ。

「はい、立って」松山はいっぱしの口をきくようになっていた。

「あ、痛くない」客は狐につままれたような顔で自分の腰をさすりながら言った。

「はい、お疲れさま」そう言うと松山は無愛想に、待っている自分の客をベッドに案内した。陳の店では明らかに松山の腕は認められ、存在感が増していた。陳も頷きながらその様子を見ていたが、少し心配をしているような顔でもあった。そんな陳の様子は気にもとめず、松山は来る客来る客を施術し続けていた。

「はい、お疲れさまでした」今日のこの店最後の客は松山を指名していた。客が帰ると松山は一つ大きくため息をつき、ベッドを片づけに行った。

「松山サン、チョット」陳が松山を呼び止めた。

「はい」振り向き、ベッドを直しながら返事をした。

「どうしましたか、先生」松山は手を動かしながら話した。すると陳が自分のベッドから降り、真面目な顔でトコトコと松山に近寄ってきた。

「松山サン、矯正整骨ノ時ハ、モット慎重ニネ。ケガスルカラ」陳はゆっくりと話したのだが、返事は早口だった。

「あ、はい。わかりました。気をつけます。大丈夫ですよ先生、大丈夫っす」適当な返答に聞こえた。陳はそんな松山をじっと見ていたが、松山には早く帰るために、後かたづけの方が大事であった。

「それではお先に失礼します」駆け足で帰る後ろ姿を陳はじっと見ていたが、その後首を一度右に傾け、やや考えると、気を取り直したかのように自分も支度をしていつも通りに帰っていった。この日の売り上げは、松山が他の中国人を抜いて陳に次ぐ二位であった。


三月は大阪場所千秋楽。佐藤の治療院に一本の電話が入った。

「東吾郎先生、源龍関からお電話です」松山がいつも通り電話を取り、佐藤に渡した。時計を見ると5時を回っている。十両はもう終わっている時間であった。

「はい、もしもし佐藤です」落ち着いた佐藤の声に被さるように、源龍が興奮気味に話してきた。

「先生、源龍です。先ほど優勝決定戦で十両優勝を果たしました。本当に先生のお陰です。有り難うございました」昨年末には引退を考えていたのが、来場所の幕内復帰が濃厚となった声は、喜びに満ちていた。

「そうですかそうですか。おめでとうございます。今日は、酒、少し多めに飲んでもいいですよ」佐藤も喜び、声に張りがあった。

「いえ。先生の言いつけは必ず守ります。また来週治療お願いいたします。本当に有り難うございました」そのやりとりを見ていた松山は、自分も佐藤に誉められるようにもっと頑張らねばとさらに強く思った。源龍は十四勝一敗で十両優勝を果たし、来場所は幕内となる。幕内復帰はおよそ一年ぶりのことであった。


四月。桜が咲き、春の香りがあちらこちらに漂っていた。目に入る景色も白黒の冬から彩りの春へと変わり、街行く人々も心弾むようであった。その一人に松山がいた。自分に自信が出てきて、どこか浮ついている調子であった。しかしそんな松山を諭すわけでもなく、佐藤はただ静観しながら指導を続けていた。

この日、桜の香りのする中、二人は海の見える往診先、大洗へと向かった。大洗は、磯前神社での佐藤と松山の対面以来である。季節も変わり、松山もずいぶんと変わってきていた。

「先生、気持ちいいですね」窓から海風を受けながら、松山は楽しいドライブのように運転していた。

「なんだ、ずいぶん機嫌がいいね」佐藤は横目でちらっと松山を見て答えた。

「いやあ、先生。だってあの時以来ですよ、あの時以来。あの時は緊張しましたよ。緊張なんてものではないですね。もう死ぬかと思いました」佐藤は少し口元がほころんだが、ほとんど表情は変わらずにまっすぐ前を見ていた。松山はそんな様子を横に感じて、佐藤がいつもと違うような気がした。

「先生、どこかご体調などが悪いのですか？」松山は心配そうに顔を佐藤に向け聞いてみた。

「いや、体調は問題ない。ただ」そう言うと窓の外に少し顔を向けた。

「何か、嫌な予感がするんだな。何だかわからないのだが」と、首を回しコキコキと鳴らした。松山は大洗の喫茶店での出来事を思い出した。佐藤の予知能力のことだ。鳥肌が立ったあのことが、ついこの間のことのように鮮明に心に浮かんだ。その佐藤が、嫌な予感がすると言っている。あの時と同様鳥肌が立ち始め、松山の顔が強ばってきた。無言になりながら、二人は今野の家の前に着いた。

「ごめんください。佐藤です」佐藤は松山を横に従えていつも通りの挨拶をした。

「はい、今行きます」インターホンから聞こえたのは今野自身の声であった。そして玄関が開き今野が顔を出した。

「ああ先生。どうもどうも。遠いところを有り難うございました。どうぞ、一服されてください」そう言うと先に部屋へ戻っていった。

「お邪魔いたします」佐藤は玄関を入った瞬間に、眉間にしわを寄せると、一瞬体の動きが止まった。その様子を松山は後ろから見ていたが、明らかに佐藤の様子が変わったのがわかった。

居間に入るとお菓子が用意されており、座布団が三つ置いてあった。

「ささ、先生。どうぞ一服されてください」今野は湯呑みを二人の前に差し出した。

「いただきます」佐藤の声は重く静かであった。姿勢がいつもより正しく、明らかに様子が違っていた。

そんな中、今野が口を開いた。

「先生、先に言っておかなければならないことがありまして」正座で畏《かしこ》まって言う今野に、佐藤も背筋を伸ばしたまま相対した。

「はい」静かな重い返事であった。

「家内が二週間前に亡くなりました」目を丸くしてあっけに取られる松山に反して、佐藤はもう既にわかっていた様子であった。佐藤は玄関に入った瞬間に線香の香りで確信していたのだ。何度か小さく頷いて目を伏せたままであった。

「私の心臓が悪いせいで、家内には家のことも他のことも全て任せっきりで。自分ばかり病人ヅラして、妻の体調のことなどこれっぽっちも考えていませんでした」淡々と話す今野に対し、佐藤は遠くを見るように宙を見ていた。

「いつもは私より早く起きて飯を作っているのに、その日は起きないいんですよ。だから、おい、どうした？ って声をかけたんですが、返事がなく。妻の方が心筋梗塞で死んでいました」

遠くで波の音が聞こえる。ザザーザザーという音が松山の耳の奥で響いていた。

「まったく。自分のことばかりで。ちっとも家内のことを見ていませんでした。本当に、私よりも家内を先生に治療してもらえばよかったと思っていますよ」その声に力はなく、憔悴《しょうすい》しきっている感じであった。それに対し、佐藤は何を語るでもなくただじっと耳を傾けていた。

治療が終わり佐藤が片づけをしているところに、今野が話しかけた。

「家内がいなくなって、こんなにも寂しいものかと思いました。いつもは喧嘩ばかりしていたのに。もっと優しくしてやればよかったと後悔ばかりですよ」佐藤の手が一瞬遅くなったが、小さく相づちを打つと再び手を動かした。佐藤は仏壇に線香を上げるとゆっくりと手を合わせ、やや長い間仏壇の写真を見ていた。松山も佐藤の後に線香を上げ、二人は玄関へと向かった。すると今野が二人の後ろから声をかけた。

「松山さん、顔つき変わりましたね。以前とは別人ですよ。頑張ってますね」

松山は小さく照れ笑いをしたが、佐藤の表情は変わらないままであった。

車に乗ると、いつもは手を振り見送る姿がバックミラーに二人映るのに、当たり前だが一人しかいなかった。曲がり角を曲がるまで、いつも通り、今野は手を振ってくれていた。佐藤は窓を開け顔を出し、いつもはそんなことをしないのに、この日は大きく手を振った。

無言のまま、少し時が過ぎた。松山は佐藤の様子が気になったが、何も話しかけないまま運転を続けた。

「少し、海の風に当たろう」おもむろに佐藤が口を開いた。

「あ、はい。わかりました」松山は慌ててウインカーを出し、町営駐車場に車を停めた。

「ありがとう」どこか虚空を見つめながらの佐藤の言葉は、宙に浮いていた。先に車を降りた佐藤は、とぼとぼと浜辺へ歩いていった。すぐに松山も後を追った。

心の炎

浜辺には大きな流木があった。

「座ろうか」ぽつりと言うと、佐藤は腰を下ろした。

「はい」松山も佐藤の横に腰掛けた。

二人は何を話すでもなく、数分の間海の向こうを見ていた。海鳥が鳴き、いい天気の下、二人の影はだんだんと長くなっていった。

「なあ、修司。今野さんあの家に一人じゃ、寂しいだろうな」突然の語りかけに松山はびくっとしたが、落ち着いて返答をした。

「はい。そうですね」佐藤は少し下を向いて、もう一度海の向こうを見た。

「修司、この間、私の体を診断して、心腎不交と言っただろう。あれはどうしてそう思ったんだ?」

顔を松山に少し傾け、小さな声で話した。

「え、あ、はい。何となくなんですが。教科書と先生の様子を比べまして。そんな感じかなと」まさかここでずいぶん前に行われたテストについて聞かれるとは思わなかったので、松山はひどく動揺した。

「心腎不交の心は、心臓ではないことは知っているよな?」静かな問いに対し、松山が「え?」という顔をした。

「心臓のことではないのですか?」佐藤の方へ体を向け松山が聞いた。佐藤は少し口元をほころばせたが、顔を海にやると、再び少し下を向いた。

「そうか。たぶんそうかと思っていたが。心腎不交の心《しん》は、心《こころ》のことだよ。心臓という臓器に問題があるのではなくて、自分の心に問題があり、それが心臓に影響しているということだ。心に火が起こり、それが種火となり体の中で燃える。普通は腎の水でその火は消されるし、または抑えることができる。しかし腎が弱かったり、または火が強かった場合には、火と水のバランスが崩れ、心と腎の間が分断され交通されない。体には火が巡り熱が上に上がり横隔膜から上の症状がどんどんでてくる。虚煩《きょはん》不眠、心悸健忘《しんきけんぼう》、めまい、耳鳴り。共に腎の水が枯渇してきて腰膝がだるくなる。原因の火は、心の火、いわゆるストレス、悩み、心のざわめきだ。確かに心腎不交は、心臓という臓器が悪くて発症することもある。しかし、ほとんどが自分の心に原因があるのだよ」佐藤は一気に話し、松山はじっと聞いていた。二人の頬に淡い夕日が当たり始めた。

「私は子供の頃から心臓が悪かったんだ」前を向いた佐藤から、ぽつりと言葉がこぼれ出た。それを聞いて松山ははっとした。確かに患者の中には、佐藤の体調を気遣う人が何人かいた。雲海にしても佐藤の体調を心配していた。松山は以前佐藤が言っていた心臓のことから、それに関係する出来事を一気に思い出し始めた。

「臓器としての心臓だけが悪いと思っていた。しかし、修司に言われて気づいたのだよ。自分は臓器としての心臓だけが悪いのではなくて、心に原因があったのだということをね」最後の言葉尻には軽く息がかすれていた。

「心に原因があり、その火がさらに心臓を悪くしていた。患者には当たり前に言っていることが、自分のこととなると全く気がつかなかった。全く、恥ずかしい限りだ」ちらっと松山を見た。松山は佐藤と目が合った瞬間にドキッとした。沈黙の中、遠くで船の警笛が聞こえた。浜辺を犬と歩くカップルを遠目に見て、やや肌寒い風を肩に感じていた。そして再び佐藤が口を開いた。

「私も妻を亡くしているんだ」思い出すような口ぶりの声は、静かに重かった。それを聞いた松山は、息をのみ言葉が出なかった。変わりない波は、前方で一定の動きを繰り返していた。

佐藤が二八歳の時の話である。当時は東京の銀座で鍼灸院を開業していた。高い家賃で名高い銀座の広いスペースに、ベッドを十台も置き、1回1万円の治療を毎日数十人こなしていた。次から次へと全国からやって来る患者に、片っ端から鍼を打つという感じで、アシスタントのような弟子も何人かおり、休みなくただひたすら働いていた。

「はいお大事に。次の患者さん呼んで」機械のように働く佐藤の姿は、現在とは大分違っていた。そこは工場のようで、心が感じられなかった。仕事が終わるとくたくたになり、都内のマンションに帰る。そんな佐藤をいつも優しく迎えてくれたのが、妻、早苗であった。

「おかえりなさい」ぐったりと不機嫌そうに帰って来る佐藤を、早苗はいつも笑顔で出迎えた。佐藤よりも三歳年下で、とても健気で明るかった。佐藤もその笑顔を見ると、一日の疲れが少し取れる気がした。しかし治療が立て込んでくると、だんだんと不機嫌になり、会話もほとんど交わすことなく風呂に入ってすぐに寝るという毎日であった。たまの休日にも家で体を休めるだけということが常で、夫婦の時間をゆったりと過ごすなどということは全くなかった。しかし早苗は一切、文句を言わず、献身的という言葉がふさわしい生き方をしていたのだ。

ある日のことである。佐藤が起きると、朝ご飯が並ぶ食卓の横で、早苗が眉間にしわを寄せていた。

「おはよう」佐藤は頭をぼりぼりかきながら声をかけた。しかしこの日はいつもと様子が違った。

「どうかした？」ぶっきらぼうな問いかけにも、早苗は無理矢理笑顔を作り返事をした。

「ううん。ちょっと頭が痛くて。大丈夫よ」

「ふ～ん」佐藤はたいして気にするでもなく、さっさと席に座り食事をとり始めた。早苗はキッチンに味噌汁を注ぎに行った。

「じゃあ、行ってくる」短時間で食事を済ませ、いつも通りに佐藤は職場へと向かった。

「気をつけてね」早苗は笑顔を作り、玄関で手を振っていた。


その夜であった。いつも通りに不機嫌な佐藤が帰ってきて玄関を開けると、そこには倒れている早苗の姿があった。

「おい！　早苗！　どうした！　おい！」慌てて近寄り早苗の顔を起こした。するとそこにはすでに冷たくなっている早苗が身動きしないままの姿になっていた。

「お、おい」慌てて携帯を取り出し半ば震える声で１１９番をした。既に手遅れだということは百も承知であった。救急車が来るまでの間ただじっと自分の胸に早苗の体を抱いていた。足はガタガタと震え、手もずっと震えていた。

「ごめんよ。ごめん」シャンプーの香りがほのかにする動かない身体を強く抱きしめ、取り返しのつかないことを自分はしたと、何度も唇をかみしめた。涙で早苗の髪が濡れた。佐藤の唇からは血が流れていたが、早苗の顔は、どこか笑顔のように見えた。脳内出血で倒れた早苗は、二五歳でこの世を去った。


大洗の海に、風が吹き始めた。佐藤の前髪が微かに揺れ、先ほどよりも影が長くなった。

松山は初めて聞いた話に、いったい何と言葉にしたらいいのかわからぬまま、次の言葉を待った。

「だから私は、一番大切な人を助けることができなかったのだよ。人の治療ばかりして、見殺しにした」

言葉の強さに松山は少し身を強ばらせた。

「朝、頭が痛いと聞いていたのに、私は無視した。結果、妻は死んだ。もし、あそこで首のひとつでも揉んでいたら、きっと死ぬことはなかっただろう」眉間にしわを寄せて、水平線の向こうを見ながら佐藤は話した。

濃くなり始めた夕日が二人を照らす。佐藤は右手の親指と人差し指で、左手の人差し指を何度も擦っていた。

「それから私は治療院を閉め、埼玉の田舎に引っ越したんだ。もう生きる気力を無くしてね。そんな時に雲海先生と出会って、喝を入れられ、再び治療人生に戻ったんだ。いや、生きる道を改め始めたという方が正しいかもしれないな」松山はじっと佐藤の横顔を見ていた。

「修司に心腎不交と言われた時に、どきっとしたよ」名前を言われ松山は少し背筋を正した。

「私はずっと自分を責め続け、それが今でも続いている。心にはいつも火があり、いつもざわめいていた。平常心とはほど遠い生き方をしていたんだな。ただの心臓という臓器が悪いせいで、私の動悸や不眠があるのだと思っていたが、何のことはない、ただの弱い心が原因で燃え続けた火が引き起こしていたのだな」自分自身を鼻で笑うかのような話し方であった。

「病気というのはほとんどが心の病みたいなものなんだ。心が体を作っていると言っても過言ではない。確かにスポーツなどでの整形外科疾患もあるが、一般人の整形外科疾患は殆どが心身症だ。それはずっと臨床をやっている人なら誰もがわかることであろう。まずは心。患者さんの心を見ることから治療は始まるんだな。修司に心腎不交だと言われてから、初心を思い出したよ」最後は松山と久しぶりに目を合わせて話した。松山はどのような表情を浮かべたらいいのかわからずに、少し首を横に振り目を伏せた。

「それと、大事なことを修司に伝えなくてはならない」少しだけ顔を松山の方に傾けて静かに丁寧に話した。「はい」と返事をすると、松山の心臓の鼓動が強くなった。

「人は必ず死ぬ。どんなに治療をしても必ずいつかは死ぬ。私も死ぬ。君も死ぬ。その死というものは、決して悪いものではないということを、心に刻みなさい。そして悲しいものでもないということも刻みなさい」言い終わって、じっと松山の目を見た。

「はい」ごくりと唾を飲み、松山も佐藤をじっと見た。

「死は悲しいものでは決してない。誰の死でもだ。死は自然現象であり、必要だから起きることだ。どんな死に方でもそこに悲しみはない。もしあるとすれば寂しさだ。残された者の寂しさはある」佐藤は少しうつむいた。

「私は妻が死んで、悲しくはなかった。なぜなら死ということを理解しているから。理解しながら鍼灸師という治療を生業《なりわい》として生きているから。死は決して悲しくはない。重要なことであり、自然であり、また新たな形で生が始まるという変化でしかない。いわば生命の環境が変わるに過ぎないことだ。死んだ後も生命は続く。魂は人知の及ばぬ世界で生き続ける」その力強い話に、松山の背中はじわっと熱くなり始めた。

「死んで、正確には肉体が滅びて、初めて人は本当の生を生きるのだよ。そこから本当の世界、真実の世界が始まるんだ。肉体は大自然界からの借り物であり、この世は幻想である。真実は、この世の修行と思われる艱難辛苦《かんなんしんく》を乗り越えた後にあるものなのだ。死は、いわば解放だよ。まるで鳥が籠から放たれるようなものだ。我々の実体は魂であり、生命だ。決して肉ではない。この体ではないのだよ。だから死というものは肉体が動かなくなったこと、呼吸が止まったこと、心臓が止まったことにすぎず、それと同時に形を変えた生命が、正確には本当の形をした生命が魂として真実の世界へ旅立つ、故郷へ戻ることとなんだ」力強い調子のまま語り続けた。

「だからな、修司」顔を傾け松山を見た。

「はい」

「生き物の死を見てこれからは悲しむな。寂しいという気持ちはあってもいい。人間だから会えない、触れられない、話せないという想いは寂しいものだ。それは欲なのだが人間だから仕方ない。寂しい気持ちは否めない。ただ、悲しむ必要はない。誰が死んでもだ。悲しむことはない。それは生命にしてみれば、艱難辛苦からの解放、肉体という檻からの解放、本当の意味での新たな生なのだから、祝福しなくてはならないのだよ。表面的なことに振り回される必要はない。じたばたしても、死んだ人間は絶対に生き返らない。そこで騒いでも、無様なだけだ。故人は決して喜んではいない。死んだものの生き様を受け止め、今度は自分が死ぬまでにただひたすら、淡々と、自分の使命を果たしながらこの世での課題に真摯に誠意を持って取り組むことこそが、故人への供養であり、人の生きる道なんだ。だから私のように罪悪感を持ち続けているというのは本当の生き方ではないし、妻だって喜んではいない。供養を考えたら、私がただ愛の世界を生きなくてはならないのだよ」

もう夕日は沈み、空が名残りの紅に彩られていた。

「それを、修司に気づかされた。感謝する」小さく佐藤は頭を下げた。

「いいえ、先生。そんな」松山は、そんなことはしないでくれと右手を広げた。

佐藤は大きく息を吐き、海の向こうを見た。

「今野さん、辛そうだったな」猫背になった佐藤がぽつりと呟いた。

「はい。そうですね」小さく松山が相づちを打った。

「帰ろうか」

「はい」

二人は海風で冷えた体を丸めながら、この日の往診を終えた。佐藤の言葉の矢が刺さったように、松山の胸にジンジンと想いの振動が響いていた。


桜は散り、木々が新緑を付ける五月がやってきた。風が気持ちの良い日、あと数日後の五月場所を控えた源龍がやって来た。週一の治療を一度も休むことなく、佐藤の言いつけを守りながら治療と稽古に専念してきた源龍は、今場所一年ぶりの幕内十三枚目からのスタートとなる。

「先生、よろしくお願いします」源龍が浴衣を脱ぎ、うつ伏せになった。

「どうですか関取、体調は？」綿花で背中を消毒しながら佐藤が質問をした。

「お陰様で体がよく動きます。でも場所が近づいたせいなのか、少し疲れやすくなった気がします」

信頼しきっている様子の源龍は、顔をつけたまま全てを預けた格好で話をした。

「わかりました」そう言うと静かな治療が始まった。源龍はあっという間に眠りに入り、豪快ないびきが治療院に鳴り響いていた。いつも通りに佐藤は淡々と治療に取り組み、松山は見学していた。お灸の香りが心地よい。鍼灸院独特のにおいが立ちこめ、窓から入る明るい日差しが立ち上る煙を幻想的に映し出していた。とても綺麗に捻られた佐藤の灸は、見事にツボに並んでいた。気持ちの良い熱だけが源龍の体の中に浸透していき、内臓が喜んでいるようであった。

「はい、お疲れさまでした」一連の治療が終わると、源龍は風呂上がりのような顔で着替えをした。

まだ頭がしっかりしていない様子で椅子に腰掛け茶を啜った。

「先生、有り難うございます。いよいよ来週から場所が始まります。自分が幕内に復帰できるとは思っていませんでした。先生のお陰です。有り難うございます」大きな体を折り畳み、佐藤に頭を下げた。

「我々は、いつも通り祈っているから、中日《なかび》の夜にまたいらっしゃい。怪我だけは気をつけて」そう言うと、佐藤はオマジナイだと、背中をポンと叩いた。源龍は少し笑い、佐藤も少し笑った。蚊帳の外である松山も、応援していますと笑顔で送り出した。

「源龍関、今場所楽しみですね」松山が言うと佐藤がギロッと見た。

「命がけだぞ。楽しみなんてことは私には口が裂けても言えないな。祈っているだけだ」それを聞いて、松山はまたやってしまったと反省した。それ以上佐藤は何も言わなかったが、言わない分だけ松山は怖さを感じた。松山は源龍と比べると、自分は明らかに劣っている気がした。命がけの治療をしているかと言われると、していますとは決して言えないような仕事ぶりだ。佐藤も心臓疾患を抱えながら毎日命がけで真剣な治療をしている。源龍も土俵の上で肝臓病と戦いながら必死に相撲を取っている。また男として、稼ぐという点で、自分は二人の何十分の一にも満たないような収入だ。自分が蚊帳の外に感じるのは、それ相応の仕事しかしていないからだ。二人の雰囲気に嫉妬している松山がそこにいた。でもそれは他でもない、自分自身の人生だと松山は考え、いつかは自分もと唇を噛むのであった。

次の日、いつも通り松山は佐藤の茶を運んでいた。

「先生、お茶が入りました」

「はい、ありがとう」佐藤もいつも通り、カルテを整理してその日の予定を確認していた。

二人は和室に座ると、ずずーっと茶を啜った。穏やかな雰囲気が漂っており、二人は和やかに会話をしていた。佐藤は午前中仏壇に線香は上げない。香りでいろいろな想いを患者に思い起こさせてしまうことがあるからだ。しかし仏壇にはいつも綺麗な花と水が置いてある。今日は松山がいれたお茶も置いてあった。二人で話しているようで、三人で話しているような、そんな雰囲気で静かに時は過ぎ、一人目の患者の時間となった。

「先生、よろしくお願いいたします」品の良い小さなおばあちゃんが横向きに寝た。

「はい、こちらこそよろしくお願いいたします」佐藤はいつも通り治療を進め、おばあちゃんとの優しい会話の中、部屋には灸の香りと木漏れ日が揺れていた。松山もメモをとりながら片隅で静かに見ていた。

その時であった。家の前に勢いよく一台の車が止まる音がした。松山が窓の外を見ると、運転席から出てきた女が、後部座席にいた男の肩を担いで玄関に向かってくるのである。

「せ、せん……」先生と言おうとした松山であったが、今は治療中だ。話しかけることができない。佐藤の顔を見ると、涼しい顔で天井をちょっと見た。そして松山に目で合図して玄関に行くように伝えた。松山は慌てて玄関へ出ていった。

「ピンポーン」チャイムの音は一番小さくしてある。寝ている患者を起こさないためだ。耳の遠いおばあちゃんは気づかずに、話を続けていた。

「でね、先生。うちの猫が、このあいだ……」

佐藤は何食わぬ顔で鍼を打っていた。

ドアがガチャッと開くとガチャガチャした人間が二人玄関になだれ込んだ。

「すみません、先生はいらっしゃいますか？」男の肩を担いで血相を変えた女が叫ぶように言った。

「すみません、今治療中なのですが。どうされましたか」松山も様子を把握する余裕もなく慌てた。

「主人の足がつって。ずっと暴れているんですよ」困り果てた顔の女の横で、ギャーギャー騒ぐ男が立っていられない様子で床にくずれ落ちた。

「イテテテテ」松山が佐藤へ伝えようと治療室に着くのと同時に、ドアが開いた。

「それでは少し鍼を置きますからね。ちょっと待っていてくださいね」

おばあちゃんは「はい」と返事をして目を瞑っていた。佐藤は慌てる様子も無く玄関に向かい松山から話を聞いた。

「どうされますか、先生」今までに無い状況に、松山は慌てていた。男は尻をついて無様な格好をしていた。

「和室に運んでください」そう言うと佐藤は先に和室に入ってテーブルを片づけ始めた。

「え？」運べと言われてもどうやって運んだらよいのか、松山はとりあえず男の両脇に手を入れて立たせようとした。

「イテテテテ！」男は叫んだ。さすがにこれでは治療室のおばあちゃんにも聞こえているだろう。全く立てないでいる男のところへ、見かねて佐藤が和室から出てきた。

「松山先生、ちょっと下がって」松山がどいた刹那、ゴンという鈍い音がした。すると男はグタッと意識を失った。いったい何が起こったのか、松山には見当もつかなかったが、冷静に分析すると、佐藤が男の左顎の後ろを平拳で殴ったように見えた。実際佐藤は、右手を振りかぶり男の左顎の後ろに平拳で衝撃を与えたのだ。男は「ん〜」というなり声を上げてだらっと倒れていた。すると佐藤は男を無造作につかみ、和室に連れ込んだ。テーブルをどかして座布団で枕をつくった場所に寝転がすと、男の体を捻り腰骨を矯正整骨した。バキバキという音が鳴ると、男の上半身を起こし首の後ろの天柱《てんちゅう》というツボをぎゅっと押した。すると男は鼻からふ〜んと息を漏らした。そこへ佐藤が右手の平で胸椎をパンパンと叩いた。

「どう？　足つってる？」未だ状況が飲み込めていない男の顔をのぞき込み佐藤が質問した。男はぼんやりした顔をして、二つ三つ息をしてから「大丈夫です」と答えた。連れてきた女が恐れと驚きと安心が混ざったような顔をした瞬間、

「ピンポーン」再びチャイムが鳴った。松山と佐藤は顔を見合わせたが、松山が即座に立って玄関を開けた。するとそこには、顔をしかめて身を硬くし今にもしゃがみ込みそうな高校生くらいの娘を連れた両親が、血相を変えて立っていた。

「先生はご在宅ですか？」取り乱した母親が松山に尋ねた。見るからにとても具合の悪そうな娘を見て、

松山は慌てて佐藤へ駆け寄り大きな声で言った。

「先生、女の子が腹が痛そうで、連れてこられました」そんな松山を佐藤は強く睨むと、

「静かに歩きなさい。大きな声は出さない」と声は小さいが強めの口調で諌《いさ》めた。

「あ、はい。すみません」松山の体に電気が走った。こちらへ連れてくるように言うと、佐藤は棚から鍼を出した。

「お連れいたしました」静かに松山が伝えた。

「先生、と……」母親は和室に入ろうとすると、横になっている先客がいたことに驚き、言葉が一度止まった。

「どうしました？」無表情の佐藤は鍼をむきながら尋ねた。

「突然すみません。この子が明け方からずっと胃が痛いと言いまして、どんどん痛くなるようで。しまいには救急車を呼ぼうとしたら病院へ行くのはどうしても嫌だと言うもので。何とか先生にお願いしたいと」話を遮るように佐藤は娘に横になりなさいと言った。すると娘は腹を押さえたまま膝を曲げて上向きになった。その膝の下に座布団を入れると、佐藤は何も言わずに娘のももを消毒し始めた。その間娘は相当痛いのか、声を出さずに眉間にしわを寄せたまま胃を押さえ続けていた。消毒した場所に鍼を打とうと鍼管を押さえた瞬間、佐藤は何かを思い出したかのように顔を上げた。そして一度松山の顔を見ると、３秒ほど見つめた。松山はとても困惑した。何か怒られるのかと思ったが、佐藤の目の奥は怒ってなどおらず、むしろ少しにやっとしているようにも見えた。

「松山先生、鍼お願いします」突然そう言うと、痛がっている娘を置いて立ち上がってしまった。両親も驚いたが、一番驚いたのはもちろん松山だ。

「はい？」何を言われたのか。鍼を持ってこいということなのか。まさか、自分に治療をしろと言っているとは思いもしなかった。松山がいつまで経ってもとぼけた顔をしているので、佐藤は松山に歩みより、鍼を渡した。

「梁丘《りょうきゅう》に刺してください。両側です。その後腹を推掌して、あと背中も。灸は自由にしてください。あと隣の男にも鍼しておいて。太衝《たいしょう》と陽陵泉《ようりょうせん》に。後は適当に推掌しておいて」そう小声で言うと、佐藤は治療室に入ってしまった。後に残された松山は鍼を持ったまま数秒立っていたが、とりあえず両親の間に仰向けになっている娘の脇に座った。

（参ったな）松山は本気で思った。脇に座ったはいいが、手が震えていた。それを見た両親は不審者を見るような目つきで松山を見ていた。そんなことを感じる余裕もない松山は、恐る恐るももにある梁丘というツボに一本刺した。鍼管を支える押し手さえも小刻みに震えた。鍼が8ミリほど入ると、一瞬女の子の眉間が緩んだ。松山はそんな変化にも気づかず、左足の梁丘にも同じように刺した。額と脇の下には汗がびっしょりである。女の子の顔を見ると、ゆっくりと眉間に寄せたしわが緩み、目を開けた。そして、狐につままれたような顔をして口を開いた。

「痛くなくなった」両親が驚いた顔で声を大きくして聞いた。

「痛くないの？」母親は娘の顔をのぞき込んだ。

「痛くない」娘も両親の顔を見た。

しかしそれにも増して驚いている人間がいた。松山だ。

(嘘だろ?)心の中で大きく叫んだ。

「本当に痛くないの?」治療家とは思えない表情と言葉で、女の子に聞いた。

「痛くないです」小さく恥ずかしそうにその子は答えた。それでも松山は未だに信じられないという顔で、しばし梁丘を見ていた。そして、思わず左の梁丘の鍼をふいに抜いてみた。すると娘は思いだしたかのように顔をしかめて言った。

「痛い痛い」

慌てた松山は急いで左の梁丘に再び鍼を刺すと、やはり先ほど同様、痛みは治まった。

(信じられん)そう思った。しかし現実として痛みは治まっている。松山は梁丘の鍼をそのままにし、後ろにいる足がつって騒いでいた男に鍼を打った。その後は再び胃痛の娘に戻り、今度は腹を揉んだ。すると硬くなった胃は押される痛みは強かったが、徐々に取れていったのであった。揉み終わると腹に灸をし、終わると佐藤に言われたように背中に推掌をした。そして胃の六灸に灸をし、背中に鍼を打った。鍼を打ち終わると再び後ろを向き、男の足をごりごり揉み始めた。最初はずいぶんと痛がったが、娘同様痛みは徐々に減り、そのうち完全に消失した。そんな頃、廊下で佐藤の声が聞こえた。

「はい、今日は騒がしくてすみませんでした。お大事にしてくださいね」普段時間をサービスしない佐藤であったが、こころ持ち長く治療をしておばあちゃんを帰した。おばあちゃんは来た時よりもずっと笑顔で帰っていった。

おばあちゃんを迎えに来ていた車が帰ったのを確認すると、佐藤は無表情で和室に入ってきた。

「あ、先生。お疲れさまでした」松山は推掌をし終わった手で鍼を抜くところであった。

「大丈夫そうですね」患者の家族には目もくれず、患者の様子をさっと確認すると体さえ触らずに終了を告げた。両家族は痛みが取れたので安心はしていたが、佐藤が触らないことにやや不服そうな顔をしていた。しかし佐藤はきっちりと1万円ずつ請求し、2万円を手にした。

「はい、お大事にしてください」玄関を閉め二家族を帰すと、佐藤はテーブルに置いてあった2万円を松山に渡した。

「はい、治療代」ニコッと笑い、手に持たせた。

「いえいえ、先生、貰えません」松山は慌てて手をしまった。

「なぜですか？　治療をしたのは松山先生ですよ。正当な治療報酬です。これは貰わないとだめなんですよ」佐藤が真顔であったために、松山は気が引けたが2万円を貰うことにした。

「有り難うございました」松山はその2万円をすぐさまポケットにしまった。

「まあ、ちょっと休もう。ほら汗拭きなさい」自分でも気がつかなかったが、松山はびっしょりと汗をかいていた。

「あ、すみません」ハンカチを取り出し、額と首の汗を拭った。そして二人は乱れた和室を元に戻し、白衣を脱いで一服した。

「患者を押しつけて申し訳なかった」佐藤が茶をテーブルに置いた。

「いえ、とんでもないことです」慌てて松山も湯呑みを置いて、頭を下げた。佐藤は少し間を置いて茶を啜ってからおもむろに話し出した。

「ここは完全予約制の治療院だ。だからあの時間は、あのおばあちゃんが自分の年金で数ヶ月前に予約をして買った時間なんだ」自分の湯呑みを見ながら佐藤は話した。

「大切なのは、その人が買った時間で、こちらは誠意を持って真剣に治療にあたる。その人の時間なんだよ。我々の時間ではない」松山は体を佐藤に向け姿勢を正して聞いていた。

「それにも関わらず、何だあの二家族は」佐藤は吐き捨てるように言った。

「辛いのはわかる。痛いのもわかる。でもそれはわがままなのだよ。規則を無視して押し寄せる。電話の一本もなくいきなり来る。来てしまえばやってもらえるという狡い考え。何ヶ月も前から予約を取っている人の時間を奪うことなどおかまいなし。大変なのは自分達だけだという考え。足のつった男は、何だあれは。死ぬ病気でもないくせに。ギャーギャー騒ぎやがって」口調がだんだんと強くなってきた。

「あの女の子の両親も、ただの過保護ではないか。特にあの母親が精神病なんだよ。だから娘が胃を壊す。平日昼間に旦那が仕事を休んで二人でここに来る。娘が病院に行きたがらないなんて、ただのわがままだろ。それを二人そろって娘に付き添ってくる。あの家族の中に、誰か一人でも時間外ですみませんと言った人間がいたか？」佐藤は目線を上げて松山の顔を見た。

「いえ、いませんでした」

「あの家族の中に、一人でもあのおばあちゃんに、すみませんでしたと頭を下げた人間がいたか?」

「いませんでした」

「私が嫌みを込めて、わざとおばあちゃんの帰り際に和室に聞こえるように、騒がしくて悪かったと言った。その時誰一人として出てきて、おばあちゃんに謝る人間などいなかった。みんな、自分のことしか考えていない。人の状況や気持ちのことなどおかまいなしだ。自分達さえ助かればいいと思っている。人に迷惑をかけているなどと思ってはいない。いや、思っているのだが知らないふりをしている。本当に、ふざけているよ」いつになく怒り口調の佐藤に松山は相づちを打つのが遅れた。

「松山先生がいなかったら、あの二家族はいったいどうしたのか。私はやらないよ。おばあちゃんが優先だからね。痛いままにしておくよ。死ぬわけでもないし。それであの中の誰か松山先生にきちんと挨拶をした人間がいたか?」松山は黙っていた。

「人間というのは、つまらないなと、そう思う時があるよ」突然静かな口調になった佐藤の目は、遠くを見ていた。

「こういう仕事は、人の嫌なところを見ることがある。病気の時は、わがままになりがちなんだよ人間は。辛いし痛いから、当人も家族も人を差し置いて自分だけ優先でみてもらおうとする。わがままが出る。そして痛さを忘れるところっと手のひらを返す。感謝の気持ちなどすっかり忘れる。辛い時だけ拝むように慇懃無礼にやってくる。人というのは、嫌だなって、本当に思うことがあるよ」少々疲れたような顔をして佐藤が呟いた。

「でもな」顔を松山に傾けた。

「それでも、人間なんだよ。それが人間なんだ。自分と同じ人間なんだ。同じく魂を持ったいのちなんだよ。自分と繋がっているんだ。そして患者は自分の鏡。自分を見ているのだよ。だから嫌もクソもないいんだ本当は。ただ淡々と、治療をするのが我々の仕事なんだ。平常心を忘れずに。平常心とは自然の心だ。くだらない欲に支配されない大自然の心だ。でも私はまだまだ、平常心とはほど遠い治療家だ」

最後の少し悲しく笑うような言い方に、松山は目を伏せ、返事はしなかった。

「我々は、依頼された患者を片っ端から治療することなどとうてい無理なんだ。依頼してきた全員を治療できないと罪悪感を感じがちになるが、それは感じなくていいからな」しっかりと松山の目を見た。

「全員を治療するのは、神様ではないから無理だ。やらなくてはいけないことは、自分のできる範囲を、誠意を持ってしっかりとこなしていくこと。無理も無茶もいけない。それは宇宙の法則に反しているから。だから自分のできる範囲でしっかりと治療をしていく。それを忘れないように」

「はい」松山はしっかりと返事をした。しばし沈黙のまま顔を合わせると、佐藤が茶を啜り、次いで松山も湯呑みを持った。ようやく松山の汗も収まってきた。すると今度は松山から佐藤に質問が飛んだ。

「先生、あの男が騒いで入ってきた時に、突然気を失いましたが、あれはどのような技なのですか？」

興味津々に尋ねた。

「ああ、あれか」佐藤は昔を思い出すかのような目をしていた。

「あれは私がまだ二〇代の頃、とある達人から習った技なんだ」小さく何度か頷いていた。

「達人ですか？」

「そう、少林寺拳法の達人。当時先生は六〇代だったと思うのだが、東京の日野は平山というところだったかな。けっこう田舎で浅川という川の近くの体育館で教えておられたのだが、当時私は人づてにとんでもない達人がいるという話を聞いて、見に行ってみたのだよ」松山は身を乗り出して聞いていた。

「まあ、なぜ私が行ったかというと、その先生は、一瞬で戦いを終わらせる技を持っていると」佐藤の顔も、どこか少年のようになってきた。治療というのは、芸事に似ていると言ったことがあったろ？」

「そんなことを知人から聞いてね。治療というのは、芸事に似ていると言ったことがあったろ？」

「はい」

「だから、達人の武芸はきっと自分の治療に役立つと思ったのだよ。一瞬で戦いを終わらせるというのだから、もしかしたら一瞬で治療を終わらせることもできるかと思ってね。若かったね」最後は大きく笑った。松山もつられて笑った。

「その先生の噂はすごくて。何やら10人のチンピラに囲まれて、そいつらを一瞬で倒したとか。また決して相手を再起不能までには痛めつけずに、心の目を覚まさせる拳を持っているとか。いわゆる殺人拳ではなく本当の活人拳を使えるとか。まあ数え上げたらきりがないくらいの伝説がある人なんだ。秋中先生と言ってね。それである時見学に行ったのだよ。どんな大男かと思ったら、その秋中先生は小柄な人でね、おっかない人相かと思ったら、ユーモアを織り交ぜて話す気さくな人で少々拍子抜けしてね。でもどこからでもいいからかかってきなさいと言われて、私も若いからぶっ倒してやろうと意気込んで殴りかかったら……」乗ってきた佐藤の調子に、松山も目をまん丸くして聞き入っていた。

「一瞬で天井を見させられたよ」

「天井ですか？」

「そう。床に転がって私は天井を見ていたんだ。いつのまにか投げ飛ばされてね」

「はい」

「自分でも何が起きたのかわからなかったところに、先生が私の腕を持ち上げて瞬時に肩関節と手関節をギュッとキメるんだよ。電気が走るとかそんなものではなくて、折れたかと思いましたよ」

松山は驚きのあまり言葉がでなくなってきた。佐藤の話はまだ続いた。

「その時以来、私はこの先生は超一流であると確認し、技を時々見せてもらったりかけてもらったりしていたんだ。入門はしなかったのだが、自分が実際に技をかけられるとよくわかるもので、治療と一緒ですね。治療も一回受ければだいたいどれくらいの実力かわかるものです。秋中先生にはいくつも技を見せてもらって、そのうちの一つがさっきのあれです」そう言うと佐藤は平拳で殴る仕草をした。

「先生曰く、速度と角度とタイミングがとても大事であると。鍼と一緒だね。何でも通ずるんだよね、こういうものは。そしてとにかく冷静沈着であること。これも一緒だ」

「はい」松山は慌てて手帳を広げメモをとりだしていた。

「相手が気絶しても決して慌てずに、ツボをつけば意識を取り戻す。そのようなことを先生から学んだのだ。私はそれを自分なりに稽古し、治療に活かしている。まさに活人拳」思いついて出た最後の言葉に佐藤も満足げであった。

「おお」松山も声を出して感嘆した。

「あのようなギャーギャー騒ぐどうしようもない患者に使うんだ。でも私もあの技を使ったのは三年ぶりくらいだよ。できるもんだな、けっこう」そう言うと大きく笑った。先ほどまでの二家族の患者に対して苛立ちを表していた時とは違い、大きく笑って話す佐藤を見て、松山は少し安心した。

「先日私の誕生日だったけれども、もうあれから20年近くも経つのだなあ」昔を思い出すような顔をしていた。

「先生、誕生日はいつだったのですか？」

「五月五日です。修司は？」茶を啜りながら答えた。

「私は二月一日です」何気ないやりとりのように思われた。

「二月一日？　確か羊年だと言っていたね。ということは早生まれではない同級生も羊年か」佐藤の発言に松山はきょとんとした。

「いえ。午年です」なぜ早生まれではない同級生が、二月生まれの自分と同じ羊年などと言うのかわからなかった。しかしそれを聞いた佐藤の顔色が少し変わり、持ちかけていた湯呑みを静かに置いた。

「すると、君は午年だよ。干支は旧暦で見るからね。午年か。馬の子。馬の子を助けるか」最後は独り言を言うような話しぶりであった。しかし松山は自分が羊年ではなかったことの方に驚き、目をまん丸くしていた。

「午年ですか？」

「そう。二月一日は旧暦では前の年になるのだよ。そうか、馬の子」最後の言葉の意味は松山にはわからなかったが、佐藤と一緒にいるといろいろな発見があることを、純粋に嬉しく思った。

そんなばたばたした修行の日が、今日も一日過ぎていったのであった。

危うい兆し

六月、アジサイの咲く季節になった。時おり様子を見に来ていたツバメは、佐藤の治療院の入り口に巣を作り始めていた。

「先生、玄関にツバメが巣を作っていますよ」松山が佐藤の下に駆け寄った。

「本当か？」佐藤も驚いた様子で二人でそっと玄関を開けてみた。

「先生、来ました」松山が小さな声で言った。すると一羽のツバメがあたりを警戒しながらせっせと巣になる泥や藁を持ってきている。

「おお、本当だな。凄いな修司」

「はい。凄いですね」

「ここに引っ越してきてもう何年経つかわからないが、初めてだよ」玄関のドアを少しだけ開けて、大人の男二人が上下に少しだけ顔を出している。その様は外から見るととても滑稽であったが、流れている空気は穏やかであった。

「季節をわかってちゃんとやって来るのだから、たいしたものだなあ」

ツバメの巣作りが始まった中、今日の往診が始まった。

「先生、今日はどちらへ」いつも通り松山が運転席に座りエンジンをかけた。

「今日は雲海先生のところへ行きます」松山はどきっとした。雲海という名前を聞いただけで緊張が走った。ようやく自分なりに治療のいろはがわかり始め、佐藤ともずいぶんと打ち解け始めた頃であったが、雲海に会うとなると否応なしにも背筋がピンとなるのであった。


「ごめんください。先生、雲龍です」久しぶりに佐藤の口から雲龍という名前を聞いた松山は、さらに緊張感が増した。自分の師匠である佐藤が自らを雲龍と唯一名乗るので、何かとても神聖な場所という気がした。

「おう、こっちだこっち。元気だったか？」雲海は家の中ではなく、庭で水やりをしている最中であった。

「先生、ご無沙汰しております」佐藤は深々と頭を下げた。それに合わせて松山もしっかりとお辞儀をした。

「ま、中に入りましょう」雲海はニコニコした顔で二人を出迎え、水道の蛇口を閉めた。

中に入ると、佐藤が手際よく動き茶を用意してきた。

「どうもありがとう。どうだい、体の調子は？」雲海は座布団に腰掛けるや否や佐藤の体調を心配した。

「はい。大丈夫でございます。いつもご心配をおかけいたしまして申し訳ございません。先生はいか

がでいらっしゃいますか?」雲海は手を小さく振り、

「わしか? わしは何でもないよ。問題なしだ。ただちょっと最近は目が見えにくくなってきたかな」

そう言うと目を細めてニコニコと笑うのであった。そんなやりとりを脇で見ていた松山に雲海が声をかけた。

「松山さんも、お元気でしたか?」優しい口調で落ち着いた話しぶりである。

「はい。元気です。有り難うございます」松山は自分の名前を覚えていてくれたことにとても驚いた。そして嬉しかった。雲海のことを直視することはできないが、ちらっと顔を上げ恥ずかしそうに目を伏せた。そんな松山を約3秒ほど雲海が見つめた。佐藤はその間に気づき、二人の様子を一瞬で見比べた。しかし雲海は何もなかったかのような顔と声で佐藤に話しかけた。佐藤も何も見なかったという表情で会話をした。気づいていないのは松山だけであった。

佐藤の雲海への治療が終わり、雲海が静かに頭を起こした。

「あ〜、これでまた長生きできる。雲龍よ、私をいつまで長生きさせる気じゃ?」そう言うと二人は小さく笑った。

「感謝感謝。感謝だ。感謝します。どうもありがとう」雲海は佐藤に手を合わせた。佐藤は手を畳につけ、深く頭を下げた。

「そうそう、松山さん、ちょっと悪いのじゃが、隣の部屋の蛍光灯が切れてしまって。換えてもらってもよいですか?」松山は突然のことにとても驚き返事が裏返ったが、自分が少しでも役にたてることが嬉しく、雲海からの初仕事に意気込んだ。

「はい。換えの蛍光灯はどちらですか？」雲海に案内された部屋で、箱に入った蛍光灯を渡された。

「はい。わかりました」松山は近くにあった椅子を持ってきて電灯のカバーをはずすと、蛍光灯を取り換え始めた。すると雲海は「お願いします」と言って佐藤の下へ戻るなり口を開いた。

「事故の相が出とるぞ」静かな声で佐藤の目を見て話した。

「はい。気をつけるようにと言って聞かせます。有り難うございました」佐藤は無表情で頭を下げた。

「いや、気づいていたのならいいのだが。まだ若いからな。痛い目に遭った方がいいかもしれんが、相手と自分の人生が掛かっているからな」

「はい。お気を遣わせてしまって申し訳ございません」佐藤は真剣な顔で頭を下げた。

「ま、何事もなければいいが」そう言うと茶をずーっと啜った。佐藤は茶に手を付けず、松山の戻りを待った。

「雲海先生、終わりました。これはどちらへ」古い蛍光灯を持って何も知らない松山が入ってきた。

「ああ、どうもどうも。どうもありがとう。それはその辺に置いておいてください。ありがとう」

松山は役に立てた嬉しさからとても上機嫌になっていた。

「先生、有り難うございました」佐藤と松山は雲海の家を後にした。帰り道、佐藤は車の中で実に静かであった。普段から無駄なことは話さない佐藤であったがこの日は特に口数が少なかった。しかし松山はと言えば初めて自分が雲海の家で役に立てた喜びで、佐藤が無口なことなど全く気にしてはいなかった。

「東吾郎先生、お疲れさまでした」松山はいつもよりも大きな声で挨拶した。

「うん。気を付けて帰りなさいよ。車は特に気を付けてな」佐藤の心配そうな顔には気づかずに、松山は問題ないというような素振りでいつも通りのアクセルで車を発進させた。

「車の事故ではないと思うのだが。きっと、治療中だな。大丈夫だと思うのだが。陳先生に、迷惑をかけるな、きっと」佐藤は呟くと、松山の車の音が聞こえなくなるまで風に当たっていた。

この日、松山は接骨院で、講師として手技の勉強会を行っていた。まさか自分が人に治療を教えることになるとは、つい数ヶ月前には考えもしなかった。今では自分よりも年下の接骨院の先生達に教えていることに、やや優越感を持つようになっていた。

「先生、その揉み方はどこで習ったのですか?」二〇代前半の柔道整復師が松山の手技に目を丸くして聞いてきた。

「ああ、これは私の師匠に習ったのですよ。中国と日本の先生に」誇らしげに言ってみせた。接骨院の学校では見たこともないような治療法を、松山はいくつも持っており、若手の治療家達には新鮮に見えていたのだ。

「有り難うございました」若手数人が松山に頭を下げる。そんなこれまでにはない経験に、松山は照れくさそうであったが、昔より数段上達した自分に、少々天狗にもなりかけていた。

接骨院を終えると、ゆっくりと陳の店へ向かった。以前は走って向かっていたが、今では指名客の時間を自分で調整しているために、それほど急いで行かなくてもよくなっていた。

「お疲れさまです」近くの定食屋でカツ丼を食べ、ゆっくりとコーヒーを飲んでからの出勤であった。既に陳は施術に入っており、ニコッと笑うとそのまま手を動かし続けた。王にも挨拶をして談笑をした後に、白衣に着替えてから予約表の前でお茶を飲んだ。

「今日も大変だな」ぴっちりと入った指名に目を通すと、一つ息を付いた。中国人の経営する店では、日本人従業員が一人でもいるととても助かる。何かトラブルがあった時に日本人がいると上手に対処してくれるし、また客にとっても全員が外国人従業員の店よりも、日本人がいることで安心感もあるからだ。この店で唯一の日本人である松山には、それなりの指名客が付き始め、店でも貴重な存在となってきていた。

二人目の客が終わり、三人目の客となった。時刻は16時。残りも三人いる。鍼灸と違い、推掌は手と体を動かし続けなければ金にならない。とにかく体力勝負の中、だいたい集中力が切れかかるのが、夕方の腹が減り始める頃であった。三人目の客は大きな男性であった。腰痛を訴えている。正直、整体院なのだからリラックスさせて帰せばよい。治療院ではないので、治療をうたった場合法律的にも違法となる。しかし腕のある整体師達は皆、その辺の医者よりも治せる力があるし、松山もその内の一人になりつつあるために、手を抜くことはプライドが許さなかった。

大きな男性にはやはり、女性に対するよりも体力が必要であった。偉ぶった男は背広をかけると、臭いワイシャツを脱ぎ無造作にかごに入れ、汚い靴下のままデンとうつ伏せになった。

「それでは始めます」松山の声に返事もしない。金は出すんだから揉めという感じの客であった。当初は訳も分からずにただ夢中に施術をしていたが、少し余裕が出てきた松山は、だんだんと客の態度に腹が立つようになっていた。

「偉そうだな、このクソジジイ」そういう時こそ目にもの見せてくれるという思いで、一生懸命施術した。現金な客は、腕のある人間には簡単にチップも出すし、大勢の前でわざと大きな声で誉めたりもした。それが心地よかった松山は、後ろでは唾を吐くものの、施術は真剣に取り組んだ。

「はい、お疲れさまでした」心のこもっていない表面だけの挨拶と笑顔で送り出した。客は気持ちよかったと言い、見せびらかすかのようにチップを渡して帰った。それを陳も王も見ていたが、今ではその視線も気にならなくなり、すぐさまポケットにしまうと次の客のためにベッドを整え始めた。

「ふう。疲れるな。次誰だっけな」次の客の名前を確認するのに予約表を見ると、30分空きがあることに気がついた。少し休めると思った松山が控え室にコーヒーを取りに行こうとした時に、店のドアが開いた。

「すみません。すぐにできますか?」そこには明らかに腰が痛いというようなポーズをとった痩せて背の低い、三五歳くらいの神経質そうな女が立っていた。松山は一瞬ぞっとした。少し何かに取り憑かれているような顔をしていたからだ。松山は周りを見渡したが、全員施術に入っている。頼みの李も今日は来ていない。どう考えても30分空いている自分しかいなかった。面倒臭そうな顔をした松山は、もう一度予約表を確認すると、女に声をかけた。

「30分ですけど、いいですか？」その女はそれに答えることなく説明を始めた。

「今朝起きた時にグキッとなってだましだまし仕事していたのですが、夕方になって動けなくなって」

松山はちらっと掛け時計を見た。

「あと25分で自分の指名客が来る。断ってもいいが、少し待たせれば30分でできそうだ。体も小さいし痩せているし、少し揉んで矯正かければ良くなるだろう」女の話などほとんど聞かずに、適当に返事をしてベッドに寝かせた。うつ伏せが何とかできそうなので、いつも通り施術に取りかかった。

「治りますか？」少し顔を上げた女が、一番面倒くさい質問をしてきた。

「治ります治ります。大丈夫ですよ」少しイライラした松山の口調は、明らかに心が反映されており、それを聞いた陳は少し心配そうに松山を見ていた。

（30分かぁ。チャッチャとやらないとな）いつもなら丁寧にほぐしていく肩も、この時ばかりはサッと流し、すぐさま局所に手を出した。

「痛い」当たり前のように女は声を上げ、体を捻った。

「はい、痛いですね」冷たいサディスティックな言葉を投げかけ、もう一度時間を気にした。腰をぐいぐい揉んでいる内に、あっと言う間に25分が経った。

「こんにちは」松山の次の客が入ってきた。上品そうなその女性に事情を説明し、10分ほど待ってもらうことにした。

「大丈夫大丈夫。待ってるから」その女性はソファに腰掛け、雑誌を開いた。その様子を見て松山はぎっくり腰の女に声をかけた。

「はい、横向きになってください」痛そうにゆっくりと体を起こし、女は何とか横向きになった。まだ体勢がきちんと整っていないにも関わらず、松山は女の足を組み、片方の手を引っ張った。

「痛いっ」女の言葉は無視して、松山は女の腰に手を当て、矯正整骨のために自分の体を落とした。

「痛いっ！」明らかに今までとは違う声の質に、松山は驚いた。その声は店中に響き、誰もが声がした方向を見た。恐る恐る女を見ると、明らかに様子がおかしい。唇は青くなってきているし、足がプルプル震えている。

「だ、大丈夫ですか？」答えることなく女は顔をしかめたまま動けないでいた。組んだ足をほどき女を仰向けにさせようとすると、再び大声を上げた。

「痛い」激痛が走った女の顔中にしわが寄り、醜い神経質そうな女の顔は般若のようになっていた。

「だ、大丈夫ですか？」再び先ほど無視された問いを繰り返す松山の声は震えていた。明らかに客の状態が悪くなっている。自分の施した矯正のせいであり、松山に非があることは自分でも理解していた。松山の足がガタガタと震え始めた。店にいる誰もが異常事態を認めていた。

「ちょっと、動けないんですけど」怒りが込もった女の声は、恐怖であった。

「あ、はい」時間はもう過ぎている。次の客も待たせている。そして店中の人間がこちらを見ている。慌てふためき、どうしてよいかわからなくなった。

少し体勢を変えようと女の体を動かすと、痛いと悲鳴を上げる。もうどうすることもできなかった。

「ちょっと。どうしてくれるの！」般若のような女はわめき散らかした。

「あ、ああ」手が付けられなくなって困っている松山に待っていた客が歩み寄り、「また来るわ」と店を出ていった。

「あ、すみません」ようやく掴んだ常連の指名客も去り、目の前には手の付けられない般若が叫んでいる。体中の冷や汗が白衣の下の下着をビショビショにした。そこへ自分の施術を終えた陳が横から登場した。

「失礼シマス。チョットオチツイテネ。今ヤリマスヨ」陳はそう言うと、片手を尻の骨に当て、もう片方の手を女の下腹に当てた。そして目をつぶり何やら小声で中国語を唱え始めた。先ほどまでわめいていた女は静かになり、唇の色も戻り始めた。

「ハイ、ユックリ上向キニナリマス。自分ノペースデ」陳は女の尻と腹から手を離すと、落ち着いた声で語りかけた。女はおっかなびっくり体を動かしたが、痛くないのを確認するとゆっくりと上向きになった。先ほどまで悲鳴を上げていた人と同一人物とは思えないほどの姿であった。陳はすかさず女の膝下にタオルを入れると、頭を揉み始めた。いったいどれくらい揉んでいただろう、かなり長い間に思えた。未だガクガクと松山の膝は笑い、顔面は蒼白であった。そんな様子を王も白も遠目で見ていた。

陳は体を揺らしながら、店のＢＧＭと共に推掌を施した。と言ってもやっていることは頭を揉んでいるだけだ。松山は自分がしでかした失態を、陳が理解できない施術で収めてくれているのを見て、何だか自分がとてもちっぽけで、知らない海に放り出されたような気分になっていた。陳はおもむろに頭から手を離すと女の足側に立ち、右足を掴んでグイッと勢いと反動を付けて引っ張った。女の体がズルッと動き、同時に変な声を出した。それはやっと落ち着いた人間が驚かされた時に出すような声であった。

「ハイ。立テマスヨ」陳は女の耳元で静かに言うと、肩にそっと手をやった。女が言われるままに体を起こすと、本当に立てた。

「腰ハ痛イデスカ?」陳は首を横に傾けて女に聞いた。

「いえ。大丈夫です。有り難うございました」そう言うと松山の方を一切見ずに金を払って出ていった。

「フウ」陳は松山のベッドに腰をかけた。

「先生、すみませんでした」松山は陳に歩み寄り頭を下げた。すると陳はギロッと松山を見上げ一言ぶつけた。

「調子ニノッタネ」その怖い顔に、松山の足が震えた。

「すみません」とっさにもう一度頭を下げた。陳は何も言わず何も見ず、控え室に消えていった。その後松山はどうやって残りの客を施術したのか全く覚えていない。足が震え唇が震える中、閉店の時間になった。

「ミンナ先ニカエッテイイヨ。松山サンチョットノコッテ」陳は王と白に呼びかけた。王は心配そうな顔をして、足早に店を出ていった。白も陳のただならぬ様子にいつもは無駄口ばかり叩いて帰るところを、松山の顔すら見ずにさっさと帰っていった。普段とは全く違う陳の様子に、松山の背中は強ばり足に力が入らなかった。陳はベッドから立ち上がるとソファに座った。

「松山サン、ココニスワッテ」ソファの前の丸椅子を指さした。

「はい」慌てて丸椅子に座り、下唇を噛んで下を向いた。

「何ガイケナカッタデスカ？」陳はマグカップの中国茶を飲みながら聞いた。

「はい。強くやりすぎました」松山は肩に力を入れながら答えた。

「何ヲ？　何ヲ強クシタノ？」

「あ、はい。整骨です」

「チガウヨ。何モワカッテイナイネ。松山サンノ心ガイケナカッタヨ」陳がカップから顔を上げ松山をまっすぐ見た。ドキッとすると同時に松山の体中の筋肉が硬直した。

「は、はい」泣きそうな声であった。

「松山サンハ、メンドクサイトイウ心デ施術シタ。ソシテオ客サンヲ差別シタ。ダカラ整骨ガ雑ニナッタ。ダカラ事故ヲオコシタ。原因ハ松山サンノ心デスヨ」返す言葉もなかった。その通りだと思ったからだ。

「セッカクリピーターニナッタオ客サンマデ帰ッタデショ？　アノ人モウコナイヨ」陳の声は冷たかった。

「白サンノオ客サンニモ、王サンノオ客サンニモ、迷惑カケタ。私ノ客ニモ」

「すみません」ただ下を向いてそう言うしかなかった。

「ソシテアノ客ガ自分ノ会社デイイフラス。コノマッサージヤハヘタダッテ」陳の目は松山を離さなかった。

「はい」

「整骨ハ慎重ニッテ、イッタノオボエテイマスカ?・」確かに先日、そう言われていた。それにも関わらず、自分は大丈夫だというような態度をしたことを思い出し、情けなくなった。

「はい。覚えております」松山は陳の目を見ることができなかった。

「ウン。マアネ。私モムカシハソウダッタネ」陳は少し斜め下を見て呟いた。

「怪我ヲシタラ最後ダヨ。松山サンモオ客サンモ」そのゆっくりした口調が松山の体にぐっさりと突き刺さった。

「アノキ客ハ、精神病ダヨ。見レバワカルデショ」陳は当たり前のように言った。しかし松山にはまだ人を見分ける技術はなかった。

「顔ツキトアノスガタ、見ルカラニ精神病デス。ダカラ整骨矯正ハ、ヤッチャダメ。ナオラナイカラソウイウ人ハ。ダカラ、リラックスマッサージシテ、オワリニスルノ」ため息混じりの言葉尻だった。

「はい。すみません」松山は陳の前で下を向いていた。

「治療ハ、トニカク慎重ニ。事故ハダメネ」この後も30分ほど陳の説教が続いた。その間、自分のここ最近の治療を振り返ると、確かに調子に乗っていたと思い当たった。

この日の帰りの電車は、久しぶりのやるせなさ感を味わった。陳の店に入った当初の感覚である。足に力が入らずに、ただぼーっと流れる景色を見ていた。コンビニに寄り、日本酒のワンカップを買うと、近くの公園のベンチに座った。

「はあ」大きくため息をつき、一気に半分ほどを流し込んだ。

「ちくしょう」小さく口から出た。大きく足を開き、首をうなだれた。なま暖かい風が頬を撫でた。そして一気に酒を最後まで流し込むと、空き瓶をゴミ箱に投げ入れた。

「明日は佐藤先生だ。がんばろう」独り言を言うと、猫背のままとぼとぼと帰ったのであった。

月が煌々と照る夜であった。


「先生、おはようございます」松山はいつも通り挨拶をしながら佐藤の治療院に上がった。するといつもはすぐさま聞こえる佐藤の返事がなかった。

「先生……」松山が治療室をのぞき込むと、ぐるっと佐藤が椅子を回して松山の顔を見た。ゾクッとした松山であったが、再び挨拶をした。

「先生おはようございます」佐藤は青白い松山の顔をじっと見ると、

「おはよう。体調悪いのか？　または何かあったか？」とゆっくり声をかけた。

「いえ、何も。大丈夫です」とっさに嘘をついた。昨日のことを、佐藤に報告しようか迷っていたが、しないと決めた矢先の質問であったために、松山の口調には少し違和感があった。それを佐藤が見逃すはずもない。

「顔に嘘をつきましたと書いてあるが、それも嘘か?」佐藤をごまかせるはずはないとわかってはいたが、最近の成長してきた自分がヘマをしたことを、佐藤に知られたくなかったのだ。しかし、佐藤の鋭い眼光に、松山は観念した。

「すみません、先生。自分は嘘をつきました」足が少し震えながら返答した。

「知ってます。顔に書いてあるからね。それでどうした? そんな顔して」佐藤は先ほどの怖い顔とは一変、心配している顔つきになっていた。

「実は……」松山は洗いざらい話した。その間佐藤がどんな顔をしていたのかは松山にはわからなかった。佐藤の顔を見られなかったからだ。しかし佐藤は、優しい相づちを打ちながら聞いていた。

「そうか。わかった。まあ、そういうこともあるさ」佐藤のあっけらかんとした表情に、松山はやや拍子抜けした。昨日の陳同様に説教されると思っていたからだ。しかも佐藤の眼光は鋭い。その目で睨まれながら説教をされることを想像していたために、体から力が抜け、ぶわっと熱くなってきた。

「先生、すみませんでした」松山は大きく頭を下げた。

「何? なぜ私に謝る?」少し笑いながら佐藤は答えた。

「いや、先生に嘘をついたことと、先生の顔に泥を塗るようなことをしてしまいまして」松山の目にはうっすらと涙が浮かんできた。それを察してかどうかはわからないが、佐藤は気にするなという表情を浮かべはっきりと答えた。

「よし、今日は終わったら陳先生のところへ行こう。土産を持って謝りに行けば、あの先生のことだ、ねちねち言ったりはしないよ。一緒に行こう」佐藤の顔はさわやかであった。謝りに行くとは言っているが、どこか遊びに行くような顔にも見えた。松山は昨日の今日で、しかも佐藤と一緒に陳の店に行くことはとても気が引けた。しかし、佐藤がそう言ってくれて、何だかとても心強い気持ちにもなった。親分に守られている気がした。

「はい。お願いします」この日、治療が終わると二人は関越に乗り、首都高から陳の店まで向かった。

「まあ、修司。こういう経験はけっこう治療家はしているものなんだよ」おもむろに佐藤が口を開き、話し出した。

「整骨や矯正というものは、あまりしない方がよい。なぜならしなくてもけっこう治るものなんだよ。あまりにも危険なんだ、治療方法としては。でもしないと治らないものもある。そして整骨を受けることができる人、受け入れられない人というのもいる。そういうものも全て考慮して瞬時に判断し、どの治療方法を使うかが、臨床最前線での戦いなんだ。何を武器に使うか。行くべきか、やめるべきか。それは対局の中でその都度判断しなくてはならない。自分は常に治療の指揮官であり、兵士でもある。だからこそ、冷静に。慎重に。平常心を持って。驕りや威張りの心があると、冷静な判断ができなくなる。そういう時に人は事故を起こす。車の運転も一緒だ。だからいつも慎重に」佐藤はなめらかな口調で話した。

「はい」前をしっかりと向いて、きちんとハンドルを掴んだまま佐藤の話を真剣に聞いた。

「私もね。何度もミスをしたよ。何度も」佐藤は笑いながら話した。

「先生もですか？」

「もちろんだよ。何度も。そのたびに患者さんには迷惑をかけてきた。でもその失敗の積み重ねが、今の技術なんだ。患者さんに迷惑をかけてきた積み重ねが今なんだよ。そう思ったら、自分の技術を自慢したり、天狗になったりすることなんて恥ずかしくてできないだろう？」

「はい」松山の声は小さかった。

「謙虚に。治療は謙虚に。それを自分の心臓に刻みなさい」最後の言葉はずっしりと重く威力があった。

「はい。刻みます」松山はびっちょりかいた汗を握りしめ、しっかりと返事をした。


思いの外、道は空いており夕方6時前に近くのパーキングに着いた。

「陳先生は、これが好きなんだよ」佐藤は陳の店に行く途中で生チョコを買った。

「生チョコウレシー、って言うよきっと」懐かしい友達に会いに行くような口振りだった。少しウキウキした感じの佐藤の後ろを、松山は重い気持ちで歩いていた。足に力が入らず、佐藤の背中に付いて行くのがやっとであった。

「お、着いた着いた」佐藤は陳の店のドア越しに、客が来ているかどうかを確かめた。

「どうやら大丈夫そうだな」確認すると佐藤はドアを開けた。普段来慣れている店なのに松山には入りづらく、まるで別の店のようであった。

「こんにちは」佐藤はゆっくりとドアを開け、静かに挨拶をした。それを見た陳は、座っていたベッドからピョンと飛び降りて、大きな声を出した。

「サトウ先生！　アー！　ヒサシブリー！」まるで子供の様に佐藤に駆け寄り、抱きついた。

「アイタカッタヨー、センセー。ドウシタノー」佐藤は笑いながら陳と握手をすると、真面目な顔に戻り深々と頭を下げた。

「陳先生、昨日はうちの松山が失礼をいたしました」松山も一緒に頭を下げた。すると陳はいつまでも頭を上げない佐藤の腕を掴んで、

「ヤメテヨー先生！　モウイイカラ、ハヤクスワッテ」そう言うと、ソファまで佐藤を引っ張った。

松山は自分のために頭を下げてくれた師匠の佐藤に対し、いたたまれない気持ちになった。

「ああ、どうもすみません。先生、これお土産。生チョコです」

「アー、生チョコー。ウレシー！」先ほど佐藤が真似した通りのリアクションに、佐藤は思わず松山を見て笑った。しかし松山は未だ笑えるような状況ではなく、顔を強ばらせたままである。自分のために深く頭を下げてくれた佐藤に、とても申し訳ない気持ちになったのと、昨日の今日で陳の店に来てニヤニヤできるような精神の強さを持つはずもなかった。

「ホラ、何ヤッテルノ松山センセイ。オチャモッテキテ」陳が松山に言った。

「あ、はい。すみません。ただいま」松山は急いで奥に入り中国茶を入れてきた。戻ってきた頃には佐藤と陳はもうすでに打ち解けており、仲の良い友人同士がしゃべっているかのようであった。

「松山センセイ、紹介シテ」陳はスタッフのメンバーを佐藤に紹介するように松山に言った。

「あ、はい。えーと、李先生と白先生です」

「いつも松山がお世話になっております」佐藤がソファから立ち上がり、丁寧に挨拶をした。李も白もどうしたらいいのか分からない様子で、とりあえず会釈をした。

「そしてあちらが王先生です」奥のベッドの脇から佐藤達の様子をうかがっていた王は、恥ずかしそうに頭を下げた。

「松山がお世話になっております」再び佐藤は深く頭を下げ、頭を上げると王を2秒ほどじっと見た。

「あなたが王先生ですか。松山がとても素敵な王さんという人がいると言っていましたが、本当ですね」

松山が慌てて口を挟んだ。

「先生！　何をおっしゃっているんですか！」慌てふためくとはこのことというように、松山は慌てた。その様子を陳達が見て、店の中は一気に笑いに包まれた。王は顔を紅らめて、後ろを向いてしまった。

「アア、王サーン、顔ガアカイヨー」陳が言うと、王は持っていたタオルを陳に投げるふりをした。

「本当に東吾郎先生は……全く……もう、困ったお人だ」ぶつぶつ呟くと、松山は自分も丸椅子に腰掛けた。しかし、この佐藤の一言のお陰で場の雰囲気が和み、松山の緊張も取れたのであった。

「佐藤センセー、今夜ハ飲ムデショ？」陳に誘われて佐藤は断ることはできなかった。この日は最後の指名客を李が終えると早々と店を閉め、全員で中華料理店へ行くことになった。

「今日ハ佐藤先生ノオゴリダカラ、白サンタクサン飲ムノヨ。ハイ、ソレデハカンパーイ」松山だけ

ソフトドリンクで、後は全員が冷たいビールであった。乾杯をすると佐藤は一気にジョッキを空けた。それを見た陳は、

「アイヤー、カワッテナイネー先生」と感嘆の声を上げた。陳も大分飲み、戦友の二人はいつしか昔話を始めた。

「揚《ヤン》先生は今頃何をしていますかね？」紹興酒を飲みながら横に座る陳に佐藤が静かに語りかけた。陳は一瞬顔色が変わったが、そのまま紹興酒を流し込むと、うつむいて呟いた。

「ナニシテルンダロウネ」二人の間には、どこか切なさが漂っていた。松山は李と白に絡まれていたが、二人の姿を横目で見ており、揚先生という名前を頭に記憶した。この晩、全員は遅くまで飲み、久しぶりの戦友との再会を果たした佐藤と陳はがっちりと握手をして互いの地へ散っていった。

「佐藤先生、マタアソビニキテ」陳は少し寂しそうな顔をしていた。

「はい。また伺います。松山をよろしくお願いいたします」二人の握手は長い間ほどかれず、それを四人が見守り囲んでいた。

我力が引き起こすもの

佐藤の治療院から巣立ったツバメが、院の周りをよく飛んでいた。この頃、佐藤と松山はよく二人で外に出て空を見上げていた。

「先生、あのツバメ、ここから巣立ったツバメですね」楽しそうに松山が指を指した。

「そうだな、まだ胸がホワホワしているな。元気に育つといいな」そう言いながら佐藤は心で思った。

（修司が来なければ、味わうことのできなかった時間だ）無邪気に話す松山の横顔を見ながら、その出会いに感謝をしている佐藤であった。

日曜の昼下がり、二人は空を見上げ、繰り返されるツバメ返しを目で追っていた。七月も頭の明るい空。この日は、名古屋場所を控えた源龍が来る日であった。先場所源龍は見事に十一勝四敗で大きく勝ち越し、前頭六枚目からのスタートとなった。

源龍は元気であった。以前、もう引退すると言いに来た時とは別人の顔つきになっていた。生命力というものがある。体が強くなるともちろん生命力は増すが、心が強くなると、さらに生命力が増す。心というエネルギーは、生命力を輝かせる力を持っている。肉体の衰えにより生命力が衰えてくるのは当然のことであるが、最期の最後まで心が生命力を輝かせ、命が尽きた時に心のエネルギーで向こうの世界へ勢い良く飛び出す。勢い良く飛び出し、高い位置へ上がらなければならない。そのために、常に心の力を養う必要がある。一つは修行。苦しみ、悲しみ、辛さ。この世の艱難辛苦を乗り越えた心は、必ず力を増す。そしてもう一つは感動。心がときめき感動した時にも力を増す。人は最期の最後まで心を強くし力を溜め、勢い良く高く飛び出す必要がある。それがこの世に未練を残さず、速やかに次の世界に移行するために必要なことなのだ。源龍の場合、つい数ヶ月前までは体がボロボロであった。内臓疾患により力が出ない。そして弱気になっていた。自信を失っていた。それが今では体を治療し力が湧いてきた。そして這い上がる努力をし稽古に辛抱し心を強くした。よって以前よりも生命力が一段と強くなったのである。しかし、大事なことは肉体は年齢とともに誰でも力が弱くなる。これは自然現象だ。しかし心は誰でも常に強くすることができる。この心の強さを維持することが大事なのだ。それが修行でもあり、平常心である。

「関取、最近特に体の張りもいいし、何よりも顔つきがいい。ご体調はいかがですか？」佐藤は源龍の治療を毎回楽しみにしていた。自分の息子ではないが、必死に戦っている若い子を見ると、自分も頑張らねばという気持ちになるからだ。もちろん、松山に対しても同じ気持ちを持っている。

「はい、先生。本当に有り難うございます。先生のお陰なんです。体が動きますし、体重も増えました。本当に感謝しています」源龍の大きく低い声が治療院に響いた。

「声もいいですね。腹から出ている感じがします。とにかく怪我には気をつけて、後は睡眠をしっかり取って」佐藤の声も、源龍につられて腹から出ていた。

「はい。気をつけます。それと……」源龍は言いかけた言葉を一度飲んだが、顔を上げて話すことを決めた。

「もちろん一番一番なんですが、今場所もし九番勝てましたら、来場所は結びを取れるかもしれないんです」力士として、星勘定はあまりよいことではない。しかし、源龍は自分の定めた目標をどうしても佐藤に言いたかったようだ。

「そうですか。一番一番積み重ねていって。結果、故郷のお母様との約束を果たせるといいですね。祈ってますよ、関取」佐藤は右手を差し出した。源龍もグローブのような大きな両手で佐藤の右手をしっかりと掴み握手をした。

「はい。頑張ります」青年の目はきらきらしていた。勝てなくなれば辞める世界。命がけの毎日に生きている人間からほとばしる力は、皮膚から外へ輝きはじけ出ていた。

源龍の治療はいつも通り大いびきの中で行われ、爆睡の末終了した。

「有り難うございました」関取を囲んで和室で茶を啜った。

「この体、いつまで持つかわかりませんが、最後まで頑張ろうと思います」源龍は二の腕を揉んで、その感触を確かめながら話した。それを目を細めながら聞いていた佐藤が、少しの間をおいて口を開いた。

「肉体はね、我々の肉体はいつか必ず滅びる。誰もがです。誰でも必ず肉体が朽ち、死ぬんです。でも我々の実体は何かと言えば……」佐藤の目はだんだんと大きくなり力を増してきた。

「魂ですよ」後ろで聞いていた松山の心のどこか奥底に今の言葉が響いた。

（たましい……）松山は反芻した。

「肉体でもない。心でもない。実体は魂なんです。だから関取、その強靱な肉体をまとった魂で、本当の相撲を見せてください。強い心でさらに威力を増して、魂の相撲を見せてください」

源龍は一言一言を、何度も頭に巡らせ、脳細胞の一つ一つに記憶させているようであった。全身の細胞に染み渡らせる、魂に聴かせているような聴き方であった。

「はい。精進します」低い、静かな、力のある声は和室に染み渡った。

源龍は場所中も名古屋から治療に来ることを約束し、治療院を後にした。松山は先ほどの佐藤の言葉を思い出し、急いでメモしていた。

「修司、そうだな、今日は時間があるから、ゆっくり治療をしてもらおうかな」それを聞いた松山は、心臓がグルッと大きく音を立てて捻れた感じがした。

「ち、治療ですか。東吾郎先生の」メモ帳を開いて、ペンを持ったまま、顔はひきつっていた。

「そう」ニコッと笑った佐藤はそさくさと治療室に入り、上着を脱いでうつ伏せになった。

「そうかあ。治療かあ」松山はやや気が重くなったが、切り替えて気合いを入れ直した。

「よっしゃ」先ほどの源龍のことを思い出した。彼も命がけで頑張っている。年も近い。ここで負けている訳にはいかない。松山は指をポキポキならすと、白衣を着て部屋に入っていった。

「先生、よろしくお願いします」治療に入る前に一礼してから始めた。

「こちらこそお願いします」佐藤はもうすでに気を抜いて、寝に入っている様子であった。松山は、佐藤の背中を消毒し、鍼を打ち始めた。

「平常心、平常心」そう言い聞かせているうちは、平常心とはほど遠い。しかし、何とか心を落ち着かせようと努めながら治療に当たった。

20分ほどすぎると、佐藤の寝息が聞こえてきた。

「ふう」松山は少し安心した。しかしここで気を緩めることなく、灸を続けた。

室内には灸の煙が幻想的に立ち上る。額に汗をかいた松山は、マスクをするのも忘れて、お灸の煙を吸い込みながら必死に鍼灸をしていた。

鍼灸が終わり、推掌を施した。推掌の方がまだ自信があった。それでも佐藤に施すのと、一般患者にやるのでは全く神経が違う。推掌が終わる頃には、下着がずっしりと重くなるほど汗をかいていた。

「先生、お疲れさまでした」一通り90分の治療が終了した。

「有り難うございました」佐藤はゆっくりと起きあがると、礼を述べ、首をボキボキとならした。

「向こうでまた少し話そうか」そう言うと佐藤はベッドから降りて先に和室に入っていった。

「はい」また何か怒られるのだろうかと、松山は緊張の面もちで後をついていった。すぐさまお茶を入れると、佐藤の前に出した。

「すみません。ありがとう」佐藤は自分の顔を両手でこすると、茶を啜った。松山も一口茶を乾いた口に流すと、正座で佐藤の言葉を待った。

「ほら、足崩しなさい。まあ、一服しよう」佐藤はもう一口茶を啜った。松山も言われるままに足を崩し、茶を飲んだ。

「良い治療だと思いました」佐藤の顔はにこりとするでもなく、普段通りの顔であった。松山は言われたことを少しの間理解できずに、返事が遅れた。

「あ、有り難うございます」まさか良い治療などと言われるとは思わなかったからだ。松山は初めて誉められた気がした。嬉しくて背中がじわっと熱くなった。

「鍼も心地よかったし、灸も的確な温度だったと思います」佐藤は何度か小さく頷いて話した。

「有り難うございます」今まで佐藤からそんなことを言われたことはなかったので、松山の気は上がっていた。

「そう。推掌もさすが陳先生のところで指名を取るところまでいきましたね。努力したね」ここでやっと佐藤はにこりとして松山を見た。その瞬間、松山の目はじわっと潤み始めたが、それをごまかすべく深く頭を下げた。

「有り難うございます。東吾郎先生のお陰です」大きな声で礼を述べ頭を下げた。

「いやいや、修司の努力の結果ですよ」佐藤も照れくさそうに茶をもう一口飲んだ。松山は自分が誉められたことが未だに嘘のように思え、何度かももをつねってみたりした。松山は一人上気していたが、佐藤は冷静な口調で話し始めた。

「治療というのは面白いね。技術ではないのだよ。やはり技術ではないんだ」松山ははっと意識を取り戻し、話に集中し始めた。

「もちろん、修司の技術は上がった。それは紛れもない事実だ。でも修司よりうまい人など世の中に五万といる」もちろんわかっていたことではあったが、上気していたところに、ぐさりと刺さった。

「でも私を治療できる人など、いや、正確には人を治療できる人など世の中に僅か数パーセントしかいないのだよ。これだけ治療家と謳《うた》っている人が多い中で」一度佐藤は松山の目を見た。松山はドキッとしたが、小さく返事をした。

「はい」誉められているのかどうなのか、一瞬松山にはわからなくなっていた。そこに佐藤は話を続けた。

「なあ修司、今日のような必死の治療を整形外科でしたことがあったか？」まっすぐな佐藤の目は松山の体を硬直させた。松山はその言葉を自分の中で確認してから答えた。

「いえ。していなかったと思います」絞り出したような声であった。

「だから治せなかったのだよ。真剣さ。命がけ。そういう治療に対しての真摯な心がなかったのだよ。それと患者さんに対しての思いやりだ。患者さんの気持ちになり治療する。そういうことがなかったから修司は治せなかった」言われてみればその通りだ。何も言い返すことはなかった。

「でも、修司。今日の治療は必死にしてくれただろう？」佐藤が優しい口調で語りかけた。

「はい」松山は佐藤をまっすぐに見た。確かに必死に治療をしたという自負があったからだ。

「その必死の思いが、私の身体を良くしてくれたのだよ。私の身体は癒され、心身はとてもリラックスできた。これが治療効果だ。副交感神経が優位になり、身体が治る方向へ向かっているのが自分自身よくわかる。内臓と血液が喜んでいるのがわかるよ」その言葉に、松山はとても照れた。

「これが治療なんだよ。これが治療効果なんだ」素直に受け入れた松山の心から歓喜の気持ちが湧いてきた。しかしいつものように、またすぐにつき落とされることとなる。

「ただ」佐藤の目が鋭くなった。松山の身体は硬直した。

「決定的に足りないものがある。いや、正確には足りないのではなく、気づいていないことがある」

松山は一瞬で頭の中のすべての知識をひっくり返してみたが、何も見つからなかった。

「今、修司は店を出しても問題ないレベルまできている。今の君よりも遥かに下手な連中が店を出しているから、君は間違いなくやっていける」身体を硬くしたまま、松山は聞いていた。

「でもいつしか店を閉める時が来るだろう。それはけっこう早く来るかもしれない」松山はごくりと唾を飲んだ。

「君が身体を壊すからだ」その眼光は鋭く、松山の眉間を貫いた。

「どういうことかと言うと、君の必死な治療は諸刃の剣なんだ。病気と闘うことも出きるし、成敗することも出きる。しかし、自分が負う傷も大きいんだ」いったん佐藤は肩の力を抜いて、茶を啜った。

「必死に一生懸命治療をすることは、とても大事なことだ。それで良くなる患者さんはたくさんいる。でもそれは所詮我力でしかないのだよ」松山は、まだ佐藤の真意を飲み込めないでいた。

「我力は所詮我力。一歩間違えると傲慢になる。一生懸命の心で技術を身につけ、必死に治療をすると不思議と患者さんは治っていく。しかし、同時に俺が治してやったんだという心も出てくる。なぜなら、自分がどれだけ大変だったか一番自分が知っているからだ。それを患者さんに押しつけたりする。俺のお陰で良くなったのだから感謝しろと。そしてこれからも俺の言うとおりにすれば健康になるからそのつもりでいろと。一生懸命が強すぎて、汗をかいて治療をしている治療家に多い現実だ。そんなつもりは無いと自分に言い聞かせてはいるが、どこかで傲慢になり、謙虚さをなくしている。すると、今度は自分の身体を壊し始める。事故を起こす。すべて我力が起こすものなんだ」

松山はただじっと話を聞いていた。佐藤は静かに力強く続けた。

「これは気づくか気づかないかの問題なんだよ。自分が治しているんじゃないということに」

松山の頭には、今の佐藤の言葉が廻り始めた。

「確かに治療をした人間は自分だ。そして一生懸命必死に行うと目の前に結果が出る。すると自分が治してしまったかのような錯覚に陥る。しかしそれは錯覚なんだよ。人は治る時には誰がやっても治る。治る条件が整えば誰でも治る。決して自分が、人間ごときが、我力で治せるとか治せないとかいう問題ではないのだよ。それでも、祈りに似た、一生懸命さ、必死さというのは、力を持つ。いわゆる念だ。念が病気を治すことは多々ある。しかし、それを続けていると自分の気を消耗する。そして一歩間違えると、関わりたくない邪と出会う。しかしそれもこれも自分が我力で治療をした結果だ。念を使いすぎた結果だ」佐藤は一呼吸おいて続けた。

「いいかい、修司。治療というものは、我々がしているのではないのだよ。大自然の力、天地の力、人知の及ばない大きな力が患者さんに降り注ぎ治しているのだ。我々はそのパイプ役でしかない。清廉潔白な心でいること。それがパイプの条件。ただ患者さんに降り注ぐように、自分が本当の祈りを捧げるだけなんだ。我々の手から、鍼から、灸から、その力が注がれる。これが治療メカニズムだ。だから、一見祈りに似た念というものも治療効果を引き起こすから、勘違いしがちになるのだが、決して我々の力で行っているのではないということを、いつも頭に入れておかなくてはならない。そうすれば、傲慢になることはない。事故を起こすことはない。自分が消耗することもない。謙虚に、いつも謙虚に。そうして治療に当たれば、治る患者さんは治る。自分の身体も元気になる。事故など起きない。周りが平和になる。世の中が明るくなる。これが真の治療だ」じっと松山の目を見た。

「はい」佐藤の眼力に押されて、小さな返事がでた。

「でも、最初は仕方ない。これでいいんだよ修司。今はいいんだ。でも、必ず目覚めなくてはいけない時期が来る。それはきっと死ぬ思いをした時だろう。その時に、私の言った意味がわかるかもしれない。それまでは頭にとどめておけばよい。今は必死に、患者さんのことを思って、一生懸命治療すればいいんだ」言い終わると、しばしの間、佐藤は松山の顔を見ていた。見つめられた松山はどうしてよいかわからなかったが、目をそらさずにいた。


「よし、今日の治療はおしまい。何か知りたいことはあるかい？　質問とか」佐藤は残りのお茶を啜り、湯呑みをコンとテーブルの上に置いた。松山はここでつまらない質問などできるわけもないと思った。しかしただ一つ、知りたいと思うことがあった。それは佐藤はいつ頃からそんな医療哲学を持ち始めたのかということである。

「先生。先生は、治療人生に入られていつ頃からそのようなお考えを得られたのですか？　もう既に、鍼灸の学生時代からお持ちだったのですか？」純粋に思ったことであった。松山の歳の頃には既に身につけていたのか、または生まれつきのものなのか。自分と比較することではないが、聞いてみたい気持ちになった。佐藤は空の湯呑みを右手で持ち、しばし宙を見つめた。

「雲海先生と出会ってからだね。三〇代前半だな」そう言うと、ちらっと松山を見た。

「どうして？　気になりましたか？」

「いえ、私の歳の頃にはもうそのようなお考えでおられたのかと思いまして。あの、揚先生という方とお仕事をされていた時はどのような感じだったのですか？」先日聞いた揚という人間のことが気になり、思わず口から出てしまった。その揚という言葉を聞いて、佐藤の顔色が一瞬だけ変わった。

（しまった。また調子に乗ってしまった）松山は自分の口が滑ったことを瞬時に理解した。

「すみません、先生。ズケズケといろいろ聞いてしまいまして」とっさに頭を下げた。

「いいですよ。別に何の問題もない。揚先生のことは陳先生から聞いたのですか？」佐藤はいつもの表情に戻った。

「いえ。先日の中華屋で、東吾郎先生と陳先生のお話が耳に入りまして。すみません。聞き耳立てていたみたいで」松山は何だか自分が狡いことをしたかのように思い再び謝った。

「いや、いいんだ別に。そうか。うん。それでは揚先生との時間のことを少し話そう。これも修司の勉強になるかもしれないな」そう言うと、空になった湯呑みを口に運びかけてもう一度机に置いた。

「あ、すみません先生。今お持ちいたします」松山は佐藤の茶が空になっていることに気づき、慌てて茶を入れた。

「いや、いいんだ。自分で入れればいいのだよ」松山にいれてもらった茶に礼を述べて語り始めた。

「揚先生との出会いはね、私が鍼灸学校を出てすぐだったんだ。たまたま東京で歩いていたら、場所は日本橋なんだけどね、推掌と書いてある整体院があったので入ってみたんだ。すると数人の中国人がいて。どうせやってもらうなら一番うまい人がいいと思って院長を指名したんだ。そうしたら受付に鼻で笑われてね」佐藤も鼻で笑って話を続けた。

「院長の予約は三ヶ月待ちだと言うのだよ」

「三ヶ月ですか？」松山は今でこそ佐藤の予約が数ヶ月待ちのことを知っているから、たいしたことではないように思えたが、ふらっと入った整体院の施術が三ヶ月待ちならそれはやはり驚くだろうと想像した。

「そう。きっとうまいのだろうなと思って予約をして、三ヶ月後に行ったんだよ」松山は続きを早く聴きたそうな相づちを打った。佐藤は淡々と話す。

「すると中から大男が出てきてね。顔は怖いし、威圧感はあるし。その人が揚先生でね。私を寝かせるなり、どこが悪いか聴かないのだよ」

「聴かないんですか？　問診などは？」

「全くなし。つまらないことを言うと怒るんだよ。知っているから何も言わなくていいと」

松山は驚いた顔をして次の話を待った。

「そしていざ施術を受けたら、これが何というか、目から鱗とはこのことで、今まで受けたことのない施術だったんだ。これが揚先生の推掌との初めての出会いだった。もうツボ、ツボ、ツボですべてが急所を付かれてね。治療中に、ああ、先生は整体師だから正確には治療ではなくて施術というべきなんだろうが、敢えて先生に関しては治療という言葉を使うが」佐藤は一息ついて続けた。

「治療中に私の現在と過去、そして未来までも当てられたんだ」松山はごくりと唾を飲んだ。

「自分では言いたがらなかったが、どうやら霊能を持っているらしく、それを先生は気功と呼び、私の状態をほとんど当てた。家族構成からそれまでかかった病気も何もかも。そして私の未来を見た時に顔色が変わったんだ」佐藤の顔に真剣さが増した。

「はじめは先生は何も言わなかったが、突然優しくなり、俺の弟子になれと言うんだ」佐藤は松山をじっと見て、何度か頷いた。松山は話にのめり込み、次の言葉を待った。

「私は考える暇もなく、はい、と返事をし、翌日からそこで働いた。何か直感というか、もう運命が決まっていたような感じだったんだ」少し遠い目をした佐藤の瞳の奥に、懐かしさと寂しさが混在していた。一口茶を啜ると、松山も合わせて茶を口に運び、湯呑みをテーブルに置いてから話が再開した。

「私は鍼灸しか知らなかったから、そこで推掌のいろはを学んだ。週三日そこで働き、残りは自分で往診をしていた。開業はその後なんだが、月、火、水をそこで過ごしていたんだ。でも先生は一切何も教えてくれなかった。手取り足取りなど全くなかった。ただ先生が仰ったことは、巧くなりたければ、私から技を盗めというだけだったんだ」松山の目は真剣に、佐藤を直視していた。

「見て盗む。弟子になった以上、もう先生の治療を受けることはできなくなった。弟子は患者になることはないと先生はおっしゃっていた。それでも一回、私がぎっくり腰をやった時に、気功で一発で治してくれたよ。今でもその感覚は覚えている。温かい気が先生の手のひらから出て、1分もかからず、あっと言う間に治ってしまった」

松山は瞬時に先日の陳のことを思い出した。松山が腰痛の女性を施術中に悪化させてしまい、立ち上がることのできない状態だった時に、陳は手のひらを腹と腰に当ててただけで、動けなかった人間を動けるようにしていたのだ。

「その技は、結局私は習わなかったんだ。よくわからないまま辞めてしまったよ。でも陳先生は最後まで揚先生にしがみついて技を収得していた。正直に言うとね、私は中国語がわからず、その気功の意味がいまいち理解できなかったんだ。陳先生は揚先生に聞くと怒られるのに何度も気功や技術のことを積極的に聞いて、自分のものにしていたよ。陳先生は非常にガッツのある熱心な人なんだ。私なんて、気が弱いから怒られるのが嫌で聞けなかったんだ。今思うと、怒られてもいいからもっと聞いておけばよかったことがたくさんあるよ」最後は少し笑いながら過去を振り返っていた。

「陳先生は、ライバルみたいな感じだったんだ。凄い技の持ち主でね。指名をガンガン取っていた。揚先生と陳先生と私で、揚先生の店は、もの凄い数の患者を工場のように治療していたんだ。外国からもけっこう患者さんが来ていたよ。口コミというのは凄いね」その話しぶりは決して自慢しているようではなかった。事実を述べているだけで、嫌みがなかった。

「でも揚先生には弱点があってね」佐藤は少し間を置いた。一度言葉を腹に戻してから、話し始めた。

「金と女にだらしなかったんだ」言い終わった後、松山の顔を窺うように見た。内容が内容だけに松山はどのような表情をしていいかわからずに、目に動揺が走った。

「店の金を持ってギャンブルに行っちゃうんだよ。競馬とかパチンコとか。我々は全て歩合制だったけれども、我々の取り分まで使っちゃうんだ。私はそのことについては何も言わなかった。勉強代だと思ったから。でも中国人達はみんな怒ってね。それで全員辞めてしまうんだ。喧嘩して。でも陳先生だけは最後まで残ったよ」淡々と話し、両手の指を組んでテーブル上に置いた。

「金のことはいいと割り切ったんだが、先生は女にこれまたひどくだらしなくてね。奥さん子供がいるのに客に手を出してしまうんだよ」困った顔をして話した佐藤の表情を見て、松山もやや眉間にしわを寄せて相づちを打った。

「一人二人ならまだしも、いやいいわけではないが、もう片っ端からなんだ。もう私はお子さんが可哀想でね。毎日奥さんと殴り合いの喧嘩だから。ひどい時には奥さんが店にまで殴り込みに来るんだよ。そうしたらもうカーテンからシーツからビリビリになってね。私と陳先生とで何度仲裁に入ったか」

あまりの話に松山は唖然としてしまった。

「私も精神的に参ってね。思わず口を出してしまったんだ、揚先生に」佐藤の顔が真顔になった。

「そうしたら、もう明日から来るなって」目の奥が悲しみに包まれた。松山は佐藤のそのような表情をあまり見たことが無かったので、少し驚いた。

「それで私は辞め、銀座に店を出した。陳先生は最後まで残ったんだ。最後というのが、揚先生の失踪でね。やくざの女に手を出したとかで、あの店から消えたそうだ。陳先生にも別れの挨拶はなかったと」その語尾に、やるせなさが込められていた。

「でも揚先生が私の未来を見た時のあの顔は忘れないよ、今でも。私も私なりにその後気功を勉強して自分の将来を見てね。揚先生はきっとこれを見られたのかなと。私の最後を見て、面倒を見てくれたのかなと思うよ」その意味を松山は何通りか考えたが、何が答えかはわからなかった。その未来はどのようなものかという言葉が出かかったが、聞いてはならない気がして飲み込んだ。

「その頃の私と言ったら、もう傲慢の塊ですよ」佐藤の口調が一変した。自分を笑い飛ばすかのような話しぶりであった。

「治りたければ俺の言うとおりにしろ。言うことを聞けないのならもう二度と来るな。俺が治してやっているんだから感謝しろ。俺が俺が」そう言い終わると、にやっとして松山を見た。松山は何と言っていいかわからずに、口を少し開いてひとつ頷いた。

「我力もいいところ、謙虚さのかけらもなかったよ」昔の自分を懐かしむような話し方であった。

「そんな生き方をしていたから、大切なものをなくした。そして銀座を捨てて、埼玉の片田舎に引っ込んだ。そして雲海先生と出会い、私は生まれ変わることができた」一転、晴れやかな話しぶりであった。

「雲海先生がやさぐれた私に一番最初に教えてくださったことは、人には愛しか伝えてはいけないということだ。治療も全てそう。そこに欲などというものはなく、愛のみで治療をするということを教えてくださった」雲海の話になると、佐藤の顔は柔らかくなり、穏やかな表情となった。しばし、自分の言葉に浸り、意識を取り戻して思い出したかのように松山の顔を見た。

「はあ」松山はようやく返事ができた。しかしそれは、感嘆の息がこぼれたようなものであった。

「まあ、こんなものだ。どうですか？　気が済みました？」自分の過去を振り払うかのような口調で、気が済んだかと松山に言ってはみたものの、実は自分自身が話したかった過去をようやく外から引き出してもらい、自分自身の気が済んだことを、ごまかした言葉であった。それに自身で気がついている佐藤は、少し恥ずかしそうに湯呑みを口に付けた。

「ちょいと、無駄口をたたきすぎた。いかんな。いかん」そう言うと口元がほころんだ。

「いえ。貴重なお話でした。有り難うございました。私も頑張って努力いたします」松山はメモなどとる暇もなかった話を、脳裏に焼き付けようと意識した。

「ほら、もう真っ暗になってしまった。すまんな。少しだらだらと話しすぎてしまった。気をつけて帰りなさい」佐藤は松山を送り出し、空を眺めた。

「ふう。まったく」自分の過去を話して、肩の荷が少し軽くなった気がした。しかしつまらんことを弟子に話してしまったと、やや後悔の念もあった。

七月の夜空は風が気持ちよく、遠くで星が笑っている気がした。佐藤は玄関に戻り、空になったツバメの巣をしばし眺めると、静かに部屋へ戻っていった。

うだるような暑さの中、佐藤と松山は二人で往診に出ていた。熊谷は日本で有数の暑い場所だ。照りつける日差しも容赦がなく、さすがの佐藤も少々バテ気味の中、午前の往診が終わった。向こうの空には大きな入道雲。通り雨の一つでも欲しい気温ではあったが、ここ数日、雨は全く降っていなかった。

「先生、何ですかこの暑さは」熱風の中、二人は車を降りた。

「いやあ、修司。埼玉も昔はこんなんではなかったんだが。年々酷くなるなあ」額にびっしり汗をかいた佐藤が、眉間にしわをよせながら手でひさしを作った。

「先生、早く中に入りましょ。死んでしまいますよ」

「ふふふふ。全くお前は」早足でレストランに入る松山の後ろを、佐藤はゆっくりと歩いていった。

「はあ、極楽ですね先生」そう言うと、松山は目の前に出された氷の入った水に手をかけた。

「ちょっと待て。だめだ」既に飲む気満々の松山を、佐藤が制した。

「先生、今日ぐらいは飲ませてくださいよ。こんなに暑いんですから、腹の中も死にそうなくらい暑いですよ」佐藤の制止に言い訳をしてでも飲もうとする松山であった。

「いや、だめだ」冷淡に言うと、

「すみません、あったかいお茶を二つください」と佐藤が店員に言った。

「先生、いや、いくらなんでもこれだけ暑いのですから、たまにはいいんじゃないでしょうか」珍しく松山が佐藤に意見した。すると佐藤は無表情で松山の顔をじっと見た。松山は暑さの中でも、背中がぞくっとした。

「今から飯をいただく。それを消化してくれるのはどこだ?」佐藤の目は松山の両目を離さない。

「胃腸です」松山は小さく答えた。

「その胃腸の毛細血管が氷水で冷えたらどうなる。収縮して消化能力がぐんと下がる。胃腸だって筋肉だぞ。収縮すれば硬くなる。そこに消化液も出にくくなる。どうやってそれで食べ物を消化するんだ?」

淡々と佐藤は話した。

「はい。そうです」松山に返す言葉はなかった。

「脾胃が冷えて、消化能力が下がる。そして吸収できない。腹をくだす。力が出ない。消化液が出にくくなる。胃腸の活動が鈍くなる。食欲がでない。痩せてくる。これが一番単純な夏バテのメカニズムだ。そんな単純なことをなぜ治療家の自分が防ごうとしない」最後は呆れ果てたような口振りであった。

「すみません」松山がうなだれたところに、二杯の熱いお茶が到着した。佐藤はそれを静かに口に運んだ。

「暑い時には熱いお茶とは、よく言ったものだ。これだけ冷房が効いている部屋だ。30分もいれば自然と身体は冷めてくる。外仕事ではないのだから、冷たい涼を体内に流し込むなんてことはしなくていいのだよ。熱いお茶で脾胃を活発にさせる。そしてしっかりと食べる。私は夏バテなどしたことはない」

そう言うと、もう一口茶を運んだ。松山もそれを見て、熱いお茶を口に運んだ。

「どうだ？　のどの渇きは取れるだろ？」湯呑みを持ったまま、佐藤は松山を見た。

「はい。確かに」松山はさらにもう一口飲んだ。

「まあ、熱い茶を飲むこともないが、少なくとも氷水は飲まないことだ。私は酒も冷たくしないだろ？」

佐藤は酒を絶対に冷酒にして飲むことはなかった。

「敢えて冷やさなくても冬は冷たくなる。常温でいいのだよ。冬は熱燗にしてもいい。それは好きずきだ。でも普段は常温のものを腹に入れた方がよい。やや温度が高めのほうが理想だが、まあ、その辺はだいたいでいいだろう。だから飲料水も、特に夏は気をつけなくてはならない。冷たいものを飲みたい気持ちはわかるが、それは不自然なことなのだよ。この殺人的な暑さの自然界に、氷があるかい?」

「いえ、ありません」松山は背筋を伸ばして答えた。

「そう。ないのだよ。溶けてしまうからね。冷凍庫がないと氷なんて無理なんだ。その不自然なことを敢えて人間はして、体調を崩す。傲慢としか言いようがない」再び茶を啜る佐藤を見て、松山はまた一つ自分の未熟さを感じた。


料理を注文した後、二人は先ほどの患者さんの話などをして時を過ごした。しかし、待てど暮らせどいつになっても料理が来ない。だんだんと松山はいらいらしてきた。

「先生、ずいぶん料理遅いですよね」もう20分近く経つ。いくら昼時と言えども、佐藤の頼んだ山菜そば定食と松山の頼んだ天ぷらそば定食が、こんなにもかかるはずがない。そうこうしている内に、松山達よりも後に来た客の料理の方が先にやってきた。

「どういうことだ。先生、ちょっと言ってきます」松山は佐藤の返事を待たずに厨房近くにいる店員に話をしに行った。それを佐藤は涼しい顔で遠目に見ていた。どうやら松山はかなり怒っているようだ。そして店員とのやりとりを終え、唇をとんがらせて帰ってきた。

「先生、聞いてくださいよ。今、作っているとか言うんですよ。何でそば作るのに20分もかかるのかって聞いたら、混んでるからって言うんですよ。だから後ろの客は我々の後から来たはずだと言ったら、何だかごちゃごちゃごまかすように言ってましたけれど、先生、あれは忘れてましたね絶対」それを聞いて佐藤は、「まあもうすぐ来るだろう」と言って、松山を座らせた。それから数分経ち、頼んだものが運ばれてきた。

「ようやく来ましたね先生」いらいらした感じの松山が佐藤が箸を手に持つのを待って、急いで食べ始めた。もう腹が減ってどうしようもないという感じであった。

「なんだこれ」松山は一口大きくそばを啜ると、顔をしかめた。

「冷めてるじゃないですか。のびてるし。先生、大丈夫ですか？」松山は眉間にしわを寄せて尋ねた。

「うん。のびているね」佐藤はそう言うと、表情ひとつ変えずに食べ続けた。

「先生、取り替えてもらいましょうよ。もう、あったま来ましたよ私は」松山は怒り心頭と言った感じで店員を呼ぶために立ち上がった。腹が減ってる時に待たされるわ、麺がのびてはいるわ、スープは冷めているわで、許せないといった勢いであった。

「修司、座りなさい」立ってきょろきょろ店員を捜す松山に、佐藤が静かに言った。

「え？　何でですか先生」言っている意味がわからないといった様子で松山は座ろうとしなかった。

見かねた佐藤がもう一度、声をかけた。

「修司。いいから座りなさい」先ほど同様の大きさの声であったが、松山は少し佐藤の顔を見ると、ゆっくりと腰を下ろした。

「何でですか先生。完全に出すの忘れていたような食事ではないですか。替えてもらいましょうよ」

座ってはみたものの、松山の気は治まらないようであった。すると佐藤は箸を置き、茶を一口飲んだ。

「修司、時計を見てみろ」そう言うと店にかかっている時計を指さした。それを見た松山ははっとした。すでに出発まであと10分しかない。

「今から新しいものを注文して、それがまたすぐ来るかはわからない。来たとしても急いで食べなくてはいけなくなる。次の患者さんの治療が待っている。それでも君は、取り替えてもらうということを選択するのかね」佐藤は、松山の顔をじっと見た。

「いや、あ、はい。すみません先生。そうですね。はい。食べます」松山はもう一度すみませんと謝った。佐藤は箸を再び手に取り、そばを啜った。松山も、しまったというような顔をしたまま、そばを一気に啜った。食事中会話はなく、二人とも10分足らずでたいらげた。

「よし、行こうか」茶を一杯飲むと、佐藤は足早に会計に向かった。松山も遅れて佐藤の後を追った。

「先生、先ほどはすみませんでした」運転席で松山は出発前にもう一度謝った。

「腹減ってイライラしていたんだろ？　それと、私の食事まで冷えていたのが許せなかったのだろう。わかっとるよ」そう言うと、車を出すように指示した。

「次の往診が終わったら、食事についての話をしよう。今日の出来事は、きっとこのことを話しなさいという神様の御計らいなのだよ。そのための出来事だったのだな」最後は独り言のようであった。

「あ、はい。わかりました。お願いいたします」松山は、自分の行いを反省して次の目的地へと向かった。

往診が終わり、二人は近くの喫茶店へと入った。そこで、佐藤の食事についての講義が始まった。

「以前、食品メーカーのお偉いさんに、私の考える最高の健康的な食事とは何かと聞かれたことがある」松山はメモ帳を取り出して、準備万端で筆を走らせた。

「私は一言、感謝の下に戴く食事だと言ったんだ」そう言うと松山は顔を上げて、しばし佐藤の顔を見ていた。

「そのお偉いさんはね、ちょうど今の君みたいな顔をしていたよ」佐藤は少し笑った。松山は自分の表情がどのようなものであったかを想像して、苦笑いをした。

「食事というものは、何を食べるかではないのだよ。どう戴くかなんだ。確かに物としては、旬のものを食べるのが良いであろう。肉は食べ過ぎずに野菜を中心に。これはもちろん健康に良い。しかしそれよりもずっと以前の問題、食べる人間の心構え次第なんだよ、健康的な食事かどうかというのは。食べる人間の心が大事なんだ」松山は真剣に話を聞き、メモをした。

「五観の偈というものをご存じかな?」佐藤はコーヒーを一口飲んだ。

「ごかんの……げ、ですか。すみません。わからないです」松山も一口コーヒーを飲んだ。

「五観の偈とは、主に禅宗において食事の前に唱えられる偈文のことで、僧侶の食事作法のひとつだ。今から言うことは修司の人生の宝となるであろう。原文ではなく訳文だがよく聞き、自分なりに覚えるように」佐藤は姿勢を正した。

「はい」松山も、深く座り直し背筋を伸ばした。

「一つ、今、この食べ物をいただくにあたり、どれほどの人々の苦労、手間、真心がかかっているかを考え、その事柄に感謝する。

二つ、自分の人格、今までの行為が、この食べ物を食するに値するかを考え、反省する。そして今よりも人格形成に常に精進し努力する。

三つ、心にある、むさぼり、怒り、愚痴の三毒を断ち切り、自分の生まれてきた目的、いのちの修行のためにこの食をいただく。

四つ、この食べ物は、自分の生命活動に必要な飢えと乾きをいやす良薬としていただき、決して美食を追求するものではない。

五つ、これらの目的は、仏様のように、人のために生き、人を助け、人の難を救うことのできる人間になるためである。

以上が五観の偈だ」言い終わると佐藤は松山の目の奥をじっと見た。その松山は、今までに味わったことのない衝撃を受けていた。なぜなら、食事に関して、そこまで考えて口に物を運んだことがなかったからである。ただ、自分の欲望を満たすための作業としていた自分がとても恥ずかしい気持ちになった。

「東吾郎先生、恐れ入りました。感動いたしました。はあー。何というか、今まで私は一度たりとも、そのような考えなど持ったことはなく、ただ毎食毎食自分の欲望のためだけに食事をしておりました。本当に恥ずかしいことです」松山は心の底から感動し、頭を垂れた。その目の奥に嘘がないことは、佐藤にははっきりとわかっていた。

「そうか。良かった。本当に衝撃を受けたみたいだね。実は私もそうだったのだよ。若い頃は、何の感謝もなく食事をしていた。食事の意味とは、ただエネルギー補給だと思っていたよ。それがこの五観の偈に出会い、食事に対する考えが変わった。特に、二番。自分がその食事をとるに値する人間かと言われたら、私は自分がその価値のある人間ですと胸を張っては言えない。それほど偉い人間ではないよ。しかし食べないと死んでしまう。その中で、こんな自分だけれども食べさせていただくという気持ちになると、謙虚になるし、食べ物を本当に大切にするようになる。今の日本は、食べ物を輸入して、捨てているというふざけた状況だ。これは明らかに間違っている。食べ過ぎなのだよ現代は。特に、むさぼり食いすぎている。自分のいのちの修行のために、人々の難を救うために、感謝の心を忘れずに食べている人間が、いったいどれくらいいるだろうか」佐藤の言葉一つ一つに力がこもっていた。

「この五観の偈を聞いて、先ほどのレストランの一件、やはりあの時新しい食事を持ってこさせた方が良かったと思えるかい?」松山は大きく鼻で息を吸い込み、深いため息をついた。

「いえ、思いません。全く思いません」首を横に振った。それを見て、佐藤はもう一口コーヒーを飲んだ。そして首をボキ、ボキと鳴らした後に、少し肩を落として言った。

「偉そうなことを言っているけどね、実は私もあの時イライラしていたよ」目が笑って口元が少しほころんだ佐藤の顔が、優しく松山に向けられた。松山の顔も緩み、少しほっとしたような表情を浮かべた。

「麺は伸びているし、スープはぬるかったし」その言い方がどこか漫談のように聞こえ、松山は思わず笑ってしまった。

「でもね、修司。いつも私はそのような時、こう考えているんだ。このような物を出されるというのは、自分がそのレベルの人間だからだとね」佐藤の声がいつもの真剣な深い音に戻り、松山も真顔に戻った。

「または因果律を考える。因果律は絶対だ。それならば、この結果には何か原因が考えられる。しかもそれは自分が蒔いた種に他ならない。どのような結果も、全ては自分に責任がある」

松山はただじっと、佐藤の話を聞いていた。

「そしてこう考える。ありとあらゆる出来事は、自分の魂に真実を思い出させるための修行であると。どんな出来事も、自分の心の成長に必要なカリキュラムであると。そう考えると、まず怒る前に、自分がどのように行動すればいいか、どのような心でいればいいか、それが重要になる。この世の出来事は、すべて自分の修行の材料なのだよ。心の成長に必要な、すべて用意された学習材料なのだよ。だから有り難く受け取らなくてはいけない。怒りにまかせて突き返しても、それを感謝していただいても、同じ時間が過ぎる。しかしその後の人生には大きな差が生まれる。自分がどれほどの人間か。今まで一度もミスをしたことのない人間か。今まで一度も言い訳をしなかったか。一度も嘘はついたことはないか。約束を破ったことはないか。それを考えたら、人を責めるなどということができるはずもないことに気が付く。自分がどれほどの人間か。人を裁くことなど人にはできない。だから、許さなくてはいけないのだよ。自分が今まで多くの人に許されて生きてきた結果が今だ。それなら自分も人を許さなくてはいけない。また人を許すことが、自分が許されることでもあるのだよ。今まで多くの人に許されてきた事実がある。君が急ブレーキを目の前でかけても、後ろの車の人が怒鳴り込んで来たことはなかったろ？

君は君の知らない間に人々に許されて生きてきているのだよ。だから自分も人を許さなくてはいけない。それ以前に、人を責めることなどできる人間なんていないということを血に刻むことが、大切なことなんだよ」松山の心に、佐藤の言葉が銀色のいくつもの矢となって、突き刺さった。松山の脳細胞が震え、今まで味わったことのない、心の奥底の喜びを感じていた。

「先生。本当に有り難うございました。今までの自分の生き方が何だったのかと。そう、感じました」松山は佐藤の目をまっすぐに見て答えた。

「いやいや、偉そうなことを言ってしまったが、私自身も勉強のまっさなかなのだよ。だから、これから起こる目の前の出来事には、怒らないことだ。たいしたことなど起きていないものだよ。だからつまらないことで、怒って体を壊さないようにすること。そして、いつも感謝を忘れないようにお互い頑張って生きていこうではありませんか」最後は明るい口調になった佐藤の体から光がほとばしった。

「はい。頑張ります」その光を松山は確かに見た。でもそれが不思議だとも思わず、極々自然に、感じられた。佐藤はついしゃべりすぎてしまったというような顔をして、コーヒーをおかわりした。それから二人は、治療のことなど、1時間近く話をしてから店を出た。

辺りは真っ暗になっていた。家についた佐藤は、ツバメの巣をのぞくと、何度か背伸びをしてから家に入った。夜風の気持ちよい、八月の夜であった。

次の週の往診の日も、二人は往診の通り道にある同じレストランで食事をした。そこへ向かう車の中で松山が口を開いた。

「先生、もうあそこのレストランはやめませんか? また待たされたら、先生、修行とわかっていても、もう限界寸前です」松山は腹が減りすぎて死ぬとアピールした。佐藤は大きく笑い、何度か頷いた。

「そうかそうか。修司、でも今日は大丈夫だよ。すぐ出てくるから。しかもちゃんと熱いものが」佐藤は自信満々に話した。何を根拠にそんなことを言うのかという顔を松山はしたが、佐藤のあまりにも自信満々な姿を見て、その店にしぶしぶ入ったのであった。

注文を終え、メニューをパタンと畳むと松山は熱い茶をぐいっと飲んだ。その様子を佐藤は微笑ましく見ていた。

「ここはね、実は思い出の店なんだよ」おもむろに話す佐藤の顔を見て、松山はお手拭きで顔を拭いていたが、静かに畳んでそれを置いた。

「まだ妻が生きていた頃、一度だけ小川町に東京からドライブに来たことがあるんだ。紅葉が綺麗な頃でね。その時に通りがかったのがこの店で、こんな店だけれどもここを通ると、どうしても入ってしまうのだよ」懐かしそうに話す佐藤の目の奥には、寂しさが少し光っていた。松山はそんな話を聞いて、大事な店での自分の失態がなおさら恥ずかしく思えてきた。

遠い目をしていた佐藤の前に、さっそく注文した食事が運ばれてきた。

「ほらね、修司。今日はあっと言う間に来ただろ?」得意げにそう言うと、割り箸を割った。

「うわー、本当ですね。何で先生はおわかりになるのですか?」自分の前にも出された食事を見て、松山は目を丸くした。

「勘だ」それだけ言うとにやっと笑い、合掌をしてから佐藤はざるそばを勢いよく啜った。

「勘ですか」感心したような顔で松山も遅れて合掌をし、感謝の意を念じてから豪快にそばを啜った。

二人のそばを啜る音が響いて、あっと言う間に食事は終わり、一服した。

「ごちそうさまでした」松山は丁寧に感謝を述べてから、ゆっくりと茶を啜った。佐藤も小さい声でごちそうさまを述べ、茶を啜った。外は暑いが、冷房の効いた快適な食後の空間を、二人はゆったりと過ごしていた。

佐藤は松山の顔をじっと見ていた。その視線に気づいた松山は、そろそろと姿勢を正し、なぜ見られているのかわからないまま、視線を落とした。そこに佐藤が唐突に話を始めた。

「修司、死ぬのは怖いか?」このまったりとした時間に、突然何を言い出すのかと思ったら、まさかの質問であった。松山は、目が点になり言葉が出てこなかった。

「死ぬとは、修司、何だと思う?」立て続けの質問を、松山は何とか頭の中で整理し、答える準備を始めた。

「死ぬ、こと、ですか……」相づち代わりに今一度確認してみた。

「そう。死ぬことだ。死ぬことは怖いか?」表情はなく、ただ聞いてみたいといったような佐藤の目は、純粋に透き通り、松山を貫通した。動けなくなった松山は、返答に困りながらも、自分なりの答えを出そうと言葉を絞り出した。

「怖い……。はい。今死ぬと考えますと、やはり今は死にたくないです。怖いというか。いや、怖いと言えば、怖いですし。今は嫌ですし」嘘はつかないように自分の心を整理しつつ言葉を選んだ。

「今は嫌か」佐藤の顔が変わった。今度は松山の奥を見始めた目になっていた。

「はい。今はやはり、嫌ですね」正直に松山も答えた。

「では、いつならいいんだ？」佐藤の口調はゆっくりである。

「いつなら……と言いましても、まあ、八〇歳とか、歳をとってからでしょうか」小首をかしげながら、歯切れ悪く答えた。

「八〇歳？！　八〇歳まで生きられる自信あるのか？」驚いた顔をして佐藤が聞き返した。

「いや、ええ、まあ、あの、七〇歳くらいでしょうか。そうですね、やりたいことを一通りやってからがいいです」しどろもどろになりながらも、等身大の自分を松山はさらけ出した。それを聞いて佐藤は一呼吸置き、茶を一口飲んだ。松山も慌てて茶を飲んだ。そして佐藤は松山が湯呑みを置く前に、また口を開いた。

「私は、今死ねるぞ」佐藤の目は落ち着き、声は低く、何も嘘はついていない表情がそこにあった。内容もそうだが、佐藤が醸し出す雰囲気に、松山はやや圧倒された。

「今……ですか？」口があまり開かずに、声は小さかった。

「そう。今」何も変わらぬ表情の佐藤は、二つ三つ呼吸を置いてから続けた。

「修司。これから君は、たくさんの人の死に出会うだろう。人だけではない、動物にも植物にもだ。

そのたくさんの死に出会い、そして君も死んでいく」ランチタイムの周りがガヤガヤとうるさい中、松山の耳には雑音は全く入らず、佐藤の声だけがはっきりと聞こえていた。

「死は、今死んでも死。明日死んでも、死。一〇〇年後に死んでも、死。いつでも同じだ」淡々と佐藤の言葉が続いた。

「今日死にたくない。八〇まで長生きしたい。今は死にたくない。これは全部、生きている者の、欲だ。欲以外の何物でもない。いつ死ぬかは問題ではないのだよ。だから今死んでも何も問題ではない。大事なことは、今をどう生きるかなんだよ」佐藤の目は澄んでいた。

「今をどう生きるか。今をどう生きているか。それが大事なんだ。だから今を真剣に生きている人は、今死んでも悔いはない。悔いがあるのは、真剣に今を生きていないか、または欲が深い人だよ。死というものは、終わりではないのだよ」

(死は終わりではない)松山の頭の中でその言葉が回った。

「死は決してそれでゲームオーバーではない。無でもない。死は新しいいのちの始まりなんだ」

(新しいいのちの始まり)松山の胸の奥で、何かくすぶっていたものが徐々に光りだしているような感覚が起きていた。

「我々の本当の故郷に帰ることなのだよ。肉を捨て、欲を捨て、積んだ経験と感動の力で勢いよくこの世から脱出する。たどり着く先は故郷。そこには先に旅立った仲間が待っている。そこで再び次の段階のいのちの学びが始まる。ただそれだけなのだよ」松山の耳には、もう佐藤の声以外の何も入ってこなかった。

「だから死は悲しいものではない。その人がこの世で課せられたオーダーメイドの修行内容を終了した結果、向こうへ旅立てる。いつまでもだらだら長生きしている人は、まだ修行が終わらないのだよ。課せられた修行が。死ねないのだよまだ、課程を修了していないから。死ぬその寸前まで、修行なんだ。また若くして死んだ人は、その人の課程がそこで終了したことになる。だから喜ばしいことなんだよ。誉めてあげないといけない。祝福なんだよ。悲しいだなんだ言っているのは、この世に残された人の欲なんだ。真実をわかっている人は、人の死で泣いたりはしない」佐藤の言葉は力強かった。

「でもな、修司。人間だから、涙のひとつやふたつ、やはりこぼれ落ちるだろう。その人のことを思い出し、しばらくの間会えない、触れられないという寂しさはある。切なさはある。だから涙のひとつやふたつはいいだろう。でも、号泣するのは間違っているのだよ。悔いがあるから号泣しているのだ。生きている間にきちんとその人に向き合わなかったから。または死の真実を知らないからなんだ。もう二度と会うことができないからという、勝手な理由からだ。でも真実は違う。あと何年か経てば、自分も死ぬ。そうすれば、向こうの世界で簡単に会える。何も悲しいことはない。だからな、修司」いつもと違う力強さと切なさで包まれた目をしていた。

「人が死んでも、それほど悲しむな。死を受け入れ、自分の修行を続けていけばいい。一〇〇年も経たないうちにまた会えるのだから。何も悲しむことはないのだからな」佐藤は少しの間松山の顔をじっと見ていた。松山は、何とも言えない切ない気持ちなった。なぜかはわからないが、佐藤と離れることがさみしく感じ、今日は遅くまで酒を飲みたい気持ちになった。それでも佐藤の言葉を何度も自分の腹に落とし、強くゆっくり首を縦に振った。

「はい。先生。先生の今のお話、肝に銘じます」松山の顔がじわっと熱くなっていた。

「うん。そうか」佐藤は涼しい顔をしていた。今この場所で、なぜだか佐藤は死の話をした。だんだんと松山の耳に、ガヤガヤとした周りの音が入ってきた。

「よし、次の往診だ。外は暑いけれど、頑張ろう。次の人の家は、クーラーないからね」少し笑った佐藤の声は、いつもよりどこか陰を宿していた。

「はい」松山はバッグを持ち、佐藤の声を耳の中に残しながら、店を後にした。二人の往診はこの日も夕方まで続き、生ぬるい風の中、少しだけ下がった気温にほっとしつつ一日を終えたのであった。

悪霊の住処

八月の終わり、季節はずれの台風がやってきた。空は暗く、何か嫌な予感のする風が吹き乱れていた。

「先生、今日我々は帰ってこれますかね」佐藤の家の玄関を出て、車に向かう途中に松山は空を見上げながらそう呟いた。

「そうだな。私も先ほど患者さんに電話したのだが、どうしてもと言うんだよ。三ヶ月も前からの予約だしな。無事に帰ってこれるといいのだが」今日は那須塩原に遠出しての往診である。その一件しかなかったのだが、どうにもこうにも予報は台風の直撃である。何とかたどり着いても帰ることができるかを二人とも心配していた。

「ごめんください」佐藤は初めての往診先の玄関でベルを鳴らした。すると中から、疲れきった五〇代の男が出てきた。

「佐藤です。往診に参りました」後ろでは強い風の吹く中、松山が風にあおられながらベッドを車から降ろしていた。

「ああ、先生。本当にこんな天気の中、わがまま申し上げて、すみませんでした。有り難うございます。どうぞ、狭い家ですが」土色の顔の痩せ身の中背の男は、何度も佐藤と松山に頭を下げて、二人を招き入れた。家の様子を見ると、だいたいその家の事情というものがわかる。裕福な家のようではあるが、家事の機能は全く停止している状態が見てとれた。往診のために掃除をした形跡は見られるが、それでも、すべてがよどんでいた。

「どうぞ、こちらです」通された居間で、佐藤は一瞬足を止めた。表情が一変し、険しいものとなった。佐藤は見ていない振りをしながら、全てを観察し始めた。そして目の前の薄っぺらい布団に目を開けたまま横たわる、ガリガリに痩せた女性の姿が目に入った。後からベッドを運んできた松山もその光景を見るや、一瞬怯《ひる》み、言葉を無くした。紙おむつをつけた女は、四〇代後半であろうか。あまりのやつれ具合に判断が難しい。ところどころにもらした排泄物を拭いた跡が見られた。

「先生、もう、限界です」先ほどまで気を張っていた男が、救われたいという想いから膝から崩れ落ちるように言葉を落とした。

「もう、ずっとこのような状態なんです。二年になります。いろんな所に連れていきました。大学病院から、宗教まで。病院では鬱病と言われ、大量の薬を出されました」そう言うと男は薬の紙袋をごっそりと出した。

「こんなもの飲んでも、全くよくなりません。それどころか、こんな状態です。さらに酷くなった気がします。もう今ではどこにも連れていけなくなり、先日も救急車を呼んだのですが、結局は病院では安定剤しか出してくれなくて。もう、どうにも……」

松山はいったいどうすればいいのだというような顔で、患者と佐藤の様子を見ていた。佐藤は話を聞きながら患者と部屋の四隅に目をやり、五感を研ぎすませていた。そしてその次の感覚を働かせた瞬間、目の奥が光った。

「よし。わかった」佐藤は独り言のように腹に言葉を落とすと、松山の方を向いた。

「今日の治療は、たぶん修司に見せるのは最後になるかもしれない。そういう内容の治療だ。丹田《たんでん》に力を入れ、尻の穴を締めて見学するように」佐藤は松山だけに聞こえるような小声で伝えた。

「は、はい」佐藤に言われたことを頭で整理しながら、まずは尻の穴を締めた。

「ベッドは使わないから、車に置いてきてください。そして帰ってくる時に、玄関のドアは締めずに、靴を挟んで少しだけ開けておいてください」そう言うと佐藤は道具箱から銀鍼を取り出した。

「ご主人、エアコンを止めて、ここの部屋の窓を全て開けてください」佐藤の落ち着いた静かな声が部屋に深く響いた。目を開けたまま微動だにしない女を前に、男は言われるまま急いで窓を開け始めると、外からの強い風が音を立てて入り始めた。

「終わりましたら、この家中の窓を開けてください。そして、風呂を綺麗に洗ってお湯を入れてください。終わりましたら、ここへお戻りください。私は治療を始めています」佐藤の気迫に押され、男は急いで他の窓を開けに行った。松山は言われたとおり玄関のドアに自分の靴を挟んで、早足で佐藤の下へ戻ってきた。

「先生、玄関開けてきました」銀鍼を数本用意する佐藤の横から、松山は小声で伝えた。

「そうか、ありがとう。丹田に力を入れておけよ。尻も締めろ」その佐藤の目を見て、ゾクッと背筋が凍った。そして気迫で吹き飛びそうな感覚に陥った。しかしその言葉を頭で回し、すっかり忘れていた尻の穴を締めることと、下腹に力を入れることを意識して、言われるままに息を調えた。

「それでは治療を行う」松山に少し顔を向け、佐藤が呟いた。松山の返事はその気迫に追いつかず、治療が瞬間早く始まった。

佐藤は銀鍼の先を見つめると、患者の百会にブスッと刺した。表情の変わらぬ女の顔を確認すると、優しく、まるで赤子を抱くかのような手つきで女の肩に右手を乗せ、左手はふんわりと骨盤に乗せた。

「もう、大丈夫ですよ」はっきりと聞こえる声は、風の音の中、部屋に染みわたり、佐藤は呪文のようなものを唱え始めた。

「天霊節栄、願保長生、太玄之一。守其真形、五臓神君、各保安寧。神鍼一下、万毒潜形。急急如律令摂」

空模様が明らかに怪しくなってきた。暗い雲が辺りを支配し始め、時おり稲光が見える。ピカッと光

り、ゴロゴロ空が鳴り始めた。稲妻と共に大きな雷鳴がバリバリと鳴る刹那、

そこに龍が現れた。

鼓膜が裂けんばかりの爆発音のような気合いを佐藤は体全身から発し、同時にそこへドカンと雷が落ちた。

「えい！」瞬間、女はビクッと体を飛び上がらせた。松山は全身の毛が逆立ち、腰を抜かした。雲間から現れて雷を従えた龍は、女の前に銀色の光を放っていた。その光は佐藤を包み、次第に佐藤の手を通して女の体を包み始めた。佐藤は気合いの後、何も無かったかのように優しく、優しく女の右手首内側の体側部を推掌した。その手つきはまるで乳児を扱うようであり、実に愛にあふれていた。

先ほどの気合いで体を硬直させていた女だったが、徐々に毛穴が緩み始め、皮膚が温度を上げてきた。

「修司、灰皿の上に、灸を焚いてくれ。拳大《こぶし》ほどでいい。そうだな、立て続けに五壮ほど頼む」松山は、拳大の灸を灰皿の上に据えるという意味がわからずに、一瞬返事が遅れた。

「こ、拳大？！　あ、はい。ただ今」慌てて道具箱から艾を取り出し、拳大ほどの大きさに丸め、言われたとおりに灰皿の上で火をつけた。通常の灸よりも遥かに多い煙が部屋を渦巻く風と共に包み始めた。佐藤はそれを気で感じ取ると、今度は女の左手を推掌し始めた。この一連の治療を未だ飲み込めないでいる松山であったが、先ほどの佐藤の言葉を思い出した。

（丹田に力、尻の穴を締める）慌ててその様にすると、その前に言われた言葉も浮かんできた。

（この治療を見るのは、最後かもしれない……。この治療はもう見られないのか）そこで、目に焼き付けようと必死に目を見開いた。松山の手のひらは汗でぐしょぐしょになり、艾が手にまとわりついた。一つ、また一つと松山は灰皿の上で灸を焚いた。

佐藤が手の推掌を終え首を揉み始めた時に、女がフウと大きく息を吐いた。それを見逃さずにすかさず肩甲骨に指を入れた。すると女はさらに大きな息を吐いた。それを確認した佐藤は、太衝《たいしょう》に銀鍼を刺すとお腹の上に手のひらを置いた。その手は温かく、じんわりじんわりと女の内臓に温もりが染み渡ってきた。

「修司、もう大丈夫だ。お灸はいいよ。ありがとう」先ほどまでの鋭い目はもうそこにはなく、ただただ優しい目をした佐藤が女の腹の上においた手で静かに円を描いていた。

「は、はい」松山は灰皿をしまい、佐藤を再び見つめ始めた。その時女は、もう一度大きく息を吐き、そして何粒も何粒も涙を流し始めた。声の無い涙であった。上向きの女の顔を、川のような涙が流れ始めた。

「松山先生、ティッシュで拭いてあげて」佐藤の声は穏やかであった。そして松山が耳に入るほどの涙を優しくティッシュで拭くと、

「ありがとう。先生。ありがとう」女の声はか細いながらも風の音にかき消されることなく、はっきりと二人に聞こえた。松山は驚いて佐藤の顔を見たが、佐藤は少し目を合わすと優しい顔のまま女の腹

に手のひらで円を描き続けた。女は再び大きく息を吐くと、体から何かが抜けていったかのように表情が変わり始めた。それを確認した佐藤は足と頭の銀鍼を抜き、手を添えてゆっくりと女を布団の上で起きあがらせた。やや強めにパンパンと女の背中を平手で叩くと、女の脇の下に後ろから両手を入れてお尻を布団から浮かせた。20センチほど持ち上げたところから突然両手を離し女の尾てい骨を布団に落とした。

「アア!」女の叫び声が聞こえた。それを聞きつけた男が慌てた顔で風呂場から戻ってきた。

「どうした?!」男は居間に駆け入った。尻餅をついた瞬間に女の体中、足の先から頭の先まで電気が突き抜けたのだ。驚いた顔をした女であったが、数秒経つと小さく笑った。

「うそ……。おい、おまえ。どうした。よくなったのか」女の下へ駆けよった。先ほどまで瞳孔が開き身動き一つとれなかった女が、布団の上にちょこんと座り、笑顔を浮かべているのである。

「おい。お前。良かったな!!!」男の目からはわんわんと涙が溢れ始めた。それを見た女は小さな笑みを浮かべながら再び涙を流した。

「有り難うございます。有り難うございます」男は何度も何度も佐藤と松山に頭を下げ、額を畳につけた。佐藤は女の顔を見ると、小さく頷き、優しく背中をさすった。

「先生、私もう一度働けるかしら」女が小さな声で佐藤に尋ねた。それを聞いた男は、信じられないというような顔をして女を見た。

「ええ。体力がつきさえすれば。できればご主人と毎日30分程度歩いてください」佐藤は優しく伝えた。

「それと、毎日換気をしてください。掃除洗濯は奥さんが動けるようになるまで旦那さんが毎日してください。必ずです」最後の言葉が強かったため、男は姿勢を少し正した。

「わかりました」佐藤をまっすぐに見て男が答えた。

「それと」佐藤は一呼吸おいて、鋭い目で男に言った。

「私の治療はこれが最後です。二度目はありません」

男が「え?」という顔をした。そして松山も「なぜ?」という顔をして佐藤を見た。

「奥様に愛情をかけられなくなったら、また病気は再発するでしょう。旦那さん、あなた次第だということを忘れないでください」佐藤の鋭い目が、男の目を突き刺した。少し言葉を失った男であったが、やや間があった後に「はい」と答えた。すると佐藤は優しい顔に戻り、女に尋ねた。

「今一番何がしたいですか?」すると女は考える間もなく答えた。

「お風呂に入りたいです」そう小さく呟いた。

「沸いていますよ。ご主人がもう入れています。さあ、入ってください。これからは毎日頭を洗ってください。必ず湯船にも入ってください」それだけ言うと、もう窓を閉めてもいい旨を男に伝え、佐藤と松山は家を後にした。

帰りの車の中、松山は聞きたいことが山ほどあった。いったい何から聞けばいいのか、そう思っている矢先にとんでもない雨が降りだした。

「先生、前が見えません」雨と風で車のワイパーが言うことをきかない状態である。

「これは、危険だ。修司、車を停めよう」松山は佐藤の指さす路肩へハザードを出して車を停めた。

「先生、どうしましょうか。とてもではないですが、これでは戻れませんよ」困った顔をして松山が窓から空を見上げた。

「そうだな」佐藤も思わず頭を捻った。松山は携帯で天気予報を調べた。どうやら今晩から明日の明け方にかけて台風が通過するらしい。かなり低速で各地に被害を及ぼすとのことだ。そして二人の帰り道である高速道路は通行止めになっていることが判明した。

「先生、どうされますか?」携帯を片手に、もの凄い雨音の中、二人は動けずにいた。すると佐藤は一度首をボキボキッと鳴らした。

「修司、明日は仕事か?」考えながらの口調で尋ねた。

「いえ、実は先生、私明日は休みを取りました。最近また疲れ始めたので、ここらで休もうと。ちょうど台風も重なるということで、いいタイミングです」そう言うと松山は佐藤の様子を伺った。

「そうか。実は午前の患者さんがキャンセルになったのだよ。だから午後からなんだ。そうか。そういうことになっていたんだな。本当に不思議なものだ」佐藤は雨で見えないフロントガラスの遠くを見つめた。

「よし、修司。今日はどこかへ泊まろう。近くにどこか温泉はないかな」どこか少年のようになった佐藤の顔つきを見て、松山も嬉しくなり、再び携帯で探し始めた。

「先生、ここはどうですか？　それほど遠くないですよ」偶然現れたその旅館のサイトを佐藤に見せると、二つ返事でそこへ行くことに決まった。

「よし、私が電話しよう。修司、ゆっくり出発だ」まだ予約も取れていないのにも関わらず、佐藤は泊まる気満々であった。すると当然のように部屋が確保でき、食事もできるとのことであった。

「修司、取れたぞ。安全運転で行こう」二人は学生の旅のような雰囲気を醸しだし、先輩後輩でこのハプニングを楽しんでいるかのようであった。

「先生、着きました着きました」バケツをひっくり返したかのような雨の中、二人は旅館に辿り着いた。そこは古すぎず新しすぎず、落ち着く宿であった。女将はニコニコと二人を出迎え、食事はあと1時間ほど待ってくれとのことである。

「修司、とりあえず風呂に入ろう風呂に」ずいぶんと濡れた二人は部屋に通されると、すぐさま風呂へと向かった。

「あ〜、気持ちいいなあ」露天は暴風雨で入れないため、内湯で汗を流した。

「先生、何だかこういう往診もいいもんですね」松山は足をだら〜っと伸ばして頭にタオルをかぶって呟いた。佐藤も大きく頷きながら、

「そうだな。いいもんだ。こういう旅もいいもんだ」と、松山を見て目を細めた。

浴衣を着て部屋に戻ると、既に布団が敷いてあった。

「食事は食堂と言っていたな。まだ早いが先に行って、ビールでもどうだい？」そう言うと松山は待っ

てましたとばかりに満面の笑みを浮かべた。

「先生、竹酒がありますよ竹酒が。ビールの後はこれいただきましょう」食堂に着くなり松山が、メニューに竹に入った日本酒を見つけ、はしゃいだ。

「いいねえ、竹酒。よし、そうしよう」二人はまずはビールで乾杯した。去年の宴以来の二人の酒席は、否応なしに盛り上がることとなった。二人は一気にビールを飲み干すと、竹酒へと手を伸ばした。

「ま、先生。どうぞどうぞ」竹製の盃になみなみと酒を注ぎ、これも豪快な飲みっぷりで宴が続く。

「いやあ、うまい」実に良い顔の松山の口から一言こぼれ落ちた。佐藤はにやっと笑い、

「ま、先生。どうぞどうぞ」と松山の真似をして松山に酒を注いだ。

「恐縮です」二人は仲の良い学生の先輩後輩のように酒を飲み交わした。夏に熱燗、しかも竹酒、一合のとっくりが一気に四本空いた頃、食事が運ばれてきた。豪華ではないが、彩りがあり、山の幸がふんだんに使われた、優しい雰囲気の料理であった。

「先生、美味しいですよこの山菜」松山がとてもうまそうに口に運んだ。

「そうか」佐藤も箸を付けた。

「おお、本当にうまいな」酒が進み、二人ですぐに六合を空けた。食事も済み、後はゆっくりと部屋で飲むことに決めた。

「先生、今日はお疲れさまでした」ほんの少し酔った松山が、食堂から勝手に持ってきた竹の盃を出し、佐藤に注いだ。

「お前、いつの間に」驚いた佐藤であったが、茶目っ気のある松山の様子を見ると、思わず笑い、二人で再び竹酒飲みが始まった。


先ほどまでの賑やかさは、何かを振り払うかのような空気だったことを二人は知っていた。部屋に戻り、他に客のいない静かな旅館で強い風と雨の音だけが騒がしく、相対する二人に沈黙が流れた。激しい雨が打ち付ける窓を二人はただじっと見ていた。そんな中、口を開いたのは佐藤であった。

「修司、さきほどの治療。聞きたいことがいろいろあるだろう」ゆっくりと落ち着いた佐藤の声が、松山の体にぶつかった。

「はい。たくさんあります」持っていた竹の盃をゆっくりとテーブルに置くと、まっすぐ佐藤の目を見て答えた。

「うん」聞こえるか聞こえないかの小さな返事をした佐藤は、竹の盃を持ったまま、窓の外に目をやった。浴衣姿の二人が、暴風雨の中、止まった時間に埋もれていた。

「私がしばらく勝手に話す。その後に、聞きたいことがあれば聞いてくれ」顔を松山に戻すと、一口酒を口に運んでから小さく呟いた。

「はい」松山は姿勢を正し、敢えて数時間触れないでいた話を、気合いを入れて待った。少しの間の後、佐藤がもう一口盃に口を付けてから話し始めた。

「あの女には生き霊が憑いていた」その言葉を聞いた瞬間、松山の酔いは一気にふっとび、はっきりと目が覚め、背筋がぞっとした。

「い、生き霊ですか……」松山の姿勢が、一気に崩れた。

「そう。正確にはただのエネルギー体だが、いわゆる怨念だ。がっちり女にしがみつき、身動きを取れないようにしていた」淡々と話す佐藤の言葉が、実際よりもゆっくりと松山には聞こえていた。

「と言っても、私にはっきり見えるわけではない。生き霊だとか悪霊だとか怨念だとか、それは一つの比喩でしかない。ただ」松山を見た。

「そういうことも、この世にはあるみたいだな」一言一言に時間をかけていた。ごくりと唾を飲んだ松山の手が、かすかに震えていた。

「はっきり言うと、悪霊とか怨念だとかは、無いのだ」先ほどと逆のことを言われて、松山は混乱した。

「本当は無いのだが、人間が勝手に作り出して、あると信じているのだよ」松山の目の奥をじっくり見てから次を続けた。

「私自身は、そんなクソみたいなものは無いと思っている。そして信じていない。だから私には何の災いもない。ただ、あの女はそれを強く信じているし、あの男も信じていた」言葉の調子がだんだんと力を帯びてきた。

「あの家を見たかい?」竹酒を一口飲んだ。

「あ、はい」松山は家の中を思い出した。

「壁に何が貼ってあった?」盃に自分で酒を注ぐと、テーブルに置いた。松山はお酌をすることも忘れていた。

「はい。ああ、確か、何かのお札《ふだ》みたいなものがたくさん」松山はやや上を見てから答えた。

「そう。訳の分からない数種の宗教の札がやたらに貼ってあった。そしてパワーストーンやらお守りやら、何かの悪魔払いの本だとか、そんなもので溢れていただろ。裏を返すと、やられちゃってるのよ。完全に自分達がやられちゃっているからあんなものを集めて助けてもらおうと思っている。実際には何も変わっていないのに」やや吐き捨てるような口調であった。

「一種の宗教を信仰するのは何も間違ったことではないだろう。でも自分の体調を、霊のせいにしたり怨念のせいにしたりして、手当たり次第にお札なりを集めて助けてもらおうという根性が、あの人の病気を作り出してしまった訳だ。あの人達は完全に信じきっている。悪霊だとか怨念だとかを。そしてそれを信じている人のところには、必ずやってくるのだよ……」そう言うとじろっと松山を見た。

「悪霊が」その言葉で、再び松山は生唾を飲んだ。

「実際、悪霊だとか怨念だとかは、エネルギー体の一種だ。それが存在することは間違いないだろう。でもそれを悪いものとするのは、そうと決めつけている人自身の問題だ。私はそのエネルギー体の存在はあると思う。ただそれを悪霊だとか怨念だとかは思わない。その類と同じ波長を持つような心を持っているから、引き寄せられて自分のところにやってくる。まとわりつく。自分自身がいつも心を強く持ち、志を高く持ち、勇気を持って生き生きと生きていれば、そんなものとは無縁なのだよ。病気や不運を自分の蒔いた種と思えず反省もせずに、誰かのせいにしたり、何かのせいにしたりする人には、喜んで悪霊や怨霊はやってくる。そういうものなのだ」佐藤はとっくりを松山に差し出した。

「ああ、すみません」松山は忘れていた竹の盃を一気に飲み干し、佐藤に注いでもらった。佐藤はゆっくりとっくりを置くと再び話した。

「あの患者の旦那。あれが女好きなんだ」佐藤が空にした盃に松山はすかさず酒を注ぎながら尋ねた。

「なぜ、わかるのですか?」とっくりを置き、顔を上げると佐藤がじっと見ていた。

「人相だよ」自分が女好きな人相だと言われたように、松山は思わず目を伏せた。

「あの男は、助平な顔をしている。かなりの女好きだ。あんな、なりをしているが、全部顔に出ている。ここからは憶測の話だが、きっと旦那の女遊びが原因であぁなったのだろう。奥さんをほったらかして遊び歩いていた結果、奥さんは心を病んだ。その心の闇を霊のせいにした。旦那も奥さんも。すると喜んでその類の霊がやってきた。現実、あの女は肉体と心を支配され、もうどうにも動けなくなったわけだ」松山が注いだ酒を、佐藤は一気に流し込んだ。

「私のあの術は憑き物落としと言うが、そういう病に効く。残念ながら私にしか使えない。でも目に焼き付けただろう。だから、いつの日か同じ術を君が使う日が来るかもしれん。しかしやり方はまったく別であろう。なぜなら、あの術はそれぞれのやり方でしかできないものなのだよ。私だけができる術。同時に君にしかできない術もある。いつの日か、そんな日も来るだろう。その時は、丹田に力を入れ、尻の穴を締めることを忘れるな。そうしないと、自分がその類の霊にやられることもある。さわらぬ神に祟りなしというだろう。本当は何もしないのだが、こちらがちょっかいを出せば、相手も近づいてくる。それなりの波長を調えないと使えない術でもある。自分は同じような波長を出しながらも、絶対に乗っ取られない状態にしておかなくてはならない。気合いの上に気迫もなければできない術だ。まあ、できれば使いたくないものなんだが、人を救うのに手段を選べない時もある。今日のような時には、覚悟が必要なんだ。あれも患者。どれも患者。人を選んで治療をすることなどできないからね、この職業は」最後の言葉には少しため息が混じっていた。佐藤は窓の外に少し顔をやってから、松山の顔を見た。

「何か質問はあるか?」その声は優しかった。

「いいえ。全部教えていただきました」本当は細かく聞きたいこともたくさんあった。しかし、なぜか聞いてはいけないような気になっていた。そしてその必要もないと思っていた。なぜなら、あの術は佐藤のものであり、自分の術ではないからだ。空になった佐藤の盃に松山はもう一度酒を注ぐと、自分の盃にも手酌した。

「先生、乾杯しましょう」突然、松山が明るく口を開いた。佐藤は少し驚いた顔をしたが、すぐに自分も盃を持ち、乾杯をした。

「先生といると、楽しいです。いつも有り難うございます」松山はそう言うと、一気に飲み干した。そんな松山を微笑ましく思いつつ、佐藤も静かに腹に流し込んだ。

「さあ、明日は早い。ひとっ風呂浴びて、今日は寝るとしようか」二人は一升と五合の酒を飲み、もう一度温泉に浸かってから床についた。布団の中、松山は今日一日を振り返ったが、全部を思い出す前に眠りについてしまったのであった。部屋は台風の激しい風と雨の音で、一切が覆われていた。

「おい、修司、起きれるか？」佐藤が午前6時前に目を覚ました。

「あ、先生。起きました」松山は二日酔いもなく、すぐに返事をした。

「雨は完全にあがったよ。よし、川に降りて気功をするぞ」寝ぼけ眼の松山を連れて、部屋の窓から見えていた川辺に下りていった。台風の後ということもあり、川の水の量はとても多く、あちらこちらに上流から流れてきた残骸が見られた。

「いやー、先生、朝日が気持ちいいですね」大きく伸びをする松山が、屈託のない笑顔で言った。

「そうだろ。今日は、気功を修司に授ける。何ヶ月ぶりかな。大洗以来だからな。前回は終わりの気功。今回は始まりの気功だ」佐藤は朝日に向かい一度合掌すると、口を開け始めた。

「修司、いいか。当たり前だと思っている太陽の光を喉に浴びせなさい。当たり前のように照らして下さる太陽の光を口の中に入れなさい。その光は、決して当たり前ではない。その太陽の力がなければ、我々は生きることができない。その力を体に入れ、自然体で吸収しなさい。そしてその力で、今日も一日活動できる喜びに感謝しなさい。人の急を助け、人の難を救えるように。そして呼吸はゆっくりと。次に一度大きく開けた口を半開きに。太陽の力を体中に充満させて。穏やかに。心は穏やかに」そう言うと佐藤は体に沿わせた手のひらを太陽の方向へ向け、呼吸を調え始めた。15分ほど経った頃、全身をリラックスさせながら、松山の表情を窺った。松山は始まりの気功を何とか身につけようと必死であった。その姿を見た佐藤には、松山が愛おしく、とても可愛く思えたのである。小鳥のさえずりの聞こえる中、その後20分ほど始まりの気功は続き、きらきらした朝日が、川面を照らしたのであった。

九月の頭になると、番付が発表された。源龍は先場所九勝六敗で勝ち越し、東前頭三枚目にまで番付を上げた。それは結びの一番で横綱戦を迎えることができるということを意味する。

「たぶん、三日目か四日目になると思うのですが、ついにこの時がやってきました」番付発表の日、源龍から佐藤に電話があった。

「後はやるだけです。先生、観ていて下さい」電話からもその意気込みが伝わってきた。佐藤は祈っていると短い言葉をかけると、電話を切った。

「いよいよか」佐藤は一人呟いた。右手でゆっくりと髪を二回ほどかき揚げると、いつも通りにこの日も淡々と治療をこなしていった。

直前に治療を受けてから、源龍は場所を迎えた。しかし、そこへまさかの出来事が起きた。源龍が黒星を付けた初日の夜、部屋に訃報が届いたのだ。源龍の母親が急性心筋梗塞で帰らぬ人となったと。突然の母親の死に、源龍は膝からガクッと崩れ落ちた。今まで、結びを取るという母との約束のために頑張ってきた緊張の糸が、プツッと切れた。母のためにも恥ずかしい相撲は取れないと思いながらも、体に力が入らない。そんな中、翌日に結びの横綱戦が組まれた二日目、源龍は気の緩みから土俵に落ちた際足首を捻った。相手が勝ち名乗りを受けているにも関わらず、源龍は土俵に上がれない。それほどの痛みである。足を地面に着けられない源龍の肩を付け人が抱え、花道を引き揚げる。顔をしかめ足を引きずる姿は、とてもではないが明日の横綱戦に上がれるような状態ではないように見えた。

「先生……」テレビで目にしたその光景に、松山は心配そうに佐藤の顔を見た。佐藤は厳しい顔をしていたが、顔色は変えなかった。テレビ中継でも源龍の母親が死んだことは伝えられていたし、事情もわかっていた。

「先生、源龍関に電話しましょうか？」松山は佐藤の顔色を窺いながら、そう小さく尋ねた。しかし、佐藤は目の前の画面を観たきり、返事をしなかった。松山もこれ以上何も言わない方がいいと思い、ただ佐藤の横に座っていた。松山の提案から3分ほど経った頃、佐藤が口を開いた。

「今、電話きますよ。そして今日、ここに来るでしょう。こちらが騒がなくても、事は運びます。まあ、待っていよう」そう言うと、相撲を観たまま茶を啜った。

「は、はい」また、いつもの佐藤の勘というものであろうか。松山はそう思いつつも不安げな様子だった。そこへ、二人のやりとりを聞いていたかのように電話が鳴った。

「修司、私が出ます」いつもは松山が取る電話だが、この時は佐藤が自ら腰を上げた。

「はい、佐藤です。はい。はい、観ておりました。はい。いいから、関取。何も言わず、いらっしゃい。夜でも待っているから。はい。ゆっくり、気をつけて」やはり源龍からであった。いつもの事ではあるが、松山はやはりそうだったのかという思いになった。佐藤の能力は間違いないと思う瞬間である。

「先生、関取からですか？」佐藤の言葉を待ちきれずに、松山から質問した。すると佐藤は、ゆっくりと腰を下ろしながら返事をした。

「うん。そう。これから来ると。8時くらいになるんじゃないか？　どうする修司。帰るか？」松山は正直迷った。自分がいることが迷惑になるのではないかと思ったからだ。佐藤の捻挫の治療はもちろん見学したいし、源龍の状態も自分の目で確かめたい気持ちもあった。ただ男というものは、信頼できる人にしか弱みを見せたくないものだ。松山は返事に困っていた。しかし、少しの間の後、結論を出した。

「先生、いてもいいですか？」恐る恐る佐藤の顔色を見た。佐藤はいつもと変わらぬ顔をして当たり前のように答えた。

「よし、わかった。たぶん関取は腹を減らして来るだろう。治療が終わったら飯を食わせるために、下拵《ごしら》えしておくか」

佐藤は松山を連れて台所へ行った。普段佐藤は絶対に患者にそのようなことをしない。治療が終わったらすぐに帰らせる。公私混同をしないのが佐藤であった。しかし、源龍だけは別であった。佐藤も子供の頃から親を知らない。母親の顔も知らない。そして源龍が母親に見せたかった結びの一番のために、今年の正月から治療を欠かさずに行ってきた。その源龍の母親が死に、佐藤の心も動いたのであろう。人間佐藤東吾郎が、一人の青年のために台所に立っていた。以前であれば多少の嫉妬が松山にはあっただろうが、この時ばかりは不思議となかった。自分も心から源龍のことを思い、佐藤を独占したい気持ちよりも助けになりたい思いが勝っていたのだ。それが、一年近く源龍の治療を間近で見てきて応援してきた人間の心であろう。必死で戦ってきた男に対する敬意であったのかもしれない。そして、源龍にだけではなく、佐藤に対する思いでもあったのだ。

鍋いっぱいの特性肉うどんができあがった。とてもうまそうな出汁の香りが台所に充満していた。味見をすると佐藤が呟いた。

「よし。うまいな」松山にも一口味見させた。

「あ、美味しいですね」本当に美味しかった。もう少し食べたかったが、ここは、源龍を待つことにした。

「この肉うどんの作り方は、昔ばあちゃんが教えてくれたんだ。そしてその作り方を私から聞いた妻もよく作ってくれた。これで元気が出ないわけがない」そう言うと、ニコッと笑い、コーヒーでも飲もうと松山に言った。その佐藤の笑顔を目に焼き付けながら、松山はコーヒーを入れる準備をした。

その時、玄関のチャイムが鳴った。

「お、早いな」佐藤は時計を見てから松山にコーヒーは後だと言い、二人で玄関に向かった。そこには付け人に担がれた意気消沈の源龍がいた。見るからに精気が無い顔をしていた。瞬間、佐藤の顔色が変わった。松山は佐藤の後ろにいたためにすぐには顔を見られなかったが、明らかに佐藤の背中から怒りの感情が迸《ほとばし》っていた。

「まずは治療だ。治療室へ」佐藤は付け人に指示して、白衣を着て中に入っていった。そこには目も当てられないほどに気落ちした大男がベッドに寝ており、その右足首はパンパンに腫れていた。

「松山先生、灸を一〇〇壮ほど捻って下さい」そう言うと、手際よく足首に鍼をバババババッと打っていった。

「はい」松山も米粒大の捻り艾を一気に作っていった。できた端から佐藤が患部の周りに乗せて施灸していった。絶妙の火加減を右手で施し、瀉《しゃ》法《ほう》の灸は患部から熱を奪っていった。10秒で一〇壮のペースで捻り、灰皿の周りに並べて置いていく。それを佐藤が手際よく施灸し15分ほどで鍼灸が終わり、残りの30分で推掌した。その間、佐藤は源龍に声をかけるでもなく、無言であった。また源龍から話すでもなく、ただ淡々と黙々と治療の時間が過ぎていった。

「よし」患部の熱を取る推掌の後、腰から足にかけて硬くなった筋肉をほぐした。最後に椅子に座らせると、足裏をぴったりと床に着けさせて足首を床に垂直にした。そして、源龍の右側に立ち源龍の右足の甲に自分の左足を乗せた。次に左手を源龍の右肩に乗せてバランスを取ると、松山の顔を見た。

「一瞬で治るから見てて」松山をもっとよく見ることのできる位置へ移動させた。そして、勢いよく足を踏み込んだ。

「ウアッ」源龍の低い声が治療室に響いたがそれは一瞬であった。踏み込んだと同時にパキンという矯正音がすると、佐藤はもう一度松山の顔を見た。松山はしっかりと見届け、佐藤の動向を見守っていた。

「立ってみて」いつもよりもぶっきらぼうな佐藤の言い方であった。源龍は言われた通りに恐る恐る立ってみた。先ほどまではとうてい自分一人で立てる状態ではなかった。

「足踏みして」佐藤は道具を片づけながら、へっぴり腰で立つ源龍を見もしないで指示をした。源龍はのしのしと足踏みをしてみたが、痛みはずっと少なくなっていた。

「あ、ずいぶん楽です」ここで初めて言葉らしい言葉を源龍が吐いた。佐藤は「うん」と小さく返事をすると、源龍の顔などは見ずに足首だけを見ていた。でかい男の足下にしゃがみ込み、足首を手で確認するとしゃがんだまま見上げた。

「これが私の治療の限界です」冷たい言い方であった。佐藤の顔を、源龍は上からじっと見ていた。

「助かりました。有り難うございました」弱い、力のない礼であった。源龍の間近で立ち上がった佐藤は、目を合わさずに居間へ移動するように言った。源龍は後を追ってゆっくりとついていった。松山は慌てて茶を二つ用意し居間へ運ぶと、付け人と二人で待合室で待つことにした。場を察して、佐藤と源龍を二人だけにしたのだ。

母への誓い

「ま、足を伸ばしなさい」佐藤は足首を気遣ってそう指示した。

「あ、はい。失礼します」大きなお尻をどすんと下ろすと、左膝だけたたみ、右足を伸ばした。佐藤がずずっと茶を啜り、じろっと源龍の顔を見た。源龍は目を伏せ、茶には口をつけなかった。一口三口、茶を啜る音の後、沈黙が支配していた空間に、源龍から口を開いた。

「先生、自分はいったい何のために今まで頑張ってきたのか」大きな右手で目を隠すと、大きな男が肩を震わせて泣き始めた。その嗚咽は居間に響き、もちろん待合室にも聞こえていた。大粒の涙がテーブルに落ち、大きな体はどんどん小さくなるようであった。そんな様子を佐藤は真っ正面から見ていた。しかしその眼差しは冷たく、とても冷ややかに事のなりを見守っていた。

「お袋に、見せてやりたくて。ただそれだけで。それだけのために頑張ってきたのに」涙をぼとぼと落としながら、押さえていた右手で自分のももを拳で殴った。バンという音が響き、待合室の松山は思わずビクッとなった。付け人と一瞬目が合ったが、二人は何も言わずに目を伏せた。おいおいと源龍は泣き、歯を食いしばっていた。そこへ佐藤の鋭く厳しい銀色の矢が放たれた。

「関取、いったいあなたは何のためにここまで頑張ってきたのですか?」先ほど源龍が言った言葉をそのまま聞き返した。源龍は少し顔を上げると、佐藤をちらっと見た。

「まあ、いいから、関取まずは涙を拭きなさい」そう言われ、源龍は着物の袖からハンカチを出し、涙と鼻水でぐちゃぐちゃになった顔を拭った。ひと呼吸してもう一度、佐藤が尋ねた。

「いったい君は、何のためにここまで頑張ってきたんだい」その言葉の調子は強かった。源龍は嗚咽する肩を必死に収めようとしながら、声を絞って答えた。

「お袋との約束を果たすためです」声にならない声で、源龍は答えた。すると佐藤が呆れた顔で吐き捨てた。

「バカか君は」思いも寄らない言葉に、源龍は肩を震わせながらも、不思議そうな顔で佐藤を見た。

「そんな顔してもだめだよ。バカか君はと言っている」その言葉は松山にもはっきりと聞こえていた。いったいどうなってしまうのか、自分が怒られているかのように背中がどんどん熱くなり汗をかいてきた。

バカかと言われた源龍は、いったい何を言われているのかわからずに、何度も肩を震わせながら、佐藤のことをじっと見ていた。その様子を初めは呆れ果てた顔で見ていた佐藤であったが、だんだんと目の奥に情が走り始め、一度体を後ろに動かすと目を伏せて、もう一度目を上げた時には優しい力強い目に戻っていた。

「関取、いいかい。あなたの仕事は神事だろ?」落ち着いた太い声であった。源龍はただじっと聞いていた。

「あなたの相撲という仕事は神事でもあるだろう。国の五穀豊穣を願い、四股を踏み、あなたの必死な相撲を神に捧げているのだろうよ。それを何が母のためですか」その言葉は実に鋭かった。

「確かにお母様との約束の結びを取るということを目標に、あなたは頑張ってきたし、私も治療をしてきた。しかし目的はそこにはないだろう。日本国の五穀豊穣、国家平安、神様のために捧げてきたのだろう」最後の言葉は実に力強く、源龍の奥底にまで響いた。それを言われた源龍の目が少し変わり始めた。目の奥で、何かが動き始めた。

「あなたの仕事は、あなただけのものではないのだよ。国のため。そしてあなたを応援してくださるお客さんのため。いろいろな人の夢を乗せて、あなたは土俵に立っている。個人的な感情で相撲を取っていたとは、私は悲しいね」じっと源龍の目の奥をのぞき込み、数秒経ってから茶を啜った。源龍の心の動揺は目に現れ、徐々に徐々に嗚咽も収まってきた。

「どうですか? 源龍関。どう思いますか?」

源龍は何も言えずに、じっと佐藤を見ていたが、やがて目を伏せてしまった。

「関取、男がさあ、そんなことで意気消沈してんじゃないよ!」思わず大きな声が出てしまった。

待合室で聞いている松山の脇の下から汗がどっと流れ、下着が濡れ始めた。

「お袋さんが泣くぞ！」この一言で、源龍の目の奥が明らかに変わった。

「関取、今のあんたの姿、お袋さんは喜んでいると思いますか？」まっすぐ鋭い佐藤の矢は、源龍の心臓を突き刺した。

「今の意気消沈して精気のないあなたの姿を、お袋さんは喜んでいると思いますか？　え？　明日は結びで横綱戦ですよ？　その前日にこんな弱気になって、お袋さんはどう思っていますか？」

源龍の目の奥は明らかに変わり、嗚咽はすっかり止まっていた。

「いいかい、関取。お袋さんが亡くなったことは、これは残念だ。確かに残念だ。この世で見せてやりたかった気持ちはわかる。でもな」佐藤の言葉はより強くなった。

「お袋さんは、亡くなってさらに関取の近くに来たんだぞ」じっと見る佐藤の目を、源龍もしっかりと見ていた。

「生きている時は、物理的な距離がある。しかし死ねば、魂となりいつも君のすぐ傍にいる。今だってすぐそこにいる。明日の横綱戦を砂かむりの席で、誰よりもあなたの傍で、誰よりも近く、応援しているのだよ。それでもあなたは悲しいかね。それでもあなたは泣くかね」その言葉は続いた。

「いいかい、関取」佐藤の目が、深い優しさに包まれていた。

「お母さんは、今も君の傍にいるよ。これからも、ずっと君の傍にいるよ。どんな時も、君を応援しているよ。今までのようにずっと、あなたのすぐ傍で誰よりも味方でいてくれるよ」それを聞くと、関を切ったかのように、源龍が再び泣き始めた。嗚咽を抑えながら、頭が小刻みに揺れ、涙がボタボタと落ちていた。

「関取、人が死ぬともう会えないから寂しいのはわかる。でも悲しいことではないのだよ。お母さんは、故郷に帰っただけだ。いつでもそこから君を応援しに来てくれる。それは生きている時よりもずっと早く、ずっと傍でだ。そしていずれ君もそこへ行く。だから、もう泣くのはおやめなさい。お母さんは喜んでいないぞ。お母さんの喜ぶのはただ一つ」再び佐藤の体から銀色の矢が放たれた。

「明日、五穀豊穣を祈りながら真っ向から当たり、恥ずかしくない相撲を取ることだよ。それが本当の供養だ。君が必死に人々のために生き相撲を取ることが本当の供養だよ」

銀色の矢で打ち抜かれた源龍の目の奥には力の炎が燃え始めた。

「いいかい、源龍関。明日、その右足で真っ向勝負だよ。蹲踞《そんきょ》は少し痛いだろう。踏み込みもいつもよりは強くいけないだろう。それでも真っ向勝負だよ。恥ずかしくない自分の相撲を、必死に取って下さい。その姿をお母さんは一番近くで見ているから。男なんだから。関取、男だろ」力強い問いに、源龍が答えた。

「はい」来た時とは別人の力強い声であった。

「そうだろ。男だろ。武士だろ。相撲取りだろ。だったら弱い気持ちでいるんじゃないよ。強く持って。気持ちを強く持って。神事なんだから。死ぬ気で相撲を取って。それが関取の生きる道だぞ」佐藤の体もじわっと熱くなっていた。

「はい。ありがとうございます」もう源龍の目は、来た時の目ではなかった。顔に精気が戻り、目の奥はメラメラと燃えていた。

「男だろ?」強い佐藤の言葉。

「おす!」いい返事であった。

「よし、もう大丈夫だ」佐藤の顔が一気に緩まり、優しい顔になった。

「先生、松山先生」突然佐藤が大きな声で呼びかけた。松山は、飛び起きて走って向かった。

「はい、先生」松山が慌てて入ってきた。

「よし、飯の準備にしましょう。今日は前夜祭だ。付け人の方も一緒に食べよう。ねえ、関取。いいよね?」

源龍は顔を急いでハンカチで拭いなおして、大きく返事をした。

「はい。ごっつぁんです」松山は、二人の様子をじっと見たあとに、

「わかりました」と返事をして、鍋を用意しに行った。

男四人が鍋を囲んだ。来た時とは今や別人の源龍が、豪快に食べ始めた。

「先生、うまいっすね」10人前くらいの量をぺろっとたいらげる姿は圧巻であった。

「これなら、大丈夫だ」その食べっぷりを見ると、佐藤は松山と顔を見合わせて大きく笑った。

「先生、目が覚めました。本当に有り難うございました」源龍が深々と頭を下げて帰っていった。付け人の手は借りずに、一人で車まで歩いた。佐藤は交わした強い握手の感触を手に残したまま、源龍を見送った。

「明日、頑張ります！」後部座席の窓を開けて、源龍が大声で叫んだ。佐藤は大きく手を挙げて応えた。松山も佐藤の脇で大きく手を振った。

「応援してます！」松山の声も辺りに響き、車が見えなくなるまで二人は手を振った。

その日の月は、とても綺麗なお月さんであった。

次の日、治療院の電話が鳴った。いつも通りに松山が電話を取る。

「はい。そうですか。わかりました、先生にお伝えしておきます。お大事にしてください」電話を切った後、松山は少しの間受話器を見ていた。そして思い立ったかのように、佐藤の下へ小走りで向かった。

「先生、17時の患者さん、キャンセルになりました」佐藤は、机でカルテ整理をしていたが、少しだけ目線を上げた。

「そうか。わかった」そして、また作業をし始めた。すると松山が半歩佐藤に近づいた。出しかけた言葉を、一度口元で止めたが、背中の後ろから何かに押されたようにその言葉が出てきた。

「先生、今から行きましょう」佐藤が動きを止め、松山の方に体を向けた。

「行きましょうって、どこへ」きょとんとした顔で尋ねた。

「どこへって、先生。両国ですよ両国」松山の顔は真剣であった。すると佐藤は掛け時計をちらっと見た。

「だって修司。もう4時30分だぞ。どう考えても結びには間に合わんだろう」佐藤は内心行きたかったが、物理的に無理だと思っていた。松山の気持ちは嬉しかったが、無理はしない方がいいと考えたのだ。

「大丈夫です。間に合います。私が本気を出せば間に合います」その顔は真剣そのものであった。もう一度佐藤は時計を見た。4時31分。考えている分だけ時が過ぎる。一瞬宙を見た佐藤が発した。

「よし、行こう」それを合図に二人は大急ぎで着替えて、1分後には玄関にいた。

「あ」佐藤が何かを忘れたかのように和室に入っていった。

「何やってるんですか、先生！　行きますよ！」既に靴を履いて出ようとしていた松山が、後ろから声をかけた。

「い、今行く」珍しく慌てた声であった。佐藤は仏壇に直行し、早苗の写真を上着の内ポケットに入れた。

「何やってるんですか、先生！」松山はもう車の鍵を出して、半分玄関のドアを開けていた。

「お、おう。すまん」普段は絶対に走らない治療院の廊下を小走りにやって来て、慌てて靴を履きドアの鍵をかけた。松山は急いで乗り込み、シートベルトをして佐藤を待った。10秒遅れて佐藤が助手席に座った。瞬間、松山のアクセルがうなりをあげた。

「お、おい。修司、落ち着けよ」佐藤の顔がひきつった。

「先生、今日だけは許してください。男松山修司、必ず先生を結びに間に合わせます」そう言うと、ニヤッと笑い、さらにアクセルを踏み込んだ。

「お、おい。おまえ。わかった、わかったから安全うんて……」佐藤が言葉を飲み込むほどのスピードで一般道を駆け抜け、あっと言う間に関越に乗った。佐藤の記憶ではいくつか信号を無視したようであった。流れ去る景色の情報を処理する間もなく、車は走っていった。

「しゅ、修司」佐藤も修司の運転の邪魔はしないように、と言うよりも、声をかけられないほど修司の目は血走り、使命感の下、法を犯して車を飛ばしていた。外環に入り、首都高に乗ると案の定道は混んでいた。すると松山はすぐさま首都高を降り、裏道という裏道を容赦なく走った。全身に力の入った佐藤は、何とか必死にそのスピードに付いていった。信じられないほどの速さで、両国付近まで来た時はなんと17時40分であった。

「先生、そこに車を停めます。後は走りましょう」場所中はどうしても国技館周辺は混む。裏から来たが、国技館まで８００m。松山はコインパーキングに車をカースタントのように滑らせ、二人は急いで国技館へと走った。すると、今度は驚いたのは松山の方である。佐藤の足が信じられないほど速いのだ。

「おい、修司！　何やっとる！　置いていくぞ！」四〇代とは思えないほどのスピードで、まさにカモシカのようだった。

「せ、先生。は、速すぎますって」しばらく走ることなどなかった松山は、ももがパンパンに張って、肺は信じられないほどに窮屈となり、とてもではないが追いつくことはできなかった。

「おい、修司！　先行くぞ！」佐藤はあっと言う間に両国を走り抜け、国技館に着くと息も切らさずに残っている一番良い席を買った。もちろん升席である。二人しかいなかったが、定員四人の升を買い松山の到着を待った。そこへ20秒遅れてダウン寸前の松山が、倒れ込む駅伝ランナーのようにやってきた。

「ったく、お前はだらしがないな」そう言うと息も絶え絶えの松山を後目に二人分のチケットをもぎりの親方に出し、松山を担ぐように場内へと入った。時刻は17時50分。

「修司、大丈夫か？」松山の顔を佐藤がのぞき込んだ。息をヒューヒュー言わせた松山が何とか大丈夫だと答えると、階段を下り西方12側の席に着いた。行事がまさしく、源龍の名前を呼ぶところである。「番数も取り進みましたるところ、方や三峰山、三峰山。こなた、源龍、源龍。この一番にて、本日の、打ち止め」木村庄之助の声が館内に響き、大きな声援が飛んでいた。松山は顔中汗でグシャグシャであったがシャツでそれをぬぐった。佐藤はすでに背筋を伸ばしてじっくりと土俵を見ている。その目線の先には、昨日佐藤の治療院で号泣した源龍がしっかりと蹲踞をしていた。

「修司、見ておけ。これが男の生きざまだ」心なしか佐藤の声が張りつめている感じがした。未だ呼吸の調わない松山であったが、喉がへばりつく中、かすれた声で返事をした。懸賞8本が回り、互いに塩をまいては土俵に戻る。

実況「さて、親方。昨日の源龍の足首は大丈夫なのでしょうか」

解説「どうですかね。相当痛そうでしたからね。でもテーピングしていないね」

源龍は元々あまりテーピングをする力士ではなかった。土俵の上であまり汚い姿を見せたくなかったからだ。しかし昨日の怪我で、今回はテーピングを巻こうか迷っていたところに、佐藤の言葉が響いた。日本国の五穀豊穣国家安泰を祈り四股を踏む。神の下に相撲を取る。そう考えると、テーピングなどとうていしようなどという気にはならなかった。今日は一世一代の結び、横綱戦である。恥ずかしい相撲だけはだめだと、塩をまきながら自分に言い聞かせた。

「お袋……、見ているか。これが約束の結びだ」強く握られた塩が、勢いよく天に舞った。

（源龍関、平常心で）佐藤が心の中で呟いた。横綱は淡々と仕切をこなす。一方源龍の顔はだんだんと紅潮し始めた。

（平常心）佐藤がもう一度強く念じた。塩を取りに戻る源龍。一度花道の付け人と目を合わせ、大きく深呼吸をした。松山も固唾を飲んで見守る。もう大分息は調ってきた。気のせいか松山の足はガクガクと震えていた。

時計係の審判が行事に合図をした。庄之助が小さく頷き、そこで時間となった。両者が最後の塩に戻る。横綱は平然としており、顔ではない源龍に目もくれない。王者の風格ここにありといった感じで、実にゆったりと最後まで仕切をとった。一方時間となった最後の塩の源龍は全身ガチガチであった。痛めた右足首の感触を、土俵を踏みしめて確かめた。口はカラカラに乾いていたが、目の光は十分である。横綱が塩を投げて入るのを待っている間、一度天を見た。

（お袋、戦ってきます）強く握った塩を、高く天に撒きあげた。両手を2回叩くと、大きく一度まわしを叩いた。

「時間いっぱい。待ったなし！」横綱が先に手を付いて待っている。どこからでもかかってこいと言わんばかりのところへ、源龍の両手が勢いよく付いた。

立ち会い。横綱の左張り差し。しかし源龍は怯まなかった。すかさずもろだしを狙って突っ込んだ。

そこを横綱がくい止める。左をねじ込もうとした源龍の左の肩ごしに横綱が上手を取った。横綱半身になりながらもその右上手はがっちり強い。源龍は頭をつけて右手で横綱の左手をかわしている。そこに横綱の容赦ない左下手がねじり込まれた。ここで右四つ。源龍の頭が上がり胸が合った瞬間に横綱引きつけて出る。なす術もない源龍が苦し紛れに右手を放し横綱の下手を切りにいった。しかし体勢は完全に源龍の腰が伸びている。勝負ありだと誰もが思った瞬間。源龍は痛い右足に渾身の力を込めて土俵に根を生やし、死にものぐるいの振る舞いで横綱の左下手を切った。瞬間頭をつけて右手でがっちり横綱の前みつを取り命を懸けてひきつけた。横綱の体が一瞬浮いたが肩越しからの横綱の上手がはずれるはずもない。強引に横綱が右から振り回すように投げにかかった。源龍の右手はまわしからはずれ、三峰山の怪力に泳ぐ形になったところをさらに横綱は源龍の頭を押さえる。万事休すかと思った瞬間、命綱の左手を放しとっさに横綱の右足を内側から跳ね上げた。源龍の体が土俵中央で半分ひるがえり右側頭部から落ちるところ、右足を跳ね上げられた横綱は体勢を崩し無様に額から土俵に落ちた。

ワーッという大歓声が上がる中、木村庄之助の軍配は源龍を差した。

「先生！　やりましたよ、やりました！」松山が興奮して立ち上がった。座布団が飛ぶ中、立ち上がる松山に座るように佐藤が手で示した。

「物言いだよ、物言い」表情一つ変えることなく、土俵を見ていた。

「え？」という顔をした松山が土俵に目をやると、審判長が手を上げている。行事を中心に六人が土俵中央で協議し始めた。

「あいつ、横綱の親方だからな」審判長は横綱の部屋の親方であり、すかさず手を挙げたのだ。横綱は呼び出しに額についた土をはらってもらっており、息も多少上がっていた。一方源龍は完全に力を出し切ったというような感じで肩を上下させ、土俵に両手を付いて息を調えていた。顔を下げている分、表情はわからなかったが、男が見せる必死の様子であった。

「長いな」佐藤が呟いた。人気のない横綱であったため、誰もが源龍の勝ち名乗りを待っていた。やっと協議が終わり、審判長がマイクを持った。

「ただ今の協議について、説明します。行事軍配は、西方源龍に上がりましたが、三峰山と源龍の体が落ちるのが同時ではないかと物言いがつき、協議した結果……」佐藤と松山が唾を飲んだ。

「同体であり、取り直しと決定しました」

「クソッ」佐藤から言葉が漏れた。

「なんなんすか！　先生、信じられませんよ。同体って、明らかに横綱の頭が先に落ちたじゃないですか！」興奮して怒りの収まらない松山が、かなりの大きな声で叫んだ。客も納得がいかない判定にブーイングが出たが、もう一番見られるというミーハーな客も多いために、拍手も半分だった。

「ったく」松山は膝をパンと叩き、ドンと座った。

源龍と横綱は再び土俵に上がり、塵手水《ちりちょうず》を切った。額に擦り傷をつけた横綱は、源龍を睨みつけるように仕切りを続け、一方、前の相撲で力を出し切ってしまった源龍は体中が汗で光り、まだ呼吸が調っていなかった。

「足、痛そうだな」源龍の赤く腫れ上がった右足を見て佐藤が呟き、内ポケットの妻の写真を上から手で押さえた。

あっと言う間に時間となった。

「源龍！　頑張れ！」「げんりゅう〜！」たくさんのかけ声が聞こえる中、行事の声が響く。

「待ったなし」館内が静まり、今度も横綱は両手を先に付いていたが、先ほどよりも明らかに緊張感と気迫に満ちていた。睨みつける横綱。頭を低く源龍が踏み込んだ。立ち合い。頭で来た源龍を横綱が諸手突きで突き上げる。強烈な喉輪が入り、上体が反った源龍は右足に力が入らず一歩後退したところを一、二、三と一気に胸を突かれて、２秒05、あっと言う間に土俵下に突き落とされ、たまり席二列目まで転がった。

「あ〜」館内のため息に松山の声も埋もれた。上から横綱が見下ろす。すぐには立ち上がれない源龍が、やっとのことで立ち上がったが、右足が言うことを聞かずに再びよろめいた。なんとか土俵に上がると、本来なら手にすることのできた懸賞金の束と金星を残し、一礼の後ほんの少し天井を見上げ、男は花道に消えていった。「げんりゅ〜！」「げんりゅ〜！」と真っ向勝負の男への賛辞のエールを背中に受けながら。

二人は無言であった。弓取り式の間も、ばらばらと帰っていく客の中、何も言わずに土俵を見ていた。弓取り式が終わり、親方達が土俵の周りに集まる。土俵にシートをかけ、客も周りに少なくなってきた。

「帰るか」佐藤が松山に言った。

「はい」佐藤の声があまりにも元気が無かったので、松山は思わず佐藤の顔を見てしまった。

国技館を出ると、秋風が気持ちよかった。佐藤は空を見上げると、先ほどまでの落胆した顔ではなく、いつもの表情に戻り松山に言った。

「ちょっと、散歩して帰ろうか」いつも通りの口調であったが、松山にはどことなく切なさを帯びた声に聞こえた。

国技館前の人混みを抜け、隅田川に向かった。少しだけ海の香りがした。二人はゆっくりと川沿いを歩いた。

「修司、今日は連れてきてくれて有り難う」佐藤が歩きながら礼を述べた。

「いえ。とんでもないです」１歩半ほど後ろを歩く松山が半歩近づき首を振った。

「惜しかったな、源龍関」佐藤の口から言葉がこぼれ落ちた。

「はい。残念でなりません。あの審判長のヤロウ」松山は右手の拳を握りしめた。それを横目で見た佐藤が言った。

「私は勝ったと思うよ。勝負には負けたが、関取は自分に勝ったと思うよ。逃げなかったものな」その言葉に、松山が拳をほどいた。

「はい」佐藤の優しい声に、松山の怒りも消えた。

「男だな」隅田川を見ながら佐藤がぽつりと言った。

「はい。男です」松山も足を止めて、隅田川を見た。そこに松山の携帯が鳴った。

「あ、関取からです、先生。はい、もしもし」佐藤は松山を見た。

「はい。あ、今両国にいますよ。はい。そうなんです。先生と一緒です。はい。え？　あ、えーと国技館を出て右の川沿いにいます。はい。あ、そうですか、わかりました。はい、待っています。はい。失礼します」お疲れさまですも言えないまま、松山は一方的な源龍の電話を切った。

「先生、今から関取が挨拶に来ると言っています」驚いた顔で佐藤に報告をした。

「そうか」松山と目を合わせた後、佐藤は川に映る月を見た。松山も佐藤に並び、同じく揺れる月を見ていた。


10分も経たない内に、付け人に担がれ右足を引きずりながら源龍がやってきた。

「先生！」遠くから源龍の大きな声が聞こえた。

「先生、関取がいらっしゃいました」松山が言うと、佐藤はゆっくりと源龍の声のする方へ顔を向けた。痛い足を引きずりながら一生懸命早く早くと歩くその姿を見て、佐藤は自分から向かっていった。

源龍と佐藤の間合いが1ｍになると、二人は足を止めた。源龍がまず第一声、大きな声を出した。

「先生、すみませんでした」左足に重心を傾けながらも、深く頭を下げた。

「関取、何を謝ることがありますか。お疲れさま、頑張りましたね」佐藤は半歩近寄り、源龍の体を起こした。

「自分が弱くて負けました。せっかく先生もいらしてくださったのに。申し訳ないっす」また、頭を下げた。すると佐藤はもう一度源龍の肩に手をかけ、体を起こした。

「関取、あなたは勝ちましたよ。ご自身の心に勝ちましたよ。頑張りました。よく、頑張りました。横綱に土を付けたではありませんか。観てましたよ。お母様も、関取のすぐ傍でご覧になられていましたよ。そして、息子の正々堂々とした真っ向勝負に、大きな拍手を贈っていましたよ」すると源龍は、大きな体を震わせて泣き始めた。

「よく頑張った。頑張った」半歩近づいた佐藤は、小さな体で大きな体を引き寄せ、大きな背中に手をやった。

「うっ、ううっ」源龍は佐藤の肩に顔をうずめ、声を上げて泣いた。

「先生、悔しいです」声にならない声で、源龍は肩を震わせ佐藤の体に声をぶつけた。

「うん。わかっとる。悔しいな。うん」佐藤の目にも、じんわりと光るものが滲んでいた。

「うっ、ううっ」大きな体をした源龍は、恥じることもなく大きな声で泣いた。佐藤は小さな手で、源龍の背中をポンポンと叩いてあげていた。松山の鼻がつーんとしてきて、一粒涙がこぼれ落ちた。付け人も一緒になって肩を震わせ泣いていた。

揺れる月が綺麗な夜、男四人は隅田川のほとりで、男にしかわからない涙に濡れていたのであった。

帰り道、首都高速を走る松山の車はゆっくりであった。

「修司、今日は本当に連れてきてくれてありがとう」川に架かるいくつもの橋を見ながら佐藤が小さく礼を述べた。

「いえ。私もとてもいい思い出になりました」松山の声も静かであった。

「こんな感情は、久しぶりだよ修司。こんな時間は、今までずっと忘れていた。少し無茶をしてここまで来たが、なんだか久しぶりに熱い時間を味わったよ」缶コーヒーを一口飲んで、もう一度外を見た。

「治療というのは、実に地味なものだ。毎日が単調で、その中で淡々と治療をこなす。気が付くと人の健康を考えることに、自分の時間を使っているのが現実だ。でも私はそれが嫌だと言っているわけではない。治療は私の生活であるし、私の生きる道だ。でもやはり私も人間だ。同じ部屋にずっといると、気が滅入ってくることもある。それでも使命を持って治療を行ってきた。そんな中、刺激というものはもうずいぶん昔になくしてしまっていた。妻とはたまに相撲を見に来ていたのだよ。東京にいる時にね」そう言うと胸ポケットに入っている写真にもう一度手を当てた。

「はい」松山は佐藤のしんみりとした雰囲気を左半身で感じつつ、夜の首都高を走らせた。

「でも妻が死んで埼玉の片田舎に引っ込んでからは、もう両国には来ていなかったし、刺激なんてものは捨ててしまっていた。でも、今日久しぶりに味わったよ。修司のおかげでな」佐藤は一度、松山の横顔を見た。

「いや、あ、はい」なんと答えてよいかわからない松山は返事に困ったが、そのまま前を見続けた。

「でも、今日の我々の行為はたくさんの人に迷惑をかけた。自分の欲のために暴走した。中には驚いて急ブレーキをかけた車もあったろう。頭にきた人達や、恐怖を感じた人もいただろう。それはすべて我々の欲が起こした事実だ」松山は背筋を正し始めた。

「この自分達が蒔いた種は、必ず刈り取らなくてはいけなくなる。この因果は必ず還ってくる。仕方のないことだ。自分達のしでかしたことだから。だから、これからは再びまた、自分達の使命を今までよりももっと真剣に遂行していかなくてはならない。たくさんの人々に迷惑をかけた分、今まで以上に人々の人生を考えなくてはいけない。わかっているな修司」松山の胸が、ぐっと苦しくなった。

「はい」その後の佐藤の声は小さかった。

「お前の犯した今日のカルマは、俺がもらってやりたい。俺のためにしてくれたことだからな。でもそうはいかない。自分が蒔いた種は自分が刈り取ることになる。私も私のカルマに責任を取らなくてはいけないのだ。だからな修司、これからは、無謀なことはしてはだめだぞ」その言葉はとても優しかったが、松山の胸の奥にはざっくりと突き刺さっていた。

「でも、修司に礼を述べる。今日は連れてきてくれて本当にありがとう」改めてのその礼は、深く深く松山の心に染み渡った。

二人を乗せた車は、ゆっくりと関越に入り、それを見守るお月さんは、秋の風に揺られ、いつもよりも数倍綺麗であった。

一〇月に入り、松山の仕事は一気に忙しくなっていた。というのも接骨院では役職をもらい、後輩を指導する立場を改めて与えられたのと、松山が目的の患者がかなり増えていたからである。また陳の店でも相変わらず松山の指名は多く、今では陳や李と同等に最初から最後までぎっしりと予約が詰まった状況であった。

「松山先生、お疲れさまでした」接骨院では後輩の鍼灸師やアルバイトの学生が松山に頭を下げた。整形外科の時には考えられない光景である。松山は杉浦に頭を下げると後輩達に見送られ陳の店へと向かった。途中、自分の予約時間に間に合うように食事を済ませてから陳の店に入った。

「お疲れさまです」陳に頭を下げると、施術中の陳は手を動かしたままニコッと笑った。松山は予約を確認すると着替えて掃除をした。松山のおかげでこの店は格段に綺麗になり、日本人に好まれる店へと変わっていった。初めの頃には上品な客はいなかった。中国人の腕だけを頼りに、トイレは汚い床は汚いベッドは汚いでも平気な客ばかりであった。しかし今ではトイレも床もシーツも清潔である。客層が変わってきた。すると陳達の意識も変わってきた。自分達も身なりを整え、陳に至っては汚い白衣を捨て新しい白衣にしていた。

「松山さん、今日できる?」一人の男性客が店のドアを開け、顔だけ出して、受付にいる松山に尋ねた。

「ああ、田中さんすみません。今日は満員で」最近ではよく見る光景となっていた。

「そうか、残念だな。また来るわ」客に頭を下げる松山も、どこか一人前になりつつある風格のようなものが出てきた。人というものは不思議だ。自信を持つと、放つ気が変わる。着ている服は一緒でも、雰囲気が変わるのであろう。佇まいもどっしりとしていた。

「先生、お疲れさまでした」陳と一緒にラストまでおり、店の鍵をかけると二人とも別々の道で帰った。

「佐藤先生ニヨロシクネ」そう言うと、バイクにまたがった陳はもの凄いスピードで消えていった。

「相変わらず先生は暴走族だな」松山はフッと笑うと、静かに駅へと向かった。帰りの電車ではいつも通り佐藤と陳のところで勉強したノートを見返した。電車を降りるとコンビニでビールを買い、公園で一休みをする。物思いにふけってから部屋に帰るのが日課となっていた。

「明日は佐藤先生だ。頑張ろう」自分に言い聞かせると残りのビールを飲み干して、空き缶をゴミ箱に捨てた。月の無い空は、肌寒くなってきた夜風が吹き、どことなく切なさを帯びていた。

本当の治療家

「先生、おはようございます」佐藤のところへ通い始めてもう1年経った。あまりにも充実している時間は、あっと言う間に過ぎていった。

「はい、おはよう」いつもの佐藤がいつものように答える。二人の間に流れ始めた信頼が、お互いに居心地を良いものとしてくれていた。

一人目の患者が帰る時であった。

「先生、次の予約なんですが」患者がそう言うと、佐藤は何かはぐらかすかのような言い回しをしていた。

「ああ、はい。そうですね。一二月はちょっと予約が大分入ってしまっていてね。また葉書で空いている日などを連絡しますよ」少し変だなと松山は感じていたが、あまり気に止めなかった。そして午後の患者の時も同じであった。

「先生、次回の予約は……」患者は治療券を出しながら佐藤の顔を見た。すると今回も佐藤はどこかぎこちなく同じような返答をしていた。

「ああ、はい。次の予約ね。えーと、そうですね、ちょっとあまりにも予約状況が厳しくて。そうですね。また葉書でご連絡いたします」患者もあまり納得をしていないようであったが、佐藤の治療院が混んでいるのは周知の事実だ。患者の誰もが簡単に治療予約を取れる状況ではないことを知っていた。今までだいたい一度は皆、一ヶ月待ちを経験している。だからほとんどの患者は仕方なく納得をし、帰っているようであった。しかしそれが次の日も同じような状況になり、松山は連続して4回も同様のやりとりを目の当たりにした。

「何か変だな」松山は佐藤の様子を見て、違和感を感じていた。とうてい今までの佐藤のようには思えない。師弟関係という信頼関係が築かれてきたからこそ、松山も敏感に察知していた。ただそれでも、師匠の予約状況に弟子の分際から口を出すことなどあり得ない。変だと感じてはいたが、敢えて何も感じないように自分の意識を外に向けていた。

「先生、お疲れさまでした。明日の往診も、よろしくお願いいたします」松山はいつものように挨拶をしてから玄関に向かった。するといつものように佐藤は玄関の外で送り出してくれた。

「修司、車、気をつけろよ」松山の車での恐怖を知っている佐藤は、あれ以来ずっと口を酸っぱくして言うのであった。

「わかりましたって、先生。大丈夫ですよ。ご心配有り難うございます。もう、飛ばしたりはしていませんよ。また、明日よろしくお願いします」

「くれぐれも気をつけろよ」松山はエンジンをかけると、いつものようにアクセルをふかして発進していった。

「まったく、あいつは。何もわかっとらんではないか」松山の車を見送り、玄関を入ったその時である。

「ガシャーン！！！」佐藤の背筋が凍り付いた。脱ぎかけた靴を履き、慌てて外に出た。脳裏に受け入れ難い映像が浮かび、佐藤は走り出した。死にものぐるいで走った。見通しの悪いカーブを曲がると、そこにはダンプカーとぶつかり無惨にもグッシャリと潰れている松山の車があった。

「しゅ、修司！！！」佐藤は運転席に走りよったが、ドアを開けようにも開かない。助手席も開かない。後部座席も開かない。佐藤は右肘を大きく振りかぶり運転席の窓の一点めがけて打ちつけた。バシャンと音を立て窓が崩れ、何とかドアを開け松山の安否を調べた。

「修司、おい、修司！」頬をはたいたが返事がない。

「おい、目を開けろ！　修司！」その呼びかけもむなしく、松山は首をグラッとうなだれた。佐藤は天を仰いだ。

「修司！！！！」間もなく通行人が通報した救急車が到着し、松山は市営病院のＩＣＵへと運ばれた。

星が虚しく光り、風が笹を靡《なび》かせた。

ＩＣＵから医者が出てきた。

「頚椎を損傷しており、脳にも影響が出ております。後遺症が残ると思います」冷酷な宣告であった。

午前3時過ぎに松山の母が故郷から病院に駆けつけた。

「松山修司の母です」血相を変えて係員に尋ねている姿を見て、佐藤が近寄った。

「松山君のお母様でいらっしゃいますか」佐藤が取り乱している松山の母に静かに聞いた。すると母親は、強ばった顔で佐藤を見た。

「はい。そうです。修司は」目にはうっすらと涙が浮かんでいた。

「修司君は今、ＩＣＵです。まだ意識が戻らないようで」佐藤は落ち着いて、今までの状況を説明した。来た時よりも落ち着いた母親ではあったが、この状況を飲み込めないでいる。二人はＩＣＵの前の長椅子に腰を下ろした。

「いつも修司がお世話になっております。佐藤先生のお話は、電話でもよくうかがっておりました」

松山の母は丁寧に頭を下げた。

「修司には父親がいないもので。また一人っ子ですから、佐藤先生は親父のようでもあり、兄貴のようでもあると申しておりました」それを聞くと佐藤は目を伏せた。

この日松山の母は近くのホテルに泊まり、佐藤は家に戻った。

次の日、佐藤は朝早くに病院を訪れた。松山の母も既に来ていたが、未だに松山の意識は戻っていない。窓越しに母親が一生懸命話しかけたが、酸素マスクをした松山は微動だにしなかった。

「修司、聞こえるか?」佐藤が心の中で念じ始めた。

「修司、聞こえるか?」半眼で、意識を松山の脳神経に集中し始めた。

「修司、生きたいか? まだ、これからも生きたいか?」そこに抑揚はなく、淡々とした質問であった。佐藤はその選択を、テレパシーで尋ねたのだ。するとほんの微かではあるが松山の瞼が痙攣した。その様子を見てはいない佐藤だったが、その瞬間、顔を上げ小さく呟いた。

「よし、わかった」佐藤は松山に背を向け、病院の廊下を駆けだした。勢いよく自動ドアから飛び出し、車に飛び乗った。普段はゆっくりスタートさせるが、タイヤの音を響かせアクセルを踏み込んだ。佐藤に音は聞こえない。景色も見えない。ただ一心である方向へ向かい始めた。途中、ホームセンターに駆け込むと、店内を走り簡易セメントのセットを購入し、再び車に飛び込んだ。途中何度信号を無視したかはわからない。どのような走り方をしたかも覚えていない。取り憑かれたかのような形相のまま、アクセルを全開まで踏み込んだ。

そこは、初めて松山と出会った場所。狭い路地に佐藤の車が滑り込み大きな音を立てて急停車した。佐藤は走った。そして手に持った先ほど買った簡易セメントにペットボトルの水を入れてこね始めた。そこは、頚《くび》の折れた地蔵の前であった。

何も聞こえない。何も見えない。ただあるのは心の目でセメントをこね、一心に混ぜている姿であった。お地蔵様の頚にセメントをつけると、素手で綺麗に整え始めた。頭を乗せると、はみ出した部分を指で丁寧にふき取った。そこに光が射す。雲間から光が射した瞬間、雨がざーっと降ってきた。佐藤はお地蔵様の前に四つん這いになると、ただひたすらに、願った。

「お地蔵様、お願いがあります。どうか、どうか、私の弟子である、松山修司をお助けくださいませ。お願いします。お地蔵様。どうか、これから世の中を助ける使命を持った、松山修司をお助けくださいませ」

豪雨が佐藤をずぶぬれにした。それでも佐藤は四つん這いのまま、頭を地面にこすりつけた。鬼気迫るものがあった。通行人は見ない振りをして通り過ぎるばかりである。どれだけの時間が過ぎたであろう。大きな雷が鳴り、さらに雨足が勢いを増した後、光が佐藤の頭に落ち、鳥の声が聞こえ始めた。その時、佐藤には聞こえた。お地蔵様の声が聞こえたのだ。

「有り難うございます」顔を上げた佐藤が、お地蔵様を見て、ニコッと笑った。四つん這いのその姿を見て、近くを通った幼稚園児が叫んだ。

「お馬さんだ、お馬さん」親が慌ててその子の口を手でふさぎ、その場から逃げるかのように去っていった。佐藤はその声を意識の遠くで感じていた。

「お馬さんか」心の底で、フッと笑い声が漏れた。そしてお地蔵様を照らす後光をいつまでも見上げ、何度も頭を下げては、お地蔵様を見上げていたのであった。

ずぶ濡れのまま、佐藤は家に戻った。すると玄関先で患者が待っていた。

「せ、先生、どうされたのですか」あまりの姿に、患者は驚いた。

「いえ、何でもありません。お待たせしてしまって、大変申し訳ありませんでした」佐藤は何もなかったかのように、ずぶ濡れのまま鍵をかけていなかったドアを開け、患者を治療室に通した。自分はシャワーを浴びると、白衣に着替え、一切しゃべらずに治療を終えた。

そして、三人の治療を終えると、書庫に入り、ノートに一行記すと、病院へと向かった。

カーステレオをつけた。入っていたCDを抜くと、ドアのポケットにしまってあったCDをかけた。1曲をリピート設定し、フルボリュームで体に浴び始めた。大音量が脳神経を麻痺させ、全身の細胞に染み渡らせた。〝ROXY MUSIC〟の「AVALON」。無表情で銀色のオーラを放つ佐藤が病院に着いた。大きく深呼吸をしてから病院に入ると、

「先生、佐藤先生」と、松山の母が一目散に走ってきた。

「先生、目を覚ましました。修司が目を覚ましました」目に涙を浮かべ、佐藤の右腕を掴んで訴えた。

しかし佐藤は何も驚かなかった。ただ一言、胸で呟いていた。

(お地蔵様、有り難うございました)佐藤は母親に優しい笑顔を向けると、その手を両手で包みこんだ。

「もう、大丈夫ですよ」佐藤はちらっと松山を見ると、すぐさま病室を後にした。廊下で、昨日後遺症が残ると言った医者とすれ違った。すると医者の方から佐藤に話しかけてきた。

「ICUの松山さん、意識戻りましたよ。奇跡ですよ。もう、手も動いていましたよ」医者は明らか

に興奮していた。しかし、佐藤は無表情であった。

「そうですか。それは良かった」あまりにもそっけない態度に、医者の方が少し面食らっていた。軽く頭を下げると、佐藤はそのまま家へと戻った。

それから1週間が経った。治療院のチャイムが鳴り、白衣姿の佐藤がドアを開けた。するとそこには、いつもの姿の松山が立っていた。

「先生……」松山は声を詰まらせた。佐藤の顔を見た瞬間、涙がどっと溢れてきた。

「おかえり」佐藤は優しい目をして一言、そう伝えた。

「先生……」松山は声を震わせて、穏やかな佐藤の顔を見つめ、一つ二つと涙がその頬をこぼれ落ちた。

「ほら、早く中に入りなさい。もうすぐ患者さんが来ますよ」佐藤も目が滲み始め、涙が川のようにこぼれ落ちてきた。

「はい。すぐに着替えます」松山は急いで玄関に入ると、廊下を音を立てずに走り、白衣に着替えた。

佐藤は涙を拭うと、居間に入り仏壇の前に正座した。

「早苗、帰ってきたよ。修司が元気に帰ってきたよ」普段はつけない線香を、半分に折り火をつけると、鐘《りん》を二つ鳴らした。しばし、早苗の写真を見た佐藤は、ゆっくりと足を崩した。そこへ松山が入ってきた。

「先生、お茶が入りました」いつものように、松山が相撲湯呑みに入れた茶を佐藤に差し出した。

「どうもありがとう」佐藤もいつもどおりに礼を述べ、二人はちゃぶ台を前に、茶を啜った。しばしの沈黙に、白檀の香りの煙が流れた。

「先生、私がＩＣＵにいた時、先生の顔が浮かびました」松山が落ち着いた声で話し始めた。

「自分には俗に言う三途の川が見えておりました。向こうは綺麗なお花畑で、あっちに行きたいと思いました。しかし、その時先生の顔が浮かんだのです」外ではやや強い風が吹き始めていた。

「そして先生に聞かれました。お前はまだ生きたいかと。私は、向こうへ行きたいという気持ちが強かったのですが、まだ生きたいかと言われると、まだ生きなくてはいけないという何か使命のようなものを感じました」松山はぽつりぽつりと話した。佐藤はただじっと目を伏せて聞いていた。

「そしてお地蔵様が現れたのです。私を先導してくださり、私に光をくださいました。その光が眩しく、目を開けると、輝く太陽の日差しが窓の外に見えたのです。私は目を覚まし、自由に手足を動かすことができました」言い終わると、再度沈黙が流れた。線香が燃え尽き、煙がなくなった頃佐藤が湯呑みに口を付けた。松山がもう一度、口を開いた。

「先生、有り難うございました。先生の……」佐藤が手で話を止めた。

「修司、もう言うな。すべてわかっている。私も、修司も、もう全てを知っている。君が感じていること全ては真実だ。だから何も言わなくていい。私はもう全てを知っているから。君が考えていることは、真実だ。わかっている。だからもう、何も言うな」その顔は優しさそのものであった。それを見た松山の鼻がツーンとしてきて、再び涙が滲んできた。

「修司、俺の目を見ろ」初めてそんなことを佐藤が言った。滲んだ目をした松山が佐藤を直視した。

その目の奥を確認した佐藤が話し始めた。

「もう、君は生まれ変わった。生きながらにして生まれ変わった。もう、君は、今までの君ではない。新しい松山修司は、新しい生き方をする。それは君に与えられた使命だ。その使命は」佐藤の銀色の矢は松山を貫いたままである。

「死ぬまで人々を救うことだ」松山の脳は、もう既にそのことを知っていたかのような反応をした。

「君の使命は、一人でも多く、病で苦しんでいる人を君の術で救うことだ。神様の力を借りて、死ぬまでそれを続けなくてはならない。それが君の人生だ。それが君の生きている意味だ。君はこれから、本当の治療家として生き始める」本当の治療家という言葉が、松山の心臓を包み銀色の矢がブスッと突き刺さった。しかし、その事実を、松山はすでに聞いていたかのような顔をしていた。目の奥には澄んだ鋭い光が宿り始め、以前のようなおどおどした目はもうなかった。深い深い海の奥底、漆黒の宇宙の闇の中に煌々と輝く、勇気と力と信念に満ちた光が宿っていた。その光を確認した佐藤が言った。

「修司、君が私を超えるのはもう時間の問題だ。生き返った人間ほど、強い力を持つ者はいない。残された時間、私は君に、私の全部を伝える。君はもう吸収するだけでよい。考えなくていい。おそらく、もう君は、私の哲学を吸収する力を持っているし、新しい哲学を生む力も備えた。安心しなさい。これからが本当の時間だ」佐藤が右手を差し出した。

「はい。松山修司。死ぬまで治療家として生きます」その右手を強く、両手で包んだ。その手を佐藤が左手で覆い、二人はがっちりと握手をしたのであった。強い力を宿した目は、そこに四つ存在し、銀色のオーラは、この治療院から溢れるほど輝いていた。

この日から、佐藤は松山に、自分の患者へ鍼を打たせ始めた。患者に有無を言わさず当たり前のように治療にあたらせた。少々戸惑う者も多かったが、そこに溢れる気迫のようなものが、誰にも何も言わせない雰囲気を発していた。

「松山先生、それでは自分で考えて鍼を打ってください」ガンの患者を目の前に佐藤が言った。

「わかりました」物怖じする姿はもうそこにはない。自信というよりは信念に満ちた松山の鍼は威力を増して迷いがなかった。その鍼灸を施す姿を見て、佐藤は小さく頷き、何も言うことはなかった。

「それでは推掌をお願いします」最初から最後まで、松山が治療をすることも多くなった。松山の推掌は、陳の武道の影と佐藤の舞の光も交え、松山独自の推掌を生んでいた。その姿を佐藤も満足げに見ていた。そして佐藤の治療も以前にも増して輝きを増していた。

「修司、次の患者、私の全力の治療をみせる」にやっと笑った佐藤のその顔は、松山の胸に染み込んだ。

「はい」少し涙が出そうになった松山であったが、自分も満面の笑みで返した。

佐藤の技が光る。一切の無駄がないそれはまるで神楽。神に捧げる舞。大宇宙の力を佐藤の体を通して膨大なエネルギーが患者にそそぎ込み、とんでもない自然治癒力が働いていた。佐藤の指、肘、体からは銀色の光が放たれ、その光を浴びた患者は100％完治を目の当たりにし、その人の人生までもが新しい道へと導かれていった。松山はその瞬間を脳裏に焼き付け、細胞に吸収していった。もう佐藤の言うことやることは、ほとんど理解していた。そして佐藤が次に行う一手も読めるようになっていた。二人はアイコンタクトをしながら治療をしていた。その時間が松山にとって何にも勝る宝であり、佐藤にとって悔いの無い人生と思わせるものであった。

この年の一二月はとても寒かった。埼玉でも外を歩くと顔が痛くなるほどの寒さだった。佐藤の治療院でも石油ストーブがたかれ、こたつが出され、そこに二人が足をつっこむ中、佐藤がいつもと違う様子で口を開いた。それは少々言いにくいような相談のようなものであった。

「修司、今は陳先生のところへは、何曜日に行っているんだ？」患者と患者の治療の合間、二人で湯呑みを前にしていた。

「はい。水曜金曜土曜です」どうしてそんなことを聞くのかというような顔をして答えた。

「そうか」少し目を伏せて、佐藤がテーブルの上で指をぱたぱたと軽く弾いた。

「どうかされましたか」松山が心配そうに尋ねた。すると佐藤は、珍しく言いにくそうな顔をして、もごもごと話し始めた。

「今月の半分、ちょっと、私に時間をくれないか」男の照れを含んだ言い回しであった。松山にはその訳もよくわからなかったが、師匠の言うとおりにしようと決めた。

「わかりました。大丈夫です先生。東吾郎先生のところへは、日月火水金に来てもいいですか？」

それは一週間の内、木曜を休み土曜だけ陳のところへ行くことを意味した。すると今度は佐藤はしっかりと松山を見て言った。

「木曜もくれないか。そして土曜も」松山はドキッとした。何かそれは鬼気迫るような言い回しであった。本来木曜は佐藤も休診のはずだ。そして以前一週間の内必ず一日休むように言われていた。それが、その休みもくれという。しかし、松山に迷いはなかった。

「有り難うございます。木曜土曜も来させていただきます」何か意味があるに違いない。これは宝だ。この人は自分の命の恩人だ。いったい何を断る理由があろうか。松山はむしろ佐藤と長い時間過ごせる喜びを感じていた。

「そうか。すまんな。今月、私は日本中を回る。各地にいる私の古い患者さんを治療して回る。私の往診を手伝ってほしい」今まで松山は自分の治療を手伝ってくれと言われたことはなかった。それは何よりもほめ言葉であった。自分の腕を認めてくれている証であった。

「お供いたします」


そして二人は、木枯らしの吹く中、北は北海道から治療の旅を始めた。

各地を巡ると、佐藤のことを待ちこがれていたという患者達がどこでも歓待してくれた。佐藤はまるで神様かのように扱われていた。しかし、決して威張ることなく腰を低く頭を低く、佐藤は淡々と治療をし続けた。ある時は膝痛を一発で、ある時は心臓病を劇的に治し、医者に見捨てられた患者に勇気を与え、家族に捨てられた患者に愛を与え、孤独に打ちひしがれる患者に希望を与え、生きることに疲れ

た患者に光を与えた。各地でのその医療を見た松山は、

「これぞ雲龍、ここにあり」と、毎回思わずにはいられないのであった。佐藤もすすんで松山に治療をさせた。愛媛では小児喘息を治療させ、長崎では脳卒中で右半身麻痺の患者を劇的に回復させた。二人は四国高知は南国市で福留旅館に一泊し、佐賀嬉野温泉では一休荘で一泊し、熊本日奈久温泉では旅館寿で一泊し、鹿児島坊津に着くとつるや菓子舗で小腹を満たし寺田旅館にて最後の夜を迎え、本州の往診を終えた。その晩、古い寺田旅館の粋な二階の部屋で酒を飲んだ。部屋はストーブで暖められていた。

「先生、お疲れさまでした」外との寒暖差で窓が曇る、まさに師走の夜であった。

「修司、この2週間一緒に来てくれて有り難う」なみなみと注がれた日本酒を二人は勢いよく喉の奥に放り込んだ。この旅を振り返りながら、二人の酒は進んだ。

「旅は良いもんだ。旅は人を豊かにする。本当に旅は良いもんだ」佐藤がしみじみと語り始めた。そして道中での出会いや景色を、ゆっくりゆったりと思いだし味わっていた。

「先生についてきて、本当に良かったです」松山が照れながらも、酒の力も手伝って正直に伝えた。

佐藤は盃を置き、まっすぐに答えた。

「我々の使命は、愛のもとに、人々に勇気を与え、励まし、活力をもたらし、今死のうと考えている人に手を差し伸べ、涙する人にハンカチを差しだし、自分を訪れた人を差別することなく治療をし続ける。それは淡々と。そして着々と。毎日こつこつと。日々研鑽を怠ることなく。謙虚に。常に謙虚に」

少しの間の後、付け加えた。

「もう、修司はわかっているよ。わかっているはずだ。心配はいらないな」そう言って遠い目をした後、切ない顔で、ふっと笑った。その姿を見て松山は、一瞬違和感を感じた。何かがおかしかった。しかし何がおかしいかはわからなかった。ただその感覚は、佐藤の醸し出す雰囲気と、寺田旅館の空気にかき消された。ただそれだけのことであった。

夜も更け、二升をあけた二人は床につき、この永遠なる輝く時の中、旅を終えたのであった。

真実の扉が開く

師走の半ばまで旅をして、16日になった。そしていつものように、松山が佐藤の治療院を訪れた。

「先生、おはようございます。あれ？」玄関脇には、いろいろな雑誌や書類などが、束になって置かれていた。廊下にも片づけをしている様子が見てとれる。

「先生？　大掃除ですか？」少し笑いながら松山が顔を出した。

「おう、おはよう。すまん気がつかなかった」そう言いながら佐藤は部屋の掃除を続けたが、もう9割がた終わったようで、旅の前と比べると明らかに物がなくなっていた。

「先生も気が早いなあ」大掃除にはまだ半月もあると思いながらも、松山も患者が来るまでの小1時間、手伝いをした。

「よし、だいたい終わったな。よし、今日は終わり。修司、今日は患者さんいないよ」佐藤が寒い中にかいた汗を拭いながら言った。

「え？　先生、今日は休みですか？」松山が目をまんまるくした。

「そう、休み。もうおしまい。今日は座学にしよう」そう言うと佐藤はさっさと居間に入っていった。

「あ、はい。ただ今お茶をいれて参ります」あっけにとられた松山であったが、すぐさま茶をいれてくると佐藤に差し出した。

「修司、今年もいろいろあったなあ」しみじみと佐藤が茶を啜ってから一年を振り返った。

「先生、まだ終わってませんよ今年は」思わず笑いながら松山が答えた。

「そうだな」佐藤も顔を上げ、一緒に笑い、話を続けた。

「昨年修司がやってきて、ずいぶん私も成長できたな」その言葉に、なんだか松山は照れくさかった。

「もう、修司にはいろいろな話をしてきたし、治療の腕も格段に上がった。ほとんど言うことはないんだ」遠い目をして、もう一度茶を啜った。

「先生、そんなことおっしゃらずに。座学とおっしゃったではありませんか」松山はもう一度笑い、佐藤も笑った。

「先生、それでは質問があります。先生が今まで飲まれた中で、一番うまかった酒は何ですか？」瞳を大きく開き、子供のような顔をした松山が言った。

「そうだな。それは決まっているよ。修司と飲んだ竹酒だよ」その言葉が、既に懐かしさを帯びており、同時に言葉の勢いとは裏腹に一瞬の寂しさも含んでいた。松山は寺田旅館での違和感を思い出したが、やはり何かはわからずに返事がやや遅れた。

「あ、ああ。いや。そうですか。嬉しいですそんなことをおっしゃっていただき。私もあの竹酒は忘れられませんね」その違和感を判明できないまま会話の流れに松山はついていった。

「そうだろ？　あれは絶品だったな。相手が修司だから良かったんだな」珍しくそんなことを言うので、松山は困惑してしまった。佐藤はそんな松山を見ると、目を細めて湯呑みに口を付け、静かにこたつの上に茶を置いた。

「これから修司が生きていく中で……」おもむろに佐藤が話し始めた。

「いろいろな試練に出くわすであろう。その試練は、君の魂に用意されたものだ。本来完全体であるはずの魂を、我々は忘れてしまっている。何かが足りない、まだ足りないと、いつも満たされていない感情の中過ごしている。しかし、もう我々は既に、愛に満たされ、この全宇宙を支配する大きな力の中、完全に満たされている魂の存在であることを思い出さなくてはいけない。その本当のことを思い出すために必要なことが、経験であり、感動であり、試練なんだ。これから目の前に現れるであろういくつもの出来事を、何も恐れることはない。何も怖がることもない。君の目の前に現れる、艱難辛苦と信じてしまっている出来事は、必ず乗り越えられる。君が乗り越えられない物事など何もない。人間の前に差し出された物事の中に、乗り越えられないものなど何もないということを忘れてはいけないよ」その言葉は落ち着き、静かな力を持ち、銀色に輝いていた。

「はい」という返事が、口から出たか、胸の奥でしたのかが松山にはわからなかった。しかし確かに、佐藤の言葉を魂で感じていた。

「そして生きとし生けるものは、必ず死ぬ。この世での死という事柄を、何も特別扱いすることはない。それは変化でしかないから。我々はいのちを失うことなどない。魂は永遠だ。ただ、表現方法を変え、別のかたちで生き続ける。我々の実体は、魂である。完璧な魂である。それを思い出すためには修行が必要である。本来の姿を思い出すために、いくつもいくつもかたちを変え、場面を変え、思い出す作業をし続ける。それは決してひとりではない。兄弟みんな魂はつながっている。自分だけ助かればいいということはない。また自分だけ助かるなどということもない。自分が助かる道はただひとつ。人々を助けることだ。自分が許される道はただひとつ。兄弟を許すことだ。自分が本当のいのちを思い出す道はただひとつ。兄弟とともに思い出していくことだ。だから修司」佐藤の体から銀色の光が溢れだした。そこに龍が現れ、佐藤と松山をぐるっと何重にも巻き始めた。眩しいくらいに輝く佐藤がいる。その光の中で、松山の耳ではなく、心でもなく、魂がその声に感応していた。

「人々のいのちを救う、本当の治療家として歩んでいってください。一生のうち、一人でも、失った笑顔を思い出させることができたのなら、それであなたの人生は、救われることとなります。本当の、治療家として生きてください」もの凄い高音と低音が一気に鳴り響き、あたりは金色の世界に包まれ、見たこともない虹色の大きな鳥が目の前を越え、きらきらと、それは本当にきらきらとした時間を超えた時が、松山を包んでいた。

「はい」その目に真実の扉が開いた。真実の鍵を手に入れ、松山はこれからゆっくりと歩み出すだけだと、魂の奥底で深く深く思ったのであった。

二人で昼食を一緒にとり、コーヒーを飲んでいる時に佐藤が告げた。

「そうそう、修司。私は明日人間ドックに入るよ」唐突な話に松山はコーヒーを吹き出した。

「へ?!　に、人間ドックですか?!」普段からそんなくだらないことはやめておけと、患者に言っているにも関わらず、自分自身が人間ドックにかかるとは、理解できなかった。

「な、なぜですか先生。突然」とても信じられないという顔をしながらこぼしたコーヒーを拭いた。

「いやね、ほら、あの医者いるでしょ?　やぶ医者。あいつがさ、うるさいんだよ、人間ドックやれ人間ドックやれって」その医者とは佐藤の古い患者である。確かに、治療に来る度に佐藤に勧めていたことを松山は思いだした。

「はあ。でも、先生。いいんじゃないですか?　そんなくだらないことされなくても」いつしか佐藤の影響から、検査などということがどれほど意味のないことかと思っていたために、師匠がそんなことをするのには反対であった。

「まあ、私もそう思うのだが。つきあいだな。税金を使って申し訳ないのだが。一日入るよ。一日入院」あっけらかんと話す佐藤に、松山は少々呆れ気味であったが、師匠が決めたことであるのだから納得せざるを得なかった。

「先生、けっこう病院は寒いですからね。暖かくしてくださいよ。セーター持っていくとか。毛布も持っていったほうがいいですよ」松山は佐藤が本当に一人で入院などできるのか心配だった。

「そうだな。そうしよう。セーターに毛布な。有り難う」何度か小さく頷きながらもう一度コーヒーを口に入れた。

「もう、しょうがないな、先生は」そう一言呟くと、松山も一緒にコーヒーを飲んだ。それから二人はとりとめもなく旅の思い出話等をし、別れた。

「では先生、また来ます。入院気をつけてくださいよ」松山は玄関を開けた。佐藤も一緒に外に出て、車まで見送った。

「車、気をつけろよ」佐藤の顔が優しかった。

「はい。先生も、また元気な姿で現れてくださいね。いやですよ、そのまま入院とか」松山は大きく笑った。佐藤もつられて大きく笑った。松山の静かなエンジン音を聞いて、その静かな走りが消えた頃、佐藤は師走の乾燥した冷たい空を見上げた。

「もうすぐ会いに行くよ」

また逢う日まで

知らせは突然来た。

「え？　何ですか？　ちょっと意味がわからないのですが」松山の脳神経が微かに震え始めた。

「は？　何言っているんですか？　佐藤先生がどうしたって言うんですか！」だんだんと声が大きくなり、罪のない相手を怒鳴りつけていた。

「佐藤先生が……死んだ？」

膝からガクッと床に落ちた。一二月一八日。午前8時。握りしめた携帯が手から離れない。瞬きができないまま、床を見ていた。

「東吾郎先生が……死んだ？　……嘘だろ」全身に力が入らなかった。その瞬間目に狂気が走り、松山は車を暴れさせ病院へ駆け込んだ。

「佐藤東吾郎の部屋は。どこですか。どこですか！」受付に詰めより、猛ダッシュで部屋に向かった。

「先生……」素っ気ない病室に、佐藤は白い布を顔にかぶされ横たわっていた。松山は恐る恐る近寄ると、顔の布を取った。

「先生！！！」佐藤の顔を見ると、松山は崩れ落ちた。涙がボトボトと音を立てて滴った。

「先生、何をやっているんですか！　先生……」そこへ看護師が入ってきた。

「まつ……やまさんですか？」手には封筒を持っている。松山は取り乱した自分を抑えながら振り返った。

「はい、そうですが」顔を拭きながら立ち上がった。

「佐藤さんが、自分に何かあったらこれを松山さんに渡してほしいと言われまして」看護師は手紙を渡すと病室から去っていった。震える手で松山は封を開けた。すると、中には白い便せんが入っていた。

「修司、驚かせてしまったな。申し訳ない」

「申し訳ないじゃないですよ、先生！」松山は大きく独り言を言った。

「治療院の書庫に、ノートが置いてある。そこにいろいろ書いておいたから、まあ、暇な時にでも見てほしい」

「暇な時なんてあるわけないじゃないですか」松山は少し怒り、少し笑いながら佐藤の顔を見た。

「とにかく、私は死んだようだ（笑）。人はやはり死ぬのだな」その締めくくりに、松山は思わず泣き笑いをした。

泣いて、泣いて、泣いて。何度も佐藤の顔を見て、泣いて。松山はそこから動くことができなくなっていた。

「先生、ちょっと待っていてくださいよ。治療院に行って、また戻ってきますからね」佐藤の亡骸の手に松山の温かい手を置くと、冷たくなった佐藤を感じもう一度涙が溢れた。

涙で前が見えない。信号待ちの間、間違えてワイパーをかけたが、何も変わらなかった。

「何やってるんだ、俺は」意識をしっかり持つように自分に言い聞かせ、松山は治療院についた。合い鍵で玄関を静かに開けた。中は薄暗く、誰もいなかった。

「先生、松山です」いるわけもない佐藤に、松山は挨拶をした。何も返事がない中、松山はとにかく書庫へ向かった。書庫に入ると、いつもの机の上に、いつものノート。それは松山が初めてこの場所に来た時からあったノートだ。それを初めて開くことになった。松山の手が震えた。ノートにはしおりが挟んであった。そのしおりは、先日の旅で食べたつるや菓子舗の包み紙で綺麗につくられたものだった。

「先生……」そのページの一番上に、修司へと書いてあった。

「修司へ。これを読んでいるのはおそらく18日であろう。うまく面と向かっては言えないこともあるから、こんな形で伝えることになった。驚かせてしまったことをまずは謝ろう」

「先生……」松山は、急いで次を追った。

「私は、修司、楽しかったよ。この一年、本当に楽しかった。自分には子供も兄弟もいなかったが、家族と過ごしているような日々であった」松山の目からは涙が溢れだしてきた。ボタボタと涙が落ちた。肩を震わせ、鼻水を拭った。

「先生、私もとても楽しかったです」声を出して泣いた。次を読みたいが読むことができない。溢れ出す涙を拭い、文章を追った。

「一緒に温泉に入ったこと、酒を呑み交わしたこと、治療をしたこと、往診をしたこと、二人でツバメを巣立ちまで見届けたこと、本当に輝いた日々であった」

松山は全身に力を入れ、溢れる涙を抑えようと必死であった。

「そして相撲に連れていってくれて有り難う。修司がいなければ、あのような人間の喜び、痛みを味わうことはできなかったよ。死んでも忘れないよ。有り難う」

「何言っているんですか先生……。私の方こそ、本当に楽しい日々でした」気持ちを抑えながら、溢れる涙を拭い、呟いた。

「私はずいぶん前から、自分の死ぬ日がわかっていた。修司と出会う前からだ。この一二月一八日に死ぬことを知っていた。本当は自分の理想のラストシーンは、春の野原で空を見ながら死ぬことだった。人の気配のない、静かな野原で。風に揺れる草の音、そしてツバメの鳴き声が聞こえる。目には青い空、その中をツバメが行き交う。そうやって死ねたら最高だろうなと思ったよ。でも、修司、ちょっと季節が違いすぎたよ。ツバメはいないし、今の時期野原は寒すぎる」

松山は思わず泣きながら笑ってしまった。

「しかも、第三者が見つけた時にはそれは災難だよ。一生の悪夢だよ。原っぱに来てみたら人が仰向けで倒れて死んでいて、それを発見したなんて。そりゃ気の毒だよ。だから、一番スムーズに済む病院を選んだ。あのヤブ医者には迷惑かもしれないが、病院で死ぬのが一番周りは楽だよ。警察も来ないしな」

「先生らしいな」松山は涙を拭いながら呟いた。

「私の死ぬ日を雲海先生にも伝えてはいないが、きっと先生はご存じかもしれない。修司、雲海先生は、まだまだ元気に長生きするぞ。きっと100まで簡単に生き、そして元気に死んでいくだろう。たまには雲海先生のところに顔を出してあげてほしい」

「もちろんですよ、先生」

「それと修司、この治療院、もしよかったら使ってほしい。いらなければ売りに出してくれ。ゴミもたくさんあるが、全部好きなように使ってほしい。今までの私の患者さんを、できれば治療してあげてほしい。全部葉書にしたためておいた。もう一度来る患者さんがいたら、その時は修司、私に変わって自信を持って治療してほしい。君ならもう、生まれ変わって一人前の治療家だから」

「先生……」松山の目から涙が一瞬止まった。もの凄いプレッシャーであったからだ。しかし、佐藤の意志を、自分は継がなくてはいけないと思ったのであった。

「先生、自分に務まりますでしょうか」一度、ノートから顔を上げ、そしてもう一度今の文を読んでから行を進めた。


「修司、一緒にいたのは一瞬であったが、魂は無限だ。君がこちらの世界に修行が終わって帰って来た暁には、また一緒に竹酒を呑み交わそうではないか」

「はい、先生。頑張ります」松山は、力を振り絞って声を震わせながら返事をした。

「それと一つ、頼みがある。覚えているだろうか。初めて出会った場所に、首のもげたお地蔵様がいらっしゃったことを」

松山は一瞬、考えた。顔をノートから上げ、思いだそうとしていた。

「初めて会った場所に首のもげたお地蔵さん？」しばらく考えると、

「あ、そういえば。あった、ありました。確かに首のもげたお地蔵さんありました」と、佐藤に語りかけた。

「あのお地蔵様が、修司を救ってくれたのだ」その瞬間、松山に電気が走った。背筋がぎゅっとなり、呼吸が浅くなった。

「時間がある時で構わない。饅頭の一つでも、お供えしてあげてほしい」松山は深く頷いた。

「そうだ。ＩＣＵで、先生の声が聞こえた時、お地蔵様が見えた」松山は糸を手繰るように丁寧に思い出していた。

「修司よ。君に出会う前に、私も夢を見た。たぶん修司も見たはずだ。この日記にもちゃんと記してある。それはお地蔵様の言葉で、馬の子を助けるというものであった。初めは何のことかわからなかったが、今ではよくわかった。それが何かよくわかった」松山は息をのんで、文を読んでいた。

「修司よ、本当に楽しい時間であった。君に伝えることはもう感謝しかない。有り難う。本当に有り難う。向こうの世界でまた会おう。その時は、たくさん修行の話を聞かせてほしい。その時まで、人生の修行、頑張れ。また逢う日まで。

一二月一七日　AVALONが流れる中」

「先生、東吾郎先生！」松山の目に、再び涙が溢れだしてきた。

「追伸　車は安全運転でな」松山は大泣きしながら笑っていた。

「先生、東吾郎先生。有り難うございます。有り難うございます」涙が止まらなかった。いろいろなことが書かれてあった。一日一行のペースで日記のようなものが書かれており、佐藤の文が自己反省と愛に満ちていることが、いかにも佐藤らしいと、松山はそこに魂を感じ、しばしの間読んでいた。すると、修司が事故に遭った次の日の一行があった。

「馬の子を助ける。馬は私であったようだ。お地蔵様、感謝します」松山はじっとその一文を見つめていた。一文を見つめ、席を立つことにした。他もじっくりと読んでいたかったが、なぜかそんな気にはなれずに、席を立ち、治療院の各部屋を回った。

どの部屋も、佐藤が今すぐにでも出てきそうな雰囲気であった。待合室に行くと、レコードプレーヤーがあり、脇にはレコードが立てかけてあった。

「そう言えば、先生はよくレコードを聴いていたな」松山は中から一枚選び、日記の最後にあった一曲をかけた。治療院に音楽が響く。佐藤の顔が頭に浮かんだ。松山は再び涙がこみ上げ、待合室のテーブルに手をついて泣いた。

「先生……。まだまだ、聞きたいことが山ほどあったのに」

松山は音楽をかけたまま治療室に入ると、声を出して泣いた。あまりにも濃い二人の時間が思い出されてきた。佐藤の顔、佐藤の仕草、二人で笑った事、佐藤に怒られた事、佐藤の神技、松山の頭に走馬燈のように蘇り、立っていられなかった。

「先生！！！」床に手を付き、嗚咽した。涙が絨毯に染みた。

「ここは、先生の治療室だ。汚してはいけない」松山は必死に涙を拭いた。見上げると窓からは冬の日差しが入っていた。薄暗い治療室がぼんやりと光っていた。カートには佐藤の鍼がまだそのまま綺麗に置いてあり、お灸も綺麗に並べられていた。今にも佐藤がニコッと笑い、

「ほら修司、治療の練習だ」と語りかけてきそうな感じがした。

「先生……」どれくらいの間床に膝をついていただろう。松山はおもむろに立ち上がり、治療院を出た。

「雲海先生に早くお伝えしなければ」いつまでも泣いている場合ではない、佐藤の師匠には、誰よりも早く伝えなくてはいけないと思った。

寒い師走。暖房も入れずに松山は車を飛ばした。いつもの坂を上ると、車の中から雲海の様子がすでにわかった。

「雲海先生」雲海はこんなにも寒い中、居間の窓を全開にして庭を眺めていた。ぽつんと座布団一枚その上に、いつもは姿勢のいい雲海であったが、この日ばかりは猫背で外を見ていた。その姿が、車の

中からも確認できたのだ。松山は車を降りると、静かに雲海の下へと歩いていった。

「雲海先生、こんにちは、松山です」すると雲海はゆっくりと顔を動かし、中へ入るように言った。

松山は寒い居間に入った。それでも雲海は外を見たまんまで、もう状況を知っているかのような雰囲気であった。

「雲海先生、本日、雲龍先生がお亡くなりになりました」松山は正座をして姿勢を正し、一言一言をゆっくりと話した。雲海は表情一つ、何も変えなかった。そのまま数秒時が流れた。

「そうか。やはり、雲龍は逝ったか。そうか」雲海は独り言のように話した。沈黙が流れた。松山もただじっと、雲海の横に座っていた。すると雲海が、ゆっくりゆっくりと話し出した。

「この庭で、よく雲龍に畑仕事をさせたものだ。あやつは治療技術はすこぶる巧かったが、自然の力を知らなかった。だから私のところに来たばかりの頃は、ずっと庭仕事をさせていたのだよ。大自然の力の中で、我々が生かされていることを、教えたかったのだ。そうか。雲龍よ。お前は一足早く大自然に帰ったのだな。修行が終わり、戻ったのだな。お疲れさん」しょんぼりしたような雲海が、最後は雲龍に語りかけていた。松山は挨拶をすると、雲海の家を後にした。


再び病院へ向かう前に、どうしても気になることがあった。ノートに書いてあったお地蔵様のことだ。佐藤はたまにお参りに行ってほしいと書いていたが、今、行かなくてはいけないと思った。それがなぜかはわからない。なぜかはわからないが、どうしても行かなくてはいけないと思い、ひっぱられるようにその場所へと向かった。

「確か、このあたりだと思ったんだが」松山は初めて佐藤と逢った場所に車を停め、そこにあるはずの首のもげた地蔵を探した。

「あれ、どこだっけなあ。あっ」松山は足を止めた。目の前には、お地蔵様があり、その首がセメントで接着されていたのだ。しかもその接着部分はまだ新しく、他と比べても白く光っていた。松山はそのお地蔵様にゆっくりと近づいた。

「首が、付いてる」じっと見ると、コンビニで買った饅頭をジャンパーのポケットから出しお供えした。供えた後も、立ったまましばらくじっとお地蔵様の顔を見ていた。手を合わせようと、しゃがんだ瞬間、後ろから誰かが声をかけてきた。

「熱心、熱心。いつも来る旦那の息子さんかい？」驚いた松山は後ろに転びそうになったが、なんとか振り返った。

「はい？」あまりの驚きに、やや言葉に怒りが混じった。声をかけてきた人は爺さんで、歳をとったビーグルを連れて立っていた。歯が抜けていて、いかにも田舎の爺さんという感じであった。

「先月くらいから、よく見かける旦那さんがいてな。いっつも熱心に手を合わせているんよ。だからわしが、熱心やねって言ったら、自分の息子を助けてもらったからと言っとったよ。おたくが息子さんかい？」爺さんは、悪気無く聞いてきた。ビーグルもこちらを見ている。松山は一瞬戸惑った。

「息子……」心の中で呟いた。瞬間、涙が滲んだ。

「はい。そうです」松山は泣きべそがばれないように顔を背けた。

「昨日も来ていたもんな。熱心、熱心」そう言うと何も無かったかのように犬を連れて去っていった。

「昨日も……って、先生」松山はお地蔵様に手を合わせて、お顔を見上げた。首はしっかりと胴体に付いている。だんだんと西日が傾き、お地蔵様の背中を照らし始めた。その時松山の頭に、はっきりと佐藤の顔が浮かんだ。

「そうか。東吾郎先生が祈ってくださっていたのだ。私が運ばれた時も、その後も、ずっとずっと」松山の目から、いくつもの涙がこぼれ落ちた。

「先生の祈りが、お地蔵様に届いて、お地蔵様の力と一緒に私に降り注がれたのだ。そうか、そうでしたか。東吾郎先生、お地蔵様、有り難うございました」松山は合わせた手を眉間に付け、日が落ちるまでそこにいた。一二月の冷たい風の中、松山の体は不思議と冷えることなく内側から熱くなっていた。


病室に戻った松山は、ゆっくりと佐藤の横に座った。白い布を取り、顔をじっくりと見た。そして佐藤の手に自分の手を合わせた。しかし、そこで違和感を覚えた。

「あれ?」松山は、佐藤の手をさすりながら顔を見た。どうも先ほどとは感じが違う。松山はじっと、佐藤の顔を見た。そして手を放し、再び布をかぶせ病室から出ていった。

「そうだった、なんて俺はバカなんだ」帰りの車の中、松山は自分の頭をぶん殴った。

「東吾郎先生が仰っていたではないか。実体は魂であると。体はただの肉でしかない。物だって」松山は半分呆れたかのように大きく言った。

「先生、そうですよね。実体は魂であると。だから、人の死を悲しみ、泣いてはいけないと。死は悲しいものではないと。先生、教えてくださいましたものね。先生の魂は永遠なのであるから、決して無になったわけではない、先生は、故郷へ帰り今も悠然と生き続けていらっしゃるのですよね。そうだった。そうでした。源龍関のお母様の時にも、先生は教えてくださいましたね。死んでさらに傍にいてくださると。会えない寂しさはあれど、死は悲しみではないと。また、宇宙の流れからしてみれば、とても短い時間であっと言う間に会えるということも教えてくださいました。そうでした、先生。東吾郎先生、そうでした。先生は、あんなヤブ医者の病室になど、いつまでもいらっしゃるわけがありませんよ。そうでした。私としたことが」松山は、長く独り言を言いながら佐藤の治療院へと向かった。


玄関を開けると、静かであった。

「先生、今、戻りました」廊下の電気をつけ、静かにふすまを開けた。仏壇に線香をあげると、ストーブをつけた。

「先生、今夜は飲みましょう。奥様も一緒に」そう言うと、台所へ行き酒の入った棚を開けた。すると、ひらりと一枚のメモ用紙が落ちてきた。

「ん？」

「修司、さっそく酒盛りだな」佐藤の字であった。

「先生！」つい今まで、気を張って泣くのをやめていたにも関わらず、その字を見て再び涙が溢れだしてきた。

「ったく、先生ったら。いつも私の動向をわかっていらっしゃる」佐藤は泣きながら、そのメモ用紙を大事に持ち、佐藤の一番好きだった銘柄の一升瓶を持った。居間に戻り盃を三つ用意した。

「ま、先生、一杯やりましょう。奥様も、さあ」松山は垂らした鼻水も乾かぬまま、三つの盃に酒を注いだ。

「先生、大変な修行を終えられたことに、乾杯！」一気に飲み干した。一人で拍手をしたら、涙が頬をつたい始めた。それでも松山は涙を拭い、笑いながら話した。

「さすが、先生です。だらだら生きたりしない。東吾郎先生らしい。さすがです」そう言うと、もう一杯酒を注ぎ呷《あお》った。おもむろに佐藤の書き記したノートを出すと、一枚一枚見始めた。出会った頃からの記録が、短いが少しずつ濃い内容で毎日書かれている。大洗磯前神社でのこと、松山の頭痛のこと、
松山は何とか涙をこらえようとしたが、どうしようもなく流れてきた。

「先生！　私はやはり寂しいです！　東吾郎先生！」大声で泣き出した。最後のページの一枚前に来た。

一二月一七日の行だ。

「修司、君はあの事故で生まれ変わった。君の治療能力が完全に別次元で開花した。もう、私を超えている。君の目つきを見て、そう思いました。これからは病で苦しむ人々を救ってください。修司、君に名を授けます。これからは二代目雲龍を名乗るように。健闘を祈る。初代雲龍より」松山はこたつの

上に泣き伏せた。この晩、松山は一升空けた。泣いて泣いて、泣きつかれて眠った。そしてこの夜、夢を見た。

「あれ、先生。先生じゃないですか。どこへ行かれていたのですか」そこは広い野原であった。明るい日差し、新しい緑、空にはいくつかの雲、青年の心のような青い空、緑の風、小鳥のさえずり、後ろには佐藤の治療院。

「おう、ちょっと出かけていたよ」とっても明るい笑顔の佐藤が現れた。すがすがしい顔をしている。

「出かけていたって、先生。もうずいぶん探しましたよ」少し怒りながら松山が話した。

「すまん、すまん。ちょっと急用で」佐藤はニコニコして答えるのであった。

「そうですか、先生。ああ良かった。安心しました。あれ？　先生、こんなところにお地蔵様いましたっけ？　あれ、おかしいなあ」松山の脇にはそよ風に吹かれるお地蔵様が一体立っていた。

「修司、見てみろ。ツバメだ」佐藤が指さした方向には、何羽ものツバメが飛んでいた。

「ああ、本当ですね先生。これ、たぶん去年巣立ったツバメですよ。すごいなあ」

いつまでも二人はツバメを見ていた。松山は確かに頬を撫でる風を感じていた。

葬式には、大勢の人間が現れた。佐藤は密葬にしてくれと書き置きを残していたにも関わらず、ヤブ医者が盛大に葬式を挙げたのだ。ヤブ医者もまた、佐藤の患者の一人であり、佐藤に命を助けてもらった恩があった。偉大な治療家に対する、それが彼なりの敬意であったのであろう。各界から錚々《そうそう》たる人間が出席した。その中には政治家、スポーツ選手、もちろん源龍もいた。大きな男達が命の恩人の早すぎる死に肩を震わせ泣いていた。その中には陳もいた。陳も肩を震わせ大声で泣いていた。しかし、松山は違った。もう、泣き終えていたのだ。そして、佐藤からの教えを守った。

「人の死で、人前で泣くな。一人静かに、寂しさの中、泣くのは構わない。人間だからな。でも、死は悲しいものではない。魂の新しい門出だ。だから人前で泣くな」出棺の時、さすがに松山も肩が震えてきた。しかし佐藤の教えが心に響いていた。

「先生、待っていてください。私も、修行を終えましたら、一番先に会いに行きます。また一緒に酒を飲んでください」静かな二月の昼下がり、冷たい風とともに、佐藤の体は煙となり消えていった。

翌年五月。

「雲海先生、これはこちらですか?」元気のいい声が響いた。

「修司君、それはあっちだよ。そうそう」雲海の若々しい声が、負けずに響く。

「ああ、こっちですね。はい」雲海の庭で、土にまみれている松山がいた。雲海の庭を耕し、畑を作っているのだ。松山は雲龍と同じ道を通りたいと思った。雲龍が行った、雲海先生の庭での土いじりを自分もやりたかったのだ。

「修司君、腰が入っていませんよ、腰が」縁側に腰掛けた雲海の威勢のいい声が響いた。一人の老人と、一人の青年が、青空の下、笑っていた。

「雲海先生、明日も参ります」汗でびっしょりになった松山の姿を見て、目を細める雲海がいた。

「先生、戻りました」松山は佐藤の治療院へ戻ると、まず仏壇に手を合わせた。線香は煙が出るから治療のある日はつけない。窓を開けた。そこには初夏の青空が広がっていた。

「よし、今日も頑張るか」大きく深呼吸をすると、松山はもう一度空を見た。

「おお！　ツバメ！　東吾郎先生、また今年も来ましたよ！」

雲龍の治療院の空には、銀色の風に乗ったツバメが、元気に命を輝かせていた。

鍼仙雲龍《しんせんうんりゅう》

松本光保《まつもとみつやす》

明窓出版

平成二六年十一月十日初刷発行

発行者 ── 増本　利博

発行所 ── 明窓出版株式会社
〒一六四―〇〇一二
東京都中野区本町六―二七―一三
電話　（〇三）三三八〇―八三〇三
ＦＡＸ　（〇三）三三八〇―六四二四
振替　〇〇一六〇―一―一九二七六六

印刷所 ── シナノ印刷株式会社

落丁・乱丁はお取り替えいたします。
定価はカバーに表示してあります。

ISBN978-4-89634-348-9

ホームページ http://meisou.com